남궁민 장현

선인을 만나 행복했습니다
이 행복 잊지 않고 간직 하겠습니다
장현♡

안은진 길채

"연인"과 함께해주셔서
감사합니다.

유길채 x 안은진

김윤우 랑음

〈연인〉을 만나 행복했습니다 ♡
이 행복 잊지 않고 간직하겠습니다 '3'

- 랑음
김윤우 -

이학주 연준

〈연인〉을 만나
행복했습니다(--)(_..)저번
이 행복 잊지
않고 간직하겠
습니다!

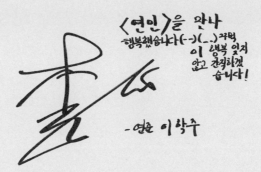

- 연준 이학주

이다인 은애

- 은애. 이다인 -

연인을 만나 행복했습니다 ♡
이 행복 잊지않고
간직하겠습니다 ♡

戀
人

황진영 대본집

몹시 그리워하고 사랑한, 연인 3

1판 1쇄 인쇄 2023. 12. 06.
1판 1쇄 발행 2023. 12. 22.

지은이 황진영

발행인 고세규
편집 김민경, 김은하 디자인 유상현 마케팅 김새로미 홍보 반재서
발행처 김영사
등록 1979년 5월 17일(제406-2003-036호)
주소 경기도 파주시 문발로 197(문발동) 우편번호 10881
전화 마케팅부 031)955-3100, 편집부 031)955-3200 | 팩스 031)955-3111

값은 뒤표지에 있습니다.
ISBN 978-89-349-4606-9 04810
     978-89-349-4607-6 (세트)

홈페이지 www.gimmyoung.com   블로그 blog.naver.com/gybook
인스타그램 instagram.com/gimmyoung   이메일 bestbook@gimmyoung.com

좋은 독자가 좋은 책을 만듭니다.
김영사는 독자 여러분의 의견에 항상 귀 기울이고 있습니다.

몹시 그리워하고 사랑한 戀人

연인

황진영 대본집

3

김영사

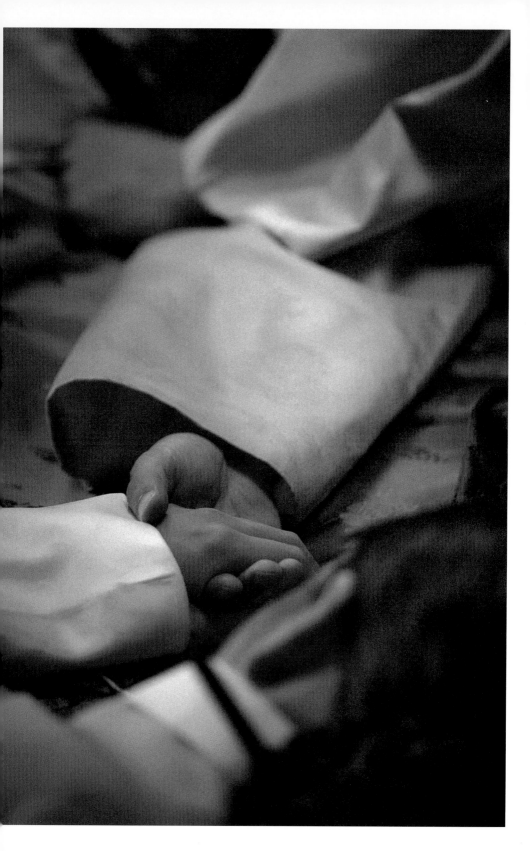

몹시 그리워하고 사랑한 戀人

병자호란의 병화 속으로 던져진 사랑
만남과 이별을 반복하며 닿을 듯 닿지 못한 연인들
그들이 몹시 그리워하고 사랑했던 시절의 이야기

내 인생에 사랑은 없다,
당당하게 비혼을 선언한 사내가
내 남자는 내 손으로 쟁취하리라,
야심 차게 선언한 여인을 만나 벼락같은 (짝)사랑에 빠진다.

하지만 때는 병자년,
조선이 청군의 말굽에 짓밟히는 병화를 겪으며
여자의 운명이 급류에 휘말려 떠밀려 가고,
흘러가는 여인 따라,
사내의 운명도 걷잡을 수 없이 휘청거린다.

세상 모든 일에 자신만만했으나
자신이 사랑에 빠지면 어떻게 변하는지
몰랐던 어리석은 사내,
세상 모든 사내의 마음을 사로잡고서도
자신이 진짜 연모하는 사람이 누군지
깨닫지 못했던 어리석은 여인.

사랑에 한없이 어리석었던 이 사내와 여인,
과연 사랑을 이룰 수 있을까?
아니, 살아남을 수 있을까?

목
차
—

장현의 사람들

양천
(최무성)
의주 건달

구잠
(박강섭)
의주 건달

랑음
(김윤우)
조선 최고 소리꾼

의형제

길채의 주변인물

구원무
(지승현)
조선의 무관

종종이
(박정연)
길채의 몸종

방두네
(권소현)
은애의 몸종

조선왕족과 신하들

표언겸
(양현민)
조선의 내관

소현세자
(김무준)
조선의 세자

강빈
(전혜원)
소현세자 비

인조
(김종태)
조선 16대 왕

이장현
(남궁민)

몹시
그리워하고
사랑한

유길채
(안은진)

길채의
첫사랑

절친

각화
(이청아)

남연준
(이학주)

정혼자

경은애
(이다인)

청나라 사람들

용골대
(최영우)
청의 무관

홍타이지
(김준원)
청나라 황제

이장현 ◇ 남궁민

어느 날 갑자기 능군리에 나타난 미스터리한 사내.

거죽은 양반인데, 대놓고 재물을 탐하는 것이 부끄러운 줄도 모르고, 되려 고귀한 선비들을 조롱하며 화를 돋우더니, 또 갑작스레 알 수 없는 슬픔에 잠겨 말문이 막히게 하는... 해서 진짜 본모습이 뭔지 자꾸만 헷갈리게 하는, 요상 복잡한 사내.

기실, 장현은 오래전 '그날' 이후, 인생사를 매우 간단하게 정리했다. 태어났으니 사는 것뿐, 인생의 그 어떤 것에도 집착하지 않게 된 것. 해서 장현은 삶의 목적이니 소명 따위, 진지한 유생들에게 던져주고, 자신은 그저 절친 량음과 농담 따먹기나 하고, 꿀 바른 대추나 주워 먹으며 쉬엄쉬엄 건성건성 인생을 살다 갈 생각이었다. 길채를 만나기 전까지.

"나의 벗 량음이 말하길, 지금 나의 마음속에 소용돌이치고 있는 이것이, 사랑이라 한다. 연모의 마음이라고 한다. 나처럼 무정한 사내에게도 누군가를 연모하는 고귀한 마음이 생길 수 있을까? 저런 철딱서니 없고 자기밖에 모르는 이기적인 여자를... 내가 정말 사랑하게 된 걸까?"

유길채 ◇ 안은진
낙향한 사대부 유교연의 첫째 딸.

자칭 능군리 서시이자 초선, 타칭 꼬리 아흔아홉 개 달린 상여우. 하지만 모든 사내를 쥐락펴락하던 길채도 정복하지 못한 사내가 있다.

길채는 오늘도 한탄한다. 왜 내 아버지는 연준 도령과 나를 정혼자로 맺어주지 않았던가... 하지만 언젠가 연준 역시 다른 사내들처럼 자신에게 정복당할 것이라 믿으며 성실하게 꼬리를 치던 와중에, 뜬금없이 한 사내가 끼어든다.

모든 것이 연준과 반대인 남자. 군자 따위는 개나 주라며 제멋대로 구는 주제에, 연준 대신 자신에게 오라고, 마치 시간 되면 잣 동동 띄운 수정과나 같이 마실까요...? 하듯 아무렇지도 않게 말하는 남자, 이장현. 도대체 저 인간은 뭐지?

남연준 ◇ 이학주

성균관 유생. 군자로 살기 위해 태어나고 자란 듯,
외모에서마저 고고한 학의 풍모가 느껴지는 길채의 첫사랑.

연준의 부모가 지병으로 일찍 죽자, 이후 연준을 키운 것은 능군리 사람들. 다행히도 능군리의 청정한 기운이 그대로 연준에게 전해져, 연준은 누가 보기에도 당당하고 올곧은 청년으로 성장한다.

남자라면, 사내라면... 어찌 길채를 보고 심장이 뛰지 않을 수 있을까? 하지만 연준은 길채의 미소 한 번에 정혼자를 내던지는 그런 흔한 사내가 아니다. 연준의 바람은 성인의 가르침을 깊이 새겨 진정한 군자, 인간다운 인간이 되는 것.

그런 연준 앞에 이장현이 나타난다. 사람들은 장현의 허허실실 시답잖은 농담에 속아 장현을 경멸하곤 하지만, 연준만은 알아본다. 장현이 누구보다 매서운 통찰과 직관, 기개와 능력을 지닌 자라는 사실을.

경은애 ◇ 이다인

연준의 정혼자, 길채의 친구. 경근직의 외동딸.

군자의 표본이 연준이라면, 조선이 원하는 현숙한 여인의 표본은 은애다. 세상이 길채와 연준에 대해 쑥덕거릴 때도 단 한 번도 연준을 의심하지도, 길채에 대한 우정을 저버리지도 않는다.

어쩌면 은애가 이토록 평정을 지킬 수 있는 것은 그녀의 통찰 덕분일지 모른다. 기실 연준에 대한 길채의 마음은 학창 시절 선생님을 향한 동경, 그 이상도 이하도 아니었던 것. 해서 그즈음 은애는, 어떻게 하면 장현과 길채가 서로의 마음을 깨닫게 할 수 있을까... 고민하는 재미가 쏠쏠했다.

은애가 훗날 회고하길, 능군리에서 보낸 그즈음이 은애 인생에서 가장 아름다운 시절이었으며, 이후에 닥친 시련은 참혹하여 차마 되새기기도 힘겨웠노라... 했다.

량음 ◇ 김윤우
조선 최고 소리꾼.

창백하리만치 하얀 얼굴, 애수로 가득한 눈빛, 거문고 뜯던 가늘고 긴 손가락으로 활과 조총까지 능숙하게 다루는, 묘하기도 신비롭기도 한 사내.

누가 봐도 여자 여럿 울렸겠구나... 싶을 만큼 잘생겼으나, 량음은 제 나이 열둘에 자신의 심장이 여인의 분향보다 사내의 땀 냄새에 반응한다는 사실을 깨닫는다. 이후 자랄수록 남색하는 사내들, 심지어 남색이 뭔지도 모르고 살던 사내들의 심장마저 흔들어 놓을 만큼 대단한 색기를 지닌 존재가 되고, 이후 노래를 풀어 세상을 매혹한다. 량음의 노래를 들은 사람들이 네 노래가 어찌 이리 마음을 올리느냐 물으면 빙그레 미소 지을 뿐이지만, 량음은 알고 있다. 이 아픈 가락이 어디서 시작되었는지.

이장현. 량음의 심장을 가진 사내. 하지만 장현은 량음과의 관계를 소중한 우정으로만 대할 뿐, 량음이 다른 마음을 품고 있는 것을 알지 못했고, 량음 역시 누구에게도 이 마음을 들키지 않겠다 마음먹는다. 자신이 속앓이를 하는 것을 알면 장현은 자신을 떠날 것이다. 그가 떠나게 할 수는 없다.

각화 ◇ 이청아

홍타이지의 딸. 청나라 공주.
유목민의 잔인하고 거침없는 기질을 그대로 이어받은 여인.

아버지가 황제였던 덕에, 세상 두려운 것도, 무서운 것도, 갖지 못하는 것도 없다. 해서 장현도 마음만 먹으면 제 맘대로 가지고 놀 수 있을 줄 알았다. 하지만 장현이 쉽게 제 것이 되지 않자, 놀라고 안달하다가 결국엔 집착하게 된다.

장현에겐 각화공주의 어떤 면이 과거의 길채를 떠올리게 하여, 각화를 볼 때, 가끔 장현의 마음이 아리곤 했는데, 그럴 때 장현의 눈빛이 각화를 착각하게 만들었을지도.

각화는 다짐한다. 반드시 이 사내를 내 것으로 만들 것이다. 하지만 곧, 사랑은 다짐으로 얻어낼 수 있는 것이 아니란 사실을 깨닫게 된다.

구잠 ◇ 박강섭

장현을 형님으로 모시는 의주 건달.

눈치가 빠르고 말재간이 있다. 어떨 때는 장현보다 더 냉소적이고 심지어 더 똑똑해 보일 지경. 장현의 헛발질이 한심하고 못마땅할 때마다 필터 없이 말을 내뱉는데, 그래도 어지간하면 장현이 하자는 대로 따라 준다. 장현 역시 구잠에게서 나오는 쓴소리만은 꾹 참는 편.

길채 때문에 장현이 속 끓는 것을 본 후로는 길채 그림자만 봐도 고개를 절레절레. 우리 형님은 멀쩡하게 생겨서 왜 이상한 것들과만 어울리는지, 곁에서 지켜보는 구잠 속은 매번 썩어 문드러진다. 내 눈엔 길챈지 잡챈지보다는, 종종이가 훨씬 이쁜데 말이지.

양천 ◇ 최무성

의주 건달.

의주 내로라하는 주먹들이 형님으로 모시는 형님들의 형님, 건달 중의 건달. 한때 의주는 물론 조선의 알 만한 건달들을 한 손에 쥐락펴락하던 인물이었으나, 이제 늙고 쇠락했다. 그럼에도 양천이 위세를 지키고 있는 비결은, 비범한 장현이 양천을 형님으로 모시고 있기 때문. 해서 양천은 장현이 자꾸 의주를 떠나는 것이 영 불안하고 못마땅하다.

인조 ◇ 김종태

조선 16대 왕. 반정으로 왕위에 올랐으나 백성도, 아들도 지켜내지 못한 임금.

용상에 오르고 십여 년이 지난 지금까지 인조의 마음속에는 몇 가지 궁금증이 있다. 이괄의 난이 일어났을 때, 왜 도성의 백성들이 반란군을 환영했는지, 지금도 시퍼렇게 눈을 뜨고 있는 광해에 대해 백성들이 어떻게 생각하고 있는지... 인조의 재위 시절은 그 의문을 풀기 위한 몸부림이었으며, 그 몸부림의 정점에서 아들 소현세자마저 잃는다.

소현세자 ◇ 김무준

조선의 세자.

본시 예민하고 성마르며 백성보다는 왕가의 안위만을 생각하던 강퍅한 성정. 하지만 아버지 인조를 향한 효심만은 진심이다. 이런 소현의 효심이 장현의 마음에 닿아, 이후 장현의 도움을 받게 된다. 처음에는 쓴소리도 마다하지 않던 장현을 경계했으나, 청에서의 혹독한 볼모 생활 동안 장현에게 큰 도움을 받으며, 인조의 아들 소현이 아니라 조선의 세자 소현으로 성장한다.

강빈 ◇ 전혜원

소현세자 비.

소현세자와 청나라 볼모 생활을 함께하며 모든 고초도 함께 겪는다. 그렇게 자신도 성장하고 소현세자가 성장하는 것도 지켜본, 조선의 세자빈 중 그 누구도 하지 못할 경험을 쌓고 축적한 여인. 심양 땅에서 농사 짓는 일을 주관하며 경탄을 사기도 했으나, 소현세자의 죽음과 함께 모든 것을 잃고 만다.

표언겸 ◇ 양현민

조선의 내관. 소현세자의 충복으로 장현과 소현을 연결해 준 일등 공신.

언겸에게 가장 중요한 일은 소현세자를 잘 모시는 것으로, 병자호란이 일어났을 때 위험을 무릅쓰고 남한산성에 든 것도 소현세자 때문. 그뿐인가? 심양 가는 길이 죽을 길이라며 다들 저어했으나, 언겸은 소현이 가는 길이니 두 번도 고민하지 않고 따른다. 언겸이 생각하기에 먼 길 가는 소현에게 가장 필요한 것은 비단옷도 가죽신도 아니요, 물정에 밝고 유능한 장현이다. 해서 삼고초려 끝에 장현을 소현 곁에 붙여놓고 매번 뿌듯해하며 자신도 장현을 아끼고 의지한다.

최명길 ◇ 김태훈

조선의 문신.

임금이 남한산성에 고립된 40여 일 동안 일관되게 청과 화친을 맺을 것을 주장한다. 결국 임금이 최명길의 손을 들어주어 조선은 청과 군신 관계를 맺게 되었으나, 이로써 명길은 오래도록 대명 의리를 저버린 인간이란 평을 감수해야 할 처지가 된다. 명길은 욕을 먹더라도 조선을 살리는 길을 택했으나, 이 모든 노력은 소현에 대한 인조의 의심이 깊어지면서 뿌리부터 흔들리고, 이를 지켜보는 노신의 가슴에 깊은 골이 패이고 만다.

김상헌 ◇ 최종환

조선의 문신.

병자호란이 발발하자 60리 먼 곳에 있었으면서도 밤낮을 걸어 임금이 있는 남한산성으로 온 충성스러운 신하. 최명길의 반대편에서 청과 타협을 해서는 안 된다, 목에 피를 토하도록 간청을 올린 척화주의자. 때문에 원칙과 의리를 중시하는 사람들에게 김상헌은 등대처럼 밝은 빛이다.

신이립 ◇ 하경

효종 때의 지평.

오래전 기록된, 씻겨졌어야 할 사초 속 이름인 '이장현'에 의구심을 가지고 추적하다가, 이장현과 이장현의 사람들이 남긴 것들과 대면하게 된다.

구원무 ◇ 지승현

조선의 무관.

유서 깊은 무관 가문 출신으로 병자호란 때 오랑캐를 물리친 공을 세워, 젊은 나이에 종6품 종사관에 봉해진다. 말수 적고 우직하며 무엇이든 행동으로 보여주는 사내. 몸에 박힌 화살촉을 빼기 위해 생살을 찢을 때도 신음 한 번 흘리지 않은 용감무쌍한 무관이지만, 왜인지 길채 앞에서만은 작아진다. 예민해진다. 그리고 불안해진다. 때문에 대장간 야장들로부터 비아냥을 사지만, 원무는 이런 자신이 싫지 않다. 아니 이렇게 끌려다니더라도 길채가 곁에 머물러주길 바란다. 하지만 원무도 알고 있다. 길채의 마음속에 다른 사내가 있다는 것을, 아마도 자신은 그 사내를 이길 수 없으리라는 것을.

봉시 ◇ 정병철

내시부 종2품 상선.

인조가 가장 가까이 곁에 두고 쓰는 내관. 인조의 속내를 짐작하는 데
도가 튼 인물로, 인조의 수족이 되어 움직인다.

(청나라 사람들)─────────────────────────

홍타이지 ◇ 김준원

청나라 황제.

아버지 누르하치가 이루지 못한 중원 정복을 위해 인생을 건 인물. 비
상한 추진력과 판단력, 리더십으로 조선을 복속하고 중원 통일의 문턱
까지 명나라를 추격한다. 부하들을 믿어주는 만큼 충성을 돌려받을 수
있다는 것을 알기에, 용골대 등의 신하에게 일을 맡긴 후에는 절대적인
믿음을 보여주며, 결정적인 순간에는 부하들의 손을 들어준다.

용골대 ◇ 최영우

청의 무관. 청 황제 홍타이지의 심복.

홍타이지가 무척 신임하여 조선에 관한 일은 거의 전권을 주어 맡긴
신하. 홍타이지가 원한다면 목숨이라도 내줄 만큼 충심이 깊지만, 슬쩍
슬쩍, 부지런히 제 주머니를 챙기는 것도 잊지 않는 이중적인 인물. 장
현은 그런 용골대의 이중성을 알아보고, 용골대 역시 자신의 딴 주머니
를 채우는 데 장현의 능력이 요긴함을 알아본다. 해서 두 사람은 서로
의 잇속을 위해 알고도 모른 척, 모르고도 아는 척 속고 속아주며 위태
로운 평화를 유지한다.

정명수 ◇ 강길우

청나라 역관.
조선에서는 천예였으나, 청나라 역관이 된 후 용골대의 신임을 받으며 조선 당상관을 무릎 꿇릴 만한 위세를 떨치게 된 인물.

(능군리 사람들)

유교연 ◇ 오만석

길채의 아버지.
사람들은 길채가 저렇게 되바라지고 자기밖에 모르는 아이가 된 것은 다 아버지 유교연이 길채를 너무 오냐오냐 키웠기 때문이라고 한다. 하지만 교연의 길채 사랑을 어찌 막을까? 교연은 길채가 너무 귀하고 아까워, 불면 날아갈까 만지면 터질까... 애지중지 키워왔다. 교연에게 있어 길채는 세상에서 가장 귀하고 소중한 보물. 하지만 병자호란이 몰고 온 거대한 비극, 조선의 사대부에게 강요된 엄격한 강상의 흐름 속에서, 교연의 무한한 딸 사랑에도 균열이 생긴다.

종종이 ◇ 박정연

길채의 몸종. 이쁜 길채를 수발하는 것이 인생 최대의 기쁨.
길채가 이쁘게 꾸미고 나가 뽐내고 칭송받으면, 마치 자기가 칭찬 듣는 듯 기분이 좋다. 주인과 종의 관계지만 자매만큼 돈독하여, 길채와 어디든 함께한다. 얼핏 어리숙하고 맹해 보이지만, 종종이는 알고 있다. 세상천지, 자신을 지키고 보호해 줄 수 있는 사람은 오직 길채뿐이라는 것을. 그래서 종종이는 길채에게 끝까지 충성한다. 아, 구잠이는 언제 나한테 고백할지 궁금하지만, 티를 내지 않으련다. 이게 다 길채 몸종 십수 년 동안 터득한 사내를 손에 쥐는 요령이다.

유영채 ◇ 박은우

길채의 철없는 여동생.

영채는 친구의 남자를 탐내고, 내외의 법도도 무시한 채 분향을 펄펄
풍기고 다니는 언니가 한심하고 창피하다. 하지만 결정적인 순간에는
언니 길채에게 모든 것을 의존한다.

경근직 ◇ 조승연

은애의 아버지.

유연한 교연과 달리 철저한 원칙주의자이지만, 근직 역시 융통성이 있
는 자인지라, 교연이 유연하고 유쾌한 마음으로 한 결정들을 존중한다.
교연과 사돈을 맺고 싶었으나, 교연에게는 아들이 없었고, 대신 딸 은
애가 길채를 오랜 벗으로 사귀며 좋아하니 그 또한 만족한다.

방두네 ◇ 권소현

은애의 몸종.

진중하게 생긴 외모와는 달리 잔소리가 심해 자신의 손을 거치지 않
은 일은 제대로 되는 법이 없다며 수시로 한탄한다. 은애가 몇 번 주의
를 주지만 고약한 버릇은 고쳐지지 않는다. 방두네에게 이 세상 선악
의 구별은 매우 뚜렷하다. 은애는 선이요, 길채는 악이다. 하지만 전쟁
이 세상을 요지경으로 만들었다. 악의 화신이 보살이 되어 날 보살펴
주다니!

박대 ◇ 박진우

방두네의 철없는 남편.

전쟁이 났을 때는 어디 가서 코빼기도 안 비쳐 방두네 혼자 몸을 풀게 했다가, 돌아와서는 사고만 친다. 그래도 부부 금슬이 좋아 방두네가 곁에 없으면 밤잠을 설친다나.

공순약 ◇ 박종욱

유생. 능군리 터줏대감 공만재의 외동아들.

글 읽기보다는 말타기 활쏘기를 좋아해 아버지로부터 꾸중도 많이 들었지만, 도무지 글공부에는 재주가 없다. 첫눈에 길채에게 반해 오랫동안 연모해 왔다. 하지만 길채같이 아름다운 여인이 자기처럼 공부 못하는 사내를 좋아할 리 없다 여겨, 병자호란이 일어나자 밑져야 본전이라는 심정으로 길채에게 청혼한다. 헌데 뜻밖에도 길채가 순약의 청혼을 받아들이고, 순약은 평생 길채를 위해 살 것을 다짐한다.

송추 ◇ 정한용

능군리에서 유일하게 전쟁을 겪어본 사람.

능군리 서원의 점사를 맡아 농사를 짓고 있다. 괴팍하고 무뚝뚝하지만 세상에서 딱 두 사람에게만 상냥하다. 60년 넘게 자신과 살아준 아내 이랑, 그리고 새로 사귄 친구, 장현.

이랑 ◇ 남기애

송추 할배가 애지중지하는 아내.

곱게 나이 든 태로 보아 젊은 시절의 미모를 짐작할 만하다. 말은 못 하지만, 송추와의 의사소통에는 아무 문제가 없다.

대오 ◇ 진건우

영채가 좋아하는 능군리 유생.

대오 역시 영채를 좋아하고, 미래를 기약할 마음도 있지만, 어쩐지 자꾸 영채의 언니 길채에게 뭔가 선물해 주고 싶고, 말이라도 걸어보고 싶고, 웃겨주고 싶다. 내 마음이 왜 이런지는 나도 모른다.

유화 ◇ 김가희

곱게 자란 능군리 애기씨.

준절 도령과 함께할 행복한 미래를 꿈꾼다. 길채 고년만 아니면 우리의 미래에 아무런 문제가 없을 것이다.

준절 ◇ 김은수

길채 바라기 하는 능군리 유생.

길채가 준절에게 명필이라며 칭찬해 준 이후로, 글 쓰는 것이 세상에서 제일 재미있는 일 중 하나가 된다.

임춘 ◇ 하규림

능군리 애기씨.

밝고 명랑한 성격이지만, 어쩐지 태성 도령 앞에만 서면, '네...' '네...'밖에 나오는 말이 없다. 답답하다.

태성 ◇ 남태훈

능군리 유생, 임춘의 짝.

평생 자신은 능군리를 벗어날 수 없을 것이라 여긴다. 한양에서 공부하는 연준이 부러우면서도 대리만족하기도 한다. 연준이 임금님을 보았는지, 임금님은 어찌 생겼는지 무척 궁금하다. 임금님 얼굴을 보기 위해 의병에 나갔다 해도 과언이 아니다.

정연 ◇ 최수견
능군리 애기씨.
순약 도령을 좋아한다. 순약 도령이 길채를 좋아하는 것을 어렴풋이 눈치채고 있지만, 그 마음을 돌리기 위해 무엇을, 어찌해야 할지 잘 모르겠다.

(그리고)———————————————————

장철 ◇ 문성근
병자호란 이후, 혼란에 빠진 사림들의 여론을 수습한 은둔 거사.
누구보다 먼저 인조의 변질을 알아보고 염려하여 대책을 세우려 애쓰지만, 그 여정의 끝에 오래도록 외면했던 자신의 과거와 맞닥뜨리게 된다.

S#	장면(Scene)을 의미하는 것으로, 번호를 매겨 장면의 순서를 표기한다.
(Ins.C) 인서트 Insert	화면의 특정 동작이나 상황을 강조하기 위해 삽입한 화면으로 이 화면을 삽입함으로써 상황이 명확해지고 스토리가 강조되는 효과가 있다.
(E) 이펙트 Effect	효과음을 뜻하며, 보통 등장인물은 보이지 않고 소리만 나는 경우에 사용한다.
(N) 내레이션 Narration	등장인물 사이에 오가는 대사가 아닌 독백이나 시청자를 향한 설명을 뜻한다.
CUT TO	하나의 씬이 끝나고 다음 씬으로 넘어가는 장면 전환 효과를 뜻한다.

이야기 흐름에 의미 있는 변곡점이 되었거나, 등장인물의 캐릭터를 가장 잘 보여주었던 대사와 장면들을 모았습니다.

제 十五 부

S#4.   (과거) 사또집 내실 / 밤

어린 장현   곧 깨겠네. 난 도망쳐야겠다. ...같이 갈래?

S#20.   청인 마을 일각 / 밤

양천   뭐하네!

한석   양천 성님...

양천   가자!

한석   (신나서 뛰는데 절룩절룩)

양천   니도 저네?

한석   (절룩이면서도 신이 나서) 예, 난 오른쪽!

S#34.   **들판 / 낮**

양천   담부턴 콩 넣디 말라.

S#36.   **심양 들판 / 낮**

정명수   모르셨습니까? 원래 조선 사람들은... 농사로 치면 천하제
일입지요.

S#41.   **심양 장현 여각 내실 / 낮**

량음   차라리 지금 죽어. 나는... 너 하나씩 망가지는 걸 도저히 볼
자신이 없으니까, 차라리 가서 그냥 죽어버려! 너 때문에...
미쳐버릴 것 같아.

S#45.   **심양 호숫가 / 낮**

량음   당신은... 이장현에게 저주야.

S#55.   **심양 장현 여각 내실 / 밤**

길채   난 떠나지 않아. 내가 이역관에게 저주라면... 그 저주를 풀
사람도 나뿐이야.

S#70.   **(Ins.C) 심관 정원**

용골대   해서, 조선 포로 따위 황녀에게 던져주어도 섭정왕은 상관
치 않는다. 황녀가 포로들을 죽이든 살리든... 관심 없어. 이
제 조선 포로는... 잊혀질 거야.

S#75.　심양성문앞 / 낮

장현　　가시오. 가서 꽃처럼 사시오. 내가 바라는 것은 오직...
　　　　그뿐입니다.

제十六부

S#18.　한양 길채집 길채방 / 밤

교연　　길채야... 나는 너를 얻고 세상을 다 가졌다. 너를 키우며 세
　　　　상 기쁨을 모두 누렸어. 길채, 내 귀한 딸... 내 금지옥엽...
　　　　헌데 이제 니가 평생 치욕 속에 살게 되었으니 어찌하면 좋
　　　　겠느냐? 애비가 도와주마! 남은 평생 치욕스레 살지 않도
　　　　록 이 애비가 도와주마.

S#19.　대장간 집무실 / 낮

길채　　오랑캐에게 욕을 당한 건... 제 잘못은 아닙니다. 그 일로 이
　　　　혼을 요구하셨다면 전 끝까지 물러나지 않았을 겁니다. 하
　　　　지만... 심양에서 이장현 나리께 마음을 준 일은... 미안합니
　　　　다. 해서... 이혼하는 것입니다.

S#29.　장철집 마당 / 밤

장철　　우리 전하께서 겁에 질렸어. 아느냐? 겁에 질린 사람은
　　　　잔인해진다.

연준　　...?!!

S#30.　배단리 우물가 / 새벽

길채　　그럼 하고 싶은 대로 해. 대신 다른 데서 죽어. 마을 사람들

다 쓰는 우물에서 무슨 짓이람...(하고 종종이에게) 가자.

승아   (울먹울먹하는데)

길채   ...밥이라도 먹고 죽을래?

승아   ...?!!

S#52. **한양 길채집 / 밤**

장현(N)   모두들 고향에 간다며 좋아하더군. 내게는 고향이 없어서 갈 곳도 없을 줄 알았지. 헌데... 내게도 매양 그립고, 가고 싶은 곳이 있더군.

S#66. **길 일각 / 저녁**

장현   혹시 그런 세상이 있을까? 달빛 아래, 량음의 노래가 가득하고, 또 분꽃 피는 소리가 가득한... 그런 세상.

S#71. **배단리 길채 초가 길채방 / 밤**

장현   이렇게 마주하니 꼭 신랑 각시가 된 기분이야. 이제 천년만년 이리 살면 되겠어. 유길채! 이제 너와 나 사이에 막힌 게 아무것도 없어. 그러니... 나를 막을 사람도 없어.

S#72. **배단리 길채 초가 마당 / 밤**

장현   아직도 나를 모르겠소? 내 마음을 그리 모릅니까? 나는 그저... 부인으로 족합니다. 가난한 길채, 돈 많은 길채, 발칙한 길채, 유순한 길채, 날 사랑하지 않는 길채, 날 사랑하는 길채... 무엇이든 난 그저 길채면 돼.

길채   좋아요. 허면, 오랑캐에게 욕을 당한 길채는...

| 장현 | 안아줘야지, 괴로웠을 테니. 난 이제 당신 곁에 있을 거야. 당신이 날 밀어내도, 난 여기, 당신이 내게 싫증 내도… 난 여기 있겠어. 당신을 처음 본 순간 알게 됐지. 난, 단 한 번도… 그대 아닌 다른 사람을 원한 적… 없었다는 걸. 오늘 당신… 안아도 될까? |

第十七部

S#3.　배단리 길채 초가 마당 / 새벽

| 길채 | 제가 이 가락지에 살을 쏘아 두었습니다. 가락지 준 여인을 배신하면 풍에 걸리는 살입니다. |

S#34.　인조 침전 / 밤

| 소현 | 소자가 본 것을 전하도 보옵소서. 백성들이 소자를 사람으로 만들어 주었나이다. 소자, 그곳에서 백성들이 흘리는 땀 냄새를 맡고, 백성들이 흘리는 눈물 맛을 보았나이다. 세상 그 어떤 진미보다 달고, 그 어떤 비단옷보다 고운 광경을… 전하께오서도 보셔야 하옵니다. 보신다면, 소자를 이해하실 것입니다. 허면, 그들을 살리고 싶으실 것입니다. |

第十八部

S#6.　영랑집 내실 + 마루 / 낮

| 장현 | 재미있어. 저 여인을 보는 거… |

S#34.　최명길 처소 / 낮

| 김상헌 | 살아도 죽는 길이 있고, 죽어도 사는 길이 있어. 병자년에 |

우리는... 오랑캐와 끝까지 싸웠어야 했어. 허면, 우리 전하
가 저리 망가지지 않았을 테고, 그랬다면...

최명길 그 말을 하려고 오시었소!!

김상헌 (눈시울 붉어져서) 무서워서 왔네.

최명길 ...?

김상헌 이 나라가 과연 어찌 될지... 무서워. 그래도 이런 속내를
풀어 놓을 곳은... 자네뿐이더군.

최명길 ...!!

S#84. **길 일각 / 낮**

연준 오랑캐가 쳐들어왔을 때, 수많은 여인들이 자결하고, 수천
선비들이 싸우다 죽었지. 그대 눈엔 그들이 어리석어 보
였겠지? 돈도 밥도 되지 않는 의리 따윌 지키겠다 목숨 거
는... 한심한 사람들로 보였겠지? 허나 아시는가? 어떤 사
람들은 밥이 아니라, 보람으로 산다네. 그런 사람들 덕분에
이 세상이 짐승의 소굴이 되지 않는 게야. 충심과 절개를
지키며 기쁘게 죽는 사람들 덕분에... 아무리 힘센 자라도
제 뜻대로 세상을 가질 수 없음이... 증명되는 게야.

S#86. **들판 일각 / 낮**

장현 섭정왕이 왜 조선 임금에게 원손에 관한 일을 물었습니까?
혹, 청에선 정말 원손을 도와줄 생각이 있는 겁니까?

용골대 솔직히 말할까? 섭정왕은 조선이 조용하길 바랄 뿐, 조선
상황을 흔들고 싶어 하지 않아. 심양에서 손발을 맞춰본 봉
림대군이 세자가 되고 임금이 돼도 상관없어. 섭정왕께서

원손의 안부를 물은 것은, 그저 조선왕을 압박하기 위해서야. 조선왕도 머리가 좋으니, 모르진 않을걸.

장현 (쓴 얼굴 되고) 그렇겠지.

용골대 비정한 거야, 생존이란...

S#87. **(과거) 배단리 길채 초가 안 / 낮**

소현(N) 이제라도 나를 믿던 자들과의 약속을 지키고 싶어. 포로들을... 조선으로 데려와 줘. 만일 이 약조를 지키지 못한다면 난 세자도, 사내도, 사람도 될 수 없어. 혹 내게 무슨 일이 생겨 내가 세자도 임금도 될 수 없다 한들, 내가 인간으로는 남을 수 있도록 도와줘. 이 일을 당부할 수 있는 사람은... 자네뿐이네.

제 十九 부

S#4. **(Ins.C) 배단리 길채 초가 마당 / 밤**

길채 이장현은 사랑하는 사람 곁에 있을 거야. 이장현이 사랑하는 사람, 이장현을 사랑하는 사람 곁에.

각화 어리석긴. 그래, 니 사랑이... 이장현을 살릴 수 있어?

S#7. **들판 일각 / 밤**

각화 넌 나랑 가든가, 여기서 죽든가... 둘 중 하나야. 어차피 조선에 가면 넌 죽어. 다른 놈 손에 죽는 걸 보느니... 내가 죽이겠어.

S#25.　배단리 길채 초가 마당 / 밤

떨며 언문으로 쓰여진 서한을 읽는 길채 위로, 흐르는 장현의 음성.

장현(N)　뒤척이다 잠이 들면... 그대 꿈을 꿨던 것 같아. 꿈이라도 기억난다면 좋으련만, 선잠에서 깨면 유길채... 그대 이름만 둥실... 뜬다오. 그대 생각에 잠겨... 잠든 적도, 깬 적도 없는 것 같은 기분... 아십니까?

S#31.　여희서원 / 밤

현겸　해서... 청에서 욕을 당해 오갈 데 없는 여인들이며 고아들이 머물 곳이 필요하단 말인가?

잠시 두런두런 들썩이는 만재 등 마을 사람들. 장현, 용기 내어 입을 연다.

장현　참으로 염치없습니다만...

현겸　데리고 오게!

장현　(놀라 보면)

만재　길채도 오는가?(쓸쓸해진 얼굴 위로 눈물이 고였다) 우리 순약이도 의병에 나가 죽었어. 고아들이 온다면... 내 자식처럼 키워보지.

금당　(덩달아 눈물 닦아내며 *끄덕끄덕*)

S#32.　한양 길채집 별채 마당 / 낮

연준　부인은 한 번도 나를 속인 적 없는 사람입니다. 헌데... 오랑캐에 잡힌 일을 오랫동안 숨겨왔어요. 이것이 오랑캐가 이 조선 땅에 남긴 참혹한 티끌입니다. 아니라고 하시겠소?(하고 눈물을 삼키며 나가버리고)

은애	(멍... 망연해진 채 남는데)

S#38. **배단리 길채 초가 마당 / 밤**

장현(N)	능군리로 갑시다. 이제 우리 거기서... 돌덩어리, 풀때기처럼 삽시다. 하찮게, 시시하게.
길채	(눈물진 미소 지으며 *끄덕... 끄덕끄덕*)

S#61. **배단리 길 일각 / 낮**

연준	아니 그럼 다시 묻지. 노비였다면 성이 없었을 터인데, 공명첩을 샀을 때 왜 성을 '이'가로 했소?
장현	왜 이가로 했느냐? 이 나라 이씨 조선에서... 이씨 성을 가진 잡놈으로 한번 살아보려고.

제 二 十 부

S#14. **조선 편전 / 밤**

인조	너는... 너의 치부를... 절개라는 명분 뒤에 숨겼어. 아니, 부끄러워할 것 없다. 정치는 그리하는 게야. 진짜 속내를... 명분 뒤로 숨기는 것, 그게 정치다. 나도 그리해서 광해를 몰아냈어. 너도 그렇게 너의 집안을 지켜냈지. 그러니... 이제 니가 또 한 번 그리 해다오.

S#27. **산 일각 / 낮**

량음	(잠시 장현 보다가) 있잖아, 나는... 그동안, 니 옆이라서 좋았어. 후회 없어.

S#28. **동굴 안 / 낮**

장현   (량음 잡으며) 나 대신 죽기라도 하겠다고?

량음   이장현만 잡으면 끝난다고 했어. 그 말이 무슨 뜻이야? 무
         슨 수를 써서든 널 죽이겠단 거잖아. 난 그 꼴 못 봐, 봐, 이
         거 봐!

장현   (여전히 약 기운이 남아 머리 털며 단단하게 량음 잡으면)

량음   (이제 간절하게 울며 애원한다) 제발 가... 제발 나 좀 살려
         줘... 난... 너 죽는 거 못 봐...

S#38. **장철집 사랑채 / 낮**

장철(N) 현아... 너와 내가 합심하여, 가문을 지키고 아름다운 의리
         를 지킨 것이다.

S#44. **사헌부 내실 / 낮**

이립   허면 이 사초는 선세자 저하의 죽음을, 이장현의 죽음으로
         빗대었다는 말씀이십니까? 이 사초에 따르면 이장현을 죽
         인 것은 그 아비인 장철...(하다가 흡! 충격으로 얼어붙은
         채 덜덜... 떨며) 그렇다면... 선세자 저하를 죽인 것이...?

헌영   (쓱... 시선 내리며) 그저... 모자란 말이다. 그러니 실록에
         실리지 못하고 버려진 것이 아닌가?

이립   (충격을 멈출 수 없고)

헌영   (쓱... 자리를 정리하고 나가려 하면)

이립   (턱, 잡는다) 왜 제게 이 일을 시키셨습니까?

헌영   (잠시 보다가) 알고 믿든, 믿지 않든... 누군가는 알아야지.
         그게 자네였으면 했네.

| 이립 | ...? |
| 헌영 | 자네... 오랑캐에 끌려간 후, 가문에서 지워진... 자네의 친어미를 아는가? |

S#48. 능근리 길채집 사랑채 / 밤

길채	너에게 이장현은 어떤 사람이었지?
량음	(입을 굳게 다물고 있으면)
길채	니가 부러워. 니가 그 사람을 위해 준 시간들... 그게 부러워. 있잖아, 나는... 너랑 살면서 나도 모르는 그 사람 얘기 듣고 싶어. 그러니 나랑 살자. 나랑 같이 그 사람 그리워하면서...(하다 스러져 잠들면)
량음	(잠시 잠든 길채 보다가) 내게 형님이고, 부모고...(목울대가 울린다) 정인이었습니다, 그 사람은.

S#51. 길 일각 + 정자 / 낮

각화	청으로 데려가려 했어. 조선에 가면 죽을 게 뻔했거든. 하지만 고향에 가야 한다며 떠났지. 그이가 말한 고향이 어딘지 알아?
길채	(의아하여 보면)
각화	너야.
길채	...?!!
각화	난 말이지. 이장현 같은 인간이 있다는 사실이... 좋았어. 이 비정하고, 무정한 세상에... 그런 인간도 있다는 게... 위안이 된달까... 안심이 된달까...
길채	(끝내 눈시울이 붉어지고)

각화 　(역시 잠시 목이 메었으나, 흠... 털어낸다) 난 이장현이 아니라, 그렇게 사는 법은 몰라. 하지만 최대한 몸집을 키워서 살아남을 거야. 그러니... 유길채, 너도 잘 살아. 넌, 이장현이 누구보다 사랑했던 여인이니까. 니가 오래오래 행복하게 살면...(눈시울 붉어지며) 이장현이 덜 불쌍할 것 같아.

S#80.　**바닷가 일각 / 저녁**

온전히 길채를 알아본 장현의 몸이 떨려온다. 터질듯한 심정으로 그런 장현을 보던 길채, 이윽고 와락, 장현의 품에 안기면, 장현, 온몸을 떨며... 길채를 마주 안더니,

장현 　(끝내 터지는 이름) 길채... 유길채...

그 위로,

장현(N) 　기다렸어, 그대를. 여기서... 아주 오래...

몹시 그리워하고 사랑한 戀人

戀人 — 제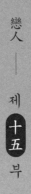부

戀
人
—

S#1.　심양 장현 여각 내실 + 내실 앞 / 밤

(14부 61씬 확장. 량음 시점으로)

장현, 눈앞의 길채를 본다.

장현　(입술을 겨우 움직여) 부...인...?

길채　나리, 제가 속환되었습니다. 이 모든 것이... 나리의 덕
　　　　분입니다.

하곤, 장현 가슴에 엎디어 흐느끼는 길채. 장현, 그런 길채의 머리
에 가만... 손을 대어본다. 상처로 부은 장현의 얼굴에 행복한 미소
가 뜨고. 흐느껴 울던 길채, 장현의 손길을 느끼자 놀라 고개를 들
어 보고는,

길채　정신이 드십니까!

곧 뛰어 들어오는 량음. 하지만 장현, 다시 까무룩 정신을 잃는다.

길채　　　(놀라) 나리, 나리!!

다시금 정신 잃은 장현을 보고 또 마음이 무너지며 눈시울 붉어진 량음. 애절한 량음 위로 술 마시고 노는 왁자한 소리.

S#2.　　　(과거) 기와집 정자 / 낮

경치 좋은 정자 일각. 사또를 비롯한 양반 서넛이 너른 바위 위에 앉아, 경치를 감상하며 술을 마신다. 시종들은 석쇠에 고기를 구워 나르고 기녀들이 술을 따르는, 양반들의 평범한 놀자판. 사또, 기녀가 따라주는 술을 받으면서도 시선은 저편 고기 굽는 말간 외모의 어린 시종에게 눈을 떼지 못한다. 기녀들보다 곱고, 심지어 청초한 느낌마저 주는 어린 량음이다. 량음이 막 구워진 고기를 양반1의 상 위에 올리는데, 양반1, 량음을 보더니, 고기 한 점을 권한다.

어린 량음　　(화들짝 사양하면)
양반1　　　(다정하게) 괜찮다. 먹으래두!
어린 량음　　(눈치 살피며 먹더니 배실... 미소 지으며 양반1 보면)

저편에 앉은 사또, 이를 보곤 안색이 굳어지며 벌컥 술을 들이켜고.

S#3.　기와집 마당 / 낮

모임이 파했고, 어린 량음을 비롯한 시종들이 남은 자리를 치우고 있는데, 어린 량음 곁에 선 누군가의 기척, 보면 사또다. 어린 량음이 의아하여 본 순간,

사또　　(량음의 뺨을 후려치며) 더러운 놈, 아무한테나 웃어 보여!

어린 량음　(볼을 부여잡고 놀라고)

그 위로, 살려주십시오, 살려주십시오...!!! 하는 어린 량음의 간절한 음성.

S#4.　(과거) 사또집 내실 / 밤

사또가 사지를 누른 채, 량음의 웃어깨에 화로에 달군 검의 끝으로 문신을 새기고 있다. '아기(我畏)'의 '아' 자가 완성되어 가고, 발버둥치며 고통스러워하는 어린 량음.

어린 량음　사또, 살려주십시오, 사또.. 아아악!!

사또　　너는 죽는 날까지... 내 것이다.

그때, 문이 열리더니 숯을 더 들고 들어온 다른 소년, 어린 량음보다 대여섯 정도 많아 보이는 어린 장현이다. 어린 장현, 화로에 숯을 더 쏟더니, 당하는 량음을 보지도 못했다는 듯 무심히,

어린 장현	예서, 불 지킬깝쇼?
사또	(대꾸도 없이 문신에 열중하고)
어린 장현	(대답이 없자... 다시 나가버리면)
어린 량음	(절망스러운데)

사또, 이제 '기' 자를 새기는데, 잠시 후, 문소리 드륵... 들리는가 싶더니, 퍽, 둔탁한 소리와 함께 쓰러지는 사또. 보면, 장현이 장식용 수석으로 사또의 뒤통수를 쳤다. 놀라 일어나 앉는 어린 량음. 장현이 다시금 사또의 뒤통수를 치면 착, 량음의 얼굴에 튄 피! 어린 량음, 겁에 질려 장현을 보면, 어린 장현, 늘어진 사또 옆에 쪼그리고 앉아 가만... 사또를 내려본다. 량음, 갑작스레 벌어진 일에 놀라 덜덜 떠는데, 사또가 꾸물럭...!

어린 장현	곧 깨겠네. 난 도망쳐야겠다.(량음 보더니) ...같이 갈래?

S#5.　　(과거) 산 일각 / 밤

도망치는 어린 장현과 량음. 가쁜 숨을 뱉으며 어린 장현의 뒤를 따라 뛰는 어린 량음. 뒤편에서 횃불을 들고 추적하는 사또의 수하들.

어린 량음	...어디로 갈 건데?
어린 장현	걱정 마. 의주에 양천이라고 힘 쎈 사람이 있는데, 그 밑으로 도망가면 사또라도 함부로 못 한대.
어린 량음	(조금 두려워 걸음 늦춰지면)
어린 장현	(보곤 어린 량음의 손을 턱 잡더니 끌어 뛰고)

어린 량음   ...!!(자신을 단단히 잡은 장현의 손을 본다. 그 손이 든
든하고 믿음직스러워 스르르... 뜨는 미소)

S#6.   (과거) 의주 양천 여각 / 낮

대청에 선 젊은 양천이 마당을 보고 있다. 보면, 몇 날 며칠 도망치
느라 엉망인 몰골로 손을 꼭 잡고 선 어린 장현과 어린 량음. 호기
로운 장현과 달리, 장현의 손을 꼭... 잡은 채, 반쯤 장현의 뒤로 숨
은 량음. 양천, 장현을 봤다가 량음을 본다. 작은 새처럼 떨고 있는,
그리고 온전히 장현을 의지하고 있는 어린 량음.

S#7.   (다시 현재) 심양 장현 여각 내실 / 밤

밤이 깊었다. 방 안, 여전히 사경을 헤매는 장현 곁에 그렁해진 눈
으로 앉은 량음. 량음, 예전에 잡았던 것처럼 장현의 손을 꼭... 잡아
본다. 이윽고 북받쳐 오른 량음, 장현의 손을 끌어 제 볼에 대며 흐
느끼고. 후두둑... 량음의 눈물이 장현의 손등에 떨어져 흐른다.

S#8.   심관 강빈 처소 / 밤

길채의 손을 꼭 잡고 눈물을 흘리는 강빈. 민상궁, 옆에서 같이 눈
물을 찍는다.

강빈   원손을 구한 이를 이리 심양에서 만나다니! 자네가 내
은인일세, 조선의 사직을 지킨 은인이야! 바라는 것은

뭐든 말해보게. 당장 조선에 가고 싶겠지?(하는데)

길채 그보단... 당분간 여기 머물고 싶습니다.

강빈 ...!!

S#9. 심양 장현 여각 내실 / 밤

강빈을 만나 남겠다는 뜻을 밝히고 난 후, 다시 장현에게 향하는
길채. 마침, 안으로 들어서려다 멈칫 선다. 보면, 장현의 손을 끌어
볼에 댄 채 우는 량음. 그저 형님을 안타까워하는 동생의 눈물이라
기엔 그 눈물이 너무도 절절하다. 길채, 뭔가... 묘한 기운을 느끼고.
그 위로, 요란하게 싸우는 청인 부부의 소리.

S#10. 청나라 시골집 마당 / 낮

(Ins,C) *외진 곳에 듬성듬성 집 몇 채가 있는 청나라 시골 마을 외경.*
그중 한 청인집 마당에서 요란하게 싸우는 청인 부부.

청인 아내 저 계집 건드리기만 해!

청인 사내 또 뭔 헛소리야!!

청인 아내 내가 널 몰라? 저번에두 비싸게 주고 사온 계집, 니놈
이 건드려서 임신시켰지? 애 떼려다 계집까지 죽었지?
손해가 얼마냐! 저 계집 건드려서 또 사달나면... 니 어
머니 갖다 버려버릴 줄 알아!!

청인 사내 (픽 치며) 말 다했어!!

S#11.　청나라 시골집 방 / 낮

방 안, 종종이에게까지 고스란히 들리는 싸우는 소리. 하지만 종종이, 알아들을 리가 없다. 보면, 종종이, 누운 노파의 하얀 백발을 빗거나, 얼굴을 단장해주고 있다.

종종이	뭐라는 거예요? 왜 맨날 싸워요?
노파	(말없이 종종이 본다. 니 운명도... 하며 조금은 안쓰러운)
종종이	(머리를 잘 말아 쪽을 지어주곤) 예쁘죠? 제가 이래 봬두, 손재주가 있다구요. 우리 마님 제 손 타는 날은 능군리 사내들 난리 났었는데. 할머니도 내가 매일매일 꾸며 드릴게요.(하며 흡족해하면)
노파	(그런 종종이를 빤히 보며 엷은 미소)

S#12.　청나라 시골 마을 길 일각 / 밤

밤이 깊었다. 사방이 검고 고요한데, 어둠 속에서 다박다박 발소리. 이윽고 드러나는 형체, 구잠이다. 먼 길을 잠도 자지 않고 왔는지 푸석해진 몰골로 주변을 두리번... 살피는 구잠. 종종이는 어디 있을까... 하다, 종종이가 있는 청인집을 지나쳐 가버리고.

S#13.　청나라 시골집 외경 + 방 / 밤

- 시골집 외경

방에서 조심히 나오더니, 얼른 옆방으로 건너가는 사내.

- 방 산

잠든 노파와 노파 발치에 쪼그리고 앉아 잠든 종종이. 그때, 문 열리며 청인 사내 들어온다. 기척에 눈을 뜨곤 아들이 종종이에게 다가가는 것을 말끄러미 보는 노파. 이윽고 사내, 왈칵 종종이를 덮치면, 퍼뜩 눈 떠서 얼른 피하는 종종이. 쫓는 사내, 하지만 종종이 이리 피했다가, 또 저리 도망쳤다가, 두 사람 술래잡기하듯 실랑이 했으나, 결국 왈칵 잡히고 만다.

종종이　　놔, 놔!!! 이 오랑캐 놈아!!

하지만 청인 사내, 막무가내로 종종이를 겁간하려 하고, 이제 기운이 떨어진 종종이, 줄줄... 눈물만 나는데, 벌컥 문 열리더니, 누군가 퍽, 방망이로 사내를 내리쳤다. 구잠이다!

구잠　　이 쌍놈의 새끼가!!(얼빠져 보는 종종이 손 척 잡더니) 가자!!

구잠이 종종이를 끌고 가는데, 그제야 꾸무럭... 정신을 차린 사내. 이이...하며 허리춤에 찬 단도를 빼들고 일어나려는데, 노파, 안간힘을 쓰며 손을 뻗더니, 사내의 꼬랑지 머리를 꽈악... 잡아챈다.

청인 사내　　(머리채 잡힌 채) 아... 아아아!!!

S#14. 청나라 시골 마을 길 일각 / 밤

손을 맞잡고 신나게 도망치는 구잠과 종종이.

종종이 어, 어떻게 왔어...!!

구잠 어떻게 오긴. 날라 왔지.(종종이 보며 헤... 웃고)

S#15. 심양 장현 여각 내실 / 밤 ~ 새벽

이제 잠든 장현 곁엔 량음이 아닌 길채가 홀로 앉았다. 길채의 마음에 의구심이 깃들었다.

(Ins.C) **15부 9씬**

장현의 손을 끌어 볼에 대고 우는 량음.

길채 량음이 나리가 다쳐서 엄청 슬픈가 봐요. 사내가 그렇게 우는 거... 난 첨 봅니다. 좋으시겠어요. 청나라 황녀가 좋다고 목매질 않나, 동생이 형님 다쳤다고 펄펄 울질 않나.

장현 (고요하고)

길채 (가만... 보다가) 근데... 그거 알아요? 나리가 아프니, 이제야 내 차지가 된 것 같아. 나 못됐죠? 나리는 이렇게 아픈데...(하다가, 문득 사람의 기척이 있는지 문 쪽을 살피더니 자기도 물끄러미 장현의 손을 본다) 나도 이 손, 잡아보고 싶었는데...(하고 조심스레 잡더니 배실... 미소)

CUT TO

길채, 장현의 손을 꼭 잡은 채 엎드려 잠이 들었는데, 한순간 길채 손안의 장현의 손가락이 까닥... 움직인다. 이윽고 천천히 눈을 뜨는 장현.

장현, 뭔가 이상하여 아래를 봤다가, 길채가 자신의 손을 꼭 잡고 잠든 것을 보고 놀란다. 장현이 깨어난 것도 모른 채, 색색 작은 숨소리를 내는 길채. 다시금 통증이 느껴져 움찔...했으나, 길채를 보며 설핏, 행복한 미소가 뜨는 장현. 그 위로 쏴아... 비 쏟아지는 소리.

S#16.   폐가 일각 / 새벽
폭우가 쏟아지자 인근 폐가 처마 밑으로 피하는 구잠과 종종이.

구잠	(입구에 서서 밖을 살피며) 웬 비야...(물기 털며 돌아보면)
종종이	(일각에 쪼그리고 앉아 양팔을 쓸며 덜덜 떨고)
구잠	에이, 조금만 더 가면 객잔인데...(종종이 곁에 가서 쪼그리고 앉아) 좀 붙어 앉어. 추우니까.
종종이	(아주 살짝 옮기는 시늉)
구잠	거 참!(하면서 확 끌어당기면, 순간, 두 사람 사이 묘하게 생기는 긴장감. 긴장감 모른 척하며) 거봐, 덜 춥잖아.
종종이	응...
구잠	그치, 하나두 안 춥지.
종종이	응...(하는데)

| 구잠 | 너 그때, 왜 안 왔어? |
| 종종이 | 마님 두고 내가 어딜 가? 그리구...(하는데) |

쪽, 종종이에게 입을 맞추는 구잠.

| 종종이 | (놀라 보면) |
| 구잠 | (전에 없이 진지한 표정) 나... 오래 기다렸어. |

이제 구잠, 가만 종종이의 볼을 감싸더니, 조심스레 입을 맞춘다. 결국 마주 눈을 감는 종종이. 빗소리는 거세지고, 입맞춤도 길어지는가... 싶었으나,

| 종종이 | (갑자기 정신이 드는지 찰싹, 따귀 올려붙이면) |
| 구잠 | (뺨 잡고 얼얼...) |

S#17. 심양 장현 여각 내실 / 아침

장현의 손을 잡고 잠들었던 길채, 아침 새소리에 눈을 떴다가, 여전히 자기가 장현의 손을 잡고 있는 것을 보고 놀라 얼른 뗀다. 주변을 두리번... 누가 본 사람은 없는지 살피다 다시 장현을 보는 길채. 장현, 여전히 죽은 듯 잠들어 있고.

| 길채 | (자는 모습마저 사랑한다는 듯 미소 지으며 수건으로 장현의 얼굴을 톡톡 닦아주는데 밖이 소란해진다) ...!! |

S#18.　　심양 장현 여각 마당 / 아침

길채, 나왔다가 눈 커진다. 보면, 저편 구잠 곁에 선 종종이. 넛남과 짱이, 정희 등이 구잠 곁에서 형아 왔어요!! 해가며 반기고. 그리고 땡땡을 업고 선 양천. 양천, 눈을 가늘게 뜨고 '뭔가 수상한데...' 하는 표정으로 구잠과 종종이를 보면, 구잠, 괜히 찔려서 '뭐요!' 입모양이라도 내며 무안한 표정인데,

길채	(얼빠진) 종종아...
종종이	마님!!
길채	종종아!!!(버선발로 뛰어와 껴안으며) 다친 데 없지? 괜찮지?
종종이	네, 네... 마님...
길채	내가... 아무 일 없을 거라고, 지켜준다고 큰소리 쳐놓고 널 놓쳤어. 미안해 종종아... 미안해...(펑펑 눈물 쏟으면)
종종이	아녜요, 마님... 전, 마님 꼭 다시 만날 줄 알았어요.
길채	(벅차서 끄덕끄덕하더니 흠뻑 젖은 얼굴로 구잠 보며) 고맙네, 정말 고마워! 자네는 이제 내 은인일세, 내 생명을 구해준 은인이야!
구잠	아 뭐, 나야...(헤헤...)

S#19.　　심양 장현 여각 내실 / 낮

잠든 장현 앞에 선 구잠, 눈을 가늘게 뜨고 장현 본다.

구잠	(툭) 일어나 봐요.(장현 고요하자 또 툭 건들며) 일어나

보라니까요...(여전히 요동 없자, 가까이 다가가서 귀엣말) 조선에서 연통이 왔는데 유씨 부인 서방이...

장현 (눈 번쩍)

구잠 (그럼 그렇지... 하며 씰룩) 이장현 꼴 좋다... 꾀병까지 부리고.

장현 아무 말 말아!

구잠 구질구질하게 왜 이래?

장현 (욱해서) 구질...(얼른 소리 죽여) 구질이라니!! 내가 나으면 부인이 조선으로 갈 거고... 그럼, 종종이도 간다!

구잠 (그제야 눈 땡글. 마침 또 길채가 들어오는 기척! 화들짝 장현을 밀쳐 눕히면)

장현 ...!!(억, 소리도 못 하고 눕혀지고)

구잠 (괜히 이불 덮어 누르며) 아주 상처가 깊으신 모양이에요. 이대로 반년, 반년이 뭐야 평생 누워 있어야 될지도 모르겠네.

길채 무슨 소릴! 나리는 깨어나시네!! 종종이는 당장 조선에 가고 싶겠지만, 조금만 기다려 줘. 나리가 회복되기 전까진... 난 아무 데도 갈 수 없어!!!

장현 (쓰윽... 이불 아래로 몰래, 구잠만 보이게 엄지 척)

구잠 (절레...)

S#20. **청인 마을 일각 / 밤**

청인 마을 일각, 주인에게 맞아가며, 절룩거려가며 담을 쌓고 있는 (혹은 짐을 나르는 등의 잡일) 종들, 그중의 한 사내, 한석이다! 그리고 어디선가, 이를 주시하는 시선, 양천과 양천 뒤로 다른 포로 사내들, 등노야, 강달, 사민 등. 주인 사내, 한석과 다른 조선 포로들에게 '게으름 피우지 마!!' 하며 채찍질하다 광 따위로 들어가면,

양천   (눈짓하자)
강달   (얼른 다가가 광의 문을 막아버리고)

한석과 포로들, 당황하는 사이, 강달과 등노야, 사민 등이 이편으로 오라 재촉하며 각자 끌고 오면, 포로들, 손에 든 도구들을 집어던지고 뛰는데, 한석, 겁에 질려 본다.

양천   뭐하네!(오라 손짓)
한석   (벅찬 얼굴 되어) 양천 성님...
양천   가자!
한석   (신나서 뛰는데 절룩절룩)
양천   니도 저네?
한석   (절룩이면서도 신이 나서) 예, 난 오른쪽!

S#21.   국경 강 인근 / 밤
양천이 저편을 매의 눈으로 보고 있다. 이윽고 양천이 손짓하면, 뒤편에서 곧 뗏목을 들고 다다다다 강가로 향해 뛰는 포로들. 한석, 가다가 문득 돌아보며,

한석   고맙습니다. 이장현 나리께도 꼭...

양천	이젠 도로 잽히디 말라!
한석	(울먹이며 *끄덕끄덕*)
양천	가!!(한석 절룩이며 열심히 뛰어가는 모습에 배실... 미소)

S#22.   심양 장현 여각 마당 / 아침

포로들을 막 보내고 온 양천, 조금 지친 몰골로 장현 여각 마당으로 들어서는데,

넙석(E)   우리는 조선에 언제 갑니까?

양천, 돌아보면, 넙석(9부 부후치에게 피떡이 되도록 맞았던 포로1)을 비롯한 포로들 십여 명. 그중 아이를 업은 인옥도 있다.

양천	그걸 왜 내한테 묻네?(하고 가려하면)
인옥	그럼 누구에게 묻습니까?
양천	(돌아보면)
인옥	(얼른 몸을 외로 돌리며) 이장현 나리가 형님이라 모시는 사람은... 그쪽 아닙니까...
양천	...?

S#23.   심양 장현 여각 내실 / 낮

장현, 좀이 쑤시는지 슬쩍 눈 떴다가 끄응... 기지개를 펴는데, 기척! 화들짝 다시 자는 척하려는데,

양천(E)	눈 뜨라.
장현	(그제야 눈 뜨고 헤...) 성님...! 한석이는 잘 보내고 왔소?
양천	(의자 끌어 옆에 앉으며) 기래. 절름발이 일 시키고 편히 누워있으니 좋네?
장현	헤헤... 사람들이 나보다 성님을 더 좋아해. 의주 구양천이라고 하면 덮어놓고 따른다니까.
양천	은제는 한몫 단단히 잡자더니, 번 돈, 포로 보내는 데다 쓰구... 잘하는 짓이구나.
장현	(듣기 싫어... 괜히 귀라도 후비면)
양천	그리구 욕이나 먹구.
장현	욕? 누가 내 욕을 해? 왜 해?!!
양천	다들 자기는 언제 가냐고 난리야. 이래서 내가 포로 일에 손대디 말라 그리... 말했는데...
장현	(욱해서) 그래서 날 욕해? 흥! 가고 싶은 사람은 알아서 가라고 하슈! 가는 길이 위험하니 우리가 보내주는 것도 모르고! 아 몰라, 난 몰라!(하며 이불 뒤집어쓰고 누워버리는데)

CUT TO

앉아서 양천에게 이것저것 포로들의 일을 맡기는 장현.

| 장현 | 일단 주인이 속환시켜줄 만한 사람은 차용증 써서 속환시키고, 영 가망 없는 사람은 몰래 조선에 보내는데, 그게 다 순서가 있으니까 순서대로... 담에 가는 사람은... 넙석, 삼생, 두남, 허창이... |

다박다박, 다가오는 발소리 기척! 장현, 양천 눈 똥그래지는데,

길채   (문 열며) 무슨 말소리가...(하고 보면)

양천   (괜히 훌쩍거리며 중얼중얼) 이장현이, 어서 일어나야
        지. 내래, 니가 아프니... 마음이 찢어질 듯 하고...(하며
        훌쩍)

길채   (덩달아 훌쩍...) 꼭, 일어날 겁니다...

양천   ...그래야디, 허면...(하고 나가면)

길채   (조심히 이불 덮어 다독여주며)

장현   (휴우... 안도)

S#24.   동장소 / 낮

장현이 누워있고, 길채가 장현의 이불 따위를 단속해주는데, 마침
들어온 량음. 길채와 량음, 잠시 서로 어색하게 의식하는데, 그때,
장현이 작은 신음을 흘리면, 길채와 량음이 동시에 일각에 놓인 물
수건으로 향한다. 같은 물수건을 쥐게 된 길채와 량음. 당기는 길
채, 놓지 않는 량음. 길채 다시 당기는데, 확, 뺏어버리는 량음.

길채   (휘청...)

량음   (다가가서 장현의 이마를 톡톡 닦아주며) 웬 식은땀을
        이리 흘려...

장현   (못마땅한지 으으... 신음)

길채   탕약을...!(하며 약사발로 향하고)

량음   (이번에도 움직여 동시에 잡아 팽팽해지는데)

길채   (이번만은 눈에 힘을 주더니 확, 그릇을 당겨버리고)

그 와중에 왈칵, 장현의 얼굴에 쏟아지는 탕약. 장현, 움찔도 못 한 채, 고대로 탕약물을 맞고.

S#25.   **심양 장현 여각 마당 / 낮**

여각 마당에 인옥과 넙석을 비롯한 포로들이 있고, 그 앞에 선 양천. 양천 옆, 구잠이 탁상을 놓고 앉았고, 조금 떨어진 곳에서 인옥이 근심 가득한 표정으로 병희를 업고, 처분을 기다리는 표정으로 양천을 보고 있다. 이윽고 목청 높이는 양천.

양천   이장현이 아파. 해서... 당분간 남자들 일은 내가 맡기로
           했다. 이장현이가 하던 대로 주인한테 속환 받을 수 있
           는 사람들은 우리가 돈을 꿔줄 테니까네 여기다 차용
           증을 쓰라!

둘네   허면 언제까지 갚으면 됩니까?

용이   조선에 가서 농사지어 갚아도 됩니까?

양천   (쩝...) 기래.

창삼   허면, 삼 년, 아니 오 년이 걸려도 됩니까?

삼석   (구김살 가득) 십 년은... 안 되겠지요?

구잠   거 당연히 안 돼(지! 하려는데)

양천   된다. 갚겠다고 약조만 하면, 돈은 꿔준다.

포로들, 참말입니까? 나중에 딴말하지 않겠지요? 왜 이래? 양천 성

님이 된다잖아, 고맙습니다, 고맙습니다!! 좋아 어쩔 줄 몰라 하면.

구잠   (양천에게) 아, 왜 그래요? 장현 성님 누워있는 동안에
            라도...

양천   (대꾸도 않고 다시 목청) 잘 들으라! 아무리 속환이 됐
            더라도 조선까지 가는 길이 험한 건 다들 알고 있다?
            강 건너다 죽기도 하고, 속환 문서 뺏겨 도로 잡혀 오기
            도 하고, 산적 도적 만나 죽기도 하고...

포로들   (서로 근심스런 표정 나누면)

양천   그러니 세자 저하 밑에서 농꾼이나 짐꾼으로 일하다
            가, 사신이 오갈 때 같이 조선에 들어가는 게 제일 좋
            아. 그리 알고, 시키는 일 열심히 하라! 알았어?

포로들   예예!!!(신나게 차용증 쓰는 줄 서면)

구잠   (어금니 꾹... 물고) 돈 새는 소리 자알... 들린다...

CUT TO

포로들이 줄을 서서 구잠에게 차용증을 쓰면, 옆에서 뭐라 뭐라 지
시하는데,

양천   기래, 거기다 이름, 사는 곳... 길티, 그리고 언제 갚을지...

구잠   (구시렁) 차용증 받음 뭐해. 돌려받을 수나 있어?(하는데)

인옥(E)   ... 내 주인은... 절대 날 속환시켜 주지 않을 겁니다.

보면, 인옥과 그 옆에 동조하는 듯 뭉쳐 선 넙석, 정인, 정희, 노인1,
2 등.

인옥	돌아가면...(병희 꼭 안으며) 우리 병희... 뺏깁니다.
정희	저두...(정인을 꼭 안으며) 동생이랑 따로 팔아버릴 거예요.
넙석	나도 여러 번 도망쳐서 잡히면 죽소.
노인1	나는 주인을 찾을 수 없어서 속환증을 만들 수가 없어. 만약 그냥 조선에 가면... 도망한 포로 취급받아 다시 잡혀올 걸세.
양천	(인옥 봤다가, 다른 포로들 보더니) 주인이 속환시켜 주지 않는 포로들, 주인이 버리거나 잃어버려서 속환증을 만들 길이 없는 포로들은... 조선에 몰래 들어가야디. 하디만 여자나 노인들은 힘들어. 게다가 애까지 있으면...
인옥	갈 수 있습니다, 보내만 주십시오!! 보내만 준다면, 내 여기서 잡일이라도 하면서...(하는데)
양천	(잠시 인옥 봤다가 무뚝뚝하게) 누가 그쪽 보구 잡일 하랍네까? 애나 잘 보시디오!(하며 가버리고)

S#26. 장철의 집에서 제자들과 생활하는 연준
(Ins.C) 장철집 외경

- 장철집 내실 / 낮

연준과 도전 등, 장철의 제자들 대여섯이 서로 마주하곤 대화를 하고 있는데, 마침 지나다 이를 듣는 장철.

도전	자네는 스승님을 도와 무슨 일을 하고 싶은가.
연준	난...
제자들	(모두의 시선이 집중되면)
연준	...조선 땅에서 오랑캐를 지워버리고 싶어. 오랑캐가 오기 전, 의리가 살아있던 조선으로 돌아갈 수만 있다면... 내 목숨도 아깝지 않아.
장철	...!! (연준의 결심이 이 정도였던가...)

- 장철집 내실 / 낮

이젠 연준과 도전 등이 서로 각자 상소문으로 올릴 글을 쓰고 있는데, 곧 장철이 들어온다. 장철, 제자들 사이를 지나다 문득 연준 곁에서 멈춘다.

연준(N)	몇 년 동안의 흉년에 뒤이어 이번 팔도에 크게 닥친 가뭄으로 밀과 보리가 이미 말라죽어 온 들이 붉게 물들었으니, 이는 실로 전에 없던 큰 재변입니다. 옛날부터 큰 이변을 만나면 반드시 천하에 큰 사면령을 내렸으니 전하께오서도 은전을 베푸시고 형장을 감하시어 하늘을 편하게 하시옵고...(하는데)
장철	(연준이 쓰던 상소를 들어 읽더니) 오랑캐는 창검을 휘둘러 조선 땅을 짓밟고 전하를 겁박하는데, 이런 나약한 글로 전하를 움직일 수 있겠느냐?(절레... 놓고 가면)
연준	(...!! 당황하여 자신의 상소문을 다시 보고)

S#27.   한양 길채집 별채 은애방 / 밤

열심히 상소를 쓰는 연준. 은애, 연준 옆에서 그런 연준을 흐뭇하게
보며 바느질 따위를 하고 있다.

연준(N)   옛날부터 큰 이변을 만나면 반드시 천하에 큰 사면령
을 내렸으니 이는 그중에 가증스러운 범죄의 진범이
있는 줄을 몰라서가 아니라 백성의 원망이 하늘에 닿
을 것을 근심한 때문이옵니다. 헌데 감사·병사로부터
수령에 이르기까지 형장을 화풀이하는 도구로 삼으니,
백성들이 어떻게 수족을 편히 두겠나이까.

그때, 상소문 위로 투둑, 떨어지는 코피.

은애   (놀라 소매춤으로 얼른 연준의 코를 막으며) 서방님!!
연준   괜찮습니다.(하곤 반짇고리함에 있는 천 조각을 뭉쳐
대충 코를 막곤 다시 상소문에 집중하면)
은애   (그 모습을 안쓰러우면서도 애틋하게 보고)

S#28.   장철집 마당 / 낮

밤새 쓴 상소문을 들고 조금 흥분되고 상기된 얼굴로 장철집 마당
으로 들어서는 연준. 마침 마당에 있던 도전이 연준을 맞는다. 헌
데, 저편 내실 앞에 하얀 소복을 갖춰 입은 제자들이 몇 서 있다.

연준   무슨 일인가?

도전 　오늘이 스승님 선친이신 영무공의 기일이거든. 해마다 기일이 되면 저리 식음을 전폐하시지.

(Ins.C)　장철집 사당 안 / 낮

아버지 '영무공(榮繆公)'의 위패 앞에 무릎을 꿇고 앉아 위패를 보는 장철. 이제껏 누구에게도 보이지 않았던 얼굴이다. 억울하고, 분하고... 혹은 슬픈, 깊은 고통에 잠긴 표정.

도전 　헌데 아버님의 기일과 스승님의 하나뿐인 아드님이 죽은 날이 같다더군. 해서... 어쩌면 아드님의 죽음을 애통해하시는 것일 수도 있어.

연준 　아드님이... 있었어?

S#29.　심양 장현 여각 내실 / 낮

연준의 말에 대답이라도 하듯, 화면 가득 등장하는 장현의 얼굴. 등 긁개로 벅벅 등을 긁으며 찡그렸다, 희열을 느꼈다... 하고 있다.

장현 　으으... 아, 으으으..

구잠 　(장부 들고) 그래서 갈림 박시에게 채단 백 필, 노시 박시한테 백면지 이백 권을 보내라고?

장현 　(끄덕) 말 잘해! 그래야 지삼 이문 나눌 때 우리한테 이로우니까.

구잠 　...내가 말을 무슨 수로 잘해요!

장현 　량음을 데리고 가면 될 일 아니냐...(하며 다시 벅벅 긁

는데 또 길채가 들어오는 기척, 얼른 집어 던진다는 게
길채 쪽으로 날아가는데)

이번에도 길채, 들어왔다 곧, 의아한 표정 된다. 보면, 등긁개로 마
구 제 등을 긁고 있는 구잠.

길채	(눈꼬리 매워지며) 뭐하는가?
구잠	아, 등이 가려워서.
길채	아픈 나리 앞에서 무슨 추태야? 나가 있게!!
구잠	예? 예...(굽신거리며 나가면)
길채	(장현 옆에 앉아서 수건으로 손을 닦아주다가) 어머, 여기 귀여운 점이 있네.(하며... 장현의 손목 한켠의 작은 점을 손가락으로 만질만질...)
장현	(사르르... 녹고)
길채	(마주 물수건으로 다른 손 닦아주며) 심양에서 농사를 짓는다지요? 저도 틈을 보아 농사일을 도울까 합니다. 밥값은 해야지요.
장현	...?!!

S#30.　농사일을 돕고 장현의 병구완을 하는 길채
- 심양 가마 앞 / 낮

이글거리는 가마 앞, 쪼그리고 앉아 가마 안의 불길을 보는 길채,

길채	더 불을 지피게. 쇳물을 녹이려면 아직 멀었어.

사내들   (길채 말에 따라 가마에 더 나무를 넣어 불을 지피고)

- 심양 장현 여각 내실 / 밤
밤새 장현의 곁에 머물며 병간호를 하며 종알종알 수다를 떠는 길채.

길채   농기구를 수선하겠다고 했더니 세자빈 마마께서 가마를 만들어 주셨어요. 제가 한양에서 장도도 만들던 사람인데, 농기구 땜질쯤이야 누워 떡 먹기지요.

- 심양 장현 여각 마당 / 아침
탕약을 받쳐 들고 장현에게 가려다가 우뚝 선 량음. 안색이 굳으며 서늘해진다. 안에서 들려오는 길채의 노랫소리! 량음의 노래를 길채가 흥얼거리고 있다. 마치 자기 노래를 뺏긴 기분이 든 량음, 차가워지고.

- 심양 장현 여각 내실 / 아침
상반신을 탈의한 채 누운 장현. 길채가 흥얼흥얼, 량음의 노래를 부르며 수건으로 장현의 몸을 닦아주는데, 장현, 눈을 꾸욱... 감았으나 민망하다. 간지럽기도, 좋기도, 부끄럽기도 해서, 무표정을 유지하기 힘든데, 이제 끙... 안간힘을 쓰며 장현을 뒤로 눕히는 길채. 순간, 길채의 얼굴에 물음표가 떴다.

길채의 시선 끝, 장현의 등허리에 깊고 길게 난 흉. 장현, 덩달아 긴장하고. 길채, 궁금해진다. 이건 어디서 생긴 흉일까?

S#31. 심양 장현 여각 내실 / 낮

죽은 듯 눈을 감고 있는 장현. 다들 농사일이라도 나갔는지, 장현 말곤 아무도 없다. 결국 장현, 눈 번쩍 뜨곤, 홱, 문 쪽을 본다.

장현 왜 안 와...(이제 초조하게 발이라도 까닥까닥...) 길채야... 어딜 갔니... 왜 안 오는 것이냐아아...(하다가 벌떡 일어나더니) 에잇!(하며 밖으로 나가고)

S#32. 심양 가마 앞 / 낮

몰래 숨어서 어딘가를 보는 장현. 보면, 저편에서 길채가 사내들에게 특유의 카랑한 목소리로 잔소리를 하고 있다.

길채 그러길래 충분히 달궈진 다음에 식히라구요! 쇠 다루는 일은 성미가 급하면 안 된다고 내 몇 번을 말했소!!
장현 거거... 성질 하곤... 성미는 부인이 젤 급해.

S#33. 들판 / 낮

이번에도 쓰윽... 고개를 내밀고 어딘가를 보는 장현. 보면 저편, 길채가 수선한 땜질을 마친 작은 호미와 낫 등의 농기구들이 쏟아내면, 농부들, 기분 좋게 하나씩 들고 들판으로 나서고, 그 곁에 서서 이를 흐뭇하게 보는 길채, 자기도 호미 하나를 들더니 농꾼들을 따라간다.

장현   논일을 왜 해? 하지 말래두, 손 다쳐!!

하지만 길채, 벌써 인옥의 곁으로 가서 곁눈질로 살피며 호미질을
하고.

S#34. 들판 / 낮

들에서 일하는 양천, 구잠, 노인1, 2(12부 포로시장에서 장현이 가장 먼저
샀던 노인1, 2), 둘네, 용이, 창삼, 삼석, 넙석, 강달, 사민, 등노야 등의
포로들 곁으로 가서 일하는 길채. 마침, 길채에게 들리는 노인들의
대화.

노인2   (김매다가 옆의 또래 노인1 보더니) 형님은 이름이 뭐
         요?
노인1   응. 얼수.
노인2   (눈 똥그래지더니) 나는 절순데.
노인1   (...!!) 얼수...
노인2   절수?!!
길채   (두 노인의 대화를 피식, 웃으며 듣는데)

마침, 저편에서 새참을 이고 지고 오는 종종이와 정희 등.

정희   새참 드세요!!
길채   (환하게 미소 지으며 보고)

CUT TO

장현의 흐뭇한 시선 끝, 맛있게 주먹밥을 먹는 길채와 인옥 등. 그리고 일각, 종종이가 농꾼들에게 새참 주먹밥을 나눠주고 있고, 바로 옆에 쪼그리고 앉아 꽃 한 송이 들고 수작 거는 구잠.

구잠	(꽃잎 하나씩 떼며) 종종이는 나를 좋아한다, 안 좋아한다, 좋아한다, 안 좋아한다...
종종이	(농꾼들에게 주먹밥 나눠주며) 저리 가!
구잠	좋아한다..(마지막 하나 남았는데) 안 좋아...
종종이	(어라? 이건 아닌데...)
구잠	(남은 꽃잎을 찢어 두 개 만들어) 안 좋아한다, 좋아한다!!
양천	(저편에서 주먹밥 먹다가 구잠이 수작 보며 고개 절레...) 꼴값...(하다 문득 저편에 앉은 인옥 본다)

보면, 인옥이 주먹밥에 섞인 콩을 걸러내고 있다. 이를 보곤 쓱... 일어나더니, 새참 나눠주는 종종이에게 가는 양천.

양천	담부턴 콩 넣디 말라.
종종이	(발끈) 왜요? 구잠이는 콩 좋아해요!!
구잠	그래!!
양천	넣디 마!(하고 가면)
인옥	(말끄러미 양천을 보고)

주먹밥 맛있게 먹으며 종종이와 구잠 등의 수작을 보는 길채. 산들

바람이 불자, 길채, 상쾌한 미소를 지으며 이마의 땀을 닦는데, 일
각에 서서 이를 지켜보는 장현의 마음에도 행복한 미소가 뜬다.

장현   ...보고 싶었어. 그대가 웃는 얼굴.

S#35.   심관 정원 일각 / 낮

소현이 재신들과 뭔가 상의하며 걷고 있는데, 다다닥 기쁜 얼굴로
다가온 언겸.

언겸   저하, 들판에!!

S#36.   심양 들판 / 낮

들판 일각에 서서 놀란 얼굴이 된 용골대. 들판에 파릇하게 벼가
자라고 있다. 탱글탱글 탐스럽게 익어가는 벼들.

용골대   이 마른 땅에서 어찌!!
정명수   (괜히 삐죽) 모르셨습니까? 원래 조선 사람들은... 농사
           로 치면 천하제일입지요.

어쩐지 이 순간만큼은 정명수도 으쓱하니, 자랑스러운 모양. 심양
들판을 가득 채운 벼들이 바람 따라 솔솔~~ 한들거리고.

마침, 다른 일각에서 바쁜 걸음으로 들판에 당도한 소현과 재신들.

강빈이 들판 일각에 있다가 읍하여 소현을 맞는다.

강빈, 보시라는 듯 시선을 들판으로 옮기면, 온 들판에 싱그럽도록 파란 물결이 넘실대고 있다.

저편에서 얼수가 노동요를 부르기 시작하자 곧, 절수를 비롯 여기 저기서 따라 부른다. 농요가 퍼지며, 더할 데 없이 평화로운 풍경이 펼쳐지고, 신나게 따라 부르는 구잠, 이를 보며 웃는 길채와 종종이, 따라 부르지는 않지만 무표정한 얼굴에 괜히 박자 맞추며 어깨 들썩하는 양천 등.

이 모습에 소현 벅차오르는데, 뒤에서 훌쩍거리는 재신1의 음성.

재신1 조선에 있을 때 생각이 납니다. 김매기철만 되면 마을 농꾼들이 저리 노래를 불렀지요.

이윽고 다른 재신들도 괜히 훌쩍, 눈물을 훔치고. 곧, 소현의 눈자위도 붉어진다.

소현 난... 백성들이 일을 하며 무슨 노래를 부르는지도 모르고... 그저 안에서 책만 읽었어...

강빈 (그런 소현을 역시 벅찬 미소로 보고)

S#37. 심양 장현 여각 내실 / 낮

길채가 파란 벼 낱알이 든 바구니를 들고 들어와 장현 옆에 앉는다.

| 길채 | 보세요. 탐스럽지요? |

하고 보면, 역시나 죽은 듯 누운 장현. 길채, 한순간 죄책감에 휩싸인다.

| 길채 | 낟알은 익어가는데 어찌 기운을 차리지 못하셔요? 무섭습니다, 이러다 나리가 영영 깨어나지 못하면...(점점 격해지며) 차라리 제가 죽었어야 했습니다. 나리가 잘못되면, 저 역시 살 자격이 없습니다.(이제 펑펑 장현 품에 엎드려 울며) 저도 죽을 거예요. 아니, 지금 내가 죽어서 나리가 살 수 있다면, 당장 죽어서... |

절절한 길채의 자학을 들으니, 장현, 맘이 아파 더는 아픈 척하기 힘들어진다. 결국,

장현	으으으...(하며 막 정신이 든 척 몸을 뒤채면)
길채	(놀라) 나리! 기다리십시오, 의원을...!!(하며 뛰쳐나가려 하자)
장현	(턱, 길채 손목 잡으며) ... 같이 있읍시다!
길채	...!!

S#38. 심양 장현 여각 마당 / 낮

장현과 길채가 마당에 섰다. 절룩이며 엄살을 떠는 장현. 조마조마 지켜보는 길채. 그리고 괜히 장단 맞추는 구잠, 이 모든 꼬라지를

보며 절레... 하는 양천.

장현 내 병은 내가 압니다. 내 말도 하고 밥술도 넘기니 멀쩡 해 보이겠지만,(절룩절룩하며) 정말 다리가 너무 아파! 너무너무!

구잠 응... 내가 성님을 아는데 이거 엄청 아픈 거예요!

길채 (안절부절) 아파요? 이를 어째! 헌데...(고개 갸웃...) 화 살은 등허리에 맞았는데, 왜 다리가..

장현 (뜨끔했으나) 이 사지육신이란 것은 다... 연결된 겁니다!

구잠 아, 암!! 연결되고말고!(하고 양천 쿡 찌르면)

양천 ... (마지못해) 길티요. 나두...(뭐라 말해야 할지 눈 꿈뻑 꿈뻑...하다가) 머리통을 맞았는데... 다리를 절어.

길채 (놀라) 어머!

장현 (한두 걸음 걷다가) 아아아아!!

길채 (얼른 부축하며) 에그머니, 조심조심하셔요!

장현 (자신의 팔을 꼭 안은 길채를 보자 흐뭇해져서) 그래... 혼자선 도저히, 도저히 걸을 수가 없어!

길채 예! 그럼요, 연습을 해야지요. 연습을... 하나 둘, 하나 둘!! 옳지, 옳지!!(부축하여 마당을 나서면)

장현 (실실.. 속웃음 삼키며 걷고)

양천 (그 뒷모습 보며 절레절레...) 이장현이... 다 베렸구나...

구잠 내가 말했잖아요...

S#39. 심양 호숫가 / 낮

오후의 햇살 아래 윤슬이 반짝거리고, 들리는 것은 맑은 새소리, 잔잔한 물결 소리, 바람 따라 나무 잎사귀 부대끼는 소리뿐. 고즈넉한 호숫가에 나란히 앉은 장현과 길채.

길채	대체 나리는 뭐 하는 사람입니까? 심양에서 나랏일 하는 줄 알았더니 고새 또 황녀를 꼬드기셨소?
장현	꼬드기긴 무슨! 황녀 지 혼자 나를...(하다 어라?) 질투합니까?
길채	허! 질투라니요! 내가 그 눈 쪽 찢어진 못생긴 여자를... 왜 질투합니까! 거기다 량음...(잠시 머뭇하다 말 돌린다) 아무튼... 나리가 무슨 생각을 하고 사는지 아직도 모르겠어요. 양반은 맞습니까? 소문에...
장현	(살짝 민망해진 표정)
길채	(그 표정 보고 놀라) 허면... 소문대로 공명첩을 사서 양반이 되셨소?(발끈) 원랜 상놈이었소?!!
장현	(괜히 풀때기 뜯어 던지며) 관아 노비. (길채, 허걱!!) 사또 요강 비우고, 밤새 화롯불 지키는... 노비.
길채	어머머머!!
장현	어머니는 일찍 돌아가시고, 아버진... 기억도 안 나. 그래두 나라님이 내 쌀을 받으시고 양반 하라고 쾅쾅 도장 찍어주셨으니 이젠 사족입니다. 돈이 좋더군. 그래서 내 돈 버는 일에 열심입니다, 호호... 헌데, 내가 노비였다니... 정 떨어지시오?
길채	(천연스런 장현을 어이없어 하며 보다가 피실...) 차라

리 아예 양반이 안 됐으면 좋을 뻔했지요.

장현   어째서?

길채   내 종을 삼아 가는 곳마다 데리고 다니며 내 맘대로 했을 텐데...(문득 회한, 혼잣말처럼) 그럼... 좋았을 텐데...

장현   허면, 내 다시 공명첩을 무르고 상놈이 될 테니, 부인이 날 사시겠소?

길채   (피식... 웃으며) 그러시든가(요... 하려는데)

장현   (기습적으로 묻는다) 그날, 왜 오지 않았습니까? 왜... 날 버렸소?

길채   ...!!

장현, 아직도 해소되지 않은 물음이 가득한, 그래서 아픈 눈빛으로 길채를 보는데.

길채   버린 게 아니에요. 차마... 가질 수 없었던 거예요. 나리는 나 없어도 살지만...

장현   왜 그렇게 생각하지? 왜, 난 그대 없이도 살 수 있다... 생각했어?

길채   ...!!

잠시 아픈 장현의 눈빛과, 길채의 눈빛이 만나고. 그때, 먼발치에서 장현을 보는 이, 각화다! 각화, 장현을 집요하게 보는데, 그런 각화의 머리를 노리는 시선. 일각, 활(혹은 조총)로 각화를 겨누고 있는 량음!

장현을 다치게 한 각화를 죽이고 싶다는 마음과, 죽여선 안 된다는 저항 사이에서 극심하게 갈등하는 량음. 량음의 손이 부들거리며 떨리고. 하지만 량음, 결국 포기하고 만다. 그때, 기척을 느끼고 휙 돌아보는 각화. 이미 량음이 있던 자리엔 아무도 없다.

S#40.   숲 일각 / 낮

호수 인근 숲 일각. 각화를 죽이는 것을 포기한 량음이 용기를 내지 못한 자신을 자책하며 기운 없이 가는데, 누군가 휙 량음을 끌어 포박시킨다. 각화의 호위병들이다.

량음   (몸부림치며) 놔, 놔!!(하는데)

이윽고 량음 앞에 서는 각화. 가만... 량음을 살피더니,

각화   넌 누구지? 왜 날 죽이려 했어?

량음   (입을 꾹... 다물고 있으면)

각화   너...(하며 미간 좁히다가 그제야 량음 알아보고) 기억 나는군. 이장현과 함께 포로를 잡던... 맞지? 아하! 니 주인을 다치게 해서 날 죽이고 싶었나보지?

량음   (이제 죽일 듯 노려보면)

각화   (피식) 가서 이장현에게 전해. 내가 곧 부른다고.

각화, 가버리면, 량음, 살기 가득한 눈으로 가는 각화를 보는데.

S#41.   심양 장현 여각 내실 / 낮

어쩐지 길채의 답변이 장현의 마음을 위로했다. 장현, 행복한 여운
이 남은 얼굴로 내실 문을 열었다가 의아해진다. 보면, 침상에 앉아
고개를 떨군 채 무겁게 침잠했다가 고개를 들어 장현 보는 량음.

장현   왔어?(하고 절룩이며 들어오면)

량음   내 앞에서까지 꾀병 부릴 필요 없잖아.

장현   ... (피식)

량음   유씨 부인... 조선에 보내야지. 황녀가 또 너한테 해코지
          하면 어쩔 거야.

장현   (각화 얘기에 안색 굳어진다) 그럴 일 없어.

량음   없긴. 황녀는 널 죽이려고 했어.

장현   쉬고 싶어. 그만 가봐...(하며 침상 쪽으로 가는데 절룩
          이다 통증을 느끼며 눈살 찌푸리는 모양새가 꾀병이
          아니다!)

량음   (당황) 다리... 정말 아픈 거야?

장현   (끙... 앉으며 대수롭지 않은 듯 장난스레) 본시 사지육
          신은 다 연결되어 있어서...(하는데)

량음   (시퍼런 분노가 치민다) 강화도에 그 여잘 구하러 갔다
          죽을 뻔하더니, 이번엔 그 여잘 속환시키려다 다리를
          상하고, 담엔 뭐야? 담엔 그 여자 때문에 뭘 내줄 거야!

장현   말 조심해, 그 여자라니!

량음   차라리 지금 죽어. 나는... 너 하나씩 망가지는 걸 도저
          히 볼 자신이 없으니까, 차라리 가서 그냥 죽어버려!

장현   (량음의 폭발에 당황해서 보면)

량음   너 때문에...(눈이 시뻘겋게 충혈 되더니) ...미쳐버릴
         것 같아.

량음, 자리를 박차고 나가버리면, 장현, 얼떨떨한 표정으로 남고.

S#42.   길일각 / 낮

펄펄 눈물을 흘리며 걷는 량음. 장현을 상실할까봐 무섭고... 두렵
다. 문득 떠오르는 장현과의 추억.

(Ins.C)   (회상) 의주 양천 안가 내실 / 낮

장성한 양반 사족 차림 장현이 방 안으로 들어서면, 역시 장성한
량음이 장현을 맞는다. 량음, 얼른 갓 따위를 받아주며,

량음   정말 그 일 해결했어?

장현   그렇다니까. 이제 닝구친도 두말없이 큰 형님께 상납할
         거야.(끄응... 앉으며) 조금만 기다려. 내, 니 노래 맘껏
         할 수 있는 근사한 여각 하나 차려줄 테니.

량음   피... 돈 모아서 장가나 가시구려.

장현   혼인 따위 해서 뭐해. 니 노래나 들으면서 한 세상 살면
         족하지.

하곤 벌렁 드러눕는 장현. 량음이 갓 따위를 수납하는 사이, 뒤에서
들리는 코 고는 소리. 량음, 미소 지으며 보다가 장현의 팔을 베고
누워 장현의 잠든 옆얼굴을 본다.

량음	(장현에게 닿지 않게, 손가락으로 장현의 이마에서부터 콧날까지의 선을 따라 내려오다가) 자알...생겼다!
장현	(여전히 드르릉... 코를 골고)

장현과의 행복한 한때를 떠올리며 소매춤으로 펄펄 흐르는 눈물을 닦아내는 량음.

(Ins.C) **(회상) 의주 양천 안가 내실 / 낮**

한쪽 저고리를 내려 웃어깨의 문신을 보는 량음. 량음, 오래전 새겨진 문신이 싫다. 이윽고 결심한 량음, 옆의 인두를 들어 가져간다. 잠시 망설였으나 문신에 그 인두를 대는 량음. 지지직 살 타는 소리와 함께 시작된 극도의 고통.

CUT TO

문신을 지운 량음이 저고리를 걸치며 고름을 맺고 있는데, 마침 들어오는 장현.

량음	(아무 일 없었던 듯 웃으며) 왔어?(하는데)
장현	응... 왜관에 보낼 물목 장부가...(하며 장부 따윌 꺼내서 보는데)
량음	(가만... 장현의 뒷모습 보다) 나 이제 그놈 종 아니야.
장현	뭐?
량음	(피식... 웃으면)
장현	(왜 저래... 하곤 얼굴로 다시 장부 보는데)
량음(N)	이제 나는...(장현을 보며, 뒷말을 숨긴 량음에게 뜨는

충만한 미소. 그리고 인두 지진 자국에서 서서히 베어
나오는 피)

량음, 장현의 위험을 직감하면서도 아무것도 할 수 없다는 절망감
에 심장이 터질 듯하여 하염없이 눈물이 흐르는데, 맞은편에서 길
채가 종종이와 수다를 떨면서 오고 있다. 길채를 마주한 량음의 눈
엔 새삼 한기가 스미고, 길채, 우는 량음이 의아한데.

S#43.　심양 호숫가 / 낮
장현과 길채가 다정하게 담소 나눴던 호숫가에 이제 길채와 량음이
마주했다. 길채, 어쩐지 량음과 단 둘이 있는 상황이 긴장되는데,

량음　속환되셨으니 이제 조선으로 돌아가셔야지요.
길채　아직 나리 다리가 불편하셔. 다 회복되실 때까지...(하
　　　는데)
량음　병간호는 제가 합니다.

두 사람의 눈빛이 쨍 만나고. 하지만 길채, 이번엔 제대로 마주 본다.

길채　일전에 왜 이역관이 죽었다고 했지?
량음　(대답 대신, 서늘한 눈빛으로 보고)
길채　니가 왜 거짓말을 했는지 모르겠지만, 이역관은 니가
　　　아니라... 내가 간호해주길 바랄 게야.(하고 차갑게 돌
　　　아서려는데)

량음	(품에서 단도를 꺼낸다. 장현이 길채에게 주었던 단도. 량음, 찬 낯빛으로 단도를 빙그르... 돌리다 길채에게 건네면)
길채	(엉겁결에 받았다가 보고 당황하여) 이건...!!
량음	나리 등에 난 상처... 보셨지요? 그 상처가 어찌 생긴 것인지 아십니까?
길채	...?!!

S#44.   심관 강빈 처소 / 낮

놀란 표정의 장현. 보면, 장현 앞에 차려진 진수성찬. 그리고 발 너머 앉은 강빈. 장현, 의아하여 보는데,

강빈	(잠시 말 고르다) 농사가 아주 잘 되었어. 심관에서 쓰고 남은 쌀을 창고에 썩히느니...(차마 말을 잇지 못하면)
장현	...장사를 하고 싶으십니까?
강빈	...!!
민상궁	(역시 속내 들킨 표정)
강빈	...심양에선 일 하나를 성사시키려 해도 정명수부터 용골대, 친왕들까지 모두 뇌물을 요구하지. 허나 그 뇌물마저 조선에 청할 순 없어. 해서 예서 거둔 쌀을 불려...
장현	(미소) 장사를 하여 이문이 남도록 도와드리지요.
강빈	(환해지며) 허면, 이문이 남거든 자네가 관리해줄 수 있겠는가?
장현	그리는 아니 되십니다.

강빈	...!!
장현	본시 번 자가 관리하지 않는 재물은 독이 되지요. 이문이 남거든 누구에게 쓰고, 무엇과 바꾸고, 어디에 두실지는 오직 마마께서 정하소서. 소인은 힘써 돕겠나이다.
강빈	하지만 난 한 번도 재물을 굴려본 적이 없어.
장현	... (어깨 으쓱) 해내셔야지요. 농사일도 해내시지 않았습니까?
강빈	(잠시 당황했으나, 장현의 눈빛을 받더니, 이윽고 고개 끄덕)
장현	(담뿍 미소) 소인, 오늘은 오랜만에 일기를 써야겠습니다. 마마께서 하사하신 밥이며 반찬을 하나도 빠짐없이 그려서 후손들에게 남겨야지요!
강빈	그럼 일기를 쓰겠다고?(웃으며 민상궁 보면)
민상궁	(역시 장현의 넉살에 웃음이 나고)

S#45. 심양 호숫가 / 낮 (43씬 연결)

량음에게 무슨 말을 들었는지, 얼빠진 길채의 표정.

길채	허면... 그때 그 섬에서 날 살린 것이... 참으로...

(Ins.C)   *6부 66씬*

섬에서 청병들과 싸우며 크게 상처를 입는 장현.

량음	예, 나리가 천연두에 걸린 몸으로 오랑캐들을 상대하느

라 죽음 문턱까지 갔었지요. 그리고 또 여기 심양에서...
마님을 구하려다 이제 다리를 접니다.

뒤늦게 모든 사실을 안 후, 온몸이 떨리는 길채. 량음은 더욱 차가
워진다.

량음　　　해서 확실해졌지요.

길채에게 한 걸음 다가가 길채의 눈을 똑바로 보는 량음. 표정은
담담하지만, 이제껏 량음의 눈에 이토록 맹렬한 불길이 이글거린
적은 없다.

량음　　　당신은... 이장현에게 저주야.
길채　　　...!!

S#46.　심양 장현 여각 내실 / 낮

각화의 화살에 뚫리고, 피가 말라붙은 장현의 옷. 그 옷을 들고
홀로 앉은 길채. 넋이 나갔다. 그간의 모든 일들이 길채에게 몰아
친다.

(Ins.C)　　*3부 35씬*
장현　　　*(한숨 푹... 쉬다가) 내가 도와드리리까? 만약 내가 도*
　　　　　　우면, 나한테 뭘 해주겠소?
길채　　　*도련님이 무슨 수로!! 사람 놀리지 말고 가세요, 가요!!*

5부 59씬

길채 근데 말이지요, 도련님은 왜 가는 겁니까? 임금님 구하
는 건 관심도 없다면서요.

장현 *(그제야 짐 싸는 걸 멈추고 길채를 가만... 보다가)* 이유가
궁금하시오? ... 나는 낭자 우는 꼴이 무척 보기 싫거든.

길채 *(욱해서)* 지금 내가 보기 싫어서 간단 말이에요?

장현 아니... 우는 게 보기 싫다니까.

(Ins.C) **7부 3씬**

청군 십수 명을 맞아 필사적으로 싸우는 장현. 섬 일각 쓰러진 장
현. 저만치서 원무가 길채를 데리고 가는 것을 보는 장현의 핏줄
선 눈빛.

(Ins.C) **10부 33씬**

장현 낭자... 내 이제 말하건대, 그날 낭자를 구한 건, 그 사내
가 아니라... 납니다!

길채 일전에 내가 물었을 땐, 섬에 간 적도 없다더니... 이제,
날 구한 게 도련님이다?

장현 ...

길채 *(피실... 크크크큭)* 다른 여인들에게도 이리 얕은 수를
쓰십니까?

(Ins.C) **14부 52씬**

각화에게 화살을 맞고 쓰러지는 장현.

지난 세월, 장현이 자신을 지키기 위해 필사적으로 노력해왔던 것, 그리고 자신이 장현의 말을 믿지 않았음을 깨닫고 온몸이 파들파들... 떨리는 길채. 결국 길채, 두 손으로 얼굴을 감싸고 펑펑, 심장을 토해내듯 오열하고 만다.

S#47. 심양성문앞 / 낮

강빈을 만나고 나오는 장현과 구잠. 구잠, 세자빈 마마께서 정말로 밥을 차려줬다고? 반찬이 뭐였수? 금가루라도 뿌려졌어요? 따위를 하며 나오면, 장현, 실실 웃으며 부채질이라도 하는데, 누군가의 기척. 각화다!

얼른 읍하는 구잠. 역시 조금 굳어진 얼굴로 읍하는 장현. 곧 장현이 허리를 세우면 각화와 장현의 눈빛 만나고.

S#48. 심양 호숫가 / 낮

장현과 각화가 호숫가 일각에 섰다. 훌쩍 먼 곳에 선 각화의 시종들과 호위병들.

각화	안 죽었군.
장현	황녀께서 살려주셨지요.
각화	(피식) 그래, 죽이긴 아깝지. 니가 죽으면 내게 재밋거리가 하나 줄거든.
장현	(쓴 얼굴 되었으나, 정중히) ...부인을 속환시켜 주셔서

감사합니다.

각화 모르나 본데... 난 그 여잘 살려준다고 했지, 그 여자를 니 곁에 두도록 허락한단 말은 안 했어. 그 계집은 이제 조선으로 돌아가야 해.

장현 (예민하게 보면)

각화 난 약속은 지키는 사람이야. 내 손으로 절대 여자에게 손대지 않아. 하지만... 심양에 머무는 조선 포로들에겐 운 나쁜 일들이 생기지.

장현 ...?

각화 이미 속환이 되었어도, 다른 이가 나타나 자기가 주인 이라 우기면 도로 종이 되기도 하고, 속환 문서를 잃어 버려서 또 도망친 노비가 되어 발목이 잘릴 수도, 위조 된 속환 문서를 지니고 있다가 귀가 뚫리거나 운 나쁘 면 목이 잘릴...(하자마자)

장현 (왈칵, 멱살을 잡더니 쿵 소리가 나도록 나무 기둥 따위 에 각화를 밀어붙이면)

호위병들 (놀라 검을 빼들고 오려는데)

각화 (손을 들어 호위병을 저지 시키며) 대련 중이다!

호위병들 ...!!

쨍, 격돌하는 장현과 각화의 눈빛. 부들거리며 떠는 장현.

장현 만약 그 여자에게 손대면... 죽여버릴 거야.

각화 (자신의 멱살 잡은 장현의 손을 겹쳐 잡는다) 니 마음 을 이해해. 나 역시 니가 죽는다는 상상만으로도 괴로웠으니까.

장현   (부들거리고)

각화   여자를 살리고 싶어? 그럼... 조선에 보내.

장현   ...!!

S#49.   홍타이지 침전 / 낮

홍타이지에게 탕약을 바치는 각화. 홍타이지, 여전히 병색이 완연
하여 더욱 초췌해졌으나, 표정만은 밝다.

용골대   (환하게 읍한다) 승전을 경하드리옵니다!

홍타이지   이겼다 하나, 우리 군병을 무수히 잃었다. 아직 산해관
               을 차지하지도 못했어.

각화   폐하, 승리를 즐기십시오.(탕약 올리면)

홍타이지   지금부터가 중요해. 청이 하늘의 뜻을 받았음을 증명
               해야 해. 그러자면 인심을 잃어선 안 돼.(각화 보더니)
               각화, 왕가 여인들 단속을 너에게 맡긴 지 오래다. 짐이
               조선 포로 여종을 학대하는 일로 문제를 만들지 말라
               명했는데, 요즘 왕가 여인들은 어떠하냐?

각화   어찌 폐하의 명을 거역하겠나이까? 제가 잘 단속하고
               있습니다.

홍타이지   (끄덕) 너라면 믿을 수 있지.(하며 탕약 마시는데)

각화   (안색 살피더니) 하오면 폐하, 조선 포로에 대한 일도
               소녀에게 맡겨주시오면...(하는데)

홍타이지   (잠시 틈) 각화, 너는 내 목숨을 구한 딸이다. 나는 너

에게 세상을 줄 수도 있어. 그간 니가 변복을 하고 조선 포로 사냥을 다닌 것도 알고 있었다.

각화 ...!!

홍타이지 허나... 선을 넘어선 안 돼. 포로들을 가혹하게 대하면 인심을 잃는다. 그러니...(하다가 울컥 피를 쏟고)

각화 폐하! (황급히 부축하며) 태의를 불러, 어서!!

S#50. 인조 편전 / 낮

인조 아래 홍서봉, 김류, 김자점, 심기원, 심이웅 등의 대신들이 일벌했는데.

김자점 근자에 심양 소식이 심상치 않습니다. 칸의 병증이 깊은 듯하옵니다.

인조 병이 깊다니?(새삼 겁이 나서) 칸이 병이 나서 마음이 바뀌진 않았겠지. 혹... 명의 선박이 조선 해안에 출몰한 죄를 내게 묻진 않겠지? 심양에 끌려간 최명길에겐 별다른 기별이 없는가?

대신들 (서로 눈치만 보면)

인조 (욱하여) 최명길이 처음엔 자기가 다 책임지겠다 하더니, 어찌 아직까지 목숨을 부지하고 앉아 과인이 추궁 당하는 것을 보고만 있는가?

심기원 (인조를 슬쩍 올려보는 눈빛에 경멸이 스치고)

대신들 (꾹... 입을 다물고 있으면)

인조 (꿍...) 최명길도 김상헌도 청나라로 끌려가... 사대부들

이 또다시 우리 조정에 인물이 없다 할 것이니, 김집과
장철에게 구언(자막: 임금이 신하의 바른 말을 널리 구함)하고,
그의 제자들로 조정을 채우도록 해!

S#51.   인조 편전 앞 / 낮

파하고 나오는 대신들. 제일 먼저 나와 가로질러 가는 김자점 뒤로,
김류, 홍서봉 등이 나온다. 김류가 앞서가는 김자점을 불편하게 보
면, 심기원이 곁으로 다가온다.

심기원　　최명길 대감이 가니, 이제 김자점이 청나라 연줄을 잡
　　　　　고 기세등등하외다.

김류　　　흠...(역시 불편한 기색)

심기원　　그나저나 우리 전하께선 참으로 무서운 분이시오. 그리
　　　　　도 최명길 대감을 의지하며 싸고도시더니, 이제 최대감
　　　　　이 모든 책임을 지고 죽기를 바라시니, 우리 신하들은
　　　　　누굴 의지한답니까. 난 불똥이 튀기 전에 조정을 떠날
　　　　　것이오.(하고 가면)

뒤에 남은 홍서봉, 역시 동조하는 눈빛으로 김류 보고, 김류, 씁쓸
해지는데.

S#52.   장철집 서원 내실 / 낮

제자들이 전처럼 글을 쓰고 있고, 장철 그 옆을 지나며 살피다 이

번에도 연준 앞에 조금 오래 머무는데, 그때, 화급히 다가온 도전.

도전	스승님. 전하께서 구언하셨습니다. 전하께서 김집과 장철의 구언은 무엇이든 소중히 받들어 오라, 명 내리셨다 합니다.
장철	...!!
제자들	(구언? 전하께서? 스승님께 구언을... 따위 말하며 술렁이면)
연준	(역시 조금 놀라고 장철의 뜻이 궁금한 표정으로 보고)

S#53.   장철집 사랑채 / 낮 ~ 저녁

사랑채에 홀로 앉은 장철. 곰곰... 생각에 잠겼다.

CUT TO

날이 저물어 저녁이 되었고, 이윽고 결심을 마친 장철이 고개를 들면, 어느새 윗목까지 빽빽하게 앉은 연준과 도전 등의 제자들. 제자들, 장철을 향해 기대 가득한 표정으로 눈을 반짝이고, 연준 역시 장철이 무슨 말을 할지 잔뜩 궁금한데, 장철, 그 눈빛들을 죽... 보다가 이윽고 입을 연다.

장철	전하께서 구언을 바라시나, 부족한 내가 무슨 도움이 되겠느냐?
제자들	(각기 서운한, 실망스런 표정 되고)
연준	(역시 조금 맥이 풀리는데)

장철	단, 너희들이 조정에 들어, 전하를 돕도록 해.
도전	하지만 스승님께서 굳게 거절하시는데 어찌 저희가?
연준	그렇습니다. 이번에 명과 몰래 교류한 일로 최명길 등 대신들이 청나라로 끌려갔습니다. 전하께서 또다시 오랑캐에 충신들을 내주었습니다. 그런 조정에 들 수는 없습니다!(하는데)
장철	매일같이 종들을 매질하던 부잣집에서 새 마름을 구하였다. 다들 사악한 주인의 마름 노릇은 하지 않겠다 거절했으나, 한 사내가 주인 대신 몽둥이를 들고 종들을 매질하여, 매질을 줄여주었지. 하여 이제 종들은 주인 대신 매질하는 마름을 욕했으나, 진정 백성을 위한 것이 마름 자리를 외면한 자들이겠느냐, 욕을 먹으면서 몽둥이를 든 사내겠느냐? 무엇이 진정한 선비의 길이겠느냐?
연준	...?
장철	대신은 임금의 손과 발이고, 간관은 임금의 눈과 귀인데, 지금 전하의 손발이 잘리고 사방이 막혔으니, 이를 어찌할 것이냐?(도전 봤다가 연준 본다. 그리고 마치 연준에게 말하듯) 가거라. 가서... 전하의 눈과 귀가 되거라.
연준	...!!

S#54. 궁 일각 / 낮

정계에 진출한 연준과 도전, 그리고 다른 간관들이 담소를 나누며

궁 일각을 걸으면, 저편에서 김자점이 연준 등이 가는 것을 유심히 보고.

S#55.　　심양 장현 여각 내실 / 밤

길채, 장현이 피 흘린 옷자락을 두 손에 소중히 들고 본다. 미안하고, 죄스럽고... 하지만 다음 순간, 길채에게 서는 결기.

CUT TO

길채, 탁상에 앉아 조선에 보낼 서한을 쓰고 있는데, 들어오는 량음.

길채	(흘긋 보곤) 마침 잘 왔어. 조선에 보낼 서한을 쓰던 중이었거든.
량음	(반가운) 조선에... 돌아가기로 하셨습니까?
길채	아니, 내 생명을 구해준 은인에게 충분히 보답을 해야 하니... 당분간 조선엔 갈 수 없다고 쓰는 중이야.
량음	...?
길채	(고개 들어 량음 보는데 매섭다) 난 떠나지 않아. 내가 이역관에게 저주라면... 그 저주를 풀 사람도 나뿐이야. 나리가 날 필요로 한다면 언제까지고 남아서... 나리가 회복되도록 도울 거야.
량음	...!!

S#56.　홍타이지 침전 / 낮

홍타이지를 밤새 간호했는지 각화도 초췌해졌다. 홍타이지, 핼쑥해진 얼굴로 죽은 듯 누워있는데, 한순간 번쩍 눈을 뜨는 홍타이지.

각화　페하!(하는데)

홍타이지　(묘한, 좀처럼 이해할 수 없다는 표정으로 천장을 보며 미간을 찌푸리더니, 뭔가 말할 듯 입술을 움찔움찔...)

각화　...?!!

S#57.　심양 호숫가 / 낮

호숫가에서 조각배를 타는 길채와 장현. 햇살이 따사롭고, 장현, 느긋하게 노를 젓는데, 그 모습을 가만... 보던 길채. 오래전 장현과의 한때가 떠오른다.

(Ins.C)　*2부 28씬*

길채　*(가만... 장현을 보다가) 역시 소문이 사실인 모양이군. 나와 이렇게 단둘이 있는데도 볼이 붉어지거나, 말을 더듬지 않아. 비혼인가 뭔가로 살려는 이유가... 사내구실을 못해서라더니...*

장현　*뭐? (너무 재미있다는 듯 껄껄껄 웃음 터지면)*

길채　*(장현의 폭소에 당황스럽다) 아니오? 그럴 리가 없는데...*

장현　*(이번에도 길채가 보기 민망할 정도로 킬킬거리며 크게 웃고)*

길채	예전에 나... 참 어리석었지요?
장현	참... 곱기도 했지.
길채	(조금 슬퍼지면)
장현	(분위기를 바꾸고 싶다) 아무래도 예전 능군리에서 들은 소문이 맞는 게 분명해. 이 이장현이랑 단둘이 있으면서도 말을 더듬거나 떨지 않아... 소문에 꼬리 아흔아홉 개 달린 백여우라더니... 틀림없이..
길채	어머머...

장현, 오래전 길채와 나눴던 대화를 바꿔 농을 하자, 깔깔... 웃음이 터지는 길채. 그런 길채를 보며, 마주 행복하게 웃는 장현.

S#58. 호숫가 나루터 / 낮

쪽배가 나루터에 섰다. 먼저 내린 장현, 이제 길채를 잡아주려 손을 내밀면, 길채, 잠시 망설였으나, 장현의 손에 자신을 손을 얹고, 이제 장현 그 손을 잡고 길채를 내려주는가 싶더니, 왈칵 길채를 안는다.

길채	(놀라 밀치려 하면)
장현	(더욱 강하게 안으며) 이제 여기서... 나랑 같이 있으면 안 될까? 심양이 싫거든 어디든, 당신이 원하는 곳으로...
길채	...!
장현	당신 남편은 당신을 잊었어. 당신이 여기 있는 걸 뻔히 알면서! 그러니... 의리를 지킬 필요가 없지 않소?(이제

포옹을 풀고 길채의 얼굴을 간절히 보며) 그러니...

길채   (역시 간절히 본다. 마치 장현의 마음을 받을 것처럼)

장현   (잠시 희망에 생기는데)

길채   (하지만 결국, 장현의 눈빛 외면하며) 종사관 나리껜...
사정이 있었을 겁니다. 무슨 사정인지, 얘길 먼저... 들
어야겠어요. 제가 직접 들은 연후에...

결국 피식... 자조적인 웃음이 새는 장현.

장현   그렇지, 당신에겐... 남편이 있었지.(타박타박, 저편으
로 걸어가며) 남편도, 아비도, 동생도 있지...

길채   (멀어지는 장현을 보며 울 것 같은 얼굴이 되는데)

S#59.   심양 장현 여각 내실 / 밤

길채의 거절을 듣고 온 장현, 상심한 채 침상에 앉아있다가, 상처에
통증을 느끼곤 미간을 찌푸린다. 장현, 끙... 옷을 벗고 몸통을 감싼
면목을 푸는데, 조심스레 문 열리는 소리. 보면, 할 말이 남은 표정
의 길채다. 길채, 장현이 면목 풀다 만 것을 보곤 다가와 대신 면목
을 풀어주며,

길채   예, 제겐 아버지도, 남편도 동생도 있지만... 생명의 은
인도 있습니다. 나리를 위해서라면 저 역시... 제 목숨
따위 아깝지 않아요. 하지만...

장현   하지만... 날 사랑할 수는 없다는 건가?

길채	...
장현	당신이 나 대신 죽어주길 바란 적 없어. 내가 바라는 건...

장현, 길채의 눈을 깊게 보다가 손을 들어 천천히 길채의 동그란 눈썹, 볼을 지나쳐 마지막으로 입술을 가만... 만져본다. 두 사람 사이, 그 어느 때보다 강렬한 긴장이 흐르고,

길채	(눈빛은 빨려 들어가면서도 안 된다는 작은 고갯짓...)
장현	(하지만 밀어붙이겠다는 듯, 길채의 귓불에 입을 맞추더니 이윽고 입술로 내려오려고 하고)
길채	(손으론 장현의 가슴께를 밀어 막아보았으나, 힘이 실리지 않는다) 나리, 저는... 조선에...
장현	(이제 길채의 입술을 덮으려는 찰나)
언겸(E)	이보게, 이역관!

멈칫, 하는 장현. 길채 역시 그제야 정신이 든 듯 숨을 고르고. 장현, 예민해진 표정으로 보는데.

S#60.　심양 장현 여각 마당 / 낮

장현, 옷 앞섶을 추스르며 나오면, 마당, 황망한 표정으로 서성이는 언겸.

장현	(조금 짜증이 나서) 뭐가 그리 급해서...(하는데)
언겸	칸이 죽었네!!

장현   ...?!!

S#61.   조선 궁 편전 / 낮

놀란 인조의 얼굴이 화면 가득. 카메라 멀어지면, 숙인 고개 아래, 전전긍긍 생각에 잠긴 김자점. 그리고 불안스레 시선을 나누는 김류, 홍서봉 등의 대신들.

인조   (황망하여) 칸이 죽다니? 허면... 누가 그 뒤를 잇는단 말인가?

S#62.   황궁 정원 / 낮

쿠쿵... 전면에 등장하는 도르곤의 얼굴. 뒤로 윤친왕 등의 친왕들을 거느리고 위풍당당하게 걷는 도르곤.

그리고 일각, 이를 두렵게 보는 소현과 그 뒤 언겸과 재신들, 그리고 역관의 자리에 선 장현.

S#63.   홍타이지 사망 이후, 인조와 소현 교차
- 인조 편전 / 밤

인조가 김자점과 독대했다.

김자점   이제 여섯 살 된 칸의 아들이 황위에 올랐으며, 구왕 도르곤이 섭정왕이 되었습니다.

인조　　　허면... 이제 천하는 도르곤의 세상이 되었단 말인가?

- 소현 침전 / 낮

역시 소현과 독대한 장현.

장현　　　예, 이제 천하는 도르곤의 것입니다. 허나...

소현　　　...?

장현　　　바꿔 생각하면, 도르곤은 직접 황위에 앉을 힘이 없으니 어린아이를 앞세우고 고작 섭정왕으로 만족해야 했지요. 아직 도르곤은 청을 완전히 장악하지 못했습니다. 이전 황제가 황위에 오르자마자, 도르곤의 어머니를 순장시켰듯, 이제 도르곤도 자신의 세력을 다지기 위해선 무엇이든 할 것입니다.

소현　　　허면... 우리 조선은...?

- 인조 편전 / 밤 (씬 연결)

인조　　　허면... 도르곤은 우리 조선을 어찌할 것으로 보이는가? 병자년에 날 죽이고 조선에 오랑캐 왕을 앉히겠다 주장한 자들도 있었다. 이번에 그런 자들이 권세를 잡으면 어찌하는가?

김자점　　...!!

- 소현 침전 / 낮 (씬 연결)

역시 두려움 가득한 표정으로 장현에게 묻는 소현.

소현   병자년에 칸에게 조선을 쪼개어 청나라 친왕들에게 나
        누어 주자는 자들도 있었다. 만일 그런 자들이 도르곤
        에 붙어 권세를 잡으면, 이제 조선은 어찌 되는가?

장현   (역시 근심스럽다) 도르곤이 누굴 곁에 두고, 누굴 쳐
        낼지... 이제 곧 윤곽이 드러날 것입니다. 앞으로 몇 달
        간 도르곤이 손을 내미는 이가, 앞으로 도르곤과 함께
        할 이들입니다. 그러니... 우리도 움직여야지요.

언겸   (역시 근심이 깊어지고)

장현   소인이 용골대 장군을 만나 도르곤의 기색을 알아보겠
        나이다.

S#64.   심양 장현 여각 마당 / 낮

장현이 바삐 여각 마당을 나서면, 마침 저편에서 장현을 보고 다가
가려는 길채. 하지만 길채가 장현에게 닿기도 전, 마침 여각 문 앞
에서 대기하던 언겸이 장현과 만난다. 두 사람 대화하는 기색이 심
각하고.

차마 더 다가가지 못하고 그 모습을 보는 길채. 그제야 시선을 느
낀 장현, 길채를 보고 조금 안타까운 표정.

장현   (눈빛으로 '잠시 다녀오리다')

길채   (끄덕끄덕... '다녀오세요')

곧, 장현, 언겸과 함께 바삐 길을 재촉하면, 멀어지는 장현을 보는

길채, 왠지 조금 불안, 쓸쓸해지는데.

S#65.　용골대 집무실 / 밤

용골대, 의아한 표정. 그리고 그 앞에 선 장현과 언겸.

언겸　(비단에 싸인 뭔가를 용골대 앞으로 내민다)

용골대　(열어보면 금으로 만든 불상! 놀라 눈 커지면)

언겸　(조선말로) 세자 저하의 마음입니다.

장현　(번역해준다) 세자 저하께서 특별히 용골대 장군을 위해 만드신 불상입니다.

용골대　날 위해... 세자께서 직접?

장현　(끄덕) 조선에선 남편이 관직에 나갈 때, 여인들이 돈을 들여 무사태평을 비는 불상을 만들곤 합니다. 장군역시... 불안하시지요?

용골대　(순간 안색 변해서) 니 따위가 뭘 안다고?!!

장현　(언겸에게 눈짓하면 언겸 나가고)

이제, 장현과 용골대만 남았다.

용골대　(이 놈이 무슨 말을 하려는 게야... 하고 보면)

장현　불안하신 것을 압니다. 이제 구왕(자막: 도르곤)께서 섭정왕이 되었으니, 장군께선 숙청될 수도 있지요. 하지만...

용골대　(속이 들켰다. 마른침 삼키며 보면)

장현　하지만... 그리는 안 될 일이지요. 대청이 조선을 얻은 것은 누구의 공입니까?

용골대 ...?

장현 잊으셨습니까? 조선을 얻은 것은 용골대 장군과 또... 오직 섭정왕의 덕분이지요. 그 사실을 가장 잘 아는 분이... 우리 세자 저하십니다.

용골대 ...!!

장현 우리 세자께선 장군을 믿고 또 지지하지요. 병자년에 어떤 친왕들은 조선을 쪼개 자기들이 통치하겠다 하였고, 어떤 자들은 조선왕을 죽이고 직접 다스리자 하였으나, 오직 섭정왕과 용골대 장군만이 조선의 사직을 보존케 해달라 청하셨다지요?

용골대 (조금 당황) 그, 그것은...!!

장현 (미소) 이제 기억나십니까? 해서 장차, 세자 저하께서 조선의 임금이 되시면, 조선에서 나오는 모든 물산의 이권은 오직... 장군과 섭정왕만을 통할 것입니다.

용골대 ...!

장현 조선은 용골대 장군과 함께, 용골대 장군은 섭정왕과 함께하시지요. 섭정왕과 장군과, 우리 조선이... 함께 가는 겁니다.

용골대 ...!!!

S#66. **인조 편전 / 낮**

당황스럽고, 이해가 안 된다는 표정이 된 인조. 그 아래, 입을 꾹... 닫은 김자점. 그리고 인조처럼 조금 당황스런 표정이 된 김류, 홍서

봉, 심기원, 심이웅 등의 대신들, 간관의 자리에 선 연준 역시 의아
한 표정.

인조	뭐? 도르곤이... 세자를 조선에 다녀오게... 허락해?
김자점	(난처한)
인조	(도무지 이해할 수 없다는 표정이 되어 딱지가 앉은 번
	침 맞은 자국을 긁으며 예민해지고)

S#67. 심관 정원 일각 / 낮

장현, 만면에 미소를 띤 채 읍한다.

장현	경하드립니다.

보면, 장현 앞, 감격한 얼굴이 되어 눈물이 맺힌 강빈, 그리고 역시
흐뭇해진 소현.

강빈	허면, 나도 이번에 조선에 갈 수 있는가? 어머니를...(목
	이 메어) 뵐 수... 있는가?
소현	(역시 고마워) 자네 덕분일세!
장현	(고개 저으며) 아니옵니다.
강빈	아니야.(눈물 삼키며) 일전에 아버지가 돌아가셨을
	땐... 갖은 뇌물을 주어도 날 조선에 보내주지 않더니,
	이번엔 자네가 도르곤의 마음을 돌려 내가 어머니를
	뵙고 오게 해주지 않았는가?

장현	이제 드러난 셈이지요. 도르곤이...(소현 보며) 누구와 함께하고 싶은지.
소현	...?!!

S#68.　심관 정원 일각 / 낮

장현이 정원에 들어서면, 저편 초조하게 서성이는 용골대. 장현, 환한 미소 지으며 얼른 다가가 읍한다.

장현	장군을 뵈옵니다. 세자빈께서 조선에 다녀오도록 손 써주신 일이 고맙다며 백면지를 보내시고자 하니...(하는데)
용골대	니놈... 도대체 황녀에게 왜 밉보인 게야?
장현	...?!!
용골대	섭정왕은 황녀가 자기 사람이 돼 주길 바라고 있어. 황녀가 왕가의 여인들을 장악하고 있거든. 헌데, 섭정왕이 황녀에게 손을 내밀자, 황녀가 두 가질 요구했어. 첫째, 몽골로 시집가지 않겠다, 둘째...
장현	...!!(불안하게 흔들리는 장현의 눈빛)
용골대	조선의 도망한 포로들을 잡아들일 수 있는 권한을 달라! 황녀가... 니가 그간 포로들을 팔아 내게 돈을 준 것을 알고 있다. 만약 섭정왕이 허락한다면 황녀는 너부터 뒤질 것이다. 그럼 내 꼬리가 잡혀. 이 뒷감당을 어찌할 셈이냐?
장현	(창백해지고)

| 용골대 | (혼란스러워 혼잣말처럼 중얼중얼) 황녀가 누구의 사주를 받은 거지? 날 노리는 건가, 아니면... 그저 내가 재물을 나누길 바라는 건가... |

S#69. 심양 들판 일각 / 밤

장현이 섰다. 달빛 아래, 익어가는 벼들. 그때, 다박다박 다가오는 기척, 각화다. 장현, 핏발 선 눈으로 각화를 보면, 각화, 지지 않고 마주 보고.

CUT TO

장현과 마주한 각화. 장현, 극도의 분노를 누르고 있다.

장현	대체 왜 이러십니까? 뭘 원하는 거요, 도대체...(하는데)
각화	너! 내가 원하는 건 너야.
장현	...!!
각화	하지만 니가 내게 오지 않으면, 너랑, 니가 데리고 있는 조선 포로들 모두...(잔인한 미소) 묻어버리겠어.
장현	...?!!
각화	그 여자를 얻기 위해 포로들을 다 묻고 싶다면...(씩...) 그렇게 해도 좋아.

S#70. 심양 장현 여각 내실 / 밤

깊은 밤, 먹먹한 심정이 되어 탁상에 앉은 장현. 탁상 위, 포로들이 쓴 차용증 문서들. 보면, 빌려간 돈의 액수와 이름, 그리고 각자의 절절한 다짐들.

용이 30냥, 조선에 돌아가 보리쌀을 추수하면 반드시 갚겠습니다.
칭삼 50냥, 이 은혜는 죽어서라오 갚겠습니다.
둘네 50냥, 제 아들들이 기다립니다. 한 해에 보리쌀 서 말씩 십 년간 빠짐없이...
삼석 70냥, 조선에 보내만 주시면 평생 주인으로 되시고...

삐뚤빼뚤한 언문들로 가득 채운 포로들의 사정과 절실함, 그리고 다짐과 희망들. 장현, 용골대와의 대화를 떠올린다.

(Ins.C) **(장현의 회상) 심관 정원** *(15부 68씬 연결)*

용골대 *그러니, 황녀가 하라는 대로 해.(하고 가려는데)*

장현 *(턱 잡으며) 섭정왕께서 이를 두고 보겠습니까?*

용골대 *(피실) 모르겠는가? 조만간 산해관이 점령된다. 명나라가 무너지고 있어! 이제 곧, 청은 북경에 입성하고, 중원이 청의 것이 된단 말이다!!*

장현 *...*

용골대 *해서, 조선 포로 따위 황녀에게 던져주어도 섭정왕은 상관치 않는다. 황녀가 포로들을 죽이든 살리든... 관심 없어. 이제 조선 포로는... 잊혀질 거야.(하고 가버리고)*

질끈 눈을 감는 장현, 장현에게 극심한 고통이 휘몰아치고 있다. 그때, 기척과 함께 들어오는 길채. 이전 입맞춤을 하려 했던 날의 기분이 이어졌는지, 길채, 어쩐지 수줍어져서 괜히, 볼이 붉어졌다.

길채	보자고... 하셨다면서요?
장현	(아프게 보면)
길채	(눈을 마주쳤다 얼른 내리깔며) 바쁜 일은 다 끝났습니까? 일전의 일은... 그 일은... 그러니까...(하는데)
장현	도르곤이 세자께서 조선에 다녀오는 것을 허락하셨습니다. 부인도 그 편에 조선으로... 돌아가십시오.
길채	(순간 당황하여 보면)
장현	세자가 조선 가는 길에 가는 게 가장 안전합니다.(하고 일어서선 길채에게 등을 보이고 서면)
길채	하지만, 아직 나리 병도 다 낫지 않았고...
장현	이제 내 병은 신경 쓰지 마십시오. 부인 병간호는 필요 없어요.
길채	하지만...(하는데)
장현	부인이 한 말을 잊었습니까? 우린 아무 사이도 아닙니다.
길채	...?!!
장현	그러니 내게 마음의 빚 따위 가질 필요 없어요. 나는 부인께 매달려 보기도 했고, 부인 때문에 죽을 고비도 넘겼어요. 원 없이 다 해보았으니, 이제 내 마음엔 아무것도 남지 않았어요. 그러니 돌아가세요.
길채	(...!! 믿어지지 않는다) 나리...(당황했으나 애써 미소 지으며 다가가) 칸이 죽어 골치 아픈 일이 많으신 게지요. 해서...(하는데)
장현	게다가... 매번 날 밀쳐내는 부인에게 질렸어요. 예, 이 젠 싫증이 납니다.
길채	...?!!(창백해지고)

장현	그러니 (심장이 터질 것 같지만 꾹... 누르며) 돌아가십시오, 제발...
길채	싫다면요? 내가 만약... 돌아가고 싶지 않다고 하면!!(하는데)
장현	서방까지 있는 여인이... 염치란 걸 모르시오?
길채	...!!

길채, 멍해진 얼굴로 보다가 주춤... 결국 나가버리면, 남겨진 장현. 심장이 터질 것 같다.

S#71.   심양 장현 여각 마당 / 밤

먹먹한 심정이 되어 마당 일각에 선 길채. 고통스레 달빛을 보다가 한순간, 결심을 마친 듯 가라앉힌다. 곧, 종종이 다가와 안색 살피며 뒤편에 서면,

길채	조선에 가자.
종종이	(의아하여) 마님...!
길채	(쓱... 눈물 훔치며) 그걸 원해. 원하는 대로... 해주고 싶어.
종종이	...?!!

S#72.   심양 장현 여각 마당 / 낮

심관 마당 일각에 마주한 구잠과 종종이. 구잠, 속상해서 쿨쩍거린다.

구잠	그러니께... 너능 여기 있겠다고 하믄 되잖어.
종종이	마님 가는데 내가 어뜨케 남아.
구잠	둘 중에 하나만 선택해! 나여, 마님이여!
종종이	그거야...(구잠, 잔뜩 기대하면) 마님이지...
구잠	종종아!!!

S#73. 심관 강빈 침전 / 낮

강빈과 마주한 길채. 길채, 퉁퉁 부운 얼굴로 애써 미소를 짓고 있다.

강빈	(서운한) 이번에 우리가 조선에 다녀오는 길에... 같이 조선으로 가고 싶다고?
길채	예. 조선에 가족이 기다리고 있습니다.
강빈	그래야겠지...(길채의 손을 잡으며) 우리 원손을 구해준 은혜는 무엇으로도 갚을 수가 없어. 장차... 세자 저하께서 보위에 오르시면... 내, 반드시 그 은혜를 갚겠네.
길채	(고개 저으며 미소) 소인은 이미 크게 받았습니다. 이 곳에서 농사일을 도우며 보낸 시절이... 소인 생에 가장 큰 기쁨이었사옵니다.

S#74. 심양 장현 여각 내실 + 마당 / 밤

장현, 무겁게 아프게 침잠한 채, 침상에 걸터앉아 있는데, 밖에서 누군가 오는 기척,

길채(E)　　나리. 안에 계십니까?

장현, 문고리를 잡고 열려다 멈춘다. 문 앞에 선 길채.

길채　　세자빈 마마께 말씀 올렸습니다. 이번 세자빈께서 조선
　　　　에 다녀오시는 길에, 저도 조선으로 돌아갑니다.

장현　　... 잘 되었소. 내, 일이 많아 배웅은 못 할 것 같습니
　　　　다.(하고 문고리 놓으려는데)

길채　　나란 여자, 참... 지긋지긋하지요? 어쩜 나리께 매번 폐
　　　　만 끼치는지... 부끄럽고, 한심하고...

장현, 문고리를 잡은 손에 힘을 준다. 벌컥 문을 열고 싶은 심정. 하
지만 애써 다잡으며 담담한 음성으로,

장현　　난 한 번도 그리 생각한 적... 없어.

길채　　(더욱 목이 메고)

장현　　그러니...(담담하게 하지만 간곡하게) 조선에 가면, 심
　　　　양에서 겪은 고초 따위 다 잊고... 잘 살아줘. 요란하고
　　　　화려하게, (설핏 미소) 길채답게.

길채　　(피식 웃다가 결국 후두둑... 눈물이 터진다. 하지만 애
　　　　써 밝게) 예, 꼭 그리 살겠습니다. 목표가 생겼습니다.
　　　　앞으로 다시는 나리께 해가 되고 싶지 않아요. 예, 조선
　　　　에 돌아가서 보란 듯이, 씩씩하게 잘 살겠습니다.

장현　　...

길채　　고맙습니다. 그리고 참으로... 미안합니다.

길채, 애써 목이 메는 걸 참으며 가고, 장현, 끝내 더는 참지 못하고 문을 열지만, 이미 길채는 떠난 후다. 장현의 눈시울이 붉어졌다.

S#75.   심양 성 문 앞 / 낮

세자 부부의 행렬이 심양 성 문을 나선다. 소현과 강빈, 그리고 언겸 등의 내관이며 재신들, 그리고 그 뒤로 공속된 포로들(양천에게 차용증을 쓴 용이, 창삼, 둘네, 삼석 등 포로들)이며 짐꾼들도 길게 늘어서 가는데, 그중에 길채도 있다. 가다가 문득 성 문 쪽을 돌아보는 길채. 하지만 읍하여 배웅하는 내관과 재신, 역관들뿐, 장현은 없다. 길채, 결국 포기하고 다시 길을 가는데, 잠시 후, 지팡이를 짚고 절룩이며 성벽 일각에 선 장현. 저 멀리, 점점 멀어지는 사람들 속, 길채의 뒷모습. 장현의 눈시울이 붉어지며, 길채의 뒷모습도 뿌옇게 흐려진다.

장현　　(낮게 읊조리는 혼잣말) 가시오. 가서 꽃처럼 사시오. 내가 바라는 것은 오직... 그뿐입니다.

멀어지는 길채를 보는 장현의 두 눈 가득 고인 눈물에서.

– 15부 끝

몹시 그리워하고 사랑한 戀人

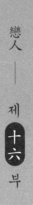

戀人 —— 제 十六 부

戀
人
—

S#1. 심양성문앞 / 저녁

이제 모두 떠났고, 장현 홀로, 성 문 앞에 서서 이제는 곁에 없는 길
채를 생각한다.

(Ins.C)　　15부 59씬 / 밤

길채와 장현이 입을 맞추려 했던 순간, 두 사람의 떨리던 눈빛과
숨소리.

길채와 함께했던 순간을 떠올리며 눈시울이 붉어진 장현. 장현, 그
대로 한없이 북받쳐 오르는데, 누군가 장현 옆에 섰다. 확인한 후,
차가워지는 장현. 각화다.

S#2.　동장소 / 저녁

해질녘 성벽 일각에 나란히 선 장현과 각화. 장현은 차분하며 냉정하다.

각화　　날 죽이고 싶겠지?

장현　　(차갑게 피실...) ...예, 허락해주신다면.

각화　　(마주 피식) 날 원망했겠지만... 조선 포로를 잊은 건, 조선 사람들이야. 이젠 포로를 속환하러 오는 사람도 없거든. 그러니... 포로들에게 무슨 일이 생기든 신경 쓰는 이도 없지. 마치 부모 없는 고아처럼.

장현　　(별반 동요 없는 무표정인데)

각화　　내가 궁금한 건... 니가 그렇게 목매는 여자를, 왜 그 하찮은 포로들 때문에 포기했는가... 하는 거야.(장현 보며) 왜 그랬지?

장현　　... (대꾸 없이 품에서 남초 따위나 꺼내 만들면)

각화　　난 알지. 이장현은... 하찮고 불쌍한 것들을 그냥 보아 넘기질 못하거든. 무척 어리석어. 내 장담하는데, 니 그 어쭙잖은 동정심이 언젠간 니 발목을 잡을 거야.

장현　　글쎄요... 전 남 일엔 관심 없습니다.

각화　　그래?

다음 순간, 각화, 장현에게 시선을 둔 채, 천천히 뒷걸음질 쳐 성벽 끝으로 간다. 장현, 각화가 뭘 하는가... 의아해하던 순간, 갑자기 뒤로 넘어가려는 각화! 놀란 장현, 달려가 턱, 떨어지려던 각화의 손을 잡는다. 수초 간... 손을 잡은 채, 서로를 보는 장현과 각화.

휘잉… 두 사람 사이를 휘감고 도는 바람 소리, 장현의 눈엔 의구심이, 각화의 눈빛엔 간절함이.

장현	(이윽고 힘주어 각화를 끌어올리며 버럭) 무슨 짓입니까!!
각화	왜 날 구했지? 내가 죽으면… 너도 좋았을 텐데.(피실피실…) 이것 봐, 넌 떨어지는 사람을 건져주는 사내야.(한순간 진지해지더니) 그럼 이장현, 이번엔… 나도 건져줄 텐가?
장현	…?
각화	(두려움이 서린 표정) 무서워. 난 한 번도… 아버지 없는 세상을 살아본 적이 없어.
장현	(처음 보는 각화의 나약해진 모습이 당혹스러운데)
각화	내가 싫더라도 잠시만… 곁을 내줘. 이건 명령이 아니야. (간절하게 보며) 부탁이야.
장현	…!!

어쩐지 전과는 다른 분위기로 마주한 장현과 각화,
그 위로 타이틀 오른다.

〈몹시 그리워하고 사랑한 **연인**戀人〉

S#3.　**인조 편전 / 낮**

인조 아래 김류, 홍서봉, 김자점, 심기원, 심이웅 등의 대신들이, 그리고 간관의 자리에 연준과 도전 등이 일벌했다. 인조는 그사이 눈에 띄게 병증이 깊어진 것이, 곧 죽을 사람처럼 쇠약해져 제대로 앉아있지도 못한 채 기대어선,

인조　　　(그르렁... 가래 끓는 숨을 내쉬며) 이전 칸은 세자를 끌고 간 후, 수년이 지나서야 조선에 다녀오게 하였는데, 도르곤은 어찌 섭정왕이 되자마자 세자가 조선에 다녀오도록 허락하였는가?

김류　　　세자빈의 아비가 죽었으니 문상하게 해달라 간곡히 청하여...

인조　　　그러니 도르곤이 세자의 청을 왜 들어주었느냔 말이다!

인조의 역정이 쩌렁 울리고. 일각, 간관의 자리에 서서 쓴 얼굴 된 연준. 저 사람이 과연 내가 목숨을 걸고 살리고자 했던 임금이었던가... 연준의 표정이 차가워지는데, 밖에서 들리는 봉시의 음성.

봉시(E)　　전하, 세자 저하께서 도성에 드셨나이다!!

인조　　　...!!

S#4.　인조 침전 밖 / 저녁

소현 세자 부부, 설레는 얼굴로 인조의 침전 밖에 서서 인조의 명을 기다린다. 소현, 잔뜩 설레는데, 곧, 드륵... 문이 열리며 나오는 것은 뜻밖에 만해다.

만해	저하, 전하께서 편찮으시어, 오늘은 보지 못하신다 하시니, 돌아가서 기다리시면...(하는데)
소현	(말 막으며 목청 돋운다) 전하, 소자 왔나이다. 문후 올리나이다!

잠시간의 정적. 이윽고, 안에서 들리는 인조의 짧은 한마디.

인조(E)	알았다.
소현	...!!

S#5. 장철집 사랑채 / 밤
장철 사랑채에 연준, 도전과 다른 장철의 제자들이 마주했다.

도전	전하께선 세자빈이 사가에 들러 혼자되신 어머니를 뵙고, 아버지 위패 앞에 곡 하는 것도 허락지 않으셨습니다.
연준	그뿐 아니라 지금 내사옥(자막: 조선 시대 내수사, 혹은 궁중의 죄인을 수감하던 감옥. 모든 업무는 내시들이 관장)에서 궁궐 안 저주 사건을 조사한다며 매일같이 궁인들을 고신한다 하니...(하는데)
장철	궁 안 저주 사건? 풍문을 듣고 하는 말이냐?
연준	내사옥에서 궁인들을 고신한다는 소문은 진즉부터...(하는데)
장철	소문의 시작을 추적해보았느냐?
연준	...?!!

장철	본시 간관은 세간의 풍문도 전하게 전해야 한다. 허나, 허무맹랑한 말을 옮겨서야 말에 무게가 실리겠느냐? 그러고도 니가 간관입네, 전하의 눈과 귀입네... 들먹거릴 수 있느냐, 백성이 차려준 밥알을 입에 넣을 수 있느냐?
도전 등	(바싹 긴장하고)
연준	(역시 추상같은 호통에 합, 입 다물었다가... 설핏 미소)
장철	(어이가 없다) 웃어?
연준	어렸을 때, 아버지에게 혼나는 동무들이 부러웠습니다. 스승님들은 절 한 번도 혼내지 않으셨던지라, 아버지에게 혼났다고 투정하는 동무들을 몰래... 시샘했었지요.
장철	...?
연준	예, 스승님, 제가 반드시 소문이 사실인지 아닌지 알아보겠습니다!

S#6.　조사하고 기록하는 연준
- 궁 안 / 낮

연준이 궁 안 일각에서 서성이다가 저편에서 빨래 거리들을 이고 가는 나인들을 붙잡고 뭔가를 묻는다. 화들짝 손사래 치며 도망치듯 가는 나인들.

- 궁 일각 / 낮

궁 일각에서 담소를 나누며 이동하는 내관들. 그 뒤를 조심히 따라 붙어 엿듣는 연준. '궁녀들에게 가마를 메고 놀게 하다 넘어지셨다지...' 따위의 말들. 연준이 더 자세히 들으려다, 이를 눈치챈 내관들, 잰걸음으로 가버리고. 연준, 아쉬워하면서 소매춤에서 종이와 목탄을 꺼내 들은 말을 기록하고.

- 궁 문 앞 / 낮 ~ 밤

궁 문 일각에 서서 궁 문을 출입하는 내관 궁녀들을 주시하는 연준. 막 사복차림으로 궁 문을 나서는 상궁1을 붙잡고 뭔가를 묻는다. 역시 도리질하며 가는 상궁1. 마침, 사복을 입은 채 궁 안으로 들어가다가 그런 연준을 보는 사십 대 중반쯤의 정상궁. 정상궁, 지나가며 연준이 다른 상궁2를 붙잡고 묻는 것을 듣는다.

연준	나는 홍문관 수찬입니다. 세간의 풍문을 조사하고 있어요. 소문에 궁 안 내사옥에서...(하자마자)
상궁2	(얼른 피하며 들어가고)
정상궁	...!

S#7.   한양 길채집 은애방 / 낮

윗목, 은애와 영채가 교연에게 겉옷을 입혀주고 있다.

영채	아버지, 좀 가만히 계세요.
은애	예, 손을 이쪽으로...예, 예!!
교연	길채 만나러 가는 게냐?
은애	(슬픈 미소) 예, 곧... 길채도 만나야지요...
영채	언니, 이제 그런 말은 말아요.
교연	(순간 상처받은 얼굴로 은애 보면)

| 은애 | (울컥, 안타까워지는데) |

밖에서 소란스러운 소리. 곧, 박대가 벌컥 문을 열고 들어오더니,

박대	... 마님이 오셨습니다!!
은애	마님이라니...?(하는데)
길채(E)	아버지... 은애야..!

순간 얼음장처럼 굳어버리는 은애와 영채.

S#8. **한양 길채집 마당 / 낮**

영채가 뛰쳐나오면, 일각에서 역시 달려 나온 방두네.

길채	(초췌하지만 밝은 미소) 영채야... 방두네...!
영채	어, 언니... 언니!!(하며 달려들고)
방두네	아이고 세상에, 아이고... 마님!!(종종이에게 달려들며) 이것아, 왜 이제 왔어!!!
종종이	방두네...
길채	(영채를 꼭 안아주었다가 저편 본다. 대청 위에 얼빠진 얼굴로 선 은애 보며 울컥하여) 은애야... 나 왔어...
은애	(믿을 수 없다는 듯 신도 신지 않고 주춤주춤 버선발로 마당으로 나서더니, 눈앞의 길채를 보며 멍...) 맞네, 우리 길채... 길채가...(무너지며 왈칵 포옹) ...길채야!!

덩달아 울음 터지는 길채. 길채와 은애, 서로 껴안고 서러운 울음을 쏟는데, 그제야 안에서 나온 교연, 이 광경을 이상스럽다는 듯 보더니 박대 뒤로 숨는다.

박대　　(난감하여) 마님 오셨습니다!!

교연　　(빼꼼 얼굴만 내밀어 보면)

길채　　(교연에게 다가가 교연의 손을 자신의 얼굴에 댄다) 아버지...

교연, 길채가 대어준 대로 길채의 온기를 느끼다가, 길채의 얼굴 여기저기를 만져본다. 이마며, 볼... 손 따위를 더듬거리더니, 다음 순간 가만... 길채를 안는다.

교연　　(고통스러운 혹은 벅차오르는, 신음 같기도 흐느낌) 으으, ㅇㅇㅇ...!!

길채　　(교연에게 안겨 온몸을 떨며 울고) 아버지...

S#9.　**방두네 방 / 밤**

방두네가 종종이 잠자리를 살펴주며, 이불 아래에 손 넣더니,

방두네　　뜨듯하지? 오늘은 여기서 자자. 호청 새로 갈았어.(하는데)

문 빼꼼... 열리며 박대가 쏙 고개 내민다.

박대	임자, 그럼 나는 오늘 어디서 자나...(하는데)
방두네	(퍽, 베개 던지며) 내가 오늘은 종종이랑 잔다고 했지!!
박대	알았어, 베개, 베개 가지러 왔잖아.(하며 베개 들더니) 종종아, 고생했다! 애썼어!!(하고 나가면)
종종이	(피식 웃으며) 요새도 밤마다 글케 사이가 좋구 그런가 봐요.
방두네	저 화상, 다 늙어서 지치지도 않아.
종종이	에게... 좋으면서!
방두네	좋긴 누가!!

S#10. **한양 길채집 길채방 / 밤**

이제 길채를 사이에 두고 은애가 영채가 나란히 누웠고. 두 사람 서로 길채의 팔 한 쪽씩 꼭 안고 행복한데,

길채	종사관 나리는 요즘 본가에서 지내신다고?
은애	(잠시 당황했으나) 응... 널 데리러 심양까지 가셨다가 도둑을 맞아서 돈을 다 뺏기셨다지 뭐야. 마침 다시 가려고 준비하시던 중이셨어.
길채	...그랬구나.(하는데)
영채	근데 언니...(조금 조심스럽다) 청나라에서... 오랑캐 놈이 언니한테 몹쓸 짓 하진 않았지?
은애	영채야, 좋은 날 무슨 소리야, 길채가 누군데!(길채의 팔을 더욱 꼭 안으며 새삼 벅찬 미소) 꿈만 같아!
영채	하긴... 언니가 어떤 사람인데!(하며 자기도 다른 쪽 팔

꼭 안고)

길채   (조금 애매한 미소가 뜨는데)

S#11.   **한양 길채집 마당 / 밤**

길채, 어쩐지 마음이 무거워져 잠을 이루지 못하고 마루로 나와 달빛을 올려다보는데, 이제야 소식을 들은 듯 뛰어왔다가 저편에 선 길채를 보곤 얼음장처럼 굳은 연준.

연준   (먹먹해져서) 고맙습니다. 돌아와 주어 참으로...(목이 메어) 고맙습니다.

S#12.   **원무집 문 앞 + 대청 / 낮**
- 대문 앞

길채가 종종이를 대동하고 원무집 대문 앞에 섰는데, 문지방을 넘지 않고 멈춘다.

종종이   (들어가려다, 길채가 멈춰 서자 의아하여) 왜요, 마님?
길채   응? 아니야... (긴장된 숨을 고르곤, 턱 넘으면)

- 대청 앞

길채가 대청으로 들어서면, 마침, 저편에서 세수하고 있는 원무의 뒷모습 보인다. 길채, 원무에게 다가가려다가, 멈칫! 보면, 세수를 마친 원무가 손을 내밀자 곁에서 수건을 건네주는 여인이 있다. 방실... 순하게 생긴, 이제 갓 열예닐곱이나 되었을 법한 어린 여인.

원무   (얼굴 닦으며) 오늘은 늦을 것이니 기다리지 말고(하
         다가)

얼음장처럼 굳는 원무. 원무의 시선 끝, 길채가 이해할 수 없다는
표정으로 서 있다.

원무   부인...
어린 색시   (놀라 돌아보고)

길채의 시선, 여인의 동그랗게 부른 배에서 멈춘다.

S#13.　　**원무집 사랑채 / 낮**

마주한 길채와 원무. 원무, 눈물이 글썽해선 왈칵 길채의 손 잡으며,

원무   참으로 부인이... 맞습니까.
길채   (손 빼며) 저 여인은 누굽니까?
원무   걱정 마세요. 내 다 수습하지. 그 전에...(잠시 말을 고르
         다) 그곳에서... 부인에겐 아무 일도 없었겠지?
길채   ...?!!

S#14. 원무집 대청 마당 / 낮

길채가 나서면, 일각에 서서 울고 있는 원무의 어린 색시. 어린 색시, 길채의 기척에 흠뻑 울어 퉁퉁 부운 얼굴로 돌아보더니,

어린 색시 (황급히 잡으며) 이제 어찌하실 것입니까?

길채 (잠시 복잡한 표정으로 보다가 별말 없이 가버리면)

어린 색시 (서러워 다시 엉엉... 울기 시작하고)

S#15. 길 일각 / 낮

무거운 표정으로 원무의 본가에서 나와 집으로 향하는 길채와 종종이. 그때, 길채의 뒤통수에 꽂히는 행인1, 2, 3 등이 수군거리는 소리.

- 포로로 잡혀가서 험한 꼴을 당하고 돌아왔대.
- 무슨 꼴?
- 몰라서 물어?
- 아이구... 챙피해라.
- 용케도 살아왔네. 조선 여자들 망신은 다 시키구...

종종이 (욱해서) 방금 뭐라고 했어요!

길채 (잡으며) 종종아...

종종이 (하지만 내쳐가서) 뭐라고 했냐고! 어디서 망할 입을 놀려!

사내1 뭐? 오랑캐 묻은 더러운 년이 감히...

하며 사내1, 종종이를 한 대 칠 기세로 손을 쳐드는 순간, 철썩! 길
채가 사내1의 뺨을 후려친다. 사내1, 놀랄 짬도 없이 이젠, 다른 뺨
도 후려치는 길채.

사내1　　(허걱 양 볼을 부여잡고 놀라 보면)

길채　　(종종이 보며) 개 짖는 소리엔 대꾸 말랬지. 가자!

길채, 앞서가면, 종종이, 사내1을 흘겨보곤 종종... 뒤따르고.

S#16.　한양 길채집 길채방 + 마루 / 낮
- 길채방

길채와 은애 그리고 영채가 마주했는데, 은애, 마치 자신이 추궁을
당하기라도 하는 듯 괴로워져 숨 쉬기도 힘들다.

영채　　(조심스레) 언니, 내가 형부랑 얘기 해봤는데, 형부는
　　　　　언니랑 이혼할 생각은 털끝만큼도 없대. 그런데... 그 전
　　　　　에 대답이 듣고 싶대.

길채　　(굳게 입을 다물고 있고)

영채　　아무 일 없었다면, 그냥 그렇다고 말만 해주면 되잖아.
　　　　　언니... 정말 오랑캐한테 무슨 일을 당하기라도 한 거야?

은애　　영채야!!

- 마루

그리고 문밖, 교연이 마루에 걸터앉아 이 모든 얘기를 듣고 있다.

무슨 내용인지 이해하지 못한 듯, 혹은 모두 알아들은 듯... 알 수 없는 표정의 교연.

S#17. 길 일각 / 낮

교연이 제남의 손을 잡고 산보하고 있다. 제남, 엿을 쪽쪽 빨아먹으며 걷는데, 행인들의 수군거리는 소리.

사내1 저 집 딸이 이번에 청에 끌려갔다 왔는데... 오랑캐하고 무슨 일 있었냐니까 대답을 안 하더래.

사내2 그러고도 다시 안방을 내놓으라 한다던가?

사내1 정절을 증명하지 못한 걸 보면 필시...

사내3 정 죽기 무서우면 죽은 듯이 숨어 살든가. 뻔뻔하기는...

제남 (눈 끔벅하며 듣다가) 아버지, 정절이 뭐에요?

교연 (대꾸는 없는데, 어쩐 일인지, 제남을 잡은 손에 힘이 들어가고 있다)

제남 아야!! 아부지 아파요... 아...!!

S#18. 한양 길채집 길채방 / 밤

깊은 밤, 길채, 잠이 들지 않아 뒤척이다 겨우... 잠이 들었는데, 잠시 후, 문이 열리더니 교연이 들어와 길채 옆에 앉는다.

교연 (가만... 자는 길채를 보더니 곧 인자한 미소가 뜬다) 길채야... 나는 너를 얻고 세상을 다 가졌다. 너를 키우며

세상 기쁨을 모두 누렸어. 길채, 내 귀한 딸... 내 금지옥
엽... 헌데 이제 니가 평생 치욕 속에 살게 되었으니 어
찌하면 좋겠느냐? 이 애비가 아무것도 할 수 없으니 이
를 어찌...(하다가 문득, 눈에 빛이 든다. 광기다) 아니
다, 애비가 도와주마! 남은 평생 치욕스레 살지 않도록
이 애비가 도와주마.(하곤 목을 조르기 시작한다)

길채 (퍼뜩 눈을 뜬다. 교연을 확인하고 경악하면)

교연 길채야... 조금만, 조금만 참거라. 너의 결백을 내 손으
로 증명해주마. 니가 다시는 욕을 당하지 않게...(하며
점점 더 손에 힘이 가고)

길채 아, 아버지... 아버지!!(이제 줄줄 눈물이 흐르면)

교연 (그제야 퍼뜩, 또 정신을 놓는다. 주춤... 엉덩이 걸음으
로 물러서더니 제 손을 보며) 오랑캐... 오랑캐다, 오랑
캐 잡아라!!

순간, 놀라 뛰어 들어오는 침의 차림의 은애와 연준.

은애 (컥컥거리는 길채와 길채 목에 남은 붉은 손자국, 그리
고 제 손을 보며 오랑캐다!! 하는 교연의 발작을 보고
상황을 파악한다. 털썩 무너지며) 스승님...!!

연준 (상황을 파악하곤 얼른 교연을 부축하여) 가시지
요...(하고 나가면)

은애 (속울음을 삼키며 무릎걸음으로 다가가 길채를 품는
다) 길채... 길채야...

길채 (여전히 벌건 얼굴로 은애 품에서 먹먹해진다. 아버지

가... 날 죽이려 하다니...)

S#19.   대장간 집무실 / 낮

길채가 그간 대장간에서 만들었던 장도들이며 집기들을 하나하나, 애틋하게 보거나 쓰다듬는데, 마침 기척, 원무가 왔다. 오늘은 꼭 길채의 답을 들어야겠다는 듯, 비장한 원무.

원무	부인...(하는데)
길채	여기서 만든 장도 몇 개는 제가 가져가서 호구에 써도 되겠지요?
원무	무슨... 소립니까?
길채	예, 심양에서 오랑캐에게 팔려갔었습니다. 거기서 참기 힘든 치욕을 당했어요.
원무	(심장이 쿵, 떨어지며 질끈... 역시 그랬구나...)
길채	이장현 나리도 만났습니다. 나리의 도움으로 속환되었어요.
원무	(번쩍 눈이 뜨이고) ...!!
길채	오랑캐에게 욕을 당한 건... 제 잘못은 아닙니다. 그 일로 이혼을 요구하셨다면 전 끝까지 물러나지 않았을 겁니다. 하지만...(돌아서서 원무 본다) 심양에서 이장현 나리께 마음을 준 일은... 미안합니다. 해서... 이혼하는 것입니다.
원무	...!!

S#20.　대장간 마당 / 낮

보자기에 싼 장도를 들고 집무실을 나서는 길채. 마침 앞에서 대기하고 있던 종종이가 그 짐을 받으면, 길채, 앞에 늘어선 판술과 야장들을 본다.

판술　마님...(울먹이면)

길채　(미소) 그간 고마웠네.

하고 가면, 판술과 야장들, 마님... 마님... 하고 부르며 훌쩍이고. 뒤늦게 튀어나온 원무, 원망 가득한 얼굴로 길채가 멀어지는 것을 보는데.

S#21.　길 일각 / 낮

종종이를 데리고, 다짐의 손을 잡고 길을 떠나는 길채. 뒤편에서 길채를 부르는 은애와 방두네 음성. '길채야, 길채야!!!' '종종아, 이것아!!'

길채　(결국 멈춰 서면)

은애　(뛰어와 봇짐 뺏으며) 안 돼, 못 가, 이제 아무 데도 못 가!!

길채　보내줘. 내가 여기 있으면, 영채 시집갈 때도, 제남이 과거 볼 때도... 수찬 나리께도 흠결이 돼. 잠시만 아버지 맡길게. 대신...(다짐 보며) 이 아인... 내가 건사할게.

은애　길채야...!

길채	나 잘 살 거야. 잘 살아서, 날 목숨 걸고 구해준 사람한
	테 꼭... 보답할거야. 자리 잡으면 연락할게.(종종이에
	게) 가자.(하고 다시 걸음 재촉하면)
은애	안 돼 길채야, 가지 마... 가지 마...(하다 주저앉아 울음
	터지고)
방두네	아유, 마님... 종종아...(역시 눈물 터지고)

그리고 멀리, 제남이 손을 잡고 서서 차마 길채를 잡지 못하는, 아니 잡지 않은 채, 눈물만 흘리는 영채와 역시 옆에서 쓱 콧물 훔치는 박대. 교연은 그 옆에 쪼그리고 앉아 흙장난만 하고 있고.

S#22.   배단리 초가 마당 / 낮
낡은 초가 안으로 들어서는 길채와 종종이.

종종이	(실망...) 여기...예요?
길채	왜? 패물 탈탈 털어 산 돈으로 마련한 집이야. 밥이나
	지어.
종종이	(쩝... 혼잣말 구시렁) 진즉부터 내 노후 걱정이 되더라
	니...

CUT TO
밥알 한두 개 붙은 빈 밥그릇이 놓인 상. 식사를 마쳤는지, 평상에 나란히 앉아 지는 해를 보는 길채와 종종이.

길채	이제 우리 어떻게 살지?
종종이	그르게요.

그 위로, 인조의 새된 외침.

| 인조(E) | 역모라니, 역모라니!!! |

S#23.　　*조선 편전 / 밤*

편전 안, 인조의 벌겋게 상기된 얼굴. 그리고 역시 황망한 표정으로 일벌한 김자점, 김류, 홍서봉, 연준과 도전 등.

| 인조 | (부들부들 떨며) 심기원이... 역모를 일으켜? |

(Ins.C)　　*15부 50씬*

인조를 보던 심기원의 경멸에 찬 눈빛.

김자점	공초(자막: 죄인을 신문한 내용을 기록한 문서)에 따르면 심기원이 수천 냥을 풀어, 술을 빚고 소를 잡아 힘 좋은 장사 칠십여 인을 집 뒷산으로 불러 모아 활을 쏘게 하며, 후일을 도모했다 하옵니다.
인조	심기원이 몰래... 사병을 훈련 시켜왔단 말이냐? 스스로 용상에 오르고자 함이냐?
김자점	그것은 아니옵고...
인조	허면? 심기원이 임금으로 누굴 추대하였는가?

김자점	처음... (잠시 말을 고르면)
김류	(김자점에게 입조심 하라는 듯 매섭게 보고)
연준	(역시 몹시 궁금한 표정으로 보면)
김자점	(그 시선을 모른 척) 심양의 동궁 전하를 뫼시려 하였으나, 뜻을 바꿔 회은군을 추대하였으며...
김류	(질끈... 눈을 감는다)
인조	...!! (충격으로 얼얼해진 표정)

S#24.　인조 침전 / 밤

인조와 후궁 조씨, 김자점이 있고, 역시 이형익으로부터 번침을 맞고 있는 인조. 번침의 기운 때문인지 노기 때문인지, 인조의 이마에 땀이 번들거린다.

김자점	심기원의 일족을 모두 적발하고 있사옵고, 도망한 자들은...(하는데)
인조	의주 부윤을 추고하라.
김자점	(의아하여) 의주 부윤은 이번 역모와 아무 관계도 없사온데, 어찌...
인조	(쿵! 주먹으로 바닥 따위를 내리치며) 의주 부윤이 세자가 데리고 다닌 포로 수백 명의 일을 덮어두지 않았느냐!!

S#25. 인조 침전 앞마당 / 밤

침전 앞마당 일각에 서서 밀담을 나누는 김자점과 후궁 조씨.

조씨   전하의 뜻이 어떻습니까?

김자점   세자를 의심하고 있지 않습니까?

조씨   아이참, 그건 두말할 필요도 없는 거구, 뜬금없이 의주
                부윤은 왜 벌주시냐구요.

김자점   아마도 전하께오선... 세자를 따르는 포로들이 두려우
                신 모양입니다.

조씨   (당황하여) ...포로들 따위가 왜?

김자점   그러게 말입니다...(하면서 눈 가늘어지고)

S#26. 심양 들판 / 낮

조씨와 김자점 대화에 대한 답인 듯, 심양 들판, 한눈에 펼쳐진 포
로들의 모습. 양천을 비롯한 인옥, 정희, 얼수, 절수 등을 비롯한 포
로들이 씩씩하게 일하고 있다. 그리고 조금 떨어진 일각, 나지막한
둔덕에 앉아 이를 보는 장현. 길채를 보낸 슬픔 때문인지 조금 초
췌하지만, 포로들이 신나게 일하는 모습이 그나마 작은 기쁨이라
도 된다는 듯, 곧 장현에게 옅은 미소가 뜨고. 그 위로 고신당하는
내관, 궁녀들의 비명 소리.

S#27. 내사옥 안 / 밤

고신당하는 두 궁녀와 내관 한 명. 이미 피투성이가 된 채, 고개도

가누지 못하는 궁인들.

만해   궁 곳곳에 저주하는 물건을 묻으라 시킨 자가 누구냐? 누굴 저주하고자 함이냐?

궁녀1   모르는 일입니다. 나는 전혀...(다시금 인두에 지져지자) 아아아악!!

그리고 조금 떨어진 곳에서 코를 막고 눈살을 찌푸리며 이를 지켜보는 후궁 조씨.

S#28.   길 일각 / 밤

외진 길 일각, 쓰개치마로 얼굴을 온전히 가리고, 벽 뒤에서 말을 전하는 정상궁.

정상궁   내사옥에서 궁에 저주한 물건을 묻은 배후를 찾고 있습니다.

연준   배후?

정상궁   제 말을 못 믿으시겠거든, 얼마 전 의금부에서 내수사의 명을 받고 궁인을 사사한 일이 있으니 확인해보십시오.

연준   (놀라) 의금부에서 내수사의 명을 받다니요? 죄인을 사사하라는 중대한 명이 어찌 승정원이 아니라 내수사를 통해 의금부에 전해진단 말입니까?

정상궁   의금부에서 정식으로 추국하면 아니 될 사정이 있는 모

양이지요. 더는 드릴 말씀이 없습니다. (하고 가버리면)

연준　...?!!

S#29.　장철집 마당 / 밤

마당 일각에 서서 대화하는 장철과 연준.

연준　누군가 제게 투서(자막: 드러나지 않은 사실의 내막을 몰래 보냄)를 하였습니다. 신분을 밝힐 수 없다 했지만, 틀림없이 궁 안 사정에 밝은 이였습니다. 생각보다 훨씬 많은 궁인들이 내사옥에서 추국당하고 있으며, 심지어 고신을 당하다 죽은 자들도 많다 합니다.

장철　(질끈, 눈을 감고 만다. 흐음... 낮은 신음 소리) 나라의 임금이 잔인해졌으니... 장차 이 나라에... 화변(자막: 매우 심한 재액)이 생기고 말 것이다.

연준　...!!

장철　우리 전하께서 겁에 질렸어. 아느냐? 겁에 질린 사람은 잔인해진다.

연준　...?!!

S#30.　배단리 우물가 / 새벽

우물물 위로 둥실, 누군가의 얼굴이 뜬다. 길채다. 길채, 가만... 제 얼굴을 들여다보는데, 장현의 말이 떠오른다.

장현(E)   *그러니 조선에 가면, 심양에서 겪은 고초 따위 다 잊고*
           잘 살아줘. 요란하고 화려하게, 길채답게.

길채   미안합니다. 그리 살지 못해서.

길채, 조금 미안해진 표정으로 제 얼굴을 보다가 종종이와 함께 물
동이 들고 가려는데, 맞은편에서 우물로 다가온 한 여인. 여인, 치
마를 뒤집어쓰고 우물로 뛰어들려 하자 길채가 턱, 잡는다. 뜻밖에
도 길채와 같이 도망쳤다가 죽으려는 것을 포기했던 여인, 승아다.

길채   넌...?
승아   (그제야 길채 알아보고) 너도 죽으러 왔구나? 이럴 거
          면서 그때 왜 나를 죽게 두지 않았어!!(했다가 길채의
          발아래 물동이 본다)
길채   난 물 뜨러 왔는데, 넌... 죽으려고?
승아   (...!!) 그, 그래, 죽고 싶다! 겨우 돌아왔지만, 가문의 수
          치라고 쫓겨났어! 차라리 그때 죽는 게 나았어!
길채   그럼 하고 싶은 대로 해. 대신 다른 데서 죽어. 마을 사
          람들 다 쓰는 우물에서 무슨 짓이람...(하고 종종이에
          게) 가자.
승아   (울먹울먹하는데)
길채   (가다 문득 돌아보며) ...밥이라도 먹고 죽을래?
승아   ...?!!

S#31.　　배당리 길채 초가 / 아침

길채의 초가로 들어서면, 승아, 두리번... 어색하게 둘러보는데, 일각에 숨어있던 다짐이 길채에게 튀어와 안기며,

다짐　　(부엌 가리키며) 도둑놈!!

그때, 부엌에서 일곱 살쯤 되어 보이는 꼬맹이, 기찬 튀어나오고!

종종이　　(왈칵 귀 잡고 끌고 오며) 너구나! 이제 잡았다!!
기찬　　놔, 놔!!! 이씨... 놔!!!

보면, 기찬의 손에 꼭 쥔 밥. 밥에서 뜨거운 김이 솔솔 나는데, 기찬, 뜨겁지도 않은지 밥을 움켜쥐고 있다.

CUT TO

기찬의 손을 찬물에 담가 식히는 종종이. 평상에 앉아 이를 보는 길채와 승아, 다짐.

종종이　　맨손으로 그 뜨거운걸. 에휴....
길채　　밥 먹고 싶으면 나뭇짐 해와. 그럼 밥 한 그릇 줄게.
기찬　　거짓말...
길채　　진짜야. 하지만 또 몰래 밥 훔치면 혼내줄 거야!
기찬　　(대야를 걷어차고 튄다) 거짓말하지 마!!

S#32.   배단리 길채 초가 안 / 저녁

길채와 종종이가 장도 여남은 개를 정성껏 닦아서 주머니에 하나
씩 넣고 있고, 일각에 앉아 궁금하단 표정으로 보는 승아.

승아　　그게... 뭐야?

길채　　응, 다 내가 만든 거야! 이혼하면서 내 몫으로 몇 개 들
　　　　고 나왔어.(장도 하나 들어 요모조모 보며) 요걸 어떻
　　　　게 하면 비싼 값을 받을꼬...

종종이　이거 다 팔면 이제 뭐 먹고 살아요...(하는데)

기찬(E)　밥 줘!

S#33.   배단리 길채 초가 마당 / 저녁

길채 등이 나와 보면, 기찬이 품에 나뭇가지를 안고 있다. 그리고
그 옆, 나뭇가지 따위 품고 있는 기찬보다 더 어린 꼬맹이들 대여
섯. 꼬맹이들마다 부르튼 맨발에, 남루하고 못 먹은 행색이 말이 아
닌데,

기찬　　밥 내놔! 주기로 했잖아!(하면서도 걱정, 근심, 두려움)

길채　　(말없이 보면)

기찬　　얼른 줘!! 한 그릇 주면...(그제야 기어 들어가며) 나눠
　　　　먹을게요...

S#34. 동장소 / 저녁

초가 마당 평상에서 1인 1밥 해서 허겁지겁 먹는 기찬과 꼬맹이들,
다짐.

길채	부모님은?
기찬	다 죽었어. 오랑캐가 죽였어.
다짐	나도!
길채	넌 아니라고 했잖아. 엄마가 너 만나러 올 거야!
다짐	피... 거짓말...(하는데)
길채	(잠시 보다가 승아에게 자연스레 일 시킨다) 애, 밥 좀 더 퍼줘.
승아	응? 응...(하며 옆의 솥에서 밥을 퍼서 기찬에게 주면)
기찬	(또 줘? 놀라서 신나게 먹고)
승아	(그런 기찬 보며 미소 뜨는데)

S#35. 심양 호숫가(혹은 정자) 일각 / 낮
(Ins.C) 밝은 오후, 고요하고 평화로운 심양 호숫가 외경.

뭔가 고심하며 미간을 좁히는 장현, 이윽고 탁, 바둑알 놓는 소리.
보면, 강 위에 띄워진 조각배에 마주 앉은 장현과 각화가 바둑을
두고 있다.

각화	(장현의 수에 울그락불그락하더니 막 판을 흐트러트리며) 다시는 너와 바둑을 두지 않겠다!!

장현	(바둑알 주우며) 그 말도 벌써 백스물여섯 번쨉니다.
각화	이번엔 진짜야!!
장현	(바둑알 주우며) 전 전하와 바둑 두는 게 즐겁습니다만...
각화	나랑 노는 게 즐거워? 그럼, 이번엔 내 잠자리 시중을 들 테냐?
장현	(피실...) 이리 웃겨주시니 즐거울 밖에요.(하며 웃다가 장현, 이런 자신이 문득 이상하게 여겨진다. 이렇게 웃어도 될까? 혹은 이런 웃음이 나오다니...)
각화	(각화에게도 포착된 장현의 혼란) 너 말이지. 일전에 나랑 있으면 가끔 누구 생각이 난다더니... 지금도 날 보며 그 여자 생각을 했나? 아니면...(하고 장현을 보면)
장현	...!!

잠시, 혼란스러운 장현과 각화의 눈빛이 얽히는데, 각화가 끊어낸다.

| 각화 | (벌떡 일어나더니) 가! 이번엔 내가 이기는 놀이를 할 거야!! |

S#36. 숲 일각 / 낮

저편에 세워진 과녁. 장현과 각화, 각자 활을 쏠 채비를 갖췄는데, 장현의 혼란스러운 마음, 여기까지 이어지고 있다. 장현, 문득 각화 보면, 그런 장현의 마음을 짐작하는지 모른 척하는 것인지, 각화, 아이처럼 신나서 화살을 고르며,

각화	이렇게 하자. 내가 이기면... 넌 평생 내 곁에 있는 거야. 섭정왕이 날 얼마나 대우하는지 알지? 난 널... 평생 호의호식 시켜줄 수 있다고!
장현	...제가 이기면 무슨 상을 주실 겁니까?
각화	그런 일은 없어.(진지하게 시위를 당기며) 이제 곧 청이 중원을 차지해. 그럼 조선 사람들은 다... 청나라 사람이 시키는 대로 해야 돼. 너도 마찬가지야.
장현	(순간 쓴 표정 된다. 각화, 니가 그럼 그렇지... 하듯)
각화	(이런 장현의 마음을 읽지 못한 채 집중하더니 화살을 쏘면, 과녁 정중앙에 박히는 화살! 이것 보라는 듯 득의만만해서) 봤지?

이제 장현 차례다. 장현, 시위를 들어 과녁을 조준하는가 싶더니, 갑자기 몸을 틀어 각화를 겨냥한다.

각화	(웃으며) 뭐하는 거야.
장현	난 장사꾼이야. 갚아주는 사람이지. 돈을 벌게 해준 사람에겐 더 큰 돈으로, 손해를 입힌 놈에겐 더 큰 손해로 갚아주며 살았어.(천천히 다가가며) 그러니... 내게 화살을 쏜 사람에게도... 갚아줘야지.
각화	... !!
장현	이기적이고, 사악하고 어리석은 계집. 너 때문에...!!(진짜 쏘려는 듯 더욱 시위를 당기면)
각화	이...장현!(하얗게 질리는데)
장현	(다음 순간 뜻밖에도 눈빛이 흔들리며) 헌데... 이상하

지? 너무 화나서... 너무 많이... 생각하게 된 건가?

각화　　　...?!!

그리곤 각화에게서 시위를 돌려 과녁에 쏴 버리는 장현. 엉뚱한 곳에 가서 박히는 화살. 마치, 장현의 혼란스러운 마음을 반영하듯. 장현, 이런 자신을 느끼며 스스로 당황스러운데, 그제야 정신이 든 각화, 성큼 다가와 장현의 뺨이라도 때리려는데, 턱, 각화의 손목을 잡아 막는 장현. 잠시 동안 장현과 각화, 서로 대치하듯 보다가,

각화　　　무슨... 뜻이지? 내게 화가 났다는 거야, 내 생각을... 많이 했다는 거야?
장현　　　(대답할 말을 찾지 못한 채 각화의 손을 뿌리치고 가버리면)

S#37.　숲 일각 / 낮
혼란스러운 표정으로 가는 장현. 뒤에서 뛰어오는 각화.

각화　　　거기 서! 이장현! 서!!(하고 장현을 잡고)
장현　　　(잡힌 채로 각화를 보지 않으면)
각화　　　(뭔가 말하려는 사이)

저편에서 다른 사냥꾼들의 대화 소리 들린다.

사냥꾼1　미친 계집이군. 계집 주제에 감히 친왕의 지위를 요구해?

사냥꾼2   아직도 아버지가 황제인 줄 아는 게지.

사냥꾼2   도르곤이 제 어머니를 순장시킨 선황제의 딸을 언제까지 곁에 둘까? 저렇게 나대니 각화가 몽골에 팔려갈 날도 멀지 않겠어. 이번에 몽골에 시집가면, 거기서 죽든, 소박을 당하든 아무도 신경 쓰지 않겠지.

사냥꾼1   이전 남편도 그 계집을 한 번 데리고 논 후론, 버렸다지?

킬킬거리며 멀어져가는 사냥꾼들. 파르르... 분노하던 각화, 허리춤의 단검을 빼 사냥꾼들을 쫓아가는가 싶더니, 갑자기 선다. 이제 사냥꾼들은 저만치 멀어졌고.

장현   ...?

각화   내 손 더럽힐 필욘 없어. 저런 놈들... 섭정왕께 말씀드리면 대신 죽여주실 거야.

장현   (속내를 꿰뚫듯 깊이 보는 눈빛)

각화   (자존심이 상했다) 왜? 내가 끈 떨어진 연 신세가 된다니... 너도 내가 만만해 보여? 무시하지 마! 아직, 아직은 내게 힘이 있어. 아직은 섭정왕이 날 필요로 하고...

장현   전하... 제가 그간 전하 곁에 있었던 건 전하가 두려워서가 아닙니다.

각화   아...(더욱 시니컬해져서) 이번에도 불쌍한 사람 도와주는 마음인가? 니가 포로들을 도와준 것처럼?

장현   ... 저들이 아무리 떠들어도... 전하는 전하지요.

각화   나는 나다? 사악하고 어리석고 이기적이다?

장현   예. 그게 전하입니다. 이기적이고 어리석지만 그래서...

이번에도 말을 잇지 못하는 장현. 어쩌면 장현 자신도 각화에게 뭐라 말해야 할지 정리하지 못한 듯. 하지만 그 눈빛에서 어떤 감정을 읽은 각화, 한 걸음 장현에게 다가간다.

각화   그래서?
장현   (여전히 말을 잇지 못하고 혼란스레 각화 보면)
각화   (그 혼란을 포착한 각화, 와락, 기습적으로 장현의 입술을 덮치면)
장현   (순간 당황했으나 어쩐지 이번만큼은 각화를 밀어내지 못한 채, 어정쩡한 손을 하고 섰는가 싶더니, 다음 순간, 각화의 허리를 감싸고)
각화   ...!!

벅차오르는 각화, 더욱 장현에게 파고들면, 장현, 잠시간 각화와 깊어지는 듯했으나, 한순간, 화들짝 각화에게서 떨어진다. 장현, 여전히 혼란스러운 눈빛이고, 그 찰나의 머뭇거림에서 희망을 발견하고 상기되는 각화.

장현   전하, 소인은...(하는데)
각화   됐어. 듣고 싶지 않아. 너, 예전엔 날 밀어냈고, 오늘은 망설였지만, 언젠간 내게 안길 거야.
장현   ...!
각화   (잠시 고민하다) 이제 도르곤이 세자를 조선에 아예 보낼 거야. 넌... 남을 거지? 아니, 넌 남아야 해.
장현   ...?!!

S#38.   소현 침전 / 낮

얼빠진 얼굴이 된 소현과 강빈, 막 소식을 전하고 벅찬 얼굴이 된
언겸.

소현	그 말이 사실...인가?
언겸	그렇사옵니다, 저하!(크게 읍한다. 감격으로 벅차는 음성) 조선으로 돌아가게 되심을... 경하드리옵니다!!!
소현	(울컥... 강빈의 손을 잡으면)
강빈	저하...!!(마주 소현의 손을 꼭 쥐고)

S#39.   소현 침전 앞 / 낮

소현과 강빈 아래 일별한 심양의 재신들이 일제히 부복하여 절한다.

재신들	경하드리옵니다, 저하!!!

재신들 저마다 어깨를 떨며 울먹이며 경하드리옵니다, 경하드리옵
니다... 몇 번이고 되뇌고. 이를 벅차게 보는 소현과 강빈. 뒤편에 선
언겸, 이 모습에 연신 눈물을 훔치고.

S#40.   인조 침전 / 밤

선잠에 든 인조, 꿈을 꾼다.

삼궤구고두례의 의식이 행해지고 있다.*(꿈속 공간이니 정식 제단, 주변 호위병 등은 필요치 않고 오직 단상 위의 누군가, 짙은 안개만 있으면 됩니다)*

쿵쿵쿵... 이마를 짓찧으며 절하는 인조. 저 위에, 아마도 앉아있을 홍타이지. 이윽고 인조 고개를 들면, 자욱한 안개가 걷히고 황상 위에 앉은 이, 홍타이지가 아니라 아들, 소현이다!

벌떡 일어나는 인조. 인조의 온몸에 흥건한 식은땀. 그때, 들리는 음성.

봉시(E)   전하!

곧, 봉시 들어오면, 인조, 아직 꿈의 여운이 남아 숨을 고르는데,

봉시   전하, 청나라 황제가 세자 저하를 조선으로 돌려보낸다 합니다!

인조   ...!!

S#41.   심양 들판 / 낮

장현과 양천이 나란히 앉아 새참으로 준 주먹밥 따윌 먹고 있고, 저편 나무 그늘에 앉아 역시 주먹밥에 막걸리 마시며 땀 식히는 얼수와 절수, 강달, 사민, 등노야, 인옥, 정희 등등등.

장현   (주먹밥 야무지게 먹는 양천 보더니) 원래, 농꾼 체질

인가 봐.

양천 (밥만 꼭꼭 씹는데)

저편의 얼수, 덜덜 떨리는 손으로 막걸리 들다 흘리면, 절수가 쯔쯔, 소매춤으로 닦아주며 잔소리.

양천 저 노인네, 평생 모은 돈으로 땅 일곱 마지기를 샀는데, 씨도 뿌려 보기 전에 잡혀왔다나. 그 땅에서 딱 한 번만 농사지어 보고 죽는 게 소원이라던데... 꼬라지를 보니 다 틀렸디, 뭐.

장현 틀리긴, 조선에 가면 되지. 성님, 세자께서 조선에 돌아가십니다. 우리 모두... 데리고 가실 게요.

양천 뭐?

장현 (미소 지으며 확인시켜주듯 고개 끄덕)

양천 (환해지더니 벌떡 일어나서 외친다) 야야!! 세자께서 조선에 들어가신단다. 이제 우리도 다... 조선으로 들어간다!!

얼수와 절수, 강달, 사민, 등노야 등등... 놀라서 '참말이오' '정말 이제 조선에 갑니까' 등등을 묻다가, 곧 서로 껴안고 '아버지, 어머니...!!' '이제 집에 간다!' '내가 뭐랬어, 우린 꼭 집에 갈 수 있다고 했지?' 따위 말들을 쏟으며 기뻐 어쩔 줄 몰라 하고, 역시 벅찬 얼굴이 되어 왈칵 정희와 포옹하는 인옥. 그런 인옥의 웃는 얼굴에 덩달아 미소 뜨는 양천.

앉아서 주먹밥을 먹으며 포로들이 기뻐하는 모습을 보는 장현 역시 뿌듯해진다. 시원한 바람이 장현을 스치고,

장현　　　(혼잣말) 밥맛 좋네...

S#42.　심양 장현 여각 내실 / 낮
장현이 그간 포로들이 적은 차용증 문서를 하나하나를 흐뭇하게 보고 있는데,

구잠　　　(기뻐 뛰어 들어오며) 조선에 간다믄서요?

량음　　　(구잠 뒤로 따라 들어오면)

장현　　　그래. (차용증 문서 착착 정리하며) 에이, 이제 속이 다 시원하다. (량음 보고) 이 사람들, 니 덕에 조선에 가는 거야.

량음　　　내가 무슨...

구잠　　　너 때문 맞어!! 장현 성님은 원래 남 일엔 관심 없어. 니가 하두 징징 대니까 포로들 도와준 거고... 덕분에 우심정 남원 분점이 이렇게 늦어졌으니까, 따지고 보면, 내가 부자가 아직 안 된 것도 다 니가 오지랖을 떨어서...

장현　　　(좋은 일 했어... 따위 말하며 량음의 어깨동무라도 하고 같이 나가면)

구잠　　　(여전히 중얼중얼) 내가 부자였음 종종이 고것이 낼름 가버리지도 않았겠지만, 이제 남원 분점 생기면 조선 여자들은 다...(아무도 없다. 욱...) 암튼, 나한텐 관심도

옳지!!

S#43.　심관 소현 침전 마당 / 낮

소현이 당황한 표정이 되었다. 역시 난처한 언겸.

소현　포로들을 조선에 데려갈 수 없다니?

언겸　일전에 조선의 전하께오서 의주 부윤을 벌주셨던 일을
　　　아십니까?

소현　...!!

언겸　저하께서 조선에 다녀오는 길에 공속된 포로 수백여
　　　명을 데리고 드나드신 것에 대해 의주 부윤이 제때 보
　　　고하지 않은 죄였나이다.

소현　내가 데리고 간 포로 때문에... 부윤이 벌을 받아?

언겸　(조심스럽다) 예, 저하. 해서, 이미 장계로 올렸던 백오
　　　십여 농꾼들 외에, 저하께서 사사로이 값을 주고 고용
　　　한 수백여 포로들은... 조선에 데려올 수 없다 하십니다.

소현　안 돼! 난 저들과 약속했어. 내가 조선에 가면 반드시
　　　저들도 데리고 가겠다고...(하는데)

언겸　(뜻밖에 바싹 부복하더니 간절히 아뢴다. 목소리마저
　　　떨린다) 저하! 포로들을 데리고 가시면 아니 되옵니다.
　　　조선의 전하께오서... 원치 않으시옵니다!

언겸, 고개를 들어 간절히 소현을 보면, 그 간절함을 읽은 소현, 안
색이 굳고. 그때 기쁜 얼굴로 들어오던 장현, 소현 앞에 부복한 언

겸을 보고 의아해지는데.

S#44.   심관 소현 침전 마당 + 침전 안 / 밤
- 침전 마당

장현, 당황스런 표정이다. 언겸과 마주한 장현.

장현　　포로들을 두고 가다니? 무슨 소릴 하는 겁니까?

언겸　　영영 둔다는 게 아니라, 나중에 데려오겠단 말이네.

장현　　나중이라니요? 저하께선 이제 아예 조선으로 돌아가십
　　　　　니다. 이번에 같이 들어가지 않으면 포로들이 조선에
　　　　　돌아갈 날을 기약할 수 없는데...(하는데)

언겸　　전하께선... 심양에서 저하가 데리고 있던 포로들이 조
　　　　　선에 들어오는 일을 탐탁치 않아 하셔. 뭔가 오해를 하
　　　　　시는 게지. 세자 저하를 믿고 기다려 보시게. 조선에 가
　　　　　면, 저하께서 필시 전하의 오해를 풀어드릴 게야.

장현　　...!!

- 침전 안

장현과 언겸의 대화가 들려온다. 소현. 죄책감에 휩싸인 채, 입을
굳게 다물고 있고.

S#45.   심양 장현 여각 내실 / 밤

벌떡, 자리를 박차고 일어나며 성을 내는 양천.

양천	뭐? 우릴 버려!!
장현	(얼른 잡으며) 버리다니요. 세자께선 그런 분이 아니십니다.
양천	이야... 이장현이, 니가 언제부터 왕족들 편을 드네?
장현	편드는 게 아닙니다. 조선 조정의 협조를 받지 못하면 설사 강을 넘었다 해도 다시 청으로 끌려갑니다. 우리가 데리고 있는 사람들 중엔 정식으로 속환되지 못한 자들이며, 도망친 포로들도 많지 않습니까?
양천	...!!
장현	그러니 형님! 형님은 일단, 저랑 같이 조선에 들어가십시다. 그 연후에 세자께서 허락을 받으시면 제가 책임지고 다른 포로들도...
양천	나도 여기 남는다.
장현	형님!!
양천	생각해보라. 멀쩡한 사람도 납치해서 포로라 우기는데, 세자도 떠난 마당에, 심양에 남은 조선 사람들이 무사할 성싶네? 도망한 포로라고 우기고 끌고 가면 무슨 수로 막네? 도로 잽혀서 귀 뚫리고 발축 깎이면? 죽으면?
장현	허면 제가 남겠습니다. 그러니 형님은...
양천	그리는 안 되디. 너는 가서, 반드시 세자에게 약속을 받아 와야디.
장현	...!!
양천	내가 여기서 포로들 잘 데리고 있을 테니까네... 넌 조선에 가서 세자한테 약조를 받아오라. 니, 설마하니 날 버리딘 않겠디?

장현   ...?!!

S#46. 심양 장현 여각 마당 / 낮

등노야, 강달, 사민, 인옥과 얼수, 절수 등, 포로들이 양천을 근심스레 올려본다. 뭘 아는지, 인옥 등에 업힌 병희가 으아아 울면, 넛남, 짱이, 정인도 따라 울기 시작하고, 아이들을 다독이며 역시 원망스레 보는 인옥과 정희.

인옥   (먹먹해져서) 모두 가버리면... 우린 어쩝니까?

등노야   우릴 두고 간대!

강달   내 이럴 줄 알았지...

사민   (씩씩 화를 삭이며 쓱... 눈물을 닦고)

얼수   거거... 조용조용. 얘기나 들어보세.

절수   그래그래...

얼수와 절수가 나서서 달래지만, 포로들 성내고 울고, 벌써 버려진 모양새인데.

양천   세자는 못 믿어도 이장현이는 믿디? 나는 이장현이 믿는다. 해서... 나도 여기 남는다!

포로들   ...?!!

양천   나는 남아서... 님자들이랑 같이 넘어간다. 내래 님자들이랑,(병희와 넛남, 짱이, 정인 등을 보며) 님자 자식들, 동생들, 부모들... 반드시 조선 땅에 데려다 주갔어.

포로들, '큰형님은 남는대' '큰형님 계시면 됐지!!' 하며 안도하고. 인옥, 역시 크게 안도한 표정으로 양천 보면, 양천, 괜히 쑥스러워 진다.

그리고 일각에 서서 이 광경을 지켜보는 장현. 포로들은 조금 안도 하는 분위기지만, 장현은 여전히 불안하고, 근심스럽다.

S#47. 심양 호숫가 / 낮

장현이 여전히 근심스러운 표정으로 서 있으면, 저편에서 장현을 보고 뛰듯이 걸어오는 각화. 기대에 잔뜩 찬, 설레는, 그래서 조금 아이처럼도 보이는 얼굴.

장현	(각화 기척에) 전하를 뵈옵(니다... 하려는데)
각화	넌... 남기로 한 거지?(설레어 보면)
장현	(웃음기 없이 각화 보면)
각화	(안색 굳으며) 가겠다고? 그 여잔 이미 남편에게 갔어!!(하는데)
장현	예, 저 역시 서방 있는 여자 곁에서 얼쩡거리며 번거롭게 할 생각은 추호도 없습니다. 해서 원하시면... 제가 전하 곁에 있겠습니다. 대신 청이 있습니다.
각화	...!!

S#48. 후궁 조씨 처소 / 낮

후궁 조씨와 길채가 마주했고, 후궁 조씨가 길채의 은장도를 보다가,

조씨 서방에게 쫓겨났다지?

길채 사실은 제 발로 나왔지만, 아무도 믿지 않으니 이젠 그
      러려니 합니다.

조씨 (깔깔) 나랑 비슷하네. 궁에서 안 좋은 일만 생기면 죄
      다 내 탓을 하는데 나두 귀찮아서 내버려둔다. 그래, 이
      장도는 얼마에 팔거니?

길채 이 장도는... (흠흠 입담 시동 건다) 우리 대장간 장인이
      삼신할매로부터 복숭아를 받은 꿈을 꾼 후에 새긴 것
      으로... 이 장도를 지닌 여인은 떡두꺼비 같은 아들 열
      둘을 본다는 영험한...(열심히 영업하는데)

조씨 (피실...) 먹고살려고 애쓰는구나. 그래야겠지. 오랑캐
      한테 욕 당한 여자가 파는 장도를 누가 사줄꼬?

길채 ...!

조씨 좋아! 내가 비싸게 사주마. 헌데 니가 해줄 일이 있어.
      조만간 세자가 조선에 아주 들어와. 해서 말인데...

길채 (...?!!) 세자께서... 조선에 들어오십니까?

S#49. 배단리 길채 초가 길채방 / 밤

길채와 종종이가 아이들이 입을 헌 옷가지 따위를 조각천으로 기
우고 있는데, 길채의 머릿속이 장현 생각으로 가득해졌다.

종종이	후궁 조씨가 일을 시켜요? 무슨 일요?(하는데)
길채	(멍... 혼잣말처럼) 나보고 요란하고 화려하게 잘 살라고 했어. 이렇게 사는 모습 절대 안 보여줄 거야.
종종이	예? (의아하게 보면)
길채	(잠시 종종이 보더니) 세자 저하가 오신대. 그럼... 이역관 나리랑 구잠이도...
종종이	...?!!

S#50.　한양 길 일각 / 낮

백성들이 길가에 서서 목을 빼고 있다. 저마다 얼굴에 깃든 설렘, 기대. 그리고 그중, 쓰개치마를 쓴 길채, 그리고 길채처럼 설레며 기다리는 종종이.

그때, 저하께서 오셨다! 저하께서 오셨어... 소리! 곧, 저 끝에서부터 보이기 시작하는 행렬의 선두. 이윽고 서서히 모습을 드러내는 소현과 강빈. 백성들이 일제히 부복하며 오열하기 시작한다. 저하, 세자 저하!!! 어서 오소서, 저하! 저하!!! 엉겁결에 역시 부복하는 길채와 종종이.

백성들이 도미노처럼 엎드려 부복하며 눈물로 소현을 반기고, 이를 보며 벅차오르는 소현과 강빈, 뒤편 언겸 등의 내관들과 역시 눈물 흘리는 재신들, 궁료들. 일각에 부복한 길채 앞으로 강빈이 지나가면, 길채, 설핏 고개 들어 본다. 마침 가마 문을 열고 백성들을 보며 벅차오르는 강빈. 길채, 그런 강빈을 보며 반가운 미소가 뜨고. 소현과 강빈이 지나간 후, 길채, 재신과 궁료, 짐꾼들 틈에서 바삐 장현을 찾는다. 하지만 심양의 역관1, 2, 3이 다 지나도록 장현은 보이지 않는다.

종종이　거봐요... 안 오잖아요. 청나라 황녀가 찜했는데, 거기서 잘 먹고 잘살지 여기 왜 오겠어요.

길채　(...?!!)

(Ins.C)　***14부 57씬***

각화　*하지만 두고 봐. 언젠가 이장현은 내 것이 될 테니.*

길채　(슬퍼지며) 그러게. 결국... 아니 오시는 모양...(했다가 숨이 멎는다)

보면, 저편 한참 뒤에서 말을 걸려 오는 사내, 장현이다. 장현 곁, 량음과 구잠까지!

종종이　구잠아...(울먹)

얼른 쓰개치마를 눌러쓰고, 사람들 뒤편으로 몸을 숨기는 길채. 슬몃 고개를 들어 다시 본다. 틀림없는 장현이다. 벅차오르다 끝내 뜨거워지는 길채. 눈시울이 붉어진다.

길채　오셨습니까...

길채, 장현이 저만치 멀어지도록 하염없이 바라보며 눈시울이 붉어지고.

S#51. 조선 궁 소현 침전 마당 / 낮

소현과 강빈이 조선 궁 침전으로 들어서면, 일제히 부복하며 오열하는 수십여 상궁들과 나인들. 저하… 세자빈 마마!! 이들을 보며 마음이 뜨거워진 소현과 강빈. 강빈이 애틋하게 궁녀 내관들을 보는데, 그때, 원손의 음성.

원손(E)　　아바마마, 어마마마!

확 돌아보는 강빈과 소현. 당당하게 자란 원손이다. 그 뒤로 눈물 찍는 정상궁.

원손　　(울먹) 아바마마, 어마마마… 소자 문후 올립니다.(큰절 올리려는데)

강빈　　(팔을 벌리며 떨리는 음성) 이리… 어서, 어서…!!

결국 원손, 절을 하려다 말고 뛰어가 왈칵 강빈에게 안긴다. 원손을 안곤 온몸을 떨며 울음을 터트리는 강빈. 동시에 다시 터지는 상궁들과 나인들의 울음소리. 마마… !! 일각, 감격적인 해후를 보는 장현과 언겸.

언겸　　(세자가 기뻐하는 모습에 벅차 눈물 훔치며) 저하께서 웃으시네.

장현　조선에 오니 좋습니까?

언겸　말해 뭘 해? (애틋한 눈빛으로 궁을 휘이 둘러보며) 난 여기서 자랐어. 이 궁이 내 고향이란 말이야.

장현　(고향?)

S#52.　**한양 길채집 / 밤**

밤, 새소리가 고즈넉하다. 예전 길채가 살던 한양 집 앞에 선 누군가, 길채가 있을 별채를 바라보는 장현이다. 그립고 애틋한 표정이 된 장현.

장현(N)　모두들 고향에 간다며 좋아하더군. 내게는 고향이 없어서 갈 곳도 없을 줄 알았지. 헌데... 내게도 매양 그립고, 가고 싶은 곳이 있더군.

마침 별채의 불이 꺼지고, 쓸쓸해지는 장현.

장현　안녕히... 주무시오. (외로이 돌아서고)

S#53.　**배닫리 우물가 / 밤**

종종이가 끙끙거리며 두레박을 걸어 겨우 물을 붓는데,

구잠(E)　물 긷다 날 새겠네.

종종이, 익숙한 음성에 홱, 돌아보면, 일각에 쪼그리고 앉아 풀때기 따위 뜯는 이, 구잠이다!

구잠	그래, 나 버리고 가니까 좋냐?
종종이	(울먹울먹) 구잠아...
구잠	(끙... 일어서서 다가오며) 니가 안 오니까 내가 왔다!(하고 다가가더니 종종이를 따듯하게 안아주면)
종종이	(결국 구잠 품에서 곧 후두둑)
구잠	얼씨구, 왜 울어? 울 거면 왜 가?
종종이	(괜히 구잠 가슴팍 치며) 몰라... 넌 내 맘 몰라, 몰라!!
구잠	그래, 때려라 때려. 나 보고 싶었던 만큼 팡팡 때려봐!(하며 더욱 으스러지게 안고)

S#54. 한양 길 일각 + 우심정 문 앞 / 밤

우심정을 향해 걷는 장현, 곁에서 같이 걸으며 말하는 구잠. 그사이, 우심정 대문 앞에 이르면, 이미 대문 앞에서 기다리고 있던 량음이 맞는데,

구잠	방금 종종이 만나고 왔는데요... 마님... 요샌 대장간 일도 안 하신대요.(하며 우심정으로 들어서면)
량음	(말없이 장현과 구잠의 뒤를 따르는데)
장현	그래도 마실은 다닐 게 아니야? 내, 시간이 별로 없으니 서둘러.
량음	(...!! 뭔가 포착한다. 뭐지? 왜 시간이 없다고 하지?)

구잠	뭔 시간 타령이래. 이제 막 조선에 왔는데...(하면)
장현	나는 다시 청으로 가야 해서...(하다가 말 멈추곤) 아무튼 부인이 잘 지내는지 빨리 확인해야겠으니... 종종이 통해서 자릴 만들어봐.
구잠	아, 어렵다니까요. 오랑캐들 쳐들어온 후론, 부쩍 여인네들 단속을 한답니다. 양반댁 마님들은 더더...!
장현	허면, 내가 직접 알아보마!(하며 대문 턱 넘고)
구잠	아, 참...!!(하다가 뒤편 량음 보며 '말이 안 먹혀...' 하듯 절레)
량음	(흠... 깊은 한숨 뱉고)

S#55.　배당리 길채 초가 마당 / 이른 아침

길채가 부엌에서 옷자락이라도 털며 나오는데, 누군가 앞에 선 기척. 길채 무심히 봤다가 놀란 얼굴 된다. 량음이다.

CUT TO

마당에 마주한 길채와 량음. 량음, 무표정한 얼굴로 휘이... 초가를 둘러보면, 길채, 조금 민망한 얼굴 되어 낡은 소매 끝을 괜히 매만진다.

길채	내가 여기 사는 건 어찌 알았는가?(하는데)
량음	나리께서 조선에 온 것은 알고 계시지요? 만나... 보시겠습니까?
길채	(의아하여) 내가 나리를 만나길 원해?

량음	전 싫지요. 하지만... 나리께서 부인을 만나고 싶어 합니다. 해서 말인데... 그 전에 마님이 먼저 나리를 만나보십시오.
길채	(단호한) 싫네.(하며 가려는데)
량음	이런 곳에서 지내는 걸 보이고 싶진 않으시겠지요?
길채	...!!
량음	나리께서 마님 처지를 알아내는 것 시간문젭니다. 그러니 먼저 만나세요. 잘살고 있는 모습을 보여야... 나리께서 완전히 단념합니다.
길채	...!!

S#56.　저자 / 낮

흥겨운 저자 풍경. 저자 길을 가로질러 가는 장현과 구잠. 장현, 별 감정 없는 얼굴로 걸으면, 구잠, 괜히 바람을 잡아본다.

구잠	보세요. 양반 여자라고는 눈 씻고 찾아봐도 없죠?

보면, 정말로 저자에 사족 여인들이 없다. 장사하는 여인들이며 상민 여자들만 몇 보일 뿐. 그때, 구잠... 저편 웬 여자의 뒷모습 보더니,

구잠	어라... 종종이 아냐!
종종이	(돌아보았다가 마치 구잠을 지금 처음 만난 듯) 어머머... 구잠아...!
장현	(순간 반짝 눈에 빛이 들어온다. 이제 장현, 바삐, 주변

을 두리번... 종종이와 있을 길채를 찾는데)

길채(E)　　뭐하십니까?

얼어붙는 장현. 이 목소리는? 장현, 천천히 돌아보면, 눈 앞, 고운 비단옷을 입은 채 환하게 미소 짓고 있는 길채. 장현, 벅찬 얼굴로 성큼 한 걸음 길채에게 내딛으려다 곧 안색 굳는다. 보면 길채, 불룩한 배를 감싼 만삭 산모의 모습이다.

S#57.　　동장소 / 낮

서로 머쓱 나란히 걷는 구잠과 종종.

종종이　　그래서, 심양에서 뭐, 다른 여자들도 만나고 그랬니?

구잠　　　나 좋다는 여자야 많지. 알잖어, 나 조선의 방망이야!
　　　　　그래두 뭐... 나는... 원체 깔끔한 성격이라...(하며 은근
　　　　　히 종종이 손잡으면)

종종이　　(찰싹 손등 때리며 빼려는데)

구잠　　　(콱, 잡으며) 사주 봤는데, 나 이제 큰돈 번대. 지금 꽉
　　　　　잡아라!

그리고 저만치 뒤편, 나란히 걷는 장현과 길채. 길채, 먹먹한 장현의 마음을 모르는 척 종알종알 수다 떤다.

길채　　　매양 방에 갇혀 수발만 받고 있자니 지루해 죽을 지경
　　　　　입니다. 종사관께서 신주 뫼시듯 맘대로 걷지도 서지도

못하게 한다니까요. 해서 오늘 아버지께 들른다 하고
나섰지요.(행복하게 배를 쓰다듬으며) 아가야, 엄마가
오늘 거짓말을 좀 했구나. 모른 척 해다오.

장현　(행복한 길채가 보기 좋기도 하고 슬프기도 하고)

길채　나리는 그간 어찌 지내셨습니까? 황녀가 하두 극성이
라... 나리는 조선에 오지 않으실 줄 알았습니다.

장현　(황녀 얘기에 잠시 멈칫) 난 조만간... 다시 청나라로 갑
니다.

길채　...!!

장현　이번엔 잠시 고향에 다녀오고 싶어서 들어왔어. 몰랐는
데, 내게도 고향이 있더군.

길채, 다시 간단 말에 당황해서인지 장현을 넋 놓고 보며 걷다가
발을 헛디뎌 넘어질 뻔하면, 얼른 부축하는 장현. 길채, 화들짝 배
를 감싸 장현을 살피는데, 장현은 길채의 배가 가짜임을 알아보진
못한 듯, 제대로 놀랐다.

장현　괜찮소? 아무래도 안 되겠군. 내 가마를 불러서...

길채　아이참, 걷고 싶어 나왔다니까요. 게다가 콩시루떡이
먹고 싶어 참을 수가 있어야지요.

장현　콩... 시루떡?

길채　예. 집에선 아무리 만들어도 여기서 파는 맛이 안 나
서...(하며 둘러보며) 종종이 얘는 떡 사러 가서 왜 안 와.

장현　잠시... 예서 쉬고 계시오. 내가 구잠이랑 종종이 좀 찾
아보지!

| 길채 | 예?(장현, 벌써 어딘가로 가고 있고) 보셔요! |

S#58. 저자 일각 / 낮

사방을 돌아다니며 콩시루떡을 찾는 장현. 이 떡집, 저 떡집, 떡 바구니를 들고 다니며 파는 이 아낙, 저 할매.

S#59. 저자 일각 / 낮

저자 일각에 놓인 턱(혹은 의자 등)에 앉아 땀을 식히는 길채. 저편에서 장현이 뛰어오다가, 길채가 보이자 얼른, 숨 고르고 느긋한 척 걸어온다.

장현	(태연한 척, 하지만 귀밑이며 이마에 땀이 송글... 해선) 구잠이 이놈, 어디서 종종이랑 콩이라도 볶는지... 오는 길에 웬 할매가 떡을 팔던데...(쓱, 콩시루떡 내밀며) 하나 들어보든가...
길채	(하나 먹더니 눈이 휘어지도록 환해지며) 예! 이 맛입니다!!
장현	(얼른 식혜 내밀며) 식혜도 같이!!
길채	(식혜마저 받아 마시더니) 아이... 이제 살겠다! 드셔보셔요!
장현	난 됐소. 다 드시오, 다.

콩시루떡을 맛나게 먹는 길채, 덩달아 배불러진 장현. 그렇게 장현

과 길채의 짧고 행복한 시간이 흘러간다.

S#60.　길 일각 / 늦은 오후

점점 날이 저물고 있다. 이제 저자를 벗어나 갈림길에 선 장현과 길채.

장현　대장간 일은 왜 그만두었소?

길채　아시지 않습니까? 청나라로 납치된 일이 있고 난 후엔 집 밖 출입을 조심 또 조심합니다. 저라고 별수 있나요? 그나저나 서방님이 가마를 미리 보내신다고 했는데... 아, 저기 왔습니다!

저편 대기 중인 가마꾼들. 가마꾼들이 길채를 보자 허리 굽혀 읍한다.

장현　이제... 가야겠군.

길채　저자 구경 더 하고 싶지만 어쩝니까? 저희 종사관님은 제가 없으면 저녁 진지도 못 드셔요. 허면...(하고 가려는데)

장현　(잡으며) 부탁 하나만 합시다!!

S#61.　길 일각 + 가마 안 / 저녁

길채가 탄 가마가 저자를 벗어나 외진 길로 들어선다. 쓸쓸해진 길채.

(Ins.C) **16부 60씬 연결**

장현 조만간 량음이 조선에 온 기념으로 지인들을 불러 노
래를 베풉니다. 그때... 와주시겠소? 부탁이오. 내 마지
막... 부탁!

길채 세우게!

S#62. 배단리 길채 초가 마당 / 저녁

길채, 장현의 말에 고민이 남은 얼굴로 초가 안으로 들어서면, 이미
와 마루에 앉아있던 종종이가 일어서서 맞고, 일각에서 놀던 기찬
등이 비단옷 입은 길채를 보곤 눈이 똥그래져 다가와서,

기찬 야, 이쁜 옷이다. 길채가 이뻐 보일 때도 있네.
길채 요게 또 반말이야!!(하는데)

저편에서 우르르... 몰려오는 여인들 서넛! 여기냐? 이 집이야? 해
가며.

여인1 (종종이 가리키며) 이년이냐?
여인2 (마침 부엌에서 나오는 승아 보며) 아니, 저년이야!!
여인1 에잇!(하며 들고 온 들통의 오줌물을 승아에게 쏟아버
리면)

그 오줌물을 그대로 받는 승아와 아이들. 승아, 경악하고, 아이들 울음 터지고.

길채	(승아 앞을 막아서며) 무슨 짓이야?
여인1	오랑캐랑 붙어먹은 계집들이라 눈에 뵈는 게 없나... 감히 우리 서방한테 꼬리를 쳐?
승아	(울먹) 난 그저... 길을 물어보길래 대답해준 거뿐인데...
여인1	어디 오랑캐 묻은 게 뻔뻔하게 말대꾸야...(하는데)
길채	(눈에 불길이 일어) 말 다했어?!!(밀쳐내면)

여인1, 길채의 머리채를 휘어잡고, 그대로 여인들과 길채, 종종이가 붙어서 한바탕 싸움이 벌어진다. 승아, 놀라서 아이들을 끌어 감싸고.

CUT TO

해코지하던 여인들이 모두 돌아가고, 이제 마당 여기저기 멍... 앉은 길채와 종종이, 승아 그리고 눈물이 말라붙은 얼굴로 눈만 꿈벅이는 아이들.

길채	(기운이 빠져 넋 놓고 있다가 아이들 보더니 퍼뜩...) 씻자!!

S#63.　배단리 길채 초가 마당 / 저녁

아이들을 벗겨 엉덩이를 찰싹찰싹 때려가며 씻기는 길채. 아이들이 발버둥치는 통에 물이 튀어 길채의 몸도 흠뻑 젖고, 한바탕 난리법석인데, 먼발치에서 길채의 움직임을 좇는 시선이 있다. 장현이다.

뭐라 형언할 수 없이 먹먹한 표정이 된 장현. 그리고 장현 곁, 난처한 낯으로 선 구잠.

장현　　이혼을... 당했다고?
구잠　　(끄덕...)

심장이 터질 듯 고통스러워진 장현, 질끈... 눈을 감아버리고. 길채, 이런 장현을 짐작도 하지 못한 채, 아이들을 좇아다니며 씻기고, 잔소리 하고.

장현　　(성큼 길채 쪽으로 가려고 하면)
구잠　　(잡으며) 그러지 마요. 보세요. 웃고 있잖아요. 성님이　　나서면... 울고 싶어집니다.

장현, 그제야 다시 길채를 본다. 구잠의 말대로 길채가 웃고 있다. 길채는 아이들을 씻기며 웃음이 터졌지만, 그 모습에 또 한 번 울컥, 장현의 마음이 미어지고.

S#64.　우심정 앞 / 낮 ~ 저녁

우심정 안으로 무수히 들어가는 사람들. 량음의 노래를 듣기 위해 모이는 사람들이다.

CUT TO

그사이, 날이 저물었다. 문 앞에서 초초하게 서성이는 장현. 이미 시작되었는지 안에서 작게 들리는 량음의 노래. 하지만 길채는 아직이다. 장현, 길채가 안 오려나... 전전긍긍 하다 곧 환해진다. 보면, 저편에 여전히 배를 불룩하게 하곤 쓰개치마를 쓰고 선 길채.

길채	(조금 머뭇) 마지막 부탁이라 하셔서 왔지만, 다시는...(하는데)
장현	고맙소. 이미 시작했으니, 어서!(하고 길채의 손을 끌어가고)

S#65.　우심정 마당 / 저녁

장현, 길채의 손목을 끌어 량음의 노래가 들리는 우심정 마당으로 들어선다. 구석 일각에 자릴 잡은 장현, 길채를 본다. 길채가 전처럼 행복하게 량음의 노래를 듣기를 바라며. 역시나 이번에도 량음의 노래를 벅차게 듣는 길채.

장현	(행복한 눈물이라 여겨 담뿍 만족스러워) 예전에 부인이 량음의 노래를 무척 좋아했었지. 해서...(하는데)
길채	(다음 순간 미소 띤 얼굴에 눈물이 그렁... 맺히더니) 아

무래도...(하며 뛰쳐나가고)

장현   부인...!!(당황하여 뒤를 쫓아 나가면)

장현과 길채가 온 것도 모르고 한창 흥겹게 노래를 부르다가, 막 길채를 쫓아 나가는 장현의 다급한 뒷모습을 보는 량음. 량음, 안색 굳더니, 뚝, 노래를 멈춰버린다. 덩달아 반주도 끊기고, 청중들, 웅성웅성하는데, 량음, 아무 소리도 들리지 않는 듯, 장현이 사라진 곳만 하염없이 보며 창백해지고.

S#66.   길 일각 / 저녁

길채와 장현이 길을 걷고 있다. 뒤편, 빈 가마를 들고 따라오는 가마꾼들.

길채   미안합니다. 여즉 입덧이 심해서...

장현   (무슨 생각을 하는지 가만... 침묵하다) ... 혹시 그런 세상이 있을까? 달빛 아래, 량음의 노래가 가득하고, 또 분꽃 피는 소리가 가득한... 그런 세상.

길채   분꽃이 무슨 소리를 냅니까?

장현   못 들어보셨소? 난 들어봤는데. 참으로... 귀한 소리였어.

잠시 두 사람 사이에 다박다박 걷는 발소리뿐인데,

길채   이제 그만 가마를 타야겠어요.(문득 진지해져서) 일전에 제가 했던 말... 기억하십니까? 제 남은 생은 나리께

폐를 끼치지 않겠다... 했었지요. 그 약조를 지킬 수 있게 되어 얼마나 다행인지 모릅니다. 그러니...(간절해진다) 나리께서도 모쪼록 평안하셔요.(몸 돌려가려는데)

장현 　(턱 잡는다) 언제까지 날 속일 셈이오?(이제 바로 보며) 언제까지... 속일 수 있을 것 같습니까?

길채 　...?!!

S#67.　길 일각 / 저녁

울 것 같은 얼굴로, 배 안의 뭉치들을 버리며 빠르게 걷는 길채. 그 뒤로, 바삐 따라잡는 장현.

길채 　제가 이리도 어리석습니다. 속일 사람을 속여야지.

장현 　(길채를 잡아 세우며) 부인!

길채 　(뿌리치며) 저는 저대로 잘 삽니다. 그러니 불쌍해하지도, 가여워하지도 마세요. 그것이...(목이 메어) 제가 원하는 것입니다.

장현 　그리는 못 해!

길채 　아니, 그리해주세요. 심양에서 전... 나리 뜻대로 떠나드렸지요. 이젠 나리 차렙니다.(이제 눈물 터지며) 제발... 못 본 척 해주세요.(하고 가려 하면)

장현 　(왈칵 안으며) 울지 마시오, 제발... 울지 마. 니가 울면 난...(목이 메고)

길채 　(잠시 안긴 채로 머물고 싶은 마음. 하지만 결국 밀어내며 뒤도 돌아보지 않고 가버리고)

장현	...!!

S#68.　배당리 길채 초가 마당 / 밤

량음과 마주한 길채. 길채, 비단옷을 싼 보자기를 량음에게 주며,

길채	일이 잘 안됐어. 그래도 나리 걱정은 마. 내가 알아듣게 말씀드렸으니...(하는데)
량음	알아듣게...?(피실... 싸늘한 웃음이 뜬다) 참... 대단해. 당신 말이야.
길채	뭐...!!!
량음	왜? 양반에게 하대했다고 내게 매질이라도 할 텐가?
길채	...!!
량음	마님은 오늘도, 마님 기분이... 마님 자존심이 제일 중요하셨지요? 해서 이장현의 고통 따윈 안중에도 없으셨지요?
길채	...?!!
량음	너 같은 여자 때문에 이장현이 슬퍼하는 게 싫어. 너 같은 여자 때문에 이장현이 다치는 게 미치도록 괴로워. 내가 너라면... 내가 너처럼 이장현의 마음 한끝이라도 가지고 있었다면, 그랬다면...(하면서 말을 잇지 못하면)
길채	(량음의 격한 분노가 이상하다) 너 대체 왜...?(하는데)
량음	(더욱 서늘해지며) 넌 아무 자격도 없어. 이장현의 사랑을 받을 자격도, 이장현의 외면을 당할 자격도, 넌... 이장현의 무엇을 가질 자격도 없어.(하고 돌아서서 가

버리고)

CUT TO

길채가 마루에 오도카니 앉았다. 량음과 나눈 대화의 끝, 설움이 밀려오는 길채.

길채　　　니가 뭘 알아...

S#69.　　우심정 마당 / 밤

우심정 마당 평상에 앉은 장현, 길채와의 대화의 여운이 남아 무거운 표정인데, 마침, 길채를 만나고 들어온 량음, 장현을 무겁게 보다가, 길채가 준 옷보자기를 평상 저편에 던지고 장현 옆에 앉으며,

량음　　　그래, 이제 유씨 부인이 이혼했으니 너한테 달려온다고 해?

장현　　　...

량음　　　싫다지?(피실, 쓴 미소) 그럴 줄 알았어. 그 여잔, 세상에서 자기가 젤 중요한 여자야. 해서 니 마음 따윈 얼마든지...(하는데)

장현　　　말 조심해.(잠시 량음 봤다가) 난, 조만간 의주로 간다. 큰성님 모시고 와야지.

량음　　　(환해져서) 그럼 이제 우리 전처럼 의주에서...(하는데)

장현　　　그리고 청나라로 넘어가서 황녀랑 일을 마무리 짓고 올 거야.(하고 끙 일어서서 가려 하면)

량음	(장현, 턱 잡으며) 황녀랑 무슨 약속을 했어? 무슨 말을 했길래... 황녀가 심양의 포로들을 맡아주고, 또 너를 순순히 보내줬냔 말이야.
장현	내가 황녀 곁으로 가겠다고 했지. 하지만 이젠 상황이 달라졌어. 그땐 유씨 부인이 이혼한 건 몰랐거든.
량음	(당황스럽다) 그래서...?
장현	(말없이 나가려 하면)
량음	우리... 그냥 그 여자 만나기 전으로 돌아가면 안 될까? 너랑 나랑, 구잠이랑 큰형님이랑... 좋았잖아. 우리는... 너한테 아무 의미도 없어?

순간, 멈칫 서는 장현. 장현, 량음을 돌아보는데, 그 눈빛에 연민과 안타까움이 스민다.

장현	없긴. 난 널 위해 죽을 수도 있어. 하지만 난 이제... 그 여자를 위해 살고 싶어. 그리고 이런 날 방해하는 사람은 누구든...(단호해진다) 다시는 보지 않아.
량음	(쿵, 심장이 떨어지고)
장현	(이제 내쳐 나가려는데)
량음	그럼, 나도 같이 가.
장현	(멈칫)
량음	그래, 너는 그 여자를 위해 살아.(애써 미소 지으며) 아우는... 형님 가는 곳이 어디든... 따라다닐 테니.
장현	(잠시 틈. 이윽고 끄덕... 하고 나가면)
량음	(그제야 후두둑... 서러운 눈물이 떨어지고)

S#70. 배당리 길채 초가 마당 / 밤

길채가 마루에 단정히 앉아있는데, 곧, 다박다박... 발소리. 길채 천천히 고개 들어 보면, 저편에서 다가와 서는 이, 장현이다. 잠시... 많은 말을 담은 눈빛으로 서로를 바라보는 두 사람.

길채   기다렸습니다.

S#71. 배당리 길채 초가 길채방 / 밤

길채가 장현 앞에 한상 차렸다. 장현, 의아한 눈으로 길채가 차린 밥상을 보면,

길채   나리를 다시 뵈면 제일 하고 싶은 일이 뭐였는지 아
            셔요? 제 손으로 갓 지은 밥 한 끼... 올리고 싶었습니
            다.(수저 들어 권하면)
장현   (수저 받아 국을 한 입 뜨곤) 흠...!!(만족스럽다는 듯, 길
            채에게 미소 지어 보곤 밥도 국도, 반찬도 고루 맛보면)
길채   (애틋하게 그 모습 보는데)
장현   (유쾌하게) 이렇게 마주하니 꼭 신랑 각시가 된 기분이
            야. 이제 천년만년 이리 살면 되겠어.
길채   (순간 조금 아픈 표정으로) 나리...(하는데)
장현   유길채!
길채   ...?
장현   이제 너와 나 사이에 막힌 게 아무것도 없어. 그러니...
            나를 막을 사람도 없어.(하며 다시 무심히 밥을 먹고)

길채   ...!!

S#72.   배당리 길채 초가 마당 / 밤

은근한 달빛에 감싸인 길채의 초가 마당. 장현이 마당 일각에 섰다.
이제 꺼낼 무거운 얘기를 생각하는 듯 복잡한 표정인데, 곧, 길채가
부엌에서 나와 장현 곁에 서면, 장현, 애써 기운을 끌어올려 밝은
목소리 만든다.

장현   아... 잘 먹었다. 아주 든든해!

길채   제 소원을 풀었습니다. 전 이것으로 충분합니다. 더는
           나리께 바라는 게 없어요. 그러니...(하는데)

장현   (기습적으로 묻는다) 왜 이혼한 거요?

길채   (잠시 복잡해진, 하지만 곧 결심한 표정되어) 나리는
           제게 묻지 않았고, 저도 말씀드린 적 없지만, 전 심양에
           서...(하는데)

장현   말하고 싶으면 하시오. 하지만 난 상관없어.

길채   ...?!!

장현   아직도 나를 모르겠소? 내 마음을 그리 모릅니까? 나는
           그저... 부인으로 족합니다. 가난한 길채, 돈 많은 길채,
           발칙한 길채, 유순한 길채, 날 사랑하지 않는 길채, 날
           사랑하는 길채... 무엇이든 난 그저 길채면 돼.

길채   (잠시 흔들렸으나 다잡으며) 좋아요. 허면, 오랑캐에게
           욕을 당한 길채는...(하는데)

장현   안아줘야지, 괴로웠을 테니.

길채   ...!!

이제 장현, 길채를 돌려 세워 마주보더니 길채 이마의 흉을 가만...
쓸어본다. 흠칫! 오래전 상처가 떠오르는 듯 길채가 미미하게 떨면,

장현   (안쓰러워 더욱 다정하게) 많이 아팠지? 많이... 힘들었
          지?
길채   (속울음이 터지려는 것을 꾹... 누르며, 울지 않으려 애
          쓰는데)
장현   다 끝났어. 그러니 아무 걱정 말아요. 난 이제 당신 곁
          에 있을 거야. 당신이 날 밀어내도, 난 여기, 당신이 내
          게 싫증 내도... 난 여기 있겠어.
길채   ...!
장현   (새삼 진지해진 눈빛으로) 당신을 처음 본 순간 알게
          됐지.(어느새 눈시울마저 붉어져선) 난, 단 한 번도...
          그대 아닌 다른 사람을 원한 적... 없었다는 걸.
길채   ...!!
장현   (떨린다) 오늘 당신... 안아도 될까?

이제 더는 장현의 진심을 막을 도리가 없어 무너지는 길채의 눈빛.
다음 순간 장현, 길채를 끌어 격하게 입을 맞추면, 길채 역시 장현
을 온전히 받아들인다. 맑은 달빛 아래, 전에 없이 강렬한 두 사람
의 입맞춤에서.

- 16부 끝

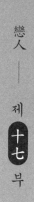

戀人 —— 제 十七 부

戀
人
—

S#1. 배당리 길채 초가 길채방 / 밤

장현이 길채의 옷고름을 당겨 풀고, 길채가 장현의 저고리를 벗겨 넘기자 장현의 단단한 어깨가 드러난다. 이제 만나는 장현과 길채의 눈빛. 길채, 눈빛으로 장현에게 묻는다.

길채(N)　　내가 미웠던 적이 있으십니까?

장현(N)　　그대가 나를 영영 떠나던 날, 죽도록 미워 한참을 보았지.

서로를 깊게 보는 두 사람.

장현(N)　　헌데 아무리 보아도, 미운 마음이 들지 않아... 외려 내가 미웠어. (길채의 목덜미에 얼굴을 묻으며) 야속한 사람, 내 마음을 짐작이나 하였소...?

길채(N)　　(마치 용서를 구하듯 장현을 꼭 품으며) 차마 짐작지 못했습니다. 그저, 내 마음이 천 갈래 만 갈래 부서져, 님만은 나 같지 마시라... 간절히 바랄 뿐.

장현이 더욱 강하게 길채를 끌어안으면, 장현을 느끼며 어깨에서 부터 장현의 너른 등으로 내려와 어루만지는 길채의 손. 그렇게 장현과 길채의 밤이 깊어간다.

S#2.　　**인조 침전 / 밤**

인조가 쿨럭 거리면, 곁에서 탕약 시중을 드는 소현, 윗목에 시립한 만해와 언겸. 어쩐 일인지 소현 역시, 인조만큼이나 병색이 완연하다.

인조	(빈 탕약 넘기며) 동궁의 안색이 좋지 않아. 오는 길이 고단했지?
소현	아니옵니다. 소자, 병증이 깊어져 오는 길에 잠시 멈춰 쉬기는 했으나, 점점 나아지고 있나이다. 심려치 마소서.
인조	그래야지, 고생이 끝났으니 어서 건강해져야지...
소현	(인조의 인자함에 희망이 생겨) 전하, 드릴 말씀이...
인조	(보면)
소현	소자가 심양에서 속환시킨 포로가 몇 있사온데, 이번에 번거로워 데리고 오진 못하였사옵니다. 전하께서 윤허해 주시오면...(하는데)
인조	(별반 노기가 보이지 않는 차분한 표정. 하지만 그 눈빛에 강렬한 살기를 품은 채) 역적 심기원이 처음 임금으

로 추대하고자 한 것이 누구인지 아느냐? ...동궁이었다.

쿵...! 순식간에 얼어붙은 공기. 소현, 그대로 굳었고, 언겸, 맞잡은
손이 덜덜... 떨리기 시작한다.

소현	(바싹 부복하며) 모르는 일이옵니다. 소자는 전혀 몰랐나이다!!
인조	알지. 나는 동궁을 믿는다. 허나...
소현	(두려운 얼굴을 들어 인조를 보면)
인조	심양에서 농사를 지어 재물을 불렸다지? 그 재물로 포로들을 샀는가? 무엇에 쓰려고 샀느냐?
소현	포, 포로들은... 농사일이며 잡일에 썼사옵니다. 하오나 쓸모보다는 그저 포로들이 가여워...
인조	가엽다? 그뿐이냐?
소현	...!!
인조	심기원이 역심을 품고 가장 먼저 한 일이 사병을 꾸린 것이다. 힘깨나 쓰는 사내들을 모아 매일 같이 훈련시키고 재물을 풀며 인심을 샀지. 동궁 또한... 포로들을 속환시키며 인심을 샀겠지?
소현	(하얗게 질렸고)
언겸	(이제 온몸이 덜덜 떨려오는데)
인조	그러니... 의심을 사고 싶지 않거든, 포로 들여오는 일은 그만둬.
소현	(입은 벌렸으되 숨이 턱 막혀, 말이 되어 나오질 않고)
인조	(언겸에게) 세자가 병이 깊으니, 잠시 온천에 다녀오게

채비해.

언겸   (덜덜 떨다가 얼른 굽혀) 예... 예, 전하!!

S#3.   배당리 길채 초가 마당 / 새벽

새벽 여명 빛이 장현의 잠든 얼굴에 드리워졌고, 평화롭게 잠든 장현을 보는 시선, 길채다. 장현을 보는 길채의 눈이 젖는다. 너무 행복해서 울 것 같은 기분일까?

CUT TO

이제 길채가 잠들었고, 그런 길채를 보는 장현. 장현, 보는 것도 아깝다는 듯 길채를 아껴 보고 있으면, 이윽고 눈을 뜬 길채. 장현과 길채, 잠시 서로를 애틋하게 보다가,

길채   오늘은 제 발에 꽃신 안 대어보십니까?

장현   꽃신은...(피식) 당신이 미워서 다 버렸어.

길채   (피식... 마주 웃으면)

장현   (웃음기 거두고 가만... 길채의 머리카락을 쓸어주며 조금 미안해져서) 마무리해야 할 일이 있어. 큰형님과 약조한 일이야. 시간은 걸리겠지만 꼭 돌아올 테니...(하는데)

길채   (일어나 앉더니 반닫이에서 작은 비단 주머니를 꺼내 안에 있던 것을 꺼내 보인다. 은가락지 한 쌍!) 예전 대장간에서 만들어 둔 것입니다. 나리가 돌아가신 줄 알았는데도 만들어서, 그저... 품고 있었지요.(하며 반지

하나를 장현의 손에 쥐어주면)

장현 ...!!(울컥, 감동 받은 얼굴로 보는데)

길채 (능청) 제가 이 가락지에 살을 쏘아 두었습니다. 가락
지 준 여인을 배신하면 풍에 걸리는 살입니다.

장현 뭐? (감동 받았다가 큭큭 웃고)

길채 (마주 웃다가 진지해져선) 그러니 제 염려는 마세요.
심양 계신 날들도 버텼는데, 그깟 한 달... 웃으며 기다
릴 수 있습니다.

장현 (이 순간이 너무 행복해서 와락, 길채를 꼭... 껴안고)

S#4. 배당리 길채 초가 마당 / 아침

길채가 마당 앞에 서서 웃는 낯으로 장현을 보낸다. 몇 걸음 걷던
장현, 문득 돌아보면, 여전히 웃으며 보는 길채. 장현, 가다가 장난
기가 발동해서 부채 팔랑이며 장난스런 몸짓을 해 보이면, 꺄르
르... 웃는 길채. 장현, 그렇게 멀어져가고. 길채, 애틋하게 장현이
멀어지는 것을 보는데.

S#5. 우심정 뒷마당 / 아침

장현이 우심정 뒷마당에 들어서면, 마침 맞이하는 량음. 량음, 꼬박
밤이라도 새었는지 몹시 초췌한 얼굴. 량음이 온몸으로 어디서 오
는지 묻지만, 담담하게 그런 량음을 보는 장현. 잠시간, 침묵 속 대
화가 끝나고,

| 량음 | (목울대가 울리고 눈시울 뜨거워졌으나 곧 추스르며 |
| | 몸을 연다) 다들... 기다리고 있어. |

보면, 저편에 모여 있는 십여 명 사내들. 그간 장현이 도망 보내주었던 한석과 동찬, 돈을 빌려주어 속환시켰던 넙석, 용이, 창삼, 둘네 등의 사내들이다.

한석	형님!
포로들	(여기저기 형님, 형님!!)
장현	(다가가 한석과 왈칵 포옹하며) 그간 잘 지냈나?
한석	예! 덕분에 조선에 와서 부모님 뵙고, 마누라도 보고.
동찬	(넙석 보며) 이놈은 그새 또 자식을 봤답니다.
포로들	(킬킬 유쾌하게 웃으면)
장현	(흐뭇하게 보다가 진지해진다) 먼 길 나서줘서 고마우이.
한석	가야지요!! 우리가 성님 은혜를 입어 조선에 무사히 왔
	으니, 우리도 같은 처지 포로들 도와야지요!!
포로들	(암, 도와야지, 당연한 일을!! 등등 말하면)
장현	고맙네, 고마워!!

저편에 서서 이를 지켜보는 량음. 량음, 웃는 장현을 보니, 어쩔 수 없이 희미한 미소가 뜬다.

S#6. 온천장 행궁 마당 / 낮
행궁 마당 일각을 서성이는 장현. 이윽고 언겸이 다가오자 얼른 맞

으며,

장현	포로 데려올 채비를 마쳤습니다. 저하께는 내가 직접...(하는데)
언겸	앞으로 다시는, 저하께 포로에 관한 일을 여쭈지 말게!
장현	무슨 소릴 하는 거요? 저하께서 분명 조선에 가면... 아니, 내가 직접 저하를 뵙겠습니다.(하고 언겸 밀치고 가려하면)
언겸	(탁 막으며) 저하께서! ...자넬 보고 싶어 하지 않으셔.
장현	...!!

S#7. 행궁 내실 + 마당 / 낮
- 행궁 마당

이보게, 이봐!! 하며 말리는 언겸을 뿌리치고 소현 침전 앞에 부복하는 장현.

| 장현 | 저하! 약조하신 일을 잊으셨나이까? |

- 행궁 내실 안

소현에게 닿는 장현의 외침. 하지만 소현, 입을 꾹... 다물고 있으면.

- 행궁 마당

| 장현 | 저하께선 분명 저들을 조선에 돌아오게 해주겠다 약조하셨사옵니다!! 저들이 그 말을 믿고 버텼나이다! |

하지만 안에서 아무런 기척도 들리지 않는다. 그제야 장현, 소현의 변심을 깨닫고, 언겸, 덩달아 죄책감에 시선을 떨군다. 이윽고 소현의 결정을 받아들인 장현이 차분해진다.

장현	저하께서 잊으신 약속을 소인은 기억하고 있나이다. 이제 소인, 그 약속을 지키러 가옵니다.
언겸	(당황) 아니 된다 하지 않았는가!!
장현	(끙... 일어나는데)
소현	(벌컥 문 열고 나오더니) 니가 나를 거스르면, 내, 앞으로 다시는 너를 보지 않을 것이다!

쩽 부딪치는 장현과 소현의 눈빛. 하지만 다음 순간, 장현 더욱 담담해진다.

| 장현 | 그 말씀은 소인이 올릴 참이었나이다.(공손히 읍하며) 이제 소인, 영영 물러나옵니다.(가버리면) |
| 소현 | 서라, 이장현! 거기 서!!! |

하지만 장현, 거침없이 걸어 나가고.

S#8. 강 일각 / 밤

어둠 속, 차르르... 차르르... 물살 가르는 소리. 보면, 어른 허리춤까지 차는 강을 건너는 포로들. 작은 뗏목에 짱이 또래 아이들을 앉혀 밀고 끌고 가는 어미들, 아이를 무등 태워 가는 사내며, 늙은 아버지를 등에 업고 가는 아들, 허리에 끈을 묶고 손을 꼭 잡은 들분과 항이도 보이고, 길채와 함께 벼랑에서 죽지 않고 살았던 다른 여자 포로들 등등의 모습도 여기저기. 그리고 앞뒤로 살피며 이들을 호위하듯 둘러싸 무사히 건너도록 돕는 구양천과 이제 구양천을 부하처럼 따르는 강달과 등노야, 사민 등.

양천   서두르디 말라, 천천히... 천천히...(그러다 양천 앞에서 넘어질 뻔한 아비 업은 아들을 얼른 부축하며) 조심조심!

그 뒤로 딸 병희를 바싹 위로 올리고 건너던 인옥이 양천 앞을 지나가다 휘청! 양천이 얼른 인옥을 안아 세우면, 잠시 당황한 인옥과 양천의 눈빛이 만나고.

양천   (얼른 인옥 허리 잡은 것 풀더니) 애기 주시오!

양천이 뺏듯이 아이를 안아 성큼 앞서 걸으면, 옅은 미소를 지으며 뒤따르는 인옥. 카메라 멀어지면, 길게 줄을 지어 강을 건너 이동하는 포로들의 모습.

S#9.   *조선 강변 일각 / 밤*

강 이편에서 몸을 숨기고 포로들이 오기를 기다리는 장현과 구잠, 량음. 그 뒤로 한석과 동찬 등 장현을 따르는 사내들. 량음, 문득 근심 가득한 표정으로 장현을 보면, 장현, 예민해진 눈빛으로 강 저편을 가늠하고 있다.

(Ins.C)　**심양 호수 / 낮** *(16부 47씬 연결)*

장현　포로들이 무사히 강을 건널 수 있도록 보장해주십시
오. 그리해주시면... 제가 일단 조선에 가서 포로들을 받
은 연후에, 전하 곁으로... 돌아오겠습니다.

각화　... 내가 널 어떻게 믿지?

장현　수백 포로들을 인질로 잡고 계시니...(하는데)

각화　(왈칵 장현의 멱살을 잡더니) 만약 약속을 어기면... 이
번엔 진짜로 널 죽여버릴 거야!

S#10.　청나라 강변 일각 / 밤

수하들을 데리고 강변 일각에 선 각화. 장현이 떠올린 각화와의 순
간을 각화도 떠올렸다.

각화　(집요해진 눈빛) 포로들을 보냈으니... 이제 이장현, 니
가 올 차례야.

S#11.　조선 강변 일각 / 밤 *(9씬 연결)*

장현, 각화와의 대화를 떠올리며 복잡해지는데, 곧 조심스레 물살
을 가르는 소리.

구잠　온다!

장현   ...!!

장현, 눈짓하면, 뒤에 섰던 구잠, 량음, 한석, 동찬 등, 강변으로 뛰어가 맞는다. 맨 처음 모습을 드러내는 정인, 정희! 량음이 얼른 정희로부터 정인을 받아 안으면, 정인, '형아!!' 하며 왈칵 안기고, 담뿍 웃으며 그런 정인을 꼬옥 안아주는 량음. 뒤이어 한석 등이 항이, 들분 등을 올리는 등, 포로들이 잘 건너오도록 돕는다. 이윽고 구잠의 손을 잡고 끙... 드디어 조선 땅에 발을 딛는 얼수와 절수 등 노인 포로들.

얼수   (떨리는 손으로 흙을 쥐어 냄새라도 맡더니... 흙을 볼에 부비며) 왔구나... 내 나라에 왔어...

절수   성님!!! (하며 왈칵 두 사람 포옹하고)

그사이 장현, 문득, 저편을 보면, 병희를 안고 건너는 양천 발견한다.

장현   형님!

양천   (막 인옥에게 병희 건넸다가 돌아보곤 장현 보더니) 이 장현이...

장현   (목이 메고)

양천   (성큼 다가와 왈칵 장현을 껴안곤 벅차서 울먹울먹)

구잠   (곧 다가와 서며) 성님!!

량음   (역시 그렁해져선 곁에 서면)

양천   (이제 구잠을 왈칵, 그리고 뒤에 선 량음도 꼭... 안아주는데)

그사이 포로들, 자기들끼리 감격하여 포옹하고 눈물을 훔치는 등, 축제 분위기고, 포옹 푼 양천, 이들을 쓱... 보다가, 목청 높인다.

양천　　야야, 내, 말했디!! 님자들 반드시 조선에 데려다 준다 했디!!

다들 그렁그렁 벅찬 얼굴로, 고맙습니다, 고맙수!!! 누군가는 큰절이라도 하며 고맙습니다... 하며, 허리 굽혀 절하며 고맙소!! 해가며 다들 기뻐하는데, 그때, 어디선가 화살이 날아와 '성님 고맙소!!!'하던 등노야의 허벅지에 박혔다.

헉, 소리와 함께 풀썩 꿇려지는 등노야, 이를 본 인옥, 들분 등 여인들의 비명. 장현과 양천이 놀라 눈 커진 사이, 저편에서 순식간에 밀고 들어오는 사내들. 관군도 아닌, 그렇다고 도적들도 아닌... 무장한 내수사 노비들!! 노비들, 순식간에 포로들과 장현 일행 앞으로 바리케이드 치듯 열을 지어 서면,

장현　　(포로들 뒤로 두고 막아서면) 누구냐! 웬 놈들이야!!

장현, 무기를 빼어들며 경계하면, 그 뒤로 양천과 구잠, 량음 그리고 한석 등 포로들도 선 자리에서 무기를 빼어 쥐고. 그사이 포로들, 덜덜 떨며 장현과 양천, 구잠, 량음, 한석, 동찬 등의 뒤로 숨는다. 다리를 끌어 뒤에 숨는 등노야, 얼른 병희를 등에 업고 땡땡을 안는 인옥, 정희도 정인과 짱이를 몸으로 감싸는 등.

장현	(얼른 양천 막아서며) 도적들이냐? 재물을 원하면 얼마든지...(하는데)
임오	돌아가! 돌아가지 않으면 죽는다!
양천	메친 소리 말라!(장창으로 위협하면)
임오	돌아가!!

곧, 한 걸음씩 척척 걸어오며 포로들을 압박하는 임오와 내수사 노비들.

강달	(봇짐에서 낫을 꺼내며) 쓰불넘들. 니들이 뭔데 가라마라야! 내가 워치케 여까정 왔는디!!(낫 치켜들고 덤벼들면)
장현	서!!

하지만, 장현이 채 잡기도 전에, 임오의 창이 강달을 뚫었다. 그대로 풀썩 쓰러지는 강달. 여인들의 비명을 뚫고 들리는 양천의 외침.

양천	강달아!!!
임오	쳐라!!

이제 노비들, 일제히 포로들을 공격하기 시작하고. 장현과 양천, 량음, 한석 등이 포로들을 뒤에 둔 채 필사적으로 막는다. 하지만 점점 포로들이 강으로 내몰리는 형상.

앞에는 무기를 든 내수사 노비들, 뒤에는 강! 결국 양천, 포로들에게 다시 강을 건널 것을 독촉한다.

양천	뒤로... 뒤로!! 도로 강을 건너라! 도로 가!!
얼수	못 간다, 안 간다!!(호미를 두 손으로 꼭 잡고 펄펄 울며 싸울 태세) 못 간다...(원통한 눈물이 줄줄... 흐르고)
절수	(역시 마주 울면서 어쩔 줄 몰라 하고)
양천	가, 안 가면 죽어!!!
얼수	(눈물범벅된 얼굴로 장현 보며) 너를 믿고, 세자 저하를 믿었건만... 끝내 우리를 속였구나!!
장현	아니오, 아니외다!!!

무장 노비들이 계속해서 포로들을 압박하며 들어오고, 구잠과 넙석이 저항하는 얼수, 절수 등을 끌어 강을 건너게 돕는 사이, 인옥도 땡땡을 안고 병희를 업은 채, 정희, 들분, 항이 등과 함께 넛남, 짱이 등을 건사하며 도로 강을 건너려는데, 파박! 화살이 인옥의 등에 업혀있던 병희를 관통한다. 풀썩 넘어졌다가, 덜덜 떨며 뒤의 아이를 풀어 보곤 경악하는 인옥.

인옥	아가... 아가!!!
양천	...!!

절규하는 인옥, 노비들은 점점 더 좁혀오고, 미칠 것 같은 심정이 된 양천. 양천, 결국 주저앉은 인옥을 끌다시피 가면, 끌려가면서도 비통한 인옥의 울음 소리 계속되고. 그런 양천과 인옥 포로들을 엄호하며 필사적으로 싸우는 장현과 구잠, 량음, 한석 등. 하지만 다

음 순간, 파박!! 이번엔 양천 등 아래 허리춤에 화살이 박혔다.

구잠   형님!!

장현   (획 돌아보았다가 양천을 보고 경악한다) 안 돼!!!

양천, 장창을 짚고 끙... 일어서려다, 다시 풀썩 다리가 풀리고 만다.
그대로 허물어지는 양천. 양천, 죽을힘을 다해 장창을 짚고 버티며
장현에게 눈빛으로 묻는다. 어찌 된 일인지... 정말 우린 속인 건지...
그렇게 수 초간. 그 눈빛에 장현의 심장이 저며진다.

장현   (구잠에게) 형님 모셔! 어서!!

결국 구잠이 우당탕 뛰어가 양천을 끌어 강을 건너고, 등노야, 사
민, 얼수와 절수 등도 다른 포로들을 이고 지고 끌고 강을 건너가
면, 그사이, 다시금 몰아치는 내수사 노비들. 장현과 량음 한석, 동
찬 등이 필사적으로 엄호하는데, 그 와중에 량음의 뒤를 노리는 노
비. 이를 발견한 장현이 달려와 막아내다가 오히려 장현이 철퇴를
맞고,

량음   형님!!

하지만 다음 순간, 량음도 철퇴를 맞고 쓰러지며, 암전.

S#12.　　청나라 강변 / 새벽

강 위에 서린 짙은 안개. 청나라 강변 일각, 두터운 안개를 집요한 눈빛으로 보고 선 이, 각화다. 각화, 저편에서 올 장현을 기대하는데, 물살을 가르는 기척!

각화　　　(환해졌다가 곧, 안색 굳는다)

보면, 양천을 부축한 구잠을 비롯, 서로 부축하여 쫓기듯 건너온 포로들의 몰골.

각화　　　...?!!

구잠, 양천을 내려놓고 헉헉 숨을 고르는데, 성큼 다가온 각화, 휙, 구잠을 잡아채며 묻는다.

각화　　　이장현은?
구잠　　　(아직도 쫓겨 온 여운이 남아 덜덜 떨며 보면)
각화　　　이장현 어딨어?!!

S#13.　　조선 강변 / 새벽

눈뜬 채 딱딱하게 굳은 강달의 시신. 보면, 청으로 넘어가길 거부하고 맞서 싸우던 포로들의 시체들, 부상자들이 널브러져 있다. 저편, 내수사 노비들이 시신들을 끌어 옮기고, 다른 쪽에선 살아남은 자들을 묶어 끌고 가고, 그리고 이편, 으으... 신음 소리와 함께 눈을 뜨는 이, 량음이다.

량음   (겨우 눈을 떴다가, 그제야 장현 생각에) 형님!(벌떡 일
            어서려는데)

누군가, 턱 량음의 뒷목을 눌러 막는다. 닝구친이다!

량음   (알아보곤 놀라서) 닝...구친?!!
닝구친   (주변을 살핀다. 아직 아무도 량음을 보지 못한 것을 확
            인하곤) 저 뒤로 가. 말 하나 매어 놓을 테니까.
량음   ...!
닝구친   (곧 일어나 저편 특재 등의 부하들과 합류하고)

S#14.   **청나라 강변 / 새벽**

일각, 넋 놓은 인옥이 화면 가득. 보면, 품에는 이미 죽은 병희의 시
신. 카메라 멀어지면, 돌아온 포로들의 널브러진 몰골 보인다. 사민
의 품에 안겨 꼴딱꼴딱 침을 삼키다가 결국 툭, 손을 떨구며 숨을
거두는 등노야. 사민과 얼수, 절수 등 '형님', '이놈아!!' 따위 외치며
오열하고. 그리고 일각에 마주한 각화와 지친 몰골의 구잠.

각화   (이글거리며) 만약 거짓말하는 거면 니놈 혀를 뽑을
            거야.
구잠   보고도 못 믿으시겠습니까? 돌아가라며 웬 놈들이 창
            칼로 마구 쑤셔댔어요. 우린 넘어왔지만...(목이 메어)

장현 형님은... 죽었는지 살았는지...

각화　...죽다니?

구잠　살았으면...(울먹) 여즉까지 왜 안 넘어왔겠어요. 틀림
없이...(하는데)

각화　아니야...(파르르 떨다 폭발한다) 아니야!!

S#15.　길 일각 / 새벽

임오와 닝구친, 특재 등이 두건을 쓴 사내와 여인들이 섞인 십수
명 포로들을 끌고 가고 있다. 그리고 그중 장현! 닝구친, 뒤편 장현
을 조금 불편하게 보다가 안색 감추고 다시 걷고.

장현　(어디로 가는 건가... 두려워 숨소리만 거칠어지는데)

S#16.　조선 궁 후원 뒷문 / 밤

임오와 닝구친, 특재 등이 이끄는 포로들 십수 명이 궁 후원 은밀
하게 난 뒷문을 통해 안으로 들어간다.

그리고 일각, 몸을 숨기고 서서 이를 보는 불안한 시선, 정상궁이다.

S#17.　내사옥 안 / 밤

이윽고 장현의 두건이 홱 벗겨진다. 가쁘게 숨을 뱉으며 둘러보는
장현. 여긴 어딜까? 보면, 장현 곁 역시나 겁에 질려 두리번거리는

한석과 동찬 등 포로들 대여섯. 장현, 피 묻은 몽둥이, 인두 등등 고
문 도구들을 보며 당황스러워지는데.

목소리	누구의 명을 받고 역모를 꾀했느냐?
장현	(휙 소리 나는 곳을 보면, 저편 어둠 속 실루엣...!)
목소리	혹, 세자의 명을 받았는가?

저들의 저의가 드러나는 순간! 장현 충격을 받아 말문이 막히고.
카메라 물러나며, 내사옥 문 앞에 선 이 드러난다. 만해다!

S#18.   장철집 사랑채 / 밤

장철, 연준이 그간 작성한 쪽지들을 찬찬히 보고 있다. 내사옥과 후
원에서 벌어지는 일들에 대한 각종 풍문과 증언의 기록들. '짐승의
뼈가 나왔다는 소문' '새벽에 들린 비명 소리' '무장한 내수사 노비
들...' 등등이 적힌 종이들.

연준	스승님!(바삐 들어와 읍하곤 바로 본론으로) 제게 투서 를 보낸 이가 또 소식을 전해왔습니다. 내수사 노비들 이 내사옥에 죄인들을 끌고 왔다 합니다.
장철	내수사 노비들이? 죄목이 무엇이냐?
연준	확실치는 않으나, 제게 투서한 이의 말에 따르면... 전하 께오서 강을 넘어온 포로들을 역도라... 의심하고 있다 합니다.
장철	(...?!!) 포로들을 어찌...(낮은 신음 터진다. 이윽고 결심

한 눈빛 되어 연준을 똑바로 보며) 유생들을 불러 모아
라. 전하께 갈 것이다.

연준　　…!!

장철　　만일… 저들이 참으로 역도라면 마땅히 금부에 넘겨 국
법에 따라 처결해야 할 것이고, 저들이 죄가 없다면…

S#19.　　내사옥 안 / 밤

장철이 구하고자 하는 죄인, 두려움에 휩싸인 장현의 얼굴이 화면
가득. 그 위로,

장철(E)　　반드시 구해낼 것이다!

장현, 두려움과 의구심에 가득찬 눈으로 목소리가 들리는 쪽을 보
는 사이, 옆 사옥에서 고신당하는 여인들의 비명 소리 들리고, 점점
겁에 질려가는 한석 등.

만해　　니놈들을 부추겨 역모를 꾀한 자가 누구냐?

한석 등, '역모, 역모라니…!' 당황하여 어쩔 줄 몰라 하며 장현 보면,

장현　　(서늘해져서) 니가 말해. 여기가 어디냐? 니 뒤에 있는
자가 누구야!!

S#20.　　인조 침전 / 밤

일그러진, 흉포해진 인조의 얼굴이 화면 가득. 인조, 고독 속에, 고통 속에 침잠한 채 이글거리는 눈빛이 되었고.

S#21.　　내사옥 안 / 밤 (19씬 연결)

만해	(장현의 일갈에 이제 장현을 보며) 니놈이 구양천이냐? 니놈들의 수괴가 구양천인 것을 알고 있다.
장현	...!!
한석	아, 아닙니다!! 이 분은...(하는데)
나장들	(각기 철편이 달린 채찍이며 위협적인 몽둥이 등을 꺼내들고)
장현	...!!
만해	니놈이 구양천이 아니면...(한석 등 보며) 구양천은 누구냐? 너냐? 너?

나장들이 한석 등을 칠 채비를 하자, 한석 등, 겁에 질려 난 아니오! 살려주십시오... 하며 펄펄 울기 시작하고, 결국,

장현	내가 구양천이다! 그러니... 나와 얘기해!
만해	(장현 봤다 한석 보면)
장현	(한석에게 작게 눈빛으로 끄덕)
한석	(결국 눈물 삼키며 끄, 끄덕...) 저 분이 우릴... 도망시켜주고, 강을 건너게 도와준...(울음 터지며) 그분입니다!!

만해   (흠... 장현 보더니) 이놈만 남기고 모두 끌고 나가!

이윽고 장현만 남기고 한석 등이 모두 끌려 나가고. 장현, 핏물이
말라붙어 있는 몽둥이를 보며 두려워지는데.

S#22.   심양 장현 여각 내실 / 낮

몸통에 붕대를 감은 채, 침상에 누운 양천. 으으으... 낮은 신음 뱉
다 한순간, 번쩍 눈 뜨면, 지키고 있던 구잠이 얼른 붙는다.

구잠   성님!! 정신 드십니까?

양천   (끙... 일어나려 하면, 구잠이 부축하는데) 다들... 어찌
               하고 있네?

S#23.   심양 장현 여각 마당 / 낮

대충 저고리를 걸친 채, 마당으로 나온 양천. 보면 마당 일각, 등노
야를 비롯한 시신들이 일렬로 눕혀져 있고, 그 시신들 곁, 풀이 팍
죽은 얼수와 절수 등 포로들.

양천, 속에서 울컥... 고통스러운 것이 터지려는 것을 꾹 누르고 시
선 옮기면, 꾀죄죄한 몰골의 정희와 정인을 지나 병희의 시신을 안
은 채 넋을 놓은 인옥 보인다. 잠시 인옥에게 머문 양천의 눈빛. 양
천, 속을 숨기곤, 절룩이며 정희가 안고 있는 땡땡에게 다가가 땡땡
이 무사한 것을 확인하는데,

인옥	우릴 배신했지?
양천	...
인옥	우릴 팔아먹었지, 그놈들이랑 짜고... 우릴...!! 우리 병희 살려, 내 딸... 병희!!!

인옥 양천에게 달려들면, 정희가 '언니!!'하며 막아내고, 이를 보며 막막해지는 양천. 양천, 아무 대꾸도 못하고 쓱... 손등으로 눈가를 훔치곤, 절룩절룩 고독한 뒤태로 돌아서 걷고.

S#24.　　행궁 마당 / 밤

소현과 강빈이 작게 담소하며 행궁 앞마당을 걷고 언겸과 민상궁, 뒤를 따르는데,

량음(E)	저하, 세자 저하!!

보면, 량음이 내관들에게 막힌 채 소현을 부르고 있다.

량음	저하, 소인을 기억하시옵니까, 저하!!
소현, 강빈	..!!

CUT TO

피가 말라붙은 초췌해진 몰골로 소현 앞에 바싹 부복한 량음. 그 앞에 얼어붙은 얼굴이 된 소현과 강빈, 언겸, 민상궁.

소현	변경에서 넘어온 포로들을 죽이고... 살아남은 자들을... 끌고 갔다? 어디로... 어디로 끌고 갔단 말이냐?
량음	모르옵니다. 이장현이 간 곳을 알 수가 없나이다. 살려주소서, 저하. 이역관을 살려주소서!!!
언겸	(덜덜 떨며 소현 보면)
소현	(으으으... 신음처럼 터져 나오는) 아버지...(폭발한다) 아버지!!!

S#25. 행궁문 앞 / 밤

환궁할 채비를 마친 소현이 바삐 말에 오르며,

소현	(언겸에게) 궁으로 가자.

량음, 얼른 말에 오르려는데, 안에서 다급히 뛰쳐나오는 강빈.

강빈	저하... 저하!!
소현	...!!
강빈	저하를 노리는 자들이 저하께서 실족하기만을 고대하고 있사옵니다. 하오니 저하,(왈칵 무릎을 꿇고 부복하며, 거의 울 듯 간절하게) 부디... 주상 전하를 노엽게 하지 마소서. 저하를 구하고...(울컥) 원손을 구하소서, 저하...!!

강빈이 어깨를 떨며 애원하고, 이를 보는 소현의 속울음도 터진다.

언겸과 민상궁 역시 미칠 것 같은 심경이 되고, 반면 량음, 소현이 마음을 돌릴까... 불안해지는데,

소현 (잠시 오열하는 강빈에 흔들렸으나 곧 차분해진다) 가자.

언겸 ..!!

끝내 멀어지는 소현을 보며 넋이 나간 강빈, 결국 눈물을 훔치더니, 결단을 내린다.

강빈 나도... 저하와 함께 가겠다. 채비해.

민상궁 예, 마마!!(황급히 안으로 들어가고)

S#26. **내사옥 안 / 밤**

이제 홀로 만해와 마주한 장현. 장현 양옆에 선 두 명의 나장.

만해 니놈이 사병을 꾸린 이유가 무엇이냐?

장현 (무섭고 떨리지만 침착하려 애쓰며) 저들은 사병이 아니라 포로다. 나는... 포로들을 조선으로 데려오려 했을 뿐이다.

만해 (역시 담담하게 기계적으로) 그 일을 네게 시킨 이가 누구냐?

장현 시킨 이는 없어! 그저 속환한 포로들을 데려오려 혼자 벌인 일...

곧, 퍽퍽, 시작되는 몽둥이질.

S#27. 심양 장현 여각 마당 / 밤

툭, 잎사귀에 떨어지는 굵은 눈물방울. 구잠이다. 구잠, 예전에 종종이 앞에서 가지고 놀던 것과 같은 나뭇잎을 한 개씩 떼어내며,

구잠　　종종이는 나를 좋아한다, 안 좋아한다, 좋아한다... 안 좋아...

점점 눈시울 붉어지더니, 결국 무릎에 얼굴이라도 묻고 펑펑 울고. 일각, 그 울음 소리를 들으며, 병희를 안고 멍... 하니 있던 인옥, 무슨 생각인지 농기구 담긴 광주리에서 호미 하나를 챙겨 마당을 나선다.

S#28. 산 일각 / 밤

병희를 업고 산 일각으로 온 인옥. 적당한 나무 아래 자릴 잡더니 호미로 땅을 파서 포대기에 싼 병희를 묻는다. 그리곤 그 위로 다시 흙을 덮는가 싶더니, 결국 흙더미 위에 엎디어져,

인옥　　아가... 병희야, 병희야...(간장이 끊어질 듯 애통한 흐느낌)

그러다 한순간 인옥, 그래, 나도 죽자... 하는 맘으로 호미를 들어 자

신의 목을 내리찍으려는 순간, 턱, 누군가에게 손목이 잡혔다. 양천이다.

양천   (우격다짐으로 호미를 빼내려 하면)

인옥   놔, 놔!!!

인옥이 다시 제 목을 찌르려 몸부림치고, 양천, 인옥을 막다가 결국 왈칵 껴안으며,

양천   그만... 그만!!!

양천의 품에서 몸부림치다, 결국 흐느끼고 마는 인옥. 양천, 인옥을 안은 채 덩달아 속울음 터지고.

S#29.   배단리 길채 초가 마당 / 밤

길채와 은애가 마주했다. 길채가 손바닥을 열어 반지를 보이면, 놀란 눈이 되는 은애와 방두네, 종종이.

방두네   이게 뭐예요? 그럼 이역관 나리랑...

종종이   (제 일처럼 배실 미소)

길채   (고개 끄덕)

은애   (왈칵 안아주며) 잘됐어, 정말 잘됐어!!

방두네   (괜히 옷소매 끌어 눈 톡톡) 내 언젠가 이리 될 줄 알았지...

종종이	방두네가 왜 울어요?
방두네	좋아서 그러지. 좋아서... 이럴 거면 그냥 진즉에 둘이서 드러눕지...
종종이	(콱 꼬집으면)
길채	(은애 보며 마주 눈물 그렁해져선) 심양에서 일 보고 온댔어. 이번에 오면, 이젠 나랑 있겠대.
은애	(제 일 마냥 울컥... 해선 다시금 꼭 길채를 안아주고)

S#30. 내사옥 상 / 밤

마른 바닥에 툭... 떨어지는 핏물. 장현의 손끝에서 떨어지는 핏방울이다. 자신에게서 떨어진 핏물을 마치, 다른 사람의 것인 양 멍... 응시하는 장현. 그리고 장현 양옆 몽둥이를 든 나장들. 나장들도 땀으로 흠뻑 젖어 헉헉, 숨을 고르다, 다시 퍽, 장현의 등허리를 치면, 장현, 울컥 피를 토하고 그 와중에 장현의 품에 지니고 있던 반지가 떨어진다. 떼구르르.. 구르다 멈추는 반지. 물끄러미 반지 굴러가는 것을 보는 장현, 비통해진다.

S#31. 길 일각 / 밤

장철을 필두로, 연준, 도전 등등 장철의 제자와 유생들 수십이 가두시위를 하듯 궁을 향해 걷는데, 그 위용이 장관이다. 길가에 서서 이를 지켜보고 놀라 수군거리는 행인들, 그리고 길가에서 삼삼오오 새로 합류하는 유생들. 장철과 그 뒤 연준, 도전... 그리고 유생들 눈에 가득한 결기. 저 앞, 궁 문이 가까워지고 있다.

S#32.　인조 침전 / 밤

놀라고 당황하는 인조, 그 앞에 막 말을 전한 봉시.

인조	뭐? 유생들이... 궁으로 오고 있어? 누구냐, 누가 그들을 끌어냈어? 김집이냐, 장철이냐? 김상헌이냐? 아니지... 세자의 사주를 받은 자들인가?
봉시	...장철이옵니다.
인조	...?!!

S#33.　궁문 앞 / 밤

막 궁에 당도한 소현과 언겸, 량음 및 호위병 등. 세자가 내쳐 안으로 들어가고 량음도 따르려는데, 언겸이 량음을 막는다.

언겸	넌 밖에서 기다리거라.
량음	저도 데려가 주십시오!
언겸	(턱 막으면)
량음	(잠시 언겸의 마음을 캐내려는 듯 보다가) 왜 세자 저하께서 급히 전하부터 찾으신 것입니까? 혹... 장현이 잡혀간 일에 전하께서 연관이 있습니까?(하는데)
언겸	내 알아본다지 않아! 그러니... 넌 궁 밖에서 기다려!(하고 들어가면)
량음	(불안한 마음으로 뒤에 남는데)

S#34.　인조 침전 / 밤

인조, 깊은 곳에서 스멀거리는 분노를 꾹... 누른 듯한 얼굴로 앉아
있으면,

조씨　　　(괜히 눈물 훔치며) 유생들이 설치는 것도 다 궁 안에
　　　　　저주하는 흉물이 숨겨져 있기 때문입니다.(하는데)

그때, 쿵쿵 발소리! '저하, 저하...!' 하며 말리는 내관 봉시의 음성.
이윽고, 벌컥 문이 열리며 들어오는 소현. 인조, 놀란 얼굴로 보면,

소현　　　(조씨는 보지도 않고 인조에게 시선 고정한 채) 소용은
　　　　　잠시 자리를 비키십시오.
조씨　　　동궁, 무례하지 않습니까!(하는데)
소현　　　당장!!!
조씨　　　(화들짝 놀라 인조 보면)

쩽, 격돌하는 소현과 인조의 눈빛. 인조 역시 심상치 않음을 느끼
고 조씨에게 나가라 눈짓한다. 결국, 분한 얼굴이 되어 물러나는
조씨. 조씨, 나가며 흘끗 매섭게 소현을 보지만, 소현, 눈길도 주지
않는다. 그저 인조를 뚫어지게 볼 뿐. 이윽고 조씨와 내관들이 모두
물러나고, 단 둘만 남은 인조와 소현.

소현　　　포로들을... 어찌하신 것입니까?
인조　　　(가만... 보더니) 이제야 본색을 드러내는 것이냐?
소현　　　전하...

인조	동궁이... 청에서 사병을 들여오는 것을 내가 모르는 줄 아느냐?
소현	(숨이 턱 막혀) 사병... 이라니요?
인조	허면 사병이 아니고 무엇이냐? 저들의 짐에서 무기가 나왔다. 저들이 내수사 노비들을 베어 죽였어!
소현	전하... 저들은 그저 포로이옵니다, 백성이옵니다!
인조	뭐, 백성? 허면 그저 백성을 위해, 몸도 약한 동궁이 새벽 찬 이슬을 맞아가며 예까지 달려왔다는 것인가? 흐흐... 그럴 리가. 그들이 동궁을 보위에 올려줄 자들이냐? 해서 그리 소중한 것이냐?
소현	전하!!
인조	세상 사람이 다 나를 외면하여도 너만은 나를 지켜줄 줄 알았건만... 누구도 아닌 내 아들이... 이 애비의 뒤를 치는구나... 혹 궁 문 밖에서 저들이 세자의 명을 기다리고 있느냐? 검과 철퇴를 들고 나를 노리느냐?
소현	(이제 바닥에 엎드려 철철 오열하는 소현) 전하... 저들은 피땀 흘려 심양 논밭을 일군 농꾼이옵고, 조선에서 부르던 노래를 심양 땅에서 다시 부르며 조선을 그리워하던 포로들이옵고, 목숨을 걸고 도망친 전하의 백성들이옵니다. 저들이 어찌 역심을 품었다 하시옵니까!!

하지만 소현의 진심은 인조에 가 닿지 않고, 인조는 도무지 이해할 수 없다는 표정으로 소현을 보기만 한다. 이윽고 전처럼 무릎걸음을 걸어 인조를 붙드는 소현. 아이가 엄마에게 하듯 붙들고 매달린다.

소현	소자가 본 것을 전하도 보옵소서. 백성들이 소자를 사람으로 만들어 주었나이다. 소자, 그곳에서 백성들이 흘리는 땀 냄새를 맡고, 백성들이 흘리는 눈물 맛을 보았나이다. 세상 그 어떤 진미보다 달고, 그 어떤 비단옷보다 고운 광경을... 전하께오서도 보셔야 하옵니다. 보신다면, 소자를 이해하실 것입니다. 허면, 그들을 살리고 싶으실 것입니다.
인조	(탁 치며) 닥쳐라! 그 무슨 허무맹랑한 소리냐!

인조, 소현의 말이 전혀 이해되지 않는다. 그저 겁에 질린, 의혹에 가득한 눈빛으로 소현을 볼 뿐. 그 눈빛에 소현, 벽을 대하는 듯 막막해지고.

인조	내 마음이 모질지 못해 이 일을 은밀히 처리하는 것이니... 고맙게 여겨야 할 것이야!
소현	(쿵... 심장이 떨어지고)

S#35.　인조 침전 앞 / 밤

침전 앞, 겁에 질린 얼굴로 소현과 인조의 대화를 듣던 언겸과, 맞은편, 눈알을 굴리며 불안해하는 봉시. 이윽고 소현이 침전을 나서는데, 한두 걸음 걷는가 싶더니 그대로 다리가 풀리고,

언겸	(얼른 달려들어 부축하며) 저하!!!

그리고 저만치 떨어진 곳에서 소현이 쓰러진 광경을 지켜보는 이,
후궁 조씨와 시녀 납생이다. 조씨의 눈에 반짝 빛이 든다.

조씨   일이 다급히 돌아가니 서둘러. 그 장도 만들던 계집한
             테 시킨 일은 아직이냐? 다른 계집은 안 돼. 꼭 그 아이
             여야 해! 알았어?

납생   예!

S#36.   궁 앞 / 밤

그 사이, 궁 앞에 당도한 장철과 연준, 도전 등 유생들. 빙 둘러서서
서서 이를 보는 구경꾼들. 이윽고 맨 앞에 선 장철이 목청을 높인다.

장철   나는 오랑캐로부터 백성을 지키지 못한 죄인으로, 부끄
             러운 낯을 세상에 보이지 않으려 했다. 허나 이제 방에
             앉아 쓴 소리나 하며 지내지 않으려 한다. 그것은 나라
             를 구하는 일이 아니다, 백성을 위하는 일이 아니다. 나
             는 임금의 채찍을 맞고, 백성의 원망을 듣더라도 나라
             를 위해, 백성을 위해 할 수 있는 일을 하고자 한다. 나
             와 함께해주시겠는가?

연준   예, 스승님!

연준을 시작으로 도전도, 다른 유생들도 목청 높인다. 따르겠습니
다, 함께하겠습니다, 스승님!! 곧, 유생들이 소매며, 봇짐에서 종이
와 붓을 꺼내 집단 상소를 쓰기 시작하고. 유생들의 물결을 보며

벅차오르는 연준, 존경 가득한 눈으로 장철을 보고.

S#37.　　인조 침전 / 밤

소현과의 설전 이후, 또다시 장철의 소식을 듣느라 신경이 곤두선
인조.

인조	집단 상소?!! 저들이 원하는 것이 무엇이냐?
봉시	내사옥의 죄인들을 금부에 넘기라 청하고 있사옵니다.
인조	(끙... 하다가) 이이...(이마의 핏대가 서더니 곧 뭔가 결심한 표정) 장철을 들여! 또한 내사옥의 죄인들은...
봉시	...?

S#38.　　내사옥 / 밤

여전히 내사옥 형틀에 묶인 장현. 장현, 이제 거의 몸도 가누지 못
할 지경이고, 만해가 이를 지켜보는데, 잠시 후, 닝구친을 대동한
봉시가 와서 만해에게 귀엣말한다.

봉시	(속삭, 말 전하면)
만해	(눈 번쩍 뜨이더니, 닝구친 보며) 이 자는... 머리를 부수어 죽여라.
닝구친	...!!

CUT TO

두터운 몽둥이를 고쳐 쥐는 닝구친의 긴장된, 갈등하는 표정. 저편에서 지켜보던 만해가 잠시 봉시와 작게 얘기 하며 시선 돌린 사이, 닝구친, 장현의 머리를 내리친다. 쿵, 타격과 함께 스러지는 장현.

쓰러진 장현, 느리게 눈을 꿈...뻑 한다. 장현의 시선 끝, 바닥에 떨어진 반지. 장현, 마지막 안간힘을 내어 반지를 손에 쥐더니 그대로 정신을 잃고.

S#39.   배당리 길채 초가 안 / 밤

길채, 은애, 종종이, 방두네가 함께 행복하게 바느질하며 담소 나눈다.

길채	있잖아. 나리한테 내가 수놓은 베갯잇 만들어 드릴래!
방두네	(보기 좋으면서도 놀리고 싶다) 은제는 절대로 비혼 나부랭이랑은 안 엮인다더니...
종종이	(눈치 주면)
방두네	(눈빛으로 내가 뭐?!!)
은애	(잔뜩 설레는 길채를 흐뭇하게 보면)
길채	(순간 너무 달떴던 게 조금 민망해져서) 내가 보내는 돈으론 아버지 뫼시기 힘들지? 지금 열심히 돈 모으고 있으니까 조만간 내가 모셔 와서...(하는데)
은애	싫어. 절대 못 보내드려. 서방님과 나한테도 아버지나 마찬가지야.(길채 손잡으며) 이역관 나리 돌아오면, 우

리 다 같이 행복하게 사는 거야. 그 생각만 하자, 응!

길채　(담뿍 미소 지으며 고개 끄덕... 하는데)

납생(E)　안에 계시오?

S#40.　**배단리 길채 초가 마당 / 밤**

길채와 은애가 나와 보면, 마당에 선 납생.

납생　우리 마마께서 보자시네.

은애　(누구야... 하는 얼굴로 길채 보면)

길채　자꾸 왜 이러십니까? 그 일은 못합니다.

납생　세 배를 쳐준대두!!

길채　그럼 대답부터 하시오. 중궁전에 바칠 물건을 왜 제게, 그것도 은밀히 당부하십니까? 꿍꿍이가 뭔지 모르는 일은 못 합니다.(하고 가려는데)

납생　(부들부들) 흥 이제 숭선군께서 보위에 오르시면 너 따위...

길채　(피실...) 동궁이 돌아오셨는데 무슨 수로 숭선군이 보위에 올라?

납생　(욱해서) 니가 돌아가는 사정을 모르는구나. 이제 동궁은 끝났다. 동궁과 심양에서 모의하던 무리들이 다 잡혔어!

순간, 얼어붙는 길채. 천천히 돌아본다.

길채	심양에서 모의하던 무리들이 잡히다니? 세자 저하를 따르던 자들이 잡혔단... 말입니까?
납생	그래! 흥, 우리 숭선군이 보위에 오르면 널 가만두지 않을 것이다!(하며 팩 가려는데)
길채	(턱, 납생 잡고)
납생	...!!

S#41. 배단리 길채 초가 안 / 밤
길채가 바삐 나갈 채비를 하면, 은애가 걱정스레 본다.

은애	그렇지 않아도... 서방님께 들은 말이 있어. 요즘, 궁에서 내사옥에 사람들을 끌고 와서 고문하고 죽이는 일이 많대.
길채	...?!!

S#42. 후궁 조씨 침전 / 밤
길채와 조씨가 마주했고, 그 옆에 시립한 납생. 조씨, 길채가 펼친 장도들 중 하나 골라들며,

조씨	이게 좋겠다. 잘 새겼네. '내전의 덕을 높이 기린다...'
길채	(비위 맞추며) 마음에 드십니까? 헌데 내전이라 하시오면, 중전 마마께 올리시려는...(하는데)
조씨	(노려보고)

길채	(흠 입 다물더니) 예, 제가 알아서 뭐합니까?(하다 은
	근 떠본다) 심양 무리들이 다 잡힌 것은 확실한 게지
	요? 소인도 믿는 구석이 있어야...
조씨	(끌끌 혀 차며) 입조심 하래도...
납생	(화들짝 고개 숙이면)
조씨	(씩... 미소) 잘하면 내가 장차 임금의 어미가 될 수도 있
	겠지. 그러니 지금부터 넌, 시키는 일이나 틀림없이 해.
길채	...!!

S#43. 궁 후원 + 궁 뒷문 / 밤

납생이 지켜보는 가운데 쪼그리고 앉아 궁 일각에 땅을 파고 장도를 묻는 길채.

| 납생 | (주변들 두리번 살피고) 빨리 해! |
| 길채 | 예!! (열심히 바닥을 파곤 품에서 장도를 꺼내어 묻으면) |

납생, 길채 하는 양을 지켜보는데, 마침 저편에서 다다다 뛰어가는 내관들.

길채	궁에 무슨 일이 있습니까?
납생	넌 궁금한 게 많아서 제 명에 못살겠구나. 다 됐니?
길채	(헤헤... 웃더니) 다했습니다!!

S#44. 궁 후원 일각 / 밤

일을 마친 길채와 납생이 일각으로 가는데,

납생　(문득 저편 보고 코 막으며) 에휴, 냄새가 예까지 나네.

길채　(괜히 떠본다) 그러게요. 내사옥에서 허구한 날 형문이 있다니...

납생　(경계하며) 니가 내사옥 일을 알아?

길채　알 만한 사람들은 압니다.

납생　에휴... 이 난리도 빨리 끝나야지.

이윽고 궁인들이 출입하는 비공식적인 뒷문 일각에 다다른 길채와 납생.

납생　그럼 가봐!

길채　예!!

길채, 읍하여 인사하곤 가는 척 하다 얼른 몸을 숨기고, 이윽고 납생이 멀어지자, 다시 나선다. 그리고 저편, 내관들이 다급하게 뛰어갔던 곳을 보는 길채.

S#45. 궁 후원 일각 / 밤

길채가 내관들이 뛰어간 곳으로 조심히 이동하며 모퉁이를 돌면, 어딘가로 들어가는 내관들. 내사옥 입구다! 곧, 안에서 들려오는 비명 소리.

눈이 커지는 길채. 도대체, 여기가 어딘가? 곧, 안에서 피에 절은 손을 한 나장들 두엇이 지친 얼굴로 나와 쓱... 옷에 피 묻은 손을 닦곤, 고개 절레절레하며 뭐라 대화하는 것이 심상치 않은 기운. 점점... 불안해지는 길채.

그때, 곧 안에서 내관들이 두 명씩, 피범벅이 된 시신들을 들고 나와 수레에 싣는다. 놀라, 더욱 기둥 뒤로 몸을 숨기고 이를 지켜보는 길채. 피범벅이 된 시신들이 쌓이는 처참한 광경. 길채, 설마하니 장현이 이런 곳에... 하는데, 막 당도한 내관들이 수레 위로 시신 한 구를 던지듯 놓고, 그 와중에 시신의 손이 펼쳐지며 그 손에서 떨어지는 반지!

길채   ...!!

S#46.   인조 편전 + 마당 / 밤
- 편전 마당
편전 앞마당에 부복한 연준과 다른 제자 두엇. 연준, 고개를 들어 안에서 장철과 인조가 무슨 대화를 할지, 가늠하는 눈빛으로 보면.

- 편전 안
인조가 앉아있고, 곧 문이 열리며 장철이 들어온다.

장철   (바싹 부복하며) 전하...!!
인조   (냉소적으로 조금 비아냥거리듯) 그대를 직접 만나길 오랫동안 고대했는데, 이제야 보는구나.

장철 이제야 미천한 것이 전하를 뵈옵니다!

인조 (입으론 미천하다 하며, 뻣뻣한 장철을 부글거리며 보다) 헌데 어찌 대단치 않은 일로 번거롭게 하시는가?

장철 전하께오선 어찌 대단치 않은 일로 백성을 죽이시옵니까?

쩽, 인조와 장철의 기운이 충돌하고.

장철 대단치 않은 일이니 내사옥에서 형문하시는 것이 아니옵니까? 저들이 참으로 역도라면, 금부로 보내어 그 죄를 낱낱이 밝히소서.

인조 금부로 보낼 수 없는 사정이 있다. 그러니 유생들을 데리고 돌아가. 당장 돌아가지 않으면 금군을 풀어 해산시킬 것이다. 제자들이 다치는 것을 바라는가?

장철 제자들이 다치면, 끝내는 팔도의 유생들이 들고 일어날 것이옵니다. 광해가 유생들에게 인심을 잃고서 천하를 잃었던 일을... 잊으셨사옵니까?

광해? 쿵, 인조의 심장에 꽂히는 장철의 말. 인조의 손이 부들부들 떨리고.

장철 전하, 전하께오서 광해로부터 지켜낸 조선이옵니다. 조선은 백성이 충절과 정절을 지켜 위를 섬기고, 섬김 받은 임금은 백성에게 의리를 지키는 나라이옵니다. 헌데

전하께오서 은밀히 백성을 죽여 의리를 저버리시다니
요, 하늘을 노엽게 하시다니요! 소인, 전하께서 내사옥
에 억류된 자들을 금부로 넘기기까지 한 발자국도 옮
기지 않겠나이다.

인조 이 자를... 끌어내!

장철 (내관들에 붙들려 나가며) 전하, 내사옥의 죄인을 금부
로 옮기소서!!

S#47. 인조 편전 앞 / 밤

장철을 양옆에서 끌고 나가듯 붙들고 나가는 봉시와 내관들. 밖에
서 대기하던 연준과 도전 등, 장철이 끌려 나오는 모양새에 놀라
달려든다.

연준 이게 무슨 짓입니까? 놓으시오, 놓으시오!!

장철 (끌려가면서도 편전 쪽을 보며 더욱 목청 높인다) 전
하!! 내사옥의 죄인들을 금부로 넘기소서!! 하늘을 노
엽게 하지 마소서, 전하!! 전하!!

S#48. 궁 일각 / 밤

금군들에게 막무가내로 끌려 나가는 장철과 연준, 제자들. 이윽고
별채 마당 하나쯤을 사이에 놓고 장철과, 수레에 실려 가는 장현이
엇갈린다.

장철   전하! 내사옥의 죄인들을 금부로 옮기소서!

순간, 수레에 실려 가던 장현의 손이 움찔!

장철   전하, 의리를 잊지 마소서. 하늘을 노엽게 마소서, 전
              하!!

다시금 반응하는 장현의 손가락. 장현, 장철의 목소리가 들릴 때마
다 움찔... 또 움찔, 이윽고 미간마저 움찔하며 반응하더니, 한순간
번쩍, 핏발 선 눈을 뜬다.

S#49.   (장현의 환영) 길 일각 / 낮

스스스... 한가로운 바람에 나뭇잎 부대끼는 소리. 청명한 어느 오
후, 장현이 어딘가에 섰다. 여기가 어딘가... 하고 주변을 둘러보던
장현의 시선이 문득 한 곳에 멈춘다.

보면, 아름드리 큰 나무 아래 선 사족 차림 부자의 뒷모습. 어린 현
과 그리고 곁에 선 어린 현의 아버지다. 어린 현, 눈물 그렁해서 아
버지를 올려보면, (아직 현의 아버지 얼굴은 보이지 않습니다)

장철   울지 말거라. 네 누이는 오직...너를 위해 그리 한 것이다.
어린 현   (당황스럽다. 나를... 위해서?)

그리고 장철의 말에, 역시 울컥, 반감을 느끼며 반응하는 장현. 심

연 깊은 곳의 상처가 건드려졌다.

S#50.   (다시 현재) 궁 일각 / 밤
이윽고, 장현 등의 시신을 실은 수레가 멈춘 곳, 후원 은밀한 뒷문
일각이다. 미칠 것 같은 심정이 되어 뒤를 따르는 길채.

수레, 궁 은밀한 일각에 이르면, 마침 대기하고 있던 내관1, 2가 수
레를 맞는다. 수레를 끌고 온 내관들, 시신들을 땅에 내려놓고 빈
수레를 끌고 다시 저편으로 가고, 그 뒤로 내관1, 2가 따라붙더니
저만치 떨어진 곳에서 뭐라 뭐라 대화를 한다. 예서 기다리라고?
내사옥을 다 비우라는 명이야, 유생들이 아직도... 따위 말들.

그사이 몰래 시체 더미로 간 길채, 조심히 두건을 열어보면, 틀림없
는 장현이다! 심장이 터질 듯 미어지는 길채. 하지만 슬퍼하고 있
을 수만은 없다. 길채 저편에서 내관들이 대화하는 것을 살피며, 제
옷이며 얼굴에 피 따위를 묻히더니, 장현을 품고 엎드린다. 달빛에
만 의지한 어두운 밤, 시체 더미 속 길채 역시 시체들 중 하나로 보
이고.

이윽고 대화를 마치고 다시 돌아온 내관1, 2. 변화를 알아채지 못
한 채, 남초 따위를 꺼내 피우고. 그렇게 길채, 장현을 꼭... 품에 안
는다. 반드시 지켜주겠다는 듯. 그 위로, 새벽 찬바람 휘이~.

S#51. 궁문 앞 / 밤

금군들에 의해 궁 밖으로 밀쳐내진 장철과, 연준, 제자들. 하지만
장철, 굽히지 않고 다시 목청 돋운다.

장철　　　(다시 부복하여) 전하, 내사옥의 죄인들을 금부로 옮기
　　　　　　소서.

연준　　　(역시 얼른 따른다) 금부로 옮기소서, 전하!

유생들 일동　내사옥의 죄인들을 금부로 옮기소서!!

S#52. 궁 후원 일각 / 밤

매서운 바람이 시신들 위를 휘이... 훑고 지나간다. 길채, 그럴수록
장현의 체온이 떨어질까, 더욱 꼬옥... 품다가, 고개를 슬쩍 들어 내
관들을 살피면, 그사이 꾸벅꾸벅 졸기 시작하는 내관1. 그리고 내
관2, 역시 졸려 하품하다가 저편으로 가 오줌을 누기 시작하는데.

은밀히 일어나는 길채. 조심히 조는 내관1을 지나 내관2에게 다가
간다. 내관2가 오줌을 싸는 사이, 바닥의 돌멩이를 주워 퍽, 내관
의 뒤통수를 치는 길채. 졸던 내관1, 둔탁한 소리에 퍼뜩 일어나 뭐
야... 하고 내관2쪽으로 가는데, 또 뒤통수 퍽! 곧, 덜덜 떨며 돌멩이
를 툭, 떨구는 길채.

이제 길채, 다급히 장현에게 다가가 두건 벗기면, 장현, 거의 산송
장이 되어 느리게 눈을 꿈벅... 하며, 길채를 본다.

장현	(길채를 알아봤을까? 피눈물이 고인 눈으로 길채를 보며, 입을 움찔... 뭐라 말이라도 하려 하면)
길채	(입을 손가락으로 막으며 눈빛 보낸다. 걱정 마세요. 내가 꼭... 지켜줄게요... 하듯)

S#53.   궁 후원 뒷문 / 밤

안개 자욱한 밤. 길채가 장현을 부축하여 후원 뒷문을 향해 가는데, 장현, 다리가 풀리는지 풀썩 주저앉고 만다. 다시 일으켜 세우려 하지만, 도무지 일어서질 못하는 장현. 길채, 땀 벅벅, 눈물범벅이 되었는데, 마침 사복 차림으로 안으로 들어오던 머리 희끗, 나이 지긋한 내관 명술.

명술	으씨... 추워...(하며 몸을 싸안고 들어오다 길채를 발견하고) 으, 깜짝이야!
길채	(화들짝 장현을 감싸며) 술에 취해 모시고 갑니다. 신경 쓰지 말고 가세요...
명술	(가만... 보면)
길채	(얼른 장현의 피 묻은 옷자락을 단속하며 필사적으로 감싸며 악다구니 쓴다) 가세요, 가라구요!!(하는데)
명술	도와드리리까?
길채	...?!!

S#54.　궁 후원 일각 / 밤

내관들이 다른 시신들을 실은 수레를 끌고 왔다가 곧 놀란 얼굴 된다. 보면, 돌에 맞아 쓰러진 내관1, 2!

S#55.　인조 침전 앞 / 밤

만해가 침전으로 들어가려 하는데, 저편에서 다급하게 뛰어오는 봉시.

만해	(눈총 주며) 웬 호들갑이야?
봉시	(덜덜 떨며) 없어졌습니다. 구, 구양천의 시신이 사라졌습니다!
만해	...?!!

S#56.　배단리 길채 초가 마당 / 밤

자신의 말에 장현을 걸쳐 얹어 배단리까지 데려다 준 명술. 그 곁에 붙어, 장현의 손을 꼭 잡고 따르는 길채. 이윽고 배단리 길채 초가에 이르자, 명술, 끙... 장현을 내려주면,

길채	고맙습니다...
명술	(쓱, 길채와 장현 보더니 혼잣말 중얼) 궁에서 허구한 날 웬 사람을 이리 때려잡는지...(하곤 무심히 말을 돌려 가고)
종종이	(기척에 문 열고 나왔다고 놀라 눈 커진다) 마님!!

S#57. 배당리 길채 초가 안 / 밤

장현을 부축하여 누이는 길채와 종종이. 그사이, 꾸무럭... 그나마 남아있던 정신을 잃은 장현.

길채	(놀라) 나리, 나리!!(하다가) 물 데워서 들여와. 수건도 가져오고, 어서!!
종종이	예! 예!!!(하며 뛰쳐나가고)
길채	(이제 장현의 머리를 들어 누이려다, 손 가득 묻어나는 피에 얼어붙는다. 심장이 찢어져 그대로 엎드려져 통곡하며) ...나리!!

S#58. 정신을 잃은 장현과 병세가 악화 되어가는 소현 교차

- 인조 침전 / 밤

스트레스에 치여 벌게진 안색의 인조가 이형익의 번침을 맞고 있고, 옆에서 조씨가 인조 이마의 땀을 닦아주고 있는데, 그때, 침전 밖에서 들리는 언겸의 다급한 음성.

언겸(E)	전하...! 세자 저하께서 병증이 도져 혼절하셨나이다!
인조	...!!

- 소현 침전 / 밤

병상에 누워 사경을 헤매는 소현. 소현의 손을 꼭 잡은 강빈, 애가 탄다.

| 강빈 | 저하...!!(하는데) |

그때, 언겸이 이형익을 데리고 들어온다.

언겸	전하께서... 저하의 병환을 살피라 이형익을 보내셨나이다.
강빈	(당황하여 언겸 보면)
언겸	(역시 조금 불안한 표정)

- 배단리 길채 초가 / 밤

사경을 헤매는 장현. 의원1이 장현을 진맥하면, 간절한 표정으로 보는 길채.

- 소현 침전 / 밤

이형익이 소현에게 번침을 놓으면, 이를 불안하게 지켜보는 강빈과 언겸.

강빈	(불안한지 치맛자락이라도 꾹... 쥐며) 한열이 심하신데, 번침을 맞아도 되겠느냐?
이형익	(침만 놓고)
언겸	(역시 불안해지는데)

- 배단리 길채 초가 / 밤

의원1, 희망이 없다는 듯 고개를 저으면, 길채, 격앙된다.

길채	뭐든 해보시오. 뭐든 해보란 말입니다!!
종종이	(곁에서 펄펄 눈물을 흘리고)
의원1	(결국 고개를 저으며 짐 챙겨 일어나고)
길채	(붙잡으며) 이대로 가지 마십시오. 이보시오!!(하는데)
장현	(컥... 피를 토하고)
길채	나리...!

S#59.　배단리 길채 초가 안 / 새벽

이제 장현, 고요하다. 마치 죽은 사람처럼. 기력이 쇠진해져 멍... 그런 장현을 보는 길채. 장현 곁에 붙어 앉아 울상이 된 종종이.

종종이	나리... 무슨 일이 있었던 거예요. 구잠이는 어떻게 된 거예요...
길채	(멍... 보다가 문득, 반짝 깨달음의 빛) 아무래도 나리를 옮겨야겠어.
종종이	예? 왜...
길채	날 도와준 내관이 여길 알고 있잖아!!

S#60.　궁 담+궁 일각 / 새벽

홀쩍 궁 담을 넘는 누군가, 량음이다! 량음, 주변을 살피다가 세자 침전 쪽으로 은밀히 이동하고.

S#61.   궁 일각 / 새벽

당황한 기색이 역력한 표정으로 잰걸음을 옮기는 만해와 봉시 등 보인다.

만해   구양천 시신이 사라지다니? 모자란 놈!!!

만해, 봉시 바삐 일각으로 가는데, 잠시 후, 어둠 속에서 모습을 드러내며 그 뒤를 은밀히 밟는 량음.

이윽고 량음이 만해를 쫓아 당도한 곳, 한 내관이 피투성이가 되어 무릎이 꿇려져 있다. 명술이다! 량음, 얼른 다시 몸을 숨기고 보면, 곧, 만해와 봉시의 대화, 량음에게 들린다.

만해   어디로 옮겼는지... 불었느냐?
봉시   배단리로 갔다 합니다.
량음   (배단리?!!)

S#62.   배단리 길채 초가 마당 / 새벽

장현을 부축하여 마루로 나서는 길채.

길채   나리... 가셔야 합니다. 나리...
종종이   (뛰어 들어오며) 마님!! 웬 사내들이 마을을 뒤지고 있어요!
길채   ...!!

244   연인 3

길채와 종종이, 더욱 화급하게 장현을 일으켜보려 하지만, 장현, 전혀 몸을 가누지 못하는데, 그때, 다다닥 말발굽 소리. 화들짝 장현을 감싸 안고 보는 길채. 뜻밖에도 다급히 초가 앞에서 말을 세우고 내리는 이, 량음이다! 량음, 길채가 품어 감춘 것이 장현임을 확인하곤 곧, 눈시울이 뜨거워지고.

길채   량음...?

량음   (속울음 터진다. 하지만 시간이 없다. 얼른 수습하며)
         형님을 제게 주십시오. 저들이 곧 이리로 옵니다!!

CUT TO

다급히 말에 장현을 앉히고 뜰 채비를 하는 량음.

길채   어, 어디로...?(했다가 울먹) 부탁하네, 부디...!

량음   (고개 끄덕하더니 박차를 차며 출발하고)

길채   (마치 이것이 장현과의 마지막이기라도 하듯 심장이
         미어지는데)

그때, 저만치에서부터 성큼성큼 다가오는 임오와 닝구친, 특재 등 내수사 노비들.

S#63.   동장소 / 아침

길채의 집을 뒤지는 닝구친과 특재 등 내수사 노비들.

길채	그런 사람 모른다지 않습니까?
특재	(방을 뒤지다 개켜놓은 이불 끝 섶에 묻은 핏자국을 본다. 얼른 닝구친 보면)
닝구친	(작게 고개 젓는다. 모르는 척하라는 듯)
특재	(알아듣고 목청) 아무것도 없습니다!
길채, 종종이	(조마조마한데)

그때, 뒤편에서 다른 내수사 노비1, 2가 끌고 오는 이, 피투성이가 된 명술이다.

길채	...!!
임오	이 집이 맞느냐?

푸으... 고통스레 고개 드는 명술. 잠시 길채와 명술의 눈빛이 만난다. 길채, 온몸이 굳은 채 간절하게 명술 보는데,

명술	(극심하게 갈등했으나 결국 고개 절레...)
길채	...!

그때, 노비3, 뛰어 들어오며,

노비3	웬 사내가 말에 사람을 싣고 마을을 벗어나는 것을 봤답니다!
임오	가자!

내수사 노비들이 우르르... 나가며, 명술도 도로 끌려 나가고. 길채, 명술이 안타까워 왈칵 눈물 고이고.

S#64.　　기와집 마당 / 아침

기와집 마당으로 들이닥친 임오와 닝구친, 특재 등 내수사 노비들. 마침 저편, 대청으로 막 오르려던 한 여인이 노비들을 의식하고 멈칫 섰다.

임오　　(눈 가늘게 뜨고 다가가며) 여기 외간 사내 하나 들었습니까?

이윽고 돌아보는 여인, 뜻밖에도 앳된 티를 벗고 몰라보게 성숙해진 영랑이다!

영랑　　누구시오? 예가 어디라고 함부로 들어와?
노비3　　(임오 곁에 붙어) 분명 이 집입니다!
임오　　(저편 조금 열린 내실의 문에 시선 주면)
영랑　　우리 어르신 생신 잔치에 부를 소리꾼을 하나 들였는데.

곧, 내실에서 나오는 이, 천연스런 표정의 량음이다! 임오, 여전히 의심스러워 량음이 나온 방으로 가려는데,

영랑　　무슨 짓이오? 우리 주인께서 아시면...(하는데)
임오　　(피식) 니 주인...? 이 집에 오랑캐 묻은 계집이 산다더

니... 오랑캐에 정절 잃은 계집이나 품고 사는 사내 따위, 우리가 무서워할 성 싶으냐...(하는데)

소리(E)   무슨 소란이냐?

임오 돌아보면, 뜻밖에 안방에서 침의 차림으로 나온 이, 김자점이다!

김자점   (버럭) 아침부터 무슨 일이야!! 어디서 감히 언성을 높여!!

임오   (사색이 되어 바싹 부복) 대, 대감!!!

S#65.   영랑집 내실 / 밤

영랑집 내실에 몸을 뉘인 장현. 죽은 듯 고요한 얼굴. 영랑, 울먹이며 장현의 식은땀을 닦아주는데, 어쩌면 이번에야말로 장현을 잃을 것 같다는 예감에 휩싸인 채, 넋이 나간 량음, 량음, 벽에 등을 기대고 앉아, 미칠 듯한 마음을 누르며 먹먹하게 장현을 보는데,

영랑   (쓱 눈물 훔치더니) 난... 장현 오라버니, 곧 깨어나실 것 같습니다. 량음이 곁에 있으니깐.

량음   (보면)

영랑   일전에 장현 오라버니 장사하러 변경 간 날, 량음이 우리 기방에서 놀다 손님과 시비가 붙어 다친 적 있지요? 그날 밤에, 장현 오라버니 다녀가신 건 압니까?

량음   ...?!!

영랑	량음 다쳤단 소식에 은 칠천 냥을 포기하고 왔답니다. 와서, 량음 무사한 것만 보곤 다시 갔더랬어요.
량음	(처음 듣는 소리다)
영랑	제 아는 언니가 언제 한번 장현 오라버니 모시면서 물어봤답니다. 왜 그렇게 량음이 량음이 하느냐구. 그랬더니 자기는 량음이 재미나게 사는 거 보는 재미로 산다 했답니다. 그러니, 절대 량음을 혼자 두고 죽을 분이 아니지...

량음, 결국 메인 목을 참지 못하고 밖으로 뛰쳐나가고.

S#66.　배단리 길채 초가 마당 / 밤

마당에서 이제나 저제나 장현의 소식을 기다리며 서성이는 길채, 그때 기척, 량음이 왔다!

길채	(얼른 다가가며) ...나리는?(다급해져서) 나리는!!
량음	(복잡한 마음으로 길채 보다가) 형님이... 마지막에 가장 보고 싶은 사람이 누굴까... 생각해봤습니다. 가서 형님을 만나주세요.
길채	...!!

S#67.　영랑집 내실 / 밤

드륵... 장현이 있는 내실의 문을 여는 길채, 무사한 장현을 보자 울

컥, 벅차오른다. 이제 길채 가만... 장현 곁으로 다가가 장현의 손을
소중히 품에 안으며,

길채   나리, 길채가 왔어요.

랑음   (가만... 문을 닫고 나가고)

CUT TO

밤이 깊어가고, 이제 방 안 장현과 길채, 두 사람뿐. 길채, 정성스레
장현 이마 식은땀 닦다가 면목 수건을 대야에서 만지는 사이, 장현,
신열에 들떠 식은땀을 흘리며 미간을 움찔거린다. 악몽이라도 꾸
는 걸까? 그 위로 듣기 좋은 휘파람 소리.

S#68.   (장현의 꿈) 산길 일각 / 낮

장현이 또 익숙한 공간에 섰다. 길 양쪽으로 늘어선 꽃나무가 화사
한 산 오솔길 일각. 저만치서 점점 가까워지는 휘파람 소리. 장현이
아는 휘파람 소리다.

장현, 그리운 표정이 되어 천천히... 소리 나는 쪽을 돌아본다. 보면,
저편, 단단한 체구를 지닌 삼도에게 업혀 오는 어린 현 보인다. 삼
도의 등에 업혀 책을 읽는 어린 현, 현을 업고 걸으며 휘파람 부는
삼도. 현, 휘파람 소리가 좋은지 책을 읽다 말고 삼도 등에 머릴 기
대고 듣다가 입을 여는데, 잘난 척하는 기운이 낭낭하다.

어린 현   니 휘파람 소리가 쓸 만하니 내 특별히 애칭을 지어

주마. 량음!

삼도　　량음이요?

어린 현　　음을 이루었다... 그 뜻이야.(하는데)

이단(E)　　현아 !!

소리에 보는 어린 현. 장현도 돌아보면, 저편에서 십 대 후반쯤의 누이 이단이 손을 흔들고 있다.

어린 현　　누이!!

S#69.　　(장현의 꿈) 산길 일각 / 낮

어린 현이 서책을 읽으며 걷고, 조금 떨어진 곁에서 어린 현을 보며 따라 걷는 장현. 문득 어린 현이 돌아보자, 장현도 돌아보면, 저편, 나란히 걷는 이단과 삼도 보인다.

삼도, 이단보다 반 보쯤 뒤에 오는데, 이단이 삼도를 의식하고 있고, 삼도도 마찬가지. 이단과 삼도 사이를 가득 채운 풋풋한 공기.

이단, 뒤편 삼도를 의식하다 돌부리에 걸려 넘어질 뻔하자 얼른 잡아주는 삼도. 잠시 서로 어색한데, 보면, 이단의 신 한 짝이 벗겨졌다. 삼도, 얼른 신을 주워 제 옷에 쓱쓱 닦더니, 무릎을 꿇고 이단의 신을 신겨주고. 이윽고 신을 다 신긴 삼도, 고개를 들어 이단을 올려본다. 그리곤 환하게 웃는 삼도. 티 없이 순정한 삼도의 눈빛을 마주한 이단에게도 스르르... 미소가 뜨고,

이탄(E)   현아, 들리니? 이이가 웃으면... 꽃 피는 소리가 들려.

이 모든 것을 지켜보는 장현, 이제 다시는 되돌릴 수 없는, 장현 심장에 박혔던 아름다운 순간을 떠올리며 숨이 멎을 듯, 먹먹해지는데, 그 위로 아버지!! 하는 어린 현의 절규 소리! 장현, 두려운 눈빛되어 홱, 돌아보면.

S#70.   (장현의 꿈) 고방 앞 / 밤

이번엔 창백하리만치 겁에 질린 얼굴이 된 장현. 장현의 시선 앞, 비가 쏟아지는 고방 앞의 어린 현. 그리고 고방 안에서 들리는 퍽퍽, 방망이질 소리.

어린 현   (더욱 격해져) 아버지... 아버지!!

이윽고 쩌억... 고방의 문이 열리고, 매질 당하는 이의 모습이 드러난다. 그 단단하던 몸이 피투성이가 된 채, 웃옷이 벗겨져 묶인 삼도다! 뛰어 들어가 삼도를 왈칵 껴안으며 막는 어린 현.

어린 현   그만!! 때리지 마, 때리지 마!!(폭발하는데)
삼도   되련님...
어린 현   (눈물범벅이 되어 삼도를 올려보면)
삼도   (피투성이가 되었으면서도 오히려 어린 현이 안쓰러워, 애써 미소 지으며) 미안합니다... 되련님...

일각에 서서 삼도의 그 미소를 마주한 장현. 결국 장현의 온몸에서 울음이 터지고 만다. 삼도에게 다가가 천천히 손을 뻗는 장현. 꿈에서라도 지켜줄 수 있다면... 그때,

장철(E)　　　(준엄한) 현아!

멈칫, 굳는 장현. 장현, 소리 나는 곳을 본다. 이윽고 장현의 시선에 어린 현을 부른 이의 모습이 드러난다. 준엄한 눈빛의 장철이다!

S#71.　　(다시 현재) 성량집 내실 / 밤

한순간 번쩍, 눈을 뜨는 장현.

장현　　　(멍...) ...여기가 어딥니까?
길채　　　(벅차올라 왈칵 손잡으며) 됐습니다... 이제 됐습니다!!
　　　　　　(하는데)
장현　　　(그런 길채를 가만... 보다가) 그대는... 누구시오?
길채　　　...!!!

어린아이 같은 말간 눈으로 처음 보는 사람처럼 길채를 보는 장현에서.

− 17부 끝

戀人 ——

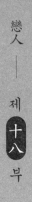

제十八부

戀
人
—

S#1.　영랑집 내실 / 밤

한순간 번쩍, 눈을 뜨는 장현.

장현　　(멍...) ...여기가 어딥니까?

길채　　(벅차올라 왈칵 손잡으며) 됐습니다... 이제 됐습니
　　　　다!!(하는데)

장현　　(그런 길채를 가만... 보다가) 그대는... 누구시오?

길채　　...!!!

S#2.　소현 침전 / 밤

강빈과 언겸이 불안하게 지켜보는 가운데, 소현에게 번침을 놓는
이형익. 강빈, 불안하여 치마 쥔 손에 힘이 들어가고, 이형익, 조심
히 번침을 떼는데, 순간, 스르르... 눈을 뜨는 소현!

강빈	(놀라) 저하!!
언겸	(역시 크게 안도하면)
이형익	(환하게 웃으며) 이것 보십시오!!

CUT TO

강빈이 기쁜 낯으로 소현을 부축하여 앉히면,

소현	내가... 오래 누워있었습니까?
강빈	이리 일어나셨으니 되었습니다!
소현	(애틋한 강빈 보다 미소) 배가 고파.
강빈	(화들짝, 뒤편 민상궁 보며) 타락죽을 준비하게! 아니, 내가 할 것이다, 내가 직접!!(사랑이 담뿍 담긴 눈으로 소현 보다가 민상궁 등을 데리고 나가면)
소현	(웃는 낯으로 나서는 강빈 보다가 곧 표정 고쳐 언겸에게 눈짓)
언겸	(알아듣고 다른 궁인들에게) 모두 물러가시게!

모두 물러가고, 이제 소현과 언겸만 남자, 소현이 입을 연다.

소현	장현은... 이역관은 어찌 되었는가?
언겸	(...!! 잠시 갈등했으나 거짓을 고한다) 이역관은... 무사히 몸을 보존한 것으로 아옵니다.
소현	그래...(안도하더니) 내 서한을 써야겠으니 채비해줘.
언겸	...?

S#3.   동장소 / 밤

초췌해진 얼굴로 서한을 쓰는 소현. 언겸, 곁에서 근심스레 지켜보는데, 서한을 마무리한 소현, 봉투에 넣더니, 베개 아래 넣는다.

소현   (후... 깊은 숨을 내쉬더니) 쉬고 싶어.(하며 누우려 하면)

언겸   예!(부축하며) 세자빈께오서 타락죽을 가져오실 터인데...

소현   아...(미소 지으며) 빈궁의 타락죽은 먹어야지...

언겸, 마주 미소 지으며 발치 이불을 끌어 소현의 발을 덮어주곤 소현 봤다가, 안색 굳는다. 보면, 눈을 뜬 채 굳은 소현. 마침, 타락죽을 받쳐 들고 들어온 강빈.

강빈   저하, 신첩이 손수 타락죽을...(했다가 역시 얼어붙고)

언겸   (떨리는 손을 소현의 코 밑에 대었다가 쿵, 주저앉고 만다)

강빈   (동시에 챙... 소반을 떨구며) 저하...(달려들며) 저하!!!

S#4.   소현의 죽음에 오열하는 유생들, 신하들, 궁인들 - 궁문앞 / 밤

이제 장철 앞에 수북이 쌓인 상소문들. 장철, 여전히 단단하게 부복한 채 흐트러짐이 없고, 그 위로, 쩌렁쩌렁한 장철과 유생들의 음성.

장철   전하, 내사옥의 죄인들을 금부로 넘기시옵소서!!

연준, 유생들	금부로 넘기시옵소서!!(하는데)
도전	(저편에서부터 숨이 턱에 차게 뛰어오더니) 스승님, 세자 저하께서...!
장철, 연준	...?!!

- 편전 마당 / 밤

부복한 대신들의 오열 소리가 가득하다. 저하, 세자 저하!! 진심인지 아닌지, 눈물을 짜고 있는 김자점을 비롯, 오열하는 김류, 홍서봉, 심이웅. 그리고 결국 이리되셨구나... 눈물도 나지 않아 멍해진 채 부복한 최명길.

- 소현 침전 / 밤

벌컥 문을 열고 들어온 인조. 보면 강빈, 넋이 나간 채 소현을 안고 있고, 그 옆, 온몸의 피가 빠져나간 듯, 창백해진 얼굴로 얼이 빠진 채 부복한 언겸.

강빈	(아이를 어르듯 죽은 소현을 품에 안고 어르며) 저하, 일어나셔야지요... 저하...
인조	(한 걸음... 소현에게 가며 목이 메어) 동궁... 내 아들...!!(하는데)
강빈	(문득 고개를 들어 인조를 똑바로 본다. 강빈의 눈빛에 칼이 들었다)
인조	...!!

- 인조 침전 / 새벽

침전에 앉아 저하, 세자 저하... 하는 궁인, 내관들의 곡소리를 고스란히 전해 듣는 인조. 인조에게 슬픔, 죄책감, 회한 등의 감정이 아프게 소용돌이치는가 싶었으나, 한순간 차가워진다.

(Ins.C)

고개를 똑바로 들고 자신을 보던 강빈의 눈빛.

S#5.   영랑집 내실 + 마당 / 낮

장현을 의원2에게 보이는 길채와 영랑. 마당을 서성이는 량음. 곧, 의원2가 진맥을 마치고 마루로 나오면, 따라 나오며 간절히 묻는 길채. 량음도 성큼 의원2 쪽으로 다가가면,

길채	어떻습니까?
의원2	...살았군, 살았어!
길채	...!!(벅찬 얼굴로 량음 보면)
량음	(역시 벅차서 울 것 같은 얼굴)
길채	헌데... 어째 우릴 알아보질 못합니다.
의원2	빗맞았는지 다행히 머리뼈가 상하진 않았어. 그러니 기다려 보세. 기억이 날 수도, 영영 기억 못 할 수도 있지만... 아무튼 살았어!

S#6.　영랑집 내실 + 마루 / 낮

장현이 아이처럼 순하게 앉았고, 이마 붕대를 갈아주는 랑음.

랑음　　이것 봐. 자꾸 손대니까 상처가 덧날 뻔했잖아.

장현　　이상하군. 나보다 어린 것 같은데, 왜 반말이지?

랑음　　(피식)

장현　　의원이야? 손재주가 좋은 것 같아서.

랑음　　나는 누구 때문에 배운 게 많지. 거문고도 배우고, 활쏘
　　　　기도 배우고, 툭하면 다치길래 상처 치료하는 법도 어
　　　　깨너머로 배웠어.

장현　　누구? 연모하는 여인이라도 있었어?

랑음　　(슬픈 미소... 이윽고 마무리 짓고) 되었다!

하고 장현과 눈을 맞추고 본다. 자신을 알아보지 못해 슬프지만, 한
편으론 이렇게 깨어나서 기쁜 눈빛으로 잠시 장현을 보는 랑음. 아
이처럼 순수한 장현의 눈빛과 애틋한 랑음의 눈빛이, 조금 오래 서
로에게 머문다. 장현, 이 사람은 누굴까... 하듯 랑음 보면,

랑음　　있잖아, 나는...(하는데)

그사이, 장현의 시선이 랑음의 어깨너머, 마당에서 탕약 다리는 길
채에게 옮겨진다.

장현　　저 여인은 누구지?

랑음　　다른 사람은 몰라도... 저분은 기억할 줄 알았는데...

장현   (답답한 듯 절레...) 기억이 안 나. 헌데...

이마의 땀을 닦으며 탕약에 부채질하고, 소반을 준비하는 등 움직이는 길채를 보던 장현에게 다정한 미소가 뜬다.

장현   재미있어. 저 여인을 보는 거...

무슨 표정을 지어야 할지 모르겠는 량음. 이제 인정했지만, 들을 때마다 아프다. 이윽고 길채가 탕약을 받치고 다가오면, 량음, 자리를 비켜주고.

S#7.   영랑집 마당 / 낮

마루에 앉아 길채가 건넨 탕약을 마시는 장현. 쓴 내색을 하자, 길채, 얼른 정과 하나를 넣어준다. 장현, 아이처럼 받아먹다가 문득,

장현   헌데... 내게 왜 이리 잘해주십니까?
길채   나리께서 제게 해주신 것에 비하면... 이 정돈 아무것도
        아니지요.
장현   내가 그대에게... 좋은 사람이었소?
길채   (눈물이 나려는 것을 누르며) 좋기만 했을까요?

장현, 무슨 말이지... 의아해하며 잠시 길채 보다가 문득 저편에 시선 간다. 보면, 마침 마당 나무 아래, 조금은 쓸쓸한 표정으로 선 량음의 뒷모습.

장현	저 청년... 량음이라고 했나? 내가 알던 이랑 이름이 같군.
길채	...?
장현	데리고 있던 종 이름이 삼도였어. 휘파람을 잘 불기에, '량음'이라... 애칭을 지어줬거든. 헌데.. 저 사내 이름도 량음이라고?
길채	삼...도?
장현	응. 량음은 분명 삼도에게 내가 지어준 애칭...(하다 머리가 지끈, 다시 두통을 느끼며 미간을 찌푸리는데)

S#8.　청나라 각화 침전 / 밤

생사를 알 수 없는 장현을 생각하며 눈시울이 붉어진 각화. 곧 용골대가 들어오는 기척. 각화, 눈물기 쓱 지우고 차분한 얼굴로 용골대를 맞으면,

용골대	(착, 읍하며) 전하를 뵈옵니다!
각화	이장현 소식... 들은 거 있나?
용골대	...?!!
각화	조선에서, 세자의 사람들을 모조리 숙청하고 있다는 게... 사실이야?

S#9.　소현 침전 / 아침

텅 빈 소현의 침전. 소복을 입은 강빈이 핼쑥해진 얼굴로 소현이 누웠던 자리에 앉아 소현의 베개를 품에 안는다. 강빈, 소현을 그리

며 가만... 베개를 쓰다듬는데, 툭, 베갯잇 사이에 끼워져 있던 서한
떨어진다. 놀라, 문 쪽을 살피더니 얼른 서한을 여는 강빈. 곧, 강빈
의 손이 떨리고 눈이 커진다. 그 위로 소현의 음성.

소현(N)　　　　장현 보아라!

S#10.　　　**영랑집 내실 / 낮**
소현의 부름에 답하듯 화면 가득 등장하는 잠든 장현의 얼굴. 다시
움찔거리는 장현의 미간, 짧게 휘몰아치는 기억의 조각들.

- '현아!!' 부르는 이단의 음성.
- '애칭을 지어주마, 량음!' 하던 어린 현의 목소리.
- 꽈지직... 얼음강 깨지는 소리.
- '아버지!!!!' 절규하는 어린 현.

S#11.　　　**배당리 길채집 / 낮**
길채, 반닫이를 열어 다급하게 면목 수건, 속옷 따위들을 챙기며,

길채　　　　며칠 집을 비울 거니까... 사람들이 물으면 본가 갔다고 해.
종종이　　　이역관 나린... 무사하시죠? 저, 구잠이 소식은...(하는데)

문득, 반닫이에서 반지를 넣었던 함을 발견하는 길채. 열면 길채의
은가락지 하나뿐. 길채, 품에서 장현이 놓친 은가락지를 꺼내 나란

히 넣어 마저 보자기에 싸는데,

민상궁(E)　　계시는가?

길채　　　　...?!!

S#12.　　배당퇴 길채집 마당 / 낮

길채가 나와 보면 민상궁이다! 초췌해졌으나 애써 태연한 듯 꾸미
는 기색으로 미소 지으며 길채 보는 민상궁.

길채　　　　...?!!

CUT TO

마당 일각에 마주 선 길채와 민상궁.

민상궁　　　이혼당하고 어렵게 살고 있단 말은... 들었네. 왜, 세자
　　　　　빈께 도움을 청하지 않았는가?

길채　　　　오랑캐 묻은 계집이라 손가락질당하는데, 세자빈께 알
　　　　　은 체를 하면 폐가 될까 해서...

민상궁　　　(잠시 뭔가 생각하더니) 자네, 심양에서 역관 이장현과
　　　　　가까이 지냈었지? 혹 지금도 그자와... 왕래하는가?

길채　　　　(순간 경계하는 빛! 얼른 안색 감추며) 그럴 리가요. 조
　　　　　선에 돌아온 후론, 본 적도 없습니다.

민상궁　　　그래...(하더니 들고 온 비단 보자기를 건넨다) 패물을
　　　　　좀 챙겨왔네. 세자빈께서... 자네가 곤궁하게 사는 것을

들으시곤 보내라 하셨어.

길채   (화들짝 밀어내며) 됐습니다!

민상궁   원손을 구해준 값이야! 세자빈께서 특별히 보내시는 것
이니...(어쩐지 의미 있게 길채 보며) 꼭... 간직하시게!

길채   ...?!!

민상궁   허면...(하고 가면)

길채   (가는 민상궁을 당황스레 보는데)

S#13.   조선 편전 / 낮

아들을 잃은 슬픔 가득한 인조의 얼굴이 화면 가득. 인조, 이 순간
만큼은 진실로 슬퍼 보이는데, 김류의 음성 들린다.

김류(E)   전하, 아직 선세자가 누웠던 자리가 식지도 않았으나...

인조   (무슨 소릴 하려구... 하듯 보면)

김류   이제 원손을 세손으로 세워...(하는데)

인조   (순간 슬픔은 온 데 간 데, 안색이 식는다) 세손을 세우라?

김류   예, 전하... 사직의 중한 자리를 어찌 비울 수 있겠나이
까? 하오니...

인조   (쓴 미소) 벌써부터 원손에게 아부하고자 하는가?

대신들   (서로 당황스런 눈빛 교환하고)

연준   (어찌 저런 생각을? 하는 듯 보는데)

S#14. 내사옥 / 밤

내사옥 안, 묶여있는 한 궁인, 진생. 진생, 덜덜 떨며 앞을 보면, 진생을 내려보는 이, 만해다. 옆 내사옥에서 들리는 다른 나인들의 비명 소리에 진생, 더욱 겁에 질리는데...

만해 너는 세자빈이 궁에 흉물 묻은 것을 알고 있지?

진생 (절레절레...) 저, 저는...(다시금 들리는 비명에 흠칫 떨면)

만해 무섭지? 그래... 무섭구나...

진생 (덜덜 떨면)

만해 그저 본 대로 들은 대로 말하면 된다. 저들처럼 고통스레 죽을 셈이냐? 아니지... 죽기를 다짐한다면, 너 혼자 죽을 수 있는 것도 아니다. 늙은 부모와 어린 여동생 생각을 해야지...

진생 ...?!!

S#15. 조선 편전 / 낮

대신들이 일벌했고, 인조, 차분하지만 위압적인 눈빛으로 대신들 내려보더니,

인조 세자빈이 불미한 일에 연루되었어. 헌데 그 자식을 어찌 세손으로 세우겠는가? 하여... 일단 세자빈을 멀리 내쳐 화근을 없애고자 한다.

뜻밖의 인조의 말에 당황하는 김류 등 대신들과 연준 등의 간관들.

다들 무슨 말을 해야 할지 주저하는 분위기인데, 연준이 용기를
낸다.

연준   전하, 혹 세자빈이 웃전을 저주했다는 풍문 때문에 내
      치고자 하시옵니까? 하오나 증좌도 없이 원손의 어미
      를 내치실 수는 없사옵니다!
김류   그렇사옵니다, 전하! 원손의 어미를 함부로 내치셔서
      는 아니 되옵니다.
연준   세자빈 또한 전하의 자식이온데, 어찌 쉽게 내치려 하
      시옵니까!!(하는데)
인조   증좌? 빈궁의 나인 진생이, 그간 세자빈이 궁 안에 흉
      물을 묻어 웃전을 저주한 사실을 자복했다.
대신들 (쿠쿵... 충격에 휩싸이고)
인조   일이 이 지경에 이르렀는데도 세자빈이 과인의 자식이
      라?(쾅!! 서안을 내리친다. 주먹 쥔 손마저 부들부들 떨
      며) 개새끼 같은 것을... 억지로 임금의 자식이라 부르
      다니...

으르릉... 소리가 들리는 듯한 인조의 강렬한 분노! 온몸이 뻣뻣해지
는 김류, 홍서봉, 심이웅 등 대신들과 역시 충격에 얼어붙는 연준.

S#16.   **장철집 사랑채 / 낮**
연준이 장철과 마주하여 절박한 마음으로 설득한다.

연준	처음 궁 안에서 흉물이 발견되었을 때, 후궁 조씨가 세자빈을 배후로 지목하였으나 최명길을 비롯한 대신들이 증거가 없다며 극구 세자빈을 보호해왔었지요. 헌데, 진생의 고변으로 판세가 완전히 뒤집어졌습니다. 이제, 세자빈을 비호하면 같이 역도로 몰릴까... 아무도 입을 열지 못하는 지경입니다. 스승님, 이런 때일수록 스승님께서...(하는데)
장철	만일... 진생의 고변이 사실이라면 어찌할 것이냐?
연준	...?!!
장철	세자빈이 만일 참으로 웃전을 저주했다면, 자식이 부모를 저주한 것이니... 그것은 강상에 관계된 일이요, 나라의 근본을 흔드는 일이다.
연준	...!!
장철	조선은 자식이 부모를, 아내가 남편을 섬기고, 신하가 임금에게 충성하는 나라다. 오랑캐가 이 땅을 유린해도 조선이 버틸 수 있었던 것은... 강상의 기강이 살아있었기 때문이야.
연준	...!
장철	사람들은 이제 오랑캐의 세상이니 예와 의리 따위 소용없다 여기지만, 우리는...(연준과 눈 맞추며) 아니 너와 나만은... 예와 의리로 무엇을 지킬 수 있는지... 알지 않느냐?
연준	...!!!

S#17.　인조 침전 앞 / 낮

침전 앞에 부복한 강빈이 목에 핏대를 세우며 인조에게 애원하고
있다. 그 뒤로 같이 부복한 채 역시 흐느끼는 정상궁 등 궁인들.

강빈　　　전하... 진생을 소인과 대질케 하여 주소서. 역모라니요,
　　　　　시해라니요!! 전하의 전복구이에 독을 타고, 전하의 처
　　　　　소에 흉물을 숨겨 저주하다니요!! 아니옵니다, 저들은
　　　　　아무 죄도 없사옵니다. 전하... 전하!!!(피맺힌 절규)

S#18.　인조 침전 / 낮

강빈의 절규가 인조의 침전에 고스란히 들려온다. 그 곁의 조씨와
김자점, 인조의 눈치를 살피고, 인조에게 또다시, 일전 소현의 말을
들을 때처럼 이해할 수 없다는 표정이 뜬다.

인조　　　감히 뉘 앞에서 저리 목청을 높인단 말이냐? 뒤에 따르
　　　　　는 무리들이 있는 게 분명해. 빈궁이 심양에서 모은 재
　　　　　물로 그자들의 환심을 샀을 것이다.
김자점　　그 자들이라 하오시면...?
인조　　　세자가 속환시켜준 포로들 말이다. 빈궁이... 그자들을
　　　　　믿고 저리 방자한 것이다.
김자점, 조씨　...!!
인조　　　(겁에 질린 얼굴로 식은땀을 쓱 닦으며 다급한 말투 되
　　　　　어) 이런 때에 기찰(자막: 범인을 체포하려고 수소문하고 행인
　　　　　을 검문하던 일)하는 일을 조금이라도 느슨히 할 수 없다.

좌우 포도대장을 불러 순라(자막: 밤에 궁중과 도성 둘레를 순시하는 것) 도는 일을 더욱 엄중하게 하여, 흉도들이 밤을 타 왕래하지 못하게 할 것이며, 병조판서에게 궁에 머물 것을 명하라. 또한 (김자점 보더니) 너는 호위청 (자막: 조선 시대 궁성을 경호하기 위하여 설치하였던 군영)에 입직토록 해!

김자점 예, 전하!!

인조 만에 하나(불안한 듯 번침 맞은 자국을 긁으며) 소홀한 틈을 타서 변이 발생하면 그때엔 후회해도 소용없을 것이다!

S#19. 삼엄해진 경비

- 궁 일각 / 밤

만해와 봉시 아래 늘어선 임오 등 내수사 노비 임오, 닝구친, 특재 등. 보면, 닝구친 등의 손에 쥐어진 장현의 화상!

만해 역도들의 수괴다. 이놈의 시신이 사라졌어. 살았다면 반드시 잡아야 할 것이고, 만일 잡는다면... 그 자리에서 죽여도 좋다!

임오 (의지를 불태우고)

닝구친 (불안해져서 장현의 화상을 보고)

- 궁 문 앞 / 낮

길게 늘어서서 궁 문 앞을 지키는 금군들.

순라를 도는 포졸1, 2가 일각으로 지나가면, 다른 골목에서 또 다른 포졸들3, 4, 5가 기민한 눈빛으로 순라를 돈다. 그들이 손에 들고 있는 장현의 화상. 화상 속 장현의 얼굴 바로 다음 씬 장현으로 연결되면,

S#20.　영랑집 마루 / 낮

이제는 마루에 멍... 넋을 놓은 표정으로 앉은 장현. 장현에게선 아무런 감정도 느껴지지 않는데, 또다시 찌잉... 하며 시작된 이명과 두통. 동시에 듣기 좋은 휘파람 소리. 휘이~~!

장현, 휘파람 소리에 천천히 저편을 본다. 휘파람 소리가 장현을 유인하는 듯, 담 너머에서 소리가 들리는 것 같다.

CUT TO

장현에게 줄 탕약을 들고 왔다 멈칫 서는 길채. 장현이 앉았던 자리가 비었다!

S#21.　길 일각 / 낮

휘적휘적 걷는 장현. 여전히 장현에게만 들리는 삼도의 휘파람 소리. 장현, 그 소리에 끌려가는데, 장현이 사라진 후, 그 자리에 나타난 길채.

길채   나리...(애타하며, 장현이 간 곳과 다른 쪽 길로 가고)

S#22.   길 일각 / 낮

드디어, 장현의 기억에서처럼 큰 나무가 보이는 길 일각에 당도한 장현. 바람이 불자 큰 나무의 가지들이 한곳으로 쏠리며 <u>스스스</u>... 부대끼는 소리를 낸다. 익숙한 풍광과 마주한 장현의 두통이 더욱 거세지고, 장현, 두통을 참으면서 큰 나무 쪽으로 한 걸음 옮기려다 멈칫 선다.

보면, 큰 나무 아래 홀로 선, 나이 든 사내의 뒷모습. 장현, 홀린 듯 사내에게 다가가려는데, 마침 저편에서 장현의 화상을 들고 기찰을 돌던 포졸들이 다가오고 있고, 막, 포졸들이 장현을 발견하려는 찰나, 왈칵 장현을 끌어당기는 이, 길채다. 그 와중에 포졸들, 무심히 지나가고.

길채가 장현을 끌어가는 사이, 나무 아래 섰던 사내, 장철이 돌아본다. 장철의 시선 끝, 길채에 잡혀가는 장현의 뒷모습.

S#23.   영랑집 마당 / 밤

장현을 끌어 마당으로 들어서는 길채. 자못 화가 났다.

길채   혼자 돌아다니시면 안 됩니다!
장현   (아이처럼 주눅이 들어) 내가 또 잘못한 게지? 미안해...

길채   그게 아니라...(하고 보면)

장현   (의기소침해져서 어깨를 늘어트리고 걷는 뒷모습이 마치 엄마에게 혼난 아이처럼 애처롭고)

길채   (이 모습을 안타까이 보다가 왈칵 뒤에서 안으면)

장현   왜, 왜 이러시오!!

길채   (더욱 꼭 안으며) 미안해하지 마셔요.(울컥) 고맙습니다, 살아주어... 고맙습니다.

장현   (떼어내려 애쓰며) 혼자 돌아다니지 않을 테니, 이것 좀...(하는데)

길채   싫습니다. 우린 이래도 되는 사입니다.

장현   뭐?

길채   아무 기억도 안 나신다면서요. 그러니 제 말을 믿으세요!

장현   ...!!

S#24.   영랑집 내실 / 낮

장현이 안으로 들어서면, 길채도 따라 들어오는데,

길채   보세요.

장현   (돌아보면)

길채   (댕기 건네며) 이제 이건 절대 잃어버리지 마세요.

장현   이게...(하며 엉겁결에 받으면)

길채   원래 있던 자리에 놓으셔야죠!

장현   원래 있던 자리라니...?(하는데)

길채	(댕기 확 뺏어 장현의 가슴팍 깊숙이 넣으면)
장현	뭐, 뭐 하는 거요? (화들짝 몸을 감싸 외로 돌리고 보면, 이미 길채는 나가고 없고)

S#25.　영랑집 내실 / 밤
짜증 가득한 장현의 표정. 보면, 장현과 길채가 실 놀이를 하고 있다.

장현	우리가 정말... 이런 유치한 걸... 하는 사이였소?
길채	그럼요! 어디 보자...(고심하다 실 넘겨받는데 꼬여서 엉키자) 에라이...(하더니 그냥 콱, 장현의 손을 잡는다)
장현	바, 방금 욕했소? 그리고...(확 손 빼며) 아까부터 자꾸 나를 만지고 그러는데, 본시 남녀칠세부동석...
길채	(엉킨 실 풀면서) 말씀드렸지 않습니까? 우린 이래도 되는 사입니다.
장현	...!!

S#26.　영랑집 마루 / 낮
마주 앉아 밥을 먹는 장현과 량음, 그리고 길채.

길채	(장현의 입에 고기를 넣어주려 하면)
장현	(량음 눈치 보며) 남사스럽게...
길채	제가 말하지 않았습니까? 우린 이래도 되는...(하는데)
장현	아, 아!! 알았어...(하곤 귀찮아 그냥 아... 하고 받아먹으면)

량음	(못마땅하여 끙... 어금니 꾹꾹 눌러 밥알 씹고)

S#27.   영랑집 마당 / 낮

장현, 빨래를 탈탈 털어 건네주면, 받아서 너는 길채. 이제 장현 또 빨랫거리를 잡으려는데, 길채, 주변을 살피다가 보는 눈이 없자, 쪽, 장현의 볼에 입을 맞춘다.

장현	(화들짝 경악하며) 미쳤소!!(주변 두리번) 벌건 대낮 에...!! 아무리 우리가 그런 사이였다고 해도, 이건 심하 지 않(소! 하려는데)
길채	(다른 볼에도 쪽!)
장현	(이제 양 볼을 잡고 어이없어 하며 보면)
길채	우린 원래 이랬습니다.(무심히 탈탈 털어 빨래나 널고)

S#28.   영랑집 내실 + 마당 / 저녁
- 영랑집 내실

장현과 길채가 오붓이 마주했다. 장현 앞에서 반지가 든 함을 열어 보이는 길채. 은근한 빛을 내는 은가락지 한 쌍.

길채	나리께선 마지막까지 이 반지를 손에 꼭... 쥐고 있었지요.
장현	내...가?(반지를 봐도 생경하고) 기억을 못 하니... 짐스 럽지?
길채	(수많은 감정이 몰려와 애틋해진다. 반지를 다시 함에

넣으며) 솔직히 말씀드릴까요? 전 오래전부터, 나리와
유치한 농이나 하고, 저녁거리 걱정이나 하며 시시하게
지내길... 아주 간절히... 바래왔습니다.

장현   ...?

길채   해서 어쩌면 지금이... 제가 나리와 보낸 가장 행복한
시간이지요.

장현   허면... 내가 영영 기억을 못 해도... 날 버리지 않을 셈
인가?

길채   제가 나리를... 버려요?(잠시 보다 애틋한 눈물이 맺히
더니) 지켜보셔요. 이제 전 죽더라도... 나리 곁을 떠나
지 않습니다.

- 성랑집 마당

밖에서 서서 길채와 장현의 대화를 듣는 량음. 길채의 절절한 진심
이 전해져, 쓸쓸해지면서도 마냥 미워할 수만은 없는 복잡한 기분.

량음, 섬돌 위에 놓인 장현의 신발을 가지런히 놓고 가려다, 그 옆
길채의 신발도 가지런히 놔주고.

S#29.   성랑집 마루 / 밤

달이 두둥 떴다. 나란히 앉아 행복하게 장현의 어깨에 머리를 기댄
길채.

길채   이대로... 시간이 멈췄으면 좋겠어요.

순간 장현의 미간이 좁혀진다. 두통과 함께 떠오르는 낯선 여인의
음성. 각화다!

각화(E)　　무서워. 난 한 번도... 아버지 없는 세상을 살아본 적이
　　　　　　없어. *(16부 2씬)*

S#30.　길 일각 / 낮

천천히 이동하는 청인들의 행렬. 보면, 선두의 용골대와 호위병들
그리고 호위병의 복장은 아닌 한 사내의 뒷모습.

이제 그 사내의 얼굴이 보인다. 사내로 분한 각화다! 저만치 조선
궁이 가까워지고 있다. 각화, 새삼 비장한 표정이 되어,

각화(N)　　이장현, 널 데리러 왔어.

S#31.　조선 대전 앞 / 밤

달을 덮은 희뿌연 구름. 탁해진 달빛 아래 단상 위에 놓인 짐승의
시신, 시신에서 뚝뚝... 떨어지는 피. 하얀 백자 그릇이 그 피를 받아
내고 있고, 이윽고 피가 담긴 대접을 손에 드는 이, 한치의 동요 없
이 단호해진, 해서 그 어느 때보다 카리스마가 넘치는 인조다.

회맹제가 이루어지는 대전 앞. 인조가 피로 입술을 축인 후, 대신들
에게 넘기면, 최명길, 김자점, 김류, 홍서봉, 심이웅 등등 대신들도

각기 입을 축이고 돌리는데, 욕지기를 누르는 각각의 표정. 그 모습을 집요한 눈빛으로 보는 인조.

인조	(봉시가 내민 면목으로 쓱 입을 닦더니) 회맹제는 신하가 임금에게 충성을 맹세하는 자리다. 오늘 우리는 한 피를 나누었다.
대신 일동	(무거운 공기)
인조	강씨가 큰 소리로 발악하기에 처음에는 몹시 이상하게 여겼으나, 이제 생각해보니, 필시 뒤에 후원하는 무리를 믿고서 그런 것이다.
대신들	...!
인조	광해 때의 일을 생각해보라. 적은 반드시 가까운 곳에 있을 터이니... 만일 역적의 변란이 갑자기 일어나 나라가 망하기라도 한다면 어찌할 것인가?(선언하듯) 강씨를 폐출하여 옛집에서 사사하고, 강씨를 후원하는 자들을 샅샅이 뒤져 척결하라!

그 위로 고신당하는 나인들의 고통스러운 비명 소리.

S#32.　　내사옥 안 / 낮

한바탕 고신이 지나고, 잠시 멈춘 시간. 나장들은 자리를 비운 듯, 오직 형틀에 매어진 민상궁과 궁인들뿐. 궁인들, 이미 만신창이가 되었고, 이윽고 민상궁이 입을 연다.

민상궁	고통스러운 것을 안다.
궁인들	(가느다랗게 흐느끼기 시작하고)
민상궁	허나, 우리가 진생처럼 세자빈께서 역모를 꾀했다 고하면,(눈물 그렁) 우리가 자식처럼 길렀던 원손과 제손(자막: 원손의 아우) 아기씨까지 죽는다.

다시 나장을 비롯한 내관들이 들어오자, 나인들, 두려움에 더욱 크게 흐느끼는데,

민상궁	(비장한 얼굴로 앞을 직시하며) 계일아, 애향아, 난옥아.... 다음 생에 우리 또 만나자. 다음 생엔... 내, 원손 아기씨가 아니라...(울컥) 너희를 위해 죽으마!

S#33. 강빈 사가 내실 / 낮

사약을 받고 죽어가는 강빈. 으으으... 바닥을 기어 다니며 고통을 감내하고 있는데, 한순간, 소현의 환영이 보인다.

강빈	저하...
소현	(강빈을 슬프고 애틋한 눈빛으로 보고)
강빈	(두 팔을 벌려 품을 연다) 오셔요...

소현이 전처럼 강빈에게 와서 안기고, 진짜로 살아 돌아온 소현을 만난 듯 벅찬 얼굴로 소현을 꼭... 안는 강빈.

CUT TO

그대로 바닥에 엎디어져 숨을 거둔 강빈.

S#34.   최명길 처소 / 낮

병석에 누운 명길이 끙... 누군가의 부축을 받으며 일어선다. 김상
헌이다.

김상헌   (핼쑥해진 명길 보곤 마음이 아파져) 어찌... 이리 상했
          는가?

최명길   (흐흐... 자조 섞인 쓴 미소 지으면)

김상헌   (그 표정 읽더니) 지난 일을... 후회하시는가?

최명길   (발끈) 후회라니! 내가 병자년에 오랑캐와 화의하도록
          앞장선 것은, 오직 조선의 사직을 위한...!!(하는데)

김상헌   우리 전하를... 임금으로 세운 일 말이네. 후회하시는가?

최명길   ...?!!

김상헌   자네가 김자점, 김류와 손잡고 능양군을 보위에 올렸
          지. 아무도 능양군이 반정을 꾀할 거라 생각 못 했어.
          유순하고, 겁이 많았거든. 헌데, 이제 보니 우리 임금은
          승부사야. 생명의 위협을 느끼자 그 누구보다 기민해졌
          거든. 그때의 능양군은 아무도 막을 수 없었지. 지금도
          마찬가지야. 우리 임금이 생명의 위협을 느끼고 있어.

최명길   ...!!

김상헌   살아도 죽는 길이 있고, 죽어도 사는 길이 있어. 병자년
          에 우리는... 오랑캐와 끝까지 싸웠어야 했어. 허면, 우

리 전하가 저리 망가지지 않았을 테고, 그랬다면...

최명길	그 말을 하려고 오시었소!!
김상헌	(눈시울 붉어져서) 무서워서 왔네.
최명길	...?
김상헌	이 나라가 과연 어찌 될지... 무서워. 그래도 이런 속내를 풀어 놓을 곳은... 자네뿐이더군.
최명길	...!!

S#35. 궁 일각 / 낮

궁 연못 일각, 후궁 조씨가 연못에 물고기 밥이라도 주고 있고, 대여섯 걸음 떨어진 곳에서 인조와 김자점이 마주했다.

김자점	강적(자막: 강씨 성의 도적. 세자빈 강씨를 이르는 말)이...(잠시 잔인한 말 전하기 민망하여 망설이다) 약을 먹었으나 바로 죽지 못하고, 이틀 동안 앓다 겨우 숨통이 끊어졌다 합니다.
인조	강적의 무리들은 색출하고 있겠지? 역관들이 의심스럽다. 역관들이야말로 청인들과 가깝게 지내던 자들이 아니냐? 심양에서 세자와 어울렸던 역관들의 뒤를 모두 캐도록 해.
김자점	예, 전하!
인조	사대부의 기색은 어떠한가? 최명길은? 명길이 끝끝내 강씨를 비호하는 것이 수상해.(순간 번뜩) 혹... 최명길이 허튼 마음을 품고 있는 것은 아니겠지?

김자점   (숙인 고개 아래, 최명길마저 의심하다니... 하는 눈빛)
        ...!!

그리고 한참 떨어진 곳에서 인조를 보는 시선, 최명길이다.

최명길   (뭐라 형언할 수 없는 복잡한 표정으로 인조 보다가)
        내... 이런 꼴을 보자고, 나라 팔아먹은 소인배 소릴 들
        어가며 전하를 지킨 것이 아니건만. 허나...(피식...) 어
        쩌면 이것도 내 운명이지.(돌아서 가며 혼잣말) 이제
        그만... 쉬고 싶어. 이제 그만...

명길, 쿨럭거리며 쓸쓸히 가고. 명길의 외로운 뒷모습 아래로 자막
오른다.

자막   **최명길, 노환으로 사망. 향년 62세.**

S#36.   영랑집 내실 / 밤

장현이 아이처럼 순한 표정으로 길채에게 맨 등을 보이고 앉았고,
길채가 장현의 등 상처에 약을 발라주고 있다. 길채의 손이 닿을
때마다 몽글... 한 기분이 드는 장현.

길채   나쁜 놈들, 사람 몸을 이리 만들다니. 담에 길 가다 마
        주치면 머리털을 몽땅 뽑아버릴 거예요!!

장현   (길채가 흥분하는 사이, 장현의 온 신경은 길채의 손끝

에 몰려있다. 연고 지나간 자리마다 움찔, 움찔하다가)
응... 머리털? 응...

길채 이제 돌아보셔요.

장현 (조금 상기된 얼굴로 몸을 돌려 길채와 마주하면)

길채 (이제 웃가슴에 연고 바르며) 그래도 잘 아물고 있어서
천만다행입니다.(하며 이제 점점 아랫배 쪽으로 손길
이 내려가자)

장현 (점점 벌게지더니 결국 참지 못하고 턱, 길채 손잡아 막
으며) 됐... 됐습니다!

길채 왜요? 여기도 약을 발라야...(마저 바르려는데)

장현 (버럭) 됐다니까!!!

길채 (그제야 화들짝, 놀라 보면)

장현 (거칠게 저고리 입으며) 담부턴 약도 내가 바를 테니...
놓고 가시오.

길채 예? 약은 제가...(하는데)

장현 내가 다 알아서 한단 말입니다!! 그리고 이젠, 원래 이
런 사이 운운... 듣고 싶지 않아! 그러면서 자꾸 만지고
그러면 내가, 나도!!(뭐라 말해야 할지... 끙끙거리다)
아무튼 다시는...(하고 보면)

길채 (원망스러워 자기도 모르게 눈물이 그렁)

장현 아니 내 말은...

길채 (눈물 훔치며 뛰쳐나가고)

CUT TO

푹... 고개를 숙이고 앉은 장현. 내가 너무 심했나... 그때, 장현의 시

선 끝, 은가락지가 든, 함 보인다.

S#37.　**성랑집 마당 / 밤**

마루에 앉은 장현. 혼자서 반지가 든 함을 열더니 은가락지 하나를
들어 제 손가락에 끼워본다. 반지 끼워진 손을 들어 이리저리 보다
가, 작게 고개를 젓고 다시 함에 넣으려는데, 반지를 놓쳐버리고.
저만치 데구르르... 굴러가는 반지. 장현, 반지를 쫓아 따라가는데,
한순간, 또다시 이명과 함께 재생되는 기억.

- **내사옥 /** 장현의 품에서 떨궈져 떼구르르... 굴러가는 반지.
- **내사옥 /** 쓰러진 장현, 반지를 겨우 손에 쥐고 기절했던 순간,
　　　　　　 그 위로 만해의 음성. '혹, 세자의 명을 받았는가?'
- **궁 일각 /** 피투성이가 된 장현에게 길채가 눈빛으로 '지켜줄게요'
　　　　　　 말하던 순간!

S#38.　**성랑집 마당 / 밤**

길채가 시무룩해진 얼굴로 마당에 나섰다가 멈칫 선다. 보면, 마당
저편 장현의 위태로운 뒷모습. 길채, 의아하여 조심히 다가가면, 이
윽고 장현이 돌아보는데, 손에 반지가 들려있다.

장현　　　(잠시 반지를 보다가 이윽고 고개 들어 길채를 보더니)
　　　　　　 내가 그사이... 풍 맞을 짓을 하진 않았지?

길채　　　나...리...?

| 장현 | (와락, 길채의 허리가 휘도록 껴안더니) 미안해. 내가... 늦었지... |
| 길채 | (장현의 품에서 왈칵 눈물 터지는데) |

장현, 더욱 길채를 부스러져라 껴안으면, 길채, 세상에서 가장 행복한 여인이 되어 장현의 품으로 파고드는데, 다음 순간, 길채를 안은 채, 복잡한 표정 되는 장현.

| 장현 | 헌데... 세자 저하는 어찌 되었습니까? |
| 길채 | ...?!! (안색 식는다. 어쩐지 불길한 예감에 사로잡히고) |

S#39.　길 일각 / 낮

강적에 대한 방문이 붙은 거리. 방문 앞에 서서 보는 행인 대여섯. 그리고 떨어진 일각, 갓을 낮게 쓰고 이를 지켜보는 이, 장현이다.

'강적과 어울린 무리를 고변하는 자에게는 큰 상을 내릴 것이며, 숨겨주는 자는 역모의 률을 들어 용서치 아니할 것이니...'

장현, 결국 이렇게 되었는가... 비감해져 고통스런 한숨을 뱉으며 돌아서면, 장현 앞에 서 있는 이, 량음이다.

량음	(잠시 장현 살피다) 나도... 알아보겠어?
장현	(그저 보고)
량음	(그럼 그렇지... 하는 맘이 되어 애써 미소 지으며) 난...

기억 못 하겠지...(하는데)

장현   (곧 배실...) 만고절창 량음... 내 목숨보다 소중한 아우.

량음   (울컥... 하여 와락 장현을 안으며) 형님...!

장현   (그런 량음을 역시 단단하게 마주 안아주고)

S#40.   길 일각 / 낮

냉정해진 얼굴로 걷는 장현, 그리고 나란히 걸으며 조금 조심스레
말 전하는 량음.

량음   그간... 세자 저하의 일을 전하께 낱낱이 고해온 자가
             있는 것 같아.

장현   ...!!

S#41.   궁 내실 / 낮

만해와 마주한 언겸. 언겸, 그사이 매우 초췌해졌다.

언겸   그만 내시부를 떠나고 싶습니다.

만해   (끌끌... 하더니 함을 꺼내 열어 보이면 안에 큼직한 금
             덩이. 뚜껑 닫아 내밀며) 그만둘 생각일랑 말고, 가서
             요양이나 하다 오게.

언겸   (의아하여) 이걸... 내게 왜?

만해   왜긴. 너는 받아도 된다. 니 덕에...(씩... 미소) 강적의
             무리들을 미리 잘라낸 것이 아니냐.

언겸	(벌떡 일어서며) 무슨 소리요!!!
만해	고생 많았다. (어깨 토닥하고 나가면)
언겸	(얼음장처럼 굳은 채, 머리가 와장창 깨지는 듯한 충격에 사로잡히고)

S#42.　길 일각 / 저녁 (40씬 연결)

장현	(당혹스런 표정 되어) 세자 저하의 일을 고한 자라니?
랑음	표언겸이... 심양에서 종종 비밀스런 장계를 올려 보냈다더군. 해서 전하께서도 표언겸이 올린 장계는 대신들이 보지 못하게 하셨대.
장현	누가 그딴 소릴 해?
랑음	... 표언겸이.
장현	...?!!
랑음	표언겸이 널... 만나고 싶어 해.
장현	(으으으... 배신감에, 낮은 신음을 뱉으며 무릎을 짚고 마는 장현. 이윽고 눈을 드는데, 그 눈빛에 서슬 퍼런 칼날이 섰다)

S#43.　기와집 내실 / 낮

백발 성성한 노인이 와구와구 닭백숙을 뜯고 있다. 나이가 들었으나 식욕만은 왕성한지, 듬성한 치아로도 욕심스레 먹는 노인. 그 앞, 벽에 등을 기대고 앉은 채, 망연히, 슬픈 표정으로 보는 이, 언겸이다.

언겸	어머니는 어린 나를 궁에 보내고 평생을 호의호식하였 으니... 아들을 고자 만든 보람이 있소.
어머니	(고기 뜯다 멍하니 보면)
언겸	(잠시 복잡한 눈빛) 앞으로도 먹고사는 일은 지장 없게 하리다.

하고 나가면, 언겸의 어미, 왜 저래... 하고 봤다가 다시 열심히 고기 뜯고.

S#44.   초가 외경 / 낮

산속, 한 칸짜리 작은 초가 앞에 당도한 장현. 냉혹해진 장현, 신을 신은 채로 올라서서 발로 문을 걸어차는데, 다음 순간 안색 변한다. 보면, 피를 토하며 고통스레 바닥을 기고 있는 언겸. 널브러진 사약 그릇과 언겸이 토한 피로 범벅된 바닥.

언겸	(장현 보더니 피실 미소) 왔는가...(하다 쿨럭, 다시 피 를 쏟고)
장현	이 무슨!!
언겸	(킬킬) 세자빈께 내렸던 사약과 같은 것을 마셨지. 약 이 순하여... 세자빈 마마께서도 이틀 밤낮을 고통스러 워하셨다지.
장현	이런다고 니 죄가 씻어질 것 같아? 의원을...!!(하며 나

가려는데)

언겸   (장현 잡으며) 늦었어. 이제 소용없어.(잠시 장현 보더
       니) 우리... 처음 만난 날... 기억하는가?

(Ins.C)   **5부 35씬**

장현   *왜 다들 거룩하게 죽기만을 다짐하시오!*

(Ins.C)   **5부 43씬**

언겸   *(장현에게 찰싹 붙어) 날 지키는 것이 세자 저하를 지*
       키는 일이네!

언겸   (피식...) 내, 자네를 한눈에 알아봤지. 자네라면 날 지
       켜줄 줄 알았어. 나도, 세자 저하도... 자네라면...(하며
       눈시울이 더욱 붉어지고)

장현   그런 사람이... 저하를 배신해?(하는데)

언겸   그것이 저하를 살리는 길인 줄 알았어. 세자께서 청황
       제 앞에서 얼마나 잘 해내고 계신지, 얼마나 포로들을
       근심하시는지... 낱낱이 알려드리고 싶었어. 내가 속았
       어. 저들이 날... 속였네. 저들이 날...(북받쳐 흐느끼다
       가 쿨럭쿨럭 기침을 하면서 피를 쏟고)

장현   ...!!

이윽고 언겸, 끙... 일어서서 궁 쪽을 향해 절하더니, 부복한 채 어깨
를 들썩이며 흐느낀다. 이 모습을 복잡한 눈으로 보는 장현. 언겸,
다시 일어서려다가 쓰러지면, 이번엔 장현이 얼른 부축하는데, 마

지막 힘을 쥐어짜서 장현을 올려보는 언겸, 입을 움찔움찔... 한다.

장현　　(언겸에게 다가가면)

언겸　　(장현의 귀에 뭐라 속삭인다)

장현　　(듣고선 놀라 눈 커져 언겸 보면)

언겸　　(핏발선 눈으로 장현을 보다가, 당부한다는 듯 장현의
　　　　　옷깃을 꾹... 쥐는가 싶더니 툭, 손 떨구고)

장현　　...!!

S#45.　동장소 / 낮

가지런하게 누운 표언겸의 시신. 그 앞에 무릎을 꿇고 단정하게 앉
은 장현.

언겸(E)　　세자 저하의 시신... 시신의 모든 구멍에서 검은 물이
　　　　　흘러나왔어... 부디 그 한을 풀어주시게...

(Ins.C)

흙처럼 검은 세자의 시신, 코와 귀에서 흘러나오는 검은 핏물

장현, 먹먹해지고, 또다시 떠오르는 언겸의 말.

언겸(E)　　*저하께서 자네에게 남긴 서한이 있네.*

장현, 표언겸의 시신 위로 하얀 면목을 덮어주고.

S#46.   인조 침전 / 낮

인조에게 조씨가 차를 따르고 있는데, 인조 일전과 달리 병색이 완연히 호전되었다. 안부를 묻는 김류와 김자점, 심이웅 등.

김류	전하, 요즈음 병세는 어떠하신지요?
인조	(담담하게 차 마시며) 증세가 이미 나았다.
조씨	(대신들 꾸짖듯) 그대들마저 강적의 흉악함을 믿지 않아 전하께서 화증이 나셨소. 다행히 진생의 고변 덕에 강적의 죄악이 만천하에 드러나, 전하의 옥체가 보존된 줄 아세요!!
대신들	(후궁 따위가 큰 소리야... 하듯, 저마다 못마땅한 마음을 숨기는데)
인조	(흠... 찻잔 내려놓으며) 궁인들의 기색은 어떠하냐?
조씨	궁인들 기색 따위 신경 쓰지 마셔요. 쓸데없는 소문이야 나불거리지요. 강적이 빼돌린 애기씨가 있다는 둥, 강적의 유서나 세자가 졸서하기 전에 남긴 서한 따위...(하는데)
인조	(기민하게 포착한다) 서한... 이라니?
조씨	(대수롭지 않게) 세자가 죽기 전에 서한을 써서 남겼다는 소문이 있긴 하오나 본 사람도 없으니 헛소문...(하는데)
인조	(으으... 낮지만 신음처럼 뱉는 말) 서한을 찾아라.
조씨, 대신들	(당황하여 보면)
인조	(그제야 부르르... 터지며) 서한을 찾아, 당장!!!(하얗게 질려 두려움에 떨며) 동궁이 필시... 청을 끌어들이

려 서한을 쓴 것이다. 이를... 이를, 어쩌면 좋으냐?

S#47.   소현의 서한을 찾는 납생 등

- **소현 침전 /** 봉시가 지켜보는 가운데 궁인들이 소현 침전을 발칵
  뒤집어 뒤진다.
- **궁인들 처소 /** 궁인들을 끌어내고, 궁인의 침전을 뒤지고.
- **궁 일각 /** 정상궁을 비롯한 궁인들을 끌고 가는 내관들. 정상궁,
  억울한 눈빛으로 획 고개 돌려 보면, 일각에 선 만해,
  정상궁을 차갑게 지켜보고.

S#48.   인조 침전 / 낮

망연한 얼굴로 앉은 인조. 그 앞에 부복한 김자점과, 옆에서 안절부
절한 조씨.

인조	서한은 아직인가?
김자점	예, 전하. 샅샅이 뒤지고 있사오나...(하는데)
인조	(곧 먼 시절을 더듬는 듯한 얼굴 되더니) 참... 이상하지? 내가 반정을 일으킨 것은... 내 아들을 지키기 위함이었어.
김자점	...?!!
인조	광해가 왕족들을 의심하다 결국 내 아우까지 죽였지. 내 차례가 오는 것은 시간 문제였다. 내가 죽는 것은 어찌할 수 없다만... 내 아들을 죽게 할 순 없었지. 해서 겁 많던 내가... 아들을 지키기 위해, 용기를 내어 반정을

일으켰어. 헌데 내 아드님이... 이제 날 망하게 하려 하다니...

S#49. 장철집 앞 + 길 일각 / 낮

어딘가를 복잡한 눈빛으로 보는 장현. 보면, 장현의 시선이 향하는 곳, 장철의 집 앞이다. 이윽고 안에서 필함 따위를 옆구리에 낀 장철이 나와 일각으로 가면, 천천히 그 뒤를 따르는 장현. 장현에게 떠오르는 장철과의 기억.

(Ins.C) 장철집 사랑채 / 낮

어떤 일인지 넋이 나간 얼굴로 어린 장현을 꼭... 안은 장철.
장철, 비통한 와중에도 정신을 붙들며 굳은 다짐의 말을 뱉는다.

장철　　　현아... 나는 너를 지킬 것이다.
　　　　　　이 애비가... 너만은 반드시 지킬 것이다!

오래전 장철과의 한때를 생각하며 눈시울 붉어지는 장현. 그때, 장철이 옆에 끼고 걷던 필구함을 놓쳐 붓 따위가 사방에 흩어진다. 장철이 끙... 느리게 몸을 굽혀 줍는데, 돕는 손, 장현이다.

장철　　　고맙네.(했다가 갓으로 반쯤 가려진 장현을 보며)
　　　　　　우리... 본 적이 있던가?
장현　　　...
장철　　　내 서원에서 수학한 적이 있는가?

장현	(극심한 동요. 하지만) 없습니다.(하고 가고)
장철	(어쩐지 찜찜한 뒷맛이 남는데)

S#50.　한양 우심정 내실 / 밤
(Ins.C)　*어둠에 잠긴 한양 우심정 외경.*

우심정 내실에 장현과 량음, 영랑이 마주했다.

영랑	제가 계속 뫼시고 싶었는데.
장현	아니야. 네 집에 계속 머물면 너에게 화가 미친다. 여기 우심정이 내 집이야.(하고 웃으면)
영랑	후궁 조씨가 대신의 첩실들에게 한 달에 한 번 상납받듯이 비단과 패물을 받습니다. 오늘이 그날이지요. 그러니 제가 오라버니를 몰래 궁에 들일 순 있지만, 오래 머물 수는 없습니다.
장현	고맙다, 영랑아.
영랑	고맙기는요. 제가 누구 때문에 살아있는데.(훌쩍... 하다가) 그럼 어서 채비하십시오!(하고 일각으로 나가면)

이제 장현과 량음, 일전 쿠틀러로 변복할 때처럼 짐꾼 차림 저고리를 입는데, 장현이 옷고름 맺는 것을 또 버벅거리자,

량음	(옷고름 매주며) 또또... 서두른다.
장현	(예전 생각나는지 피실...)

량음	(마주 피식 웃다가 곧 근심으로 안색 굳어지며) 지금 사방에서 널 찾고 있는데... 궁에 니 발로 들어가겠다고?
장현	너도 갈 거잖아.
량음	(피실...)
장현	(웃음기 지우곤) 후궁 조씨보다 먼저 서한을 찾아야지.
량음	왜... 후궁 조씨가 세자의 적이라고 생각해? 어쩌면 세자 저하를 가장 경계한 이는 주상 전하...(하는데)
장현	(화난 사람처럼, 단호하게) 그럴 리 없어!
량음	...?
장현	그럼... 세자가 너무 가여워지잖아. 세자 저하는 전하를, 아버지를... 사랑했어!(나가버리고)

S#51.　우심정 마당 / 밤

장현과 량음이 나서면, 조금 화난 듯한 얼굴로 서 있던 길채, 장현 앞을 막아선다.

길채	가지 마세요. 이제 와 되돌릴 수 있는 것은 아무것도 없으니 그만두세요!(량음 보며) 너도 말리지 않고 뭐해!
량음	(역시 길채에 동조하는 표정으로 장현 보는데)
장현	되돌릴 수 있는 일은 없지. 그래도... 직접 알아봐야 할 게 있어.
길채	도대체 누굴 만나서 뭘 알아본단 말입니까?(하는데)
장현	(잠시 길채를 보더니 가만 길채의 양팔을 잡고 다독인다) 이 일을 해결하기 전엔, 난, 맘 편하게 당신 곁에서

웃을 수 없어. 그건... 당신도 알 테지.

길채	(...!! 차마 아니라 말 못 하고)
장현	그러니, 내가 무사히 돌아올 거라... 믿어줘.(길채 눈을 다정하게 들여다보며) 나... 믿지?
길채	(흔들리는 눈빛)
장현	그럼 다녀오리다.(가다 말고 문득 돌아보며 씨익~) 살 쏘지 말라구!
길채	(피식... 웃다가 다시금 불안해지는데)

S#52. 궁문앞 / 밤

영랑 뒤로 짐꾼이 되어 따르는 장현과 량음이 궁 문 앞에 이르면, 문지기, 길을 열어주고, 궁 안으로 들어서는 장현과 량음.

S#53. 궁 일각 / 밤

궁, 은밀한 일각에서 헤어지는 영랑과 량음, 장현.

| 영랑 | 꼭 약속된 시간까지 여기로 오셔야 합니다. 요즈음 전하께서 궁 경비를 엄하게 하셔서 홀로 다니는 외인은 바로 의심을 삽니다. |
| 장현 | (끄덕... 하더니 저편으로 가면) |

량음과 영랑, 근심스레 멀어지는 장현을 보고.

S#54.　후궁 조씨 침전 안 + 밖 / 밤

- 후궁 조씨 침전 안

조씨 앞에 다른 고관들의 첩실들 대여섯과 함께 다과상을 놓고 수다 떠는 영랑. 꺄르르... 웃으며 조씨의 말에 장단 맞추고.

- 조씨 침전 밖

량음과 다른 짐꾼들 예닐곱이 삼삼오오 남초를 피우거나 수다를 떠는데, 량음, 짐꾼들의 수다에 대꾸하는 척 하며 저편 본다. 괜히 초조해진다.

S#55.　궁 대신 집무실 / 밤

김자점과 만해 앞, 당황스런 얼굴로 선 역관1, 2, 3을 포함한 역관 대여섯. 역관들, 다들 두렵고 겁에 질린 모습.

김자점	너희들은 심양에서 선세자 저하를 가깝게 뫼신 역관들이지? 니놈들이 선세자 저하의 서한을 청에 보냈느냐?
역관1	(소스라치며) 서한은 본 적도 들은 적도 없습니다!!
김자점	혹 그 서한이 구양천에게 넘어갔느냐?
역관들	(더욱 당황해서 어쩔 줄 몰라 하면)
김자점	(만해로부터 화상을 받아 보인다) 역도의 수괴 구양천이다. 이놈을 모른단 소리는 말거라. 제대로 말하지 않으면 니놈들을 몽땅...
역관1	(순간 화상을 보고 놀란다) 이 자는 구양천이 아닙니다. 이 자는...

김자점, 만해   ...?!!

S#56.   내사옥 앞 / 밤

내사옥이 있는 궁 일각으로 들어서는 장현. 기둥 뒤에 몸을 숨기고 보면, 내사옥으로 드나드는 내관, 나장들. 그리고 안에서 가느다랗게 새어 나오는 내관 궁인들의 비명 소리. 잠시 후, 얼굴에 두건을 두른 나장들이 시신을 끌어 수레에 싣고 일각으로 가고, 장현, 그 뒤를 조심히 따른다.

CUT TO

다시 장현이 모습을 드러냈을 때, 나장의 옷을 입고 나장이 둘렀던 두건을 두른 장현. 장현, 내사옥 안으로 들어간다.

S#57.   내사옥 복도 / 밤

장현이 내사옥을 지나가면 칸 칸마다 고신당하는 궁인들, 내관들. 장현 그들을 지나쳐 가다가, 누군가를 보고 눈에 반짝 빛이 들어온다. 보면, 한 내사옥 고신실 안, 겁에 질린 얼굴로 내사옥 구석에 몸을 바싹 붙이고 옹송그린 채 떨고 있는 이십 대 여인.

장현(N)   진생!!

S#58. 내사옥 안 / 밤

장현이 안으로 들어가면, 퍼뜩 고개를 드는 진생.

진생   내가 아는 건 다 말했다지 않습니까?

장현   (앞에 한무릎 굽히고 앉으면)

진생   (눈물범벅이 되어) 전부 다 말했으니 제발... 우리 부모
님을...

장현   (두건을 벗어 얼굴을 보이는 장현) 날... 알아보겠소?

진생   (잠시 놀랐다가 곧 장현을 알아본다) 당신은...?

(Ins.C)   *15부 44씬*

장현   *일기를 써야겠습니다.*

웃는 강빈, 마주 웃는 민상궁, 그리고 그 옆, 진생!

진생   역관 이...장현!!!

장현   (*끄덕*하며 품에서 단도를 꺼내어 날을 쓱... 만지다 진
생을 보면)

진생   (겁에 질려...바싹 뒤로 붙으며) 날... 죽이러 왔소? 세자
빈의 복수를 하러 왔습니까...(하는데)

그때, 안으로 들어온 나장, 심상치 않은 분위기에 '넌 뭐야...' 하며
장현을 확인하려 하는데, 장현, 단도로 허벅지를 찔러 꿇린 후, 그
대로 목을 눌러 제압하여 기절시킨다. 신음 소리 한 번 못 내고 제
압되어버리는 나장.

진생	(이 모습에 더욱 겁에 질려) 사, 살려...주세요. 나도, 어쩔 수 없었습니다. 저들이...(하며 우는데)
장현	(쓱... 단도의 피를 닦더니) 알아. 저들이 부모형제를 절단내겠다며 겁박했겠지. 하지만 이제 그대의 부모와 어린 동생은 모두 안전합니다.
진생	...?!!
장현	(품에서 작은 헝겊 인형을 꺼낸다) 여동생이 언니에게 주라고 하던걸.
진생	(인형을 보더니 그대로 얼어붙었다 곧 주룩... 눈물을 흘리고)
장현	세자께서 내게 남긴 서한이 있지? 알만한 사람은 다 죽고, 이제 남은 건 그대뿐이오.
진생	...?!!
장현	세자빈 곁에서 날 지켜봐 왔으니 알겠지. 난 한 번도 세자빈과의 약속을 어긴 적이 없어. 그러니... 날 믿어요. 그대의 가족은 이제 안전해. 그리고 난 그대에게 복수를 하러 온 게 아니야. 내가 원하는 건, 서한의 행방이오.

잠시 진생과 장현의 눈빛이 만난다. 간절히 진생을 보는 장현.

| 진생 | (결국 끄덕) 이건... 아무에게도 말하지 않았습니다. 세자빈이 민상궁에게 그 서한을 주며 당부하길... 원손 아기씨를 구한 이에게 서한을 맡기라 했습니다. 헌데... 그이가 누군지는 나도 모릅니다. |
| 장현 | ...!! |

S#59.　배닫퇴 길채 초가 길채방 / 밤

불안감으로 터질 것 같은 심정이 되어 홀로 앉은 길채. 길채, 무슨 생각에서인지 다급히 반닫이를 열어 장도들이 들어있는 함을 꺼내려다가, 문득 패물 사이 삐져나온 서한의 귀퉁이 본다.

(Ins.C)　*18부 12씬*

민상궁　　꼭... 간직하시게.

길채　　（당황하여 서한 열었다가 얼어붙는다）

소현(N)　　장현 보아라!

길채, 서한을 들고 덜덜... 떠는데, 그때, 누군가의 기척.

S#60.　배닫퇴 길채 초가 마당 / 밤

길채, 나와 보면, 뜻밖에도 서 있는 이, 각화다!

각화　　（쓱... 둘러 보더니） 여기 살아?
길채　　（믿어지지 않는다） ... 넌...?!!
각화　　왜 왔냐고? 이장현을 데리러 왔어.
길채　　...?!!

S#61.　궁 일각 / 밤
바삐 걸음을 옮기는 장현.

진생(E)　　원손 아기씨를 구한 이에게 서한을 맡기라 했습니다.

(Ins.C)　　6부 58씬
원손을 안고 필사적으로 뛰는 길채.

어쩐지 마음이 바빠진 장현, 서둘러 걸음을 옮기는데, 마침, 순시
도는 내수사 노비들! 장현, 얼른 방향을 틀어 다른 길로 도는 순간,
위잉~ 또다시 이명과 함께 두통 시작된다. 그렇게 수 초간, 두통에
시달리는 장현.

그리고 다시 눈을 떴을 때, 다시금 멍한, 아이 같은 표정이 된 장현.
주변을 둘러보는 장현, 여기가 어디지?

S#62.　궁 뒷문 일각 / 밤
영랑과 량음이 초조하게 기다린다.

영랑　　더는 지체할 수 없어. 지금 나가지 않으면...!!
량음　　잠시만 기다려줘! 내가 찾아볼게. (서둘러 일각으로 가
　　　　고)
영랑　　(불안해지는데)

S#63.　인조 침전 / 밤

곰곰 생각에 잠긴 인조. 만해, 그 옆에 시립해 섰는데,

인조	사대부의 기색은 어떠하냐?
만해	걱정 마소서. 진생의 고변 이후, 모두 잠잠하옵니다.
인조	(끄덕... 하더니) 일전에 내사옥에 가두었던 역도들은 잘 처리했겠지?
만해	(뜨끔) 예, 전하. 모두 머리를 부수어 죽였사온데... (말끝 흐리면)
인조	(기민하게 포착하곤 착, 추궁하듯 보면)
만해	(인조의 시선을 받고 덜덜 떨다가 결국 바싹 부복하며) 죽여주소서!! 모두 머리를 부수었사온데, 시신 하나가 사라져...
인조	뭐? 어떤 놈의 시신이 사라졌다는 게야?
만해	그것이... 구양천의 시신이...(하면)
인조	(쿵!! 서안 내리치며) 구양천은 역도의 수괴가 아니냐!!
만해	아니, 아니옵니다. 그놈은 구양천이 아니었사옵니다. 내사옥에 가두었던 역도의 수괴 구양천이 실은... 역관 이장현이었나이다.
인조	(...!!) 역관?!! 이이... 그것 보거라. 내 분명 역관들이 강적과 긴밀할 것이라 했지?!! 해서 그놈은...? 살았다는 것이냐, 죽었다는 것이냐!!!

S#64.   궁 일각 / 밤

장현, 멍... 한 얼굴로 타박타박 걷는다. 계속 두리번... 여기가 어딘
가, 내가 왜 여기 있는가... 하며. 툭, 지나던 궁인들과 부딪히자 미
안합니다... 하며 다시 휘적휘적 걷는 장현. 마침, 지나던 내관1, 그
런 장현을 의심스레 보고.

S#65.   헤매는 장현, 장현을 찾는 량음

- 궁 일각

장현이 마치 엄마 손을 놓친 아이처럼 두려운 얼굴로 걷는다. 곧,
눈물이라도 터질 것 같은 얼굴.

- 궁 일각

임오, 내관1에게 뭔가를 듣고 있다. 저편에서 누군갈 봤다는 내관1
의 몸짓. 눈에 빛이 들어오는 임오.

- 궁 일각

잰걸음을 옮기며 장현을 찾는 량음.

- 궁 일각

장현, 계속 여기가 어딘가, 내가 왜 여기 있는가... 하며 걷는데, 그
때, 저편에서 임오가 수하들을 데리고 기찰을 돌다가, 어둠 속 저편
에 걷는 장현의 실루엣을 보고 눈 가늘어지는데, 훽, 장현을 낚아채
는 량음. 량음, 장현을 끌어 다른 길로 빠진다.

S#66.　배당리 길채 초가 / 밤 (60씬 연결)

길채와 마주한 각화. 두 사람 사이, 팽팽한 공기. 각화, 절박한 심정
이 되어 재차 묻는다.

각화	세자의 사람들을 숙청하고 있는 걸 알아. 아무리 해도... 이장현의 흔적을 찾을 수가 없어. 잘못된 건 아니지? 살아... 있지?
길채	(잠시 흔들렸다가 결국 천천히 고개 끄덕...) 살아있어.

순간, 질끈... 눈을 감으며 안도하는 각화. 이윽고 눈을 떴을 땐, 안
도 끝에 눈물까지 고였고. 그런 각화를 보는 길채, 이 정도였나... 싶
은 표정 되는데,

각화	그럼 됐어. 이장현은 내가 데리고 간다. 지금 어딨어?
길채	(잠시 갈등하며 각화 보면)
각화	(다그친다) 어딨어?!!(하는데)
길채	그럼, 이역관 나릴... 도와줄 수 있어? 제발... 도와줘!
각화	...?!!

S#67.　배당리 길채 초가 앞 / 밤

길채에게 무슨 말을 들었는지 매서운 얼굴이 되어 길채집을 나서
는 각화. 일각에서 호위병들과 섰던 용골대, 호위병들과 함께 각화
뒤로 따라붙으면,

각화	조선 왕에게 전해, 곧 청의 칙사가 당도한다고... 또한...
용골대	...!!

S#68.   궁 일각 / 밤

량음, 장현의 팔을 잡아 끌어가면, 벗어나려 저항하는 장현.

량음	가야 해!!(하는데)
장현	(뿌리치며) 팔 아파!(턱 따위에 앉더니, 량음을 생경하게 보며) 넌 누구야?

순간, 장현이 또 기억을 잃은 것을 깨닫고 얼어붙는 량음.

량음	(와락 장현의 머리를 껴안는다. 얼이 빠져선 눈물이 솟으며) 형님...
장현	(불편해서 벗어나려는데)

그때, 저편에서 곧 다다다다 소리와 함께 장현과 량음 앞에 서는 임오와 내수사 노비들. 이윽고 임오가 앞으로 나오더니, 장현을 확인하고 눈 커진다.

임오	구양천... 아니, 역관 이장현!(하며 스르릉... 무기를 꺼내면)

량음, 장현의 앞을 막아서더니, 품에서 단도를 두 개 꺼내어 양손에

잡는다.

량음 너는 날 두 번이나 살려줬지. 니가 아니었음 난 이미 죽었어, 몸도 마음도... 다. 나도 널 꼭 살려줄 거야. 내가 죽더라도, 꼭!

이윽고 내수사 노비들이 량음에게 달려들면, 량음이 양쪽에 쥔 단도를 휘둘러 맞서 싸우기 시작하고, 놀라 창백해지는 장현.

S#69. 인조 침전 앞 / 밤

무슨 소식을 들고 왔는지, 사색이 되어 인조 침전으로 바삐 걸음을 옮기는 김자점. 김자점이 침전 앞에 이르러 문 앞을 지키고 있던 봉시를 재촉한다.

김자점 전하께 고하라. 급한 일이다!(하는데)
봉시 지금 화급한 일을 듣고 계시온데...
김자점 ...?!!

S#70. 인조 침전 / 밤 (씬 연결)

만해 하오나 심려 마소서! 내수사 노비들이 역관 이장현을 잡았사옵니다. 그놈을 당장 죽여 후환을 없애라 했사오니...(하는데)

308   연인 3

김자점 (우당탕 뛰쳐 들어오며) 전하, 이장현을 죽이시면 아니 되옵니다!

만해 (놀라 보면)

김자점 죽였는가? (버럭) 죽였느냔 말이야!!!

S#71. 궁 일각 / 밤

장현을 지키기 위해 양손에 단검을 쥐고 필사적으로 싸우는 량음. 량음, 그렇게 대여섯의 내수사 노비들을 간단하게 처리하지만 량음도 지쳐간다. 계속되는 노비들의 공격에 팔뚝, 허벅지, 등허리 등등 여기저기 얕은 상처가 생기며 지쳐가고, 임오의 공격에 결국 량음, 단도 하나를 놓치고 만다. 헉헉거리며 숨을 고르는 량음, 남은 단도 하나를 다시금 고쳐 쥐지만, 다시금 임오와 맞붙으며 그마저도 놓쳐버리고. 량음이 놓친 단도, 장현의 발치에 떨어지면,

장현 (피 묻은 단도를 줍고)

무기를 모두 놓치고 무방비 상태가 된 채 지쳐버린 량음. 거친 숨소리만 뱉으며, 장현을 지키지 못할까 절박한 표정이 되어 장현의 앞을 막는데, 이제 임오, 성큼 다가오더니 단숨에 량음에게 검을 휘두르는데, 다음 순간, 억! 소리와 함께 휘청하고 만다.
보면, 단도로 임오를 가격한 장현. 뒤이어 짧고 절제된 서너 번의 공격으로 완전히 임오를 제압해버리고. 임오, 털썩 무릎이 꿇려지고 만다.

장현	(이런 제 모습에 놀라 피 묻은 단검을 떨구면)
량음	(놀라 보는데)
노비들	(눈치 살피다 일제히 달려드는데)

그때, 저편에서 사색이 되어 뛰어오는 만해.

만해	그만, 그만!!!

S#72. 인조 침전 / 밤 (씬 연결)
혼란스런 인조의 눈빛. 그 앞에 부복한 김자점.

김자점	청에서 갑작스레 칙사가 나온다 하옵니다. 하온데, 역관으로 오직 이장현을 세우라 청했나이다. 만약 이장현이 죽거나 다쳐 역관으로 서지 못한다면, 책임을 묻겠다 하여...
인조	...?!!

S#73. 궁 일각 / 밤 (씬 연결)
만해의 등장에 무기를 쥔 채 당황하는 내수사 노비들. 이윽고 만해, 노비들을 헤치고 당황하는 장현과, 땀범벅된 량음 앞에 서더니,

만해	역관 이장현은 돌아가... 전하의 명을 기다려라!

S#74.　　한양 우심정 외경 / 낮

화창한 오후, 새소리가 들리는 우심정의 평온한 외경. 엉엉 울면서
다급히 우심정 안으로 뛰어 들어가는 앳된 여인, 소야다!

S#75.　　한양 우심정 내실 / 낮

의원1이 량음의 팔이며 등허리, 가슴 등 여기저기 난 베인 상처에
약을 바르며 치료해주고 있고, 장현이 그 옆에서 면목 수건이라도
들고 아프겠다는 표정으로 보다가,

장현　　(문득 량음 웃가슴 인두로 지진 자국을 보고 눈살 찌푸
　　　　　린다) 여긴 왜 이래?

량음　　(조금 난처한 표정되는데)

소야　　(울며 들어와) 량음!!

량음　　(당황하여) 소야...!

소야　　(상처투성이 량음 보고 더욱 놀라) 어쩌다...(또 엉엉...
　　　　　울며 량음에게 달려들어 살피더니 장현의 손에 든 면
　　　　　목 수건을 확, 뺏어 량음의 이마를 톡톡 닦아주며 그
　　　　　렁... 해서 보면)

장현　　(빈손을 멋쩍어하다) 이 사람이... 그 누구...구나?

량음　　...?!!

장현　　(미소 지으며 자릴 피해주면)

량음　　(뭐라 말도 못 하고 장현 보고)

S#76.   한양 우심정 마당 / 낮

장현, 나서다가 섬돌 위 량음과 소야의 신을 가지런히 만져주는데,
조금 떨어진 일각에서 장현을 지켜보는 시선, 길채와 의원2다.

길채	또 우릴 기억 못 합니다.
의원2	머릴 크게 다치지 않았는가? 기억이 났다, 안 났다... 그 러다 영영 기억을 잃을 수도 있고.
길채	(놀라 얼어붙는다) 영영... 이라니요?

S#77.   한양 우심정 내실 / 밤

장현, 아이처럼 천진하게 잠들었는데, 그런 장현을 복잡한 표정으
로 보는 길채.

길채	괜찮아요. 만약 나리가 언젠가 영영 기억을 잃으면 처음부터 다시 시작하면 됩니다. 어디 보자... 뭣부터 시작하면 좋을까?(미소) 그래요! 돌덩어리, 풀때기 시절부터 다시 시작하면 되겠습니다.

하곤, 애틋한 얼굴로 장현 곁에 누워 장현을 꼭... 껴안는 길채.

CUT TO

자다가 문득 숨이 막혀 컥컥하다가 눈을 뜨는 장현. 보면, 자신을
꼭 안은 길채. 장현, 겨우 몸을 틀어 길채를 본다. 잠시 수 초간 그
런 길채를 내려보는 장현. 장현의 속을 알 수 없는 무표정. 이윽고

그 시선에 길채도 슬몃 눈을 떴다가 장현이 자기를 내려보는 것을 본다.

길채   왜요? 만지지 말라구요?

장현   (역시 무심히 보면)

길채   자꾸 기억을 잃으시니 저도 자꾸 말씀드리지요. 앞으로 백 번 천 번 더 말씀드릴 수 있습니다.(더욱 꼭 안더니 또박또박 힘주어) 우리는! 원래! 이런 사이...(하는데 흡 입이 막혔다. 놀라 보면)

장현   (입술 떼더니) 압니다. 이런 것도 하는 사이였지.

길채   ...!!

다시 장현의 기억이 돌아온 것을 깨달은 길채, 기뻐 장현을 더욱 와락 껴안으며 눈시울이 붉어졌는데, 장현, 마주 꼭... 껴안아주다가 문득, 눈빛이 흔들린다.

장현   혹... 세자 저하의 서한을... 가지고 있습니까?

길채   ...?!!

이윽고 서로 바라보는 장현과 길채. 잠시간... 장현과 길채의 눈빛이 만난다. 주고 싶지 않은 길채, 받아야 하는 장현.

길채   버렸어요.(하는데)

만해(E)   역관 이장현은 왕명을 받으라!!

장현, 길채   ...!!

S#78.   한양 우심정 마당 / 밤
장현이 나와보면, 왕명을 받은 만해가 서 있다.

만해   이장현은... (분한 표정으로 보다가) 전하의 명을 받들라!
장현   ...!!

S#79.   조선 편전 / 낮
(Ins.C)   *새날이 밝았다. 겉으론 평온해 보이는 조선 편전 외경.*

조금은 긴장된, 그리고 몹시 궁금하면서도 불안한 표정으로 어좌
에 앉은 인조.

인조   역관 이장현을 들이라.

곧, 편전의 문이 쩌억... 열리며 들어서는 장현. 인조, 이장현이 다박
다박 걸어들어오는 것을 집요하게 지켜보고.

장현   (일각에 이르러 크게 부복한다) 전하!
인조   (가만... 보다가) 니놈의 정체가... 무엇이냐?
장현   (고요하면)
인조   말하라. 네놈의 정체가 무엇이야!!!

장현	... 역관이옵니다.
인조	그저 역관을... 청에서 간절히 청해?
장현	그저 역관은 아니옵고...(고개 들어 인조 본다) 선세자가... 무척 아끼던... 역관이옵니다.
인조	(쿵!! 한 대 맞은 듯한 표정이 되었다가) 니놈이.. 세자의 서한을 가지고 있느냐? 말하라, 네 놈이 세자의 서한을...!!(하는데)
봉시(E)	전하, 칙사가 도성에 들었나이다!!!
인조	...!!!

S#80. 장철집 내실 / 낮

장철집 내실에 도전을 비롯한 연준의 간관 동료들이 모였는데, 다들 벌겋게 상기되어 장현을 성토하고 있다.

연준	뭐? 역관 이장현이 청나라를 끌어들여?
도전	이번에 예상치 못한 칙사가 온다기에 의아하게 여겼더니, 역관 이장현이 그 뒤에 있다더군. 정명수가 양국을 오가며 이득을 꾀한 적은 있지만 청나라 칙사를 불러들인 적은 없어!
연준	확실한가? 그저 뜬소문은 아닌가?
도전	청나라 칙사가 역관은 무조건 이장현을 세워야 한다고 고집했다네. 역관 이장현이 심양에서 세자 저하를 뫼시며 오랑캐와 가깝게 지내더니, 이제 그 위세를 등에 업고 조선의 피를 빨 모양이지.

연준	...!!

S#81. 은애방 / 낮

연준이 조금 화난 얼굴로 바삐 나갈 채비를 하면, 관 갖추는 것을
도우며 근심스레 말하는 은애.

은애	이역관 나리께도 뭔가 사정이 있겠지요.
연준	사정? 무슨 사정? 이장현 그자가 이제 보니 여인들보다 못합니다. 힘없는 여인들도 오랑캐와 스치기만 해도 자결하여 떳떳함을 지켰거늘...
은애	(순간... 안색 굳더니) 서방님은 여인들이 오랑캐에게 손목만 잡혀도 자결해야 한다... 생각하십니까?
연준	그래야 한다는 게 아니라, 그렇게 지켜진 조선이란 말입니다. 본시 검은 것 한 방울로도 맑은 물이 더럽혀지는 법입니다!
은애	하지만 손목이 잡혔을 뿐, 아무 일도 없었을 수도 있고...
연준	그런 건 중요하지 않습니다.
은애	...예?
연준	손목이 잡힌 것이나, 그보다 더한 욕을 당한 것이나... 정절이 상한 것은 마찬가집니다.
은애	(당황하여) 허면 서방님은 길채가 돌아온 것 역시... 맑은 물이 더럽혀진 것이라... 생각하십니까?
연준	유씨 부인은!(곧, 잠시 흥분했던 마음을 가라앉히더니)

그럴 리가 있겠습니까? 나 역시 유씨 부인이 살아 돌아
와 기쁩니다. 씩씩하게 살아주어 고맙지요. 허나... 구종
사관의 선택도 이해합니다.

은애   (놀라) 하지만... 백성들이 오랑캐에게 고초를 겪은 것
을 안타까워하지 않으셨습니까?

연준   백성들이 가엾다 해서, 여인들이 절개를 잊어도 되는
것은 아닙니다. 아니, 이럴 때일수록 더욱 신하는 충성
하고, 여인은 절개를 지켜야 해요. 그래야 이 혼란한 나
라에 기강이 세워져 백성이 평안해질 수 있습니다.

은애   (뭔가 점점 죄어오는 느낌)

연준   구종사관은 나랏일을 하는 사람이고, 천하를 다스리자
면 집안의 기강을 다스리는 일부터 시작해야지요. 이를
알기에 진정 지조가 있는 조선 여인들은 손목만 잡혔
다 해도...(하다 묘한 기운에 보면)

은애   (어쩐지 창백해졌고)

연준   (의아하여) 부인...!

S#82.   조선 편전 / 낮

인조 아래 선, 용골대와 장현. 인조, 어좌에 앉았어도 좌불안석, 당
당치 못하고 긴장된 표정인데.

용골대   황제 폐하께서 소현세자의 세 아이는 어찌 된 것인지...
궁금해하십니다.

장현   (조선말로 인조에게) 소현 세자의 세 아이의 안부를 묻

습니다.

인조   (서늘해지며) 역적의 자식에 대해 대국은 어찌하시는
지 모르지만... 이 일은 대국이 관여할 일이 아닌 듯하
다 전해라.

용골대   (장현에게 귀엣말 듣더니) 역적의 자식이라... 세자빈
이 참으로 역모를 꾀했습니까?

장현   세자빈이 역모를 꾀한 증좌가 있습니까?

인조   (손이 떨리고)

장현   (싸늘하게 추궁한다) 세자빈이 역적이 된 증좌를... 묻
사옵니다.

인조, 장현을 노려본다. 그런 인조를 마주 서늘하게 보는 장현. 인
조, 온몸이 부들부들 떨리고.

S#83.   *조선 편전 밖 / 낮*

인조가 용골대와 대화하는 사이, 편전 밖에 시립한 대신들과 연준
을 비롯한 간관들. 연준 넋이 나간 얼굴 되어 섰다.

(Ins.C)   *81씬 연결*

연준   *할 말... 이라니?*

은애   *피난길에... 오랑캐를 만났습니다. 하지만... 제가 욕을
당할 뻔했을 때 길채가 도와주어...(하는데)*

연준   *(어쩌면 은애보다, 더 창백해져서) 오랑캐를... 만났습
니까?*

곧, 입을 다무는 은애. 보면, 연준의 안색이 창백하다. 은애, 이미 엎질러진 물을 보듯, 충격받은 얼굴이 되고.

연준, 은애와의 대화를 생각하며 식은땀이 나고 속이 불편해지는데,

도전 이제 정명수가 가고 이장현이 온 셈이지. 두고 볼 셈인가?

연준 (퍼뜩 깨어나더니, 어쩐지 눈빛에 어리는 서늘한 빛) 아니 되지... 검은 것 한 방울이 맑은 물을 더럽히게 둘 수는 없어.

S#84.   길 일각 / 낮

장현과 용골대가 일각에서 헤어진다. 웃는 낯으로 읍하고 배웅하는 장현. 하지만 장현, 돌아서는 순간 무거운 기분이 되는데, 그때, 장현의 뒤통수에 꽂히는 음성.

연준(E) 감히... 오랑캐를 끌어들이다니...

장현, 돌아보면, 싸늘한 낯의 연준이다.

연준 정명수처럼 신세를 고쳐보려는 속셈인가? 청나라를 등에 업고 왕 같은 권세를 누리고 싶은 게야?

장현 (피식) 할 수 있다면...(하는데)

연준 (뜻밖에 마주 피식...)

장현	(순간, 예전 순하던 연준과 다른 기운이 느껴져 표정 굳으면)
연준	나는 오래전부터 그대가 마음속으로 나를 무시하는 것을 알고 있었어. 그래도 그대가 싫진 않았네. 가는 길은 달라도 우리 두 사람 다... 백성을 근심하고 있다고 믿었거든. 헌데...(경멸에 찬 눈빛 되어) 오랑캐를 끌어들여?
장현	...
연준	오랑캐가 쳐들어왔을 때, 수많은 여인들이 자결하고, 수천 선비들이 싸우다 죽었지. 그대 눈엔 그들이 어리석어 보였겠지? 돈도 밥도 되지 않는 의리 따윌 지키겠다 목숨 거는... 한심한 사람들로 보였겠지? 허나 아시는가? 어떤 사람들은 밥이 아니라, 보람으로 산다네. 그런 사람들 덕분에 이 세상이 짐승의 소굴이 되지 않는 게야. 충심과 절개를 지키며 기쁘게 죽는 사람들 덕분에... 아무리 힘센 자라도 제 뜻대로 세상을 가질 수 없음이... 증명되는 게야.
장현	(이제 조금 진지해져서 보면)
연준	(담담한 어조. 하지만 굳은 결의가 서 있다) 나는... 오랑캐로 더럽혀진 이 땅을 맑히기 위해 내 혼을 바칠 것이다. 해서 만일... 니가 정명수 같은 자가 되어 조선을 핍박한다면, 내, 너와의 오랜 인연 따위 다 묻고, 기필코... 이 땅에서 너를 뿌리 뽑을 것이다.(하는데)
장현	아무튼 이 나라 조선을 사랑하는 자네 마음은 애처로울 만치 진짜라니까.(하고 웃으며 가면)
연준	(그 뒷모습을 복잡한 눈빛으로 보는데)

S#85.　길 일각 / 낮

용골대를 선두로 한 칙사 행렬이 출발했다. 그중 역관의 자격으로 뒤를 따르는 장현과 량음. 그리고 조금 떨어진 곳에서 이런 장현을 복잡한 눈빛으로 보는 연준.

S#86.　들판 일각 / 낮

인적 없는 변경 들판 일각에 당도한 장현과 용골대. 두 사람, 나란히 서서 저편 빈 들에 시선을 둔 채 담소 나눈다.

장현	섭정왕이 왜 조선 임금에게 원손에 관한 일을 물었습니까? 혹, 청에선 정말 원손을 도와줄 생각이 있는 겁니까?
용골대	솔직히 말할까? 섭정왕은 조선이 조용하길 바랄 뿐, 조선 상황을 흔들고 싶어 하지 않아. 심양에서 손발을 맞춰본 봉림대군이 세자가 되고 임금이 돼도 상관없어. 섭정왕께서 원손의 안부를 물은 것은, 그저 조선왕을 압박하기 위해서야. 조선왕도 머리가 좋으니, 모르진 않을걸.
장현	(쓴 얼굴 되고) 그렇겠지.
용골대	비정한 거야, 생존이란...
장현	(착잡해지는데)
용골대	이번엔 내가 묻지. 정말 조선 임금이 의심하는 것처럼 세자가 청의 도움을 받아서 아비를 몰아내고 왕이 되고자 했는가? 소현 세자가 남긴 서한이 있다지?

S#87.　(과거) 배당리 길채 초가 안 / 낮

슬픈 듯, 안타까운 듯, 고마운 듯... 복잡한 감정이 휘몰아치는 장현.
보면, 장현이 드디어 소현의 서한을 읽고 있다. 조금 떨어진 곳에
앉아서 이런 장현을 지켜보는 길채.

소현(N)　이제라도 나를 믿던 자들과의 약속을 지키고 싶어. 포
　　　　로들을... 조선으로 데려와 줘. 만일 이 약조를 지키지
　　　　못한다면 난 세자도, 사내도, 사람도 될 수 없어. 혹 내
　　　　게 무슨 일이 생겨 내가 세자도 임금도 될 수 없다 한
　　　　들, 내가 인간으로는 남을 수 있도록 도와줘. 이 일을
　　　　당부할 수 있는 사람은... 자네뿐이네.

어느새 붉어진 장현의 눈시울. 길채, 이런 장현을 더욱 불안해하며
보는데.

S#88.　(다시 현재) 들판 일각 / 낮

소현이 남긴 서한을 떠올린 장현, 새삼 비감해진다.

장현　　아니, 저하가 바란 건 그게 아니야. 일전에 약조한 일은?
용골대　그건... 그분께 여쭤야지.(하고 몸을 열면)

뒤에서 다가오는 이, 각화다! 각화를 마주할 때가 되었다... 싶은 마
음으로 보는 장현, 그리고 반가움과 원망이 섞여 복잡해진, 각화의
눈빛이 쩡 만나고.

S#89.　들판 일각 / 낮

장현과 마주한 각화, 각화 뒤편에 선 용골대. 수레꾼이 바리함 서너 궤짝이 든 수레를 각화와 용골대 앞에 세우고. 용골대가 함을 열면, 빛이 반사되어 용골대의 얼굴에 번들해진다. 보면, 궤짝 가득한 은 자들.

장현　　저의 전 재산과 세자빈께서 모은 재산을 전부... 드립니다.

용골대　(은덩이 집으려는데)

장현　　(턱, 잡으며) 단! 일전에 약조한 대로, 모든 포로들은 청나라 호부에서 인정한 속환증서를 소지하고 있어야 합니다. 또한 포로들은 강을 넘지 않고 당당히 육지 길로 조선에 들어오겠습니다. 그리 보장해주신다면... 이 은자를 넘기겠습니다.

잠시 장현과 각화 사이 팽팽한 기운이 흐르고.

S#90.　들판 일각 / 낮

들판을 행군하다가 잠시 멈춰서 여기저기 앉아 쉬는 포로들. 그리고 일각에 서서 근심 어린 표정으로 이들을 지켜보는 구양천과 구잠.

구잠　　이번엔 우리 무사히 조선에 가는 겁니까? 믿어도 돼요?

양천, 역시 불안한 표정으로 여기저기 지친 몰골로 앉은 포로들을 본다. 얼수와 절수, 사민, 들분, 항이, 짱이... 그리고 인옥.

인옥, 젖이 돌아 앞섶 저고리가 동그랗게 젖었었지만 그것도 인식 못 하고 넋을 놓은 채 멍... 앉아 있는데, 그때, 들리는 땡땡의 울음 소리. 정희가 땡땡을 안고 어르지만 땡땡, 계속해서 울고. 이를 보던 인옥, 정희에게서 땡땡을 받더니 앞섶을 젖혀 젖을 먹인다. 단박에 울음을 멈추는 땡땡. 그런 땡땡을 보는 인옥에게서 희미한 미소가 뜨고.

양천   (잠시 먹먹하게 인옥 보다가) 만약, 이번에도 일이 잘 못되면, 이장현이... 내 손으로 목 딴다!

S#91.   *들판 일각 / 낮* (씬 연결)

장현과 각화의 눈빛이 만나고. 이윽고 입을 여는 각화.

각화   오늘 보내는 조선 포로에 대해선, 청에서 누구도 문제 삼을 수 없다. 내가 보장하지.

S#92.   *들판 일각 / 낮*

장현과 각화, 량음, 용골대와 청군 병사들이 들판 일각에 나란히 섰고, 장현, 조마조마 불안한 표정인데, 저편에서 보이기 시작하는 작은 점들. 포로들이 넘어오고 있다!
몰래 도강하는 것이 아니라, 당당히 육지 길로 넘어오는 포로들!!

초췌해진, 하지만 형형한 눈빛으로 장창을 꼭 쥔 양천과 역시 몽둥이를 들고 경계하는 구잠, 손에 낫이라도 굳게 쥔 사민과 넙석을 시작으로, 두려운 눈빛의 얼수와 절수, 땡땡을 안은 인옥, 정인의 손을 잡은 정희, 넛남, 짱이 등의 손을 잡은 들분과 항이 등등... 수백여 명에 달하는 포로들이 넘어오는 장관.

장현, 저만치서 양천이 가까워 오자 목이 메이기 시작한다. 그사이, 정말 이리 가도 되는지, 두려워하며 조심스레 행군하는 포로들. 선두에 선 양천, 주변을 경계하며 절룩이며 내딛다가, 문득 저편에 벅찬 얼굴로 선 장현을 발견한다.

양천　　　(손들어 행군을 멈추게 하면)
포로들　　(흠칫, 자리에서 멈춰 서고)
구잠　　　성님!!!

포로들, 장현 옆의 용골대 등 청군 병사들을 보며, 에그머니, 오랑캐, 오랑캐다!! 해가며 서로 안거나, 붙들며 두려워하고. 그렇게 잠시간의 긴장 가득한 정적. 쏴아... 바람 소리.

이때, 장현이 먼저 한 걸음 양천에게 다가간다. 그렇게 천천히 양천에게 다가가는 장현. 포로들, 장현의 움직임에 더욱 긴장하는데, 이윽고 양천도 무리에서 나와 절룩이며 장현에게 간다. 두려움과 의심, 그럼에도 믿고 싶은 마음으로 긴장하는 양천. 이윽고 중간 즈음에서 마주 선 장현과 양천.

양천　　　(의구심 가득하게 보지만)

장현　　　(목이 메어...) 형님...

포로들, 이 상황이 뭔가... 두려워하며 보는데, 이제 장현, 각화를 본다. 이에 각화, 용골대에게 눈빛 주고, 곧 용골대를 시작으로 청나라 병사들 모두, 일제히 무기를 바닥에 내려놓는다.

양천　　　(놀란 눈으로 장현 보면)
장현　　　(눈시울 그렁... 해져서 끄덕)
양천　　　...!!

그때, 정희를 밀쳐내고 랑음에게 뛰어가는 정인.

정인　　　형아!!
랑음　　　(마주 달려가 왈칵 정인을 안아주며 눈시울 붉어지고)
양천　　　(이를 보고 벅차오르더니) 이제 우리는... 조선에 간다....(먹먹해져서 외친다) 우리는... 자유다!!!
포로들　　(서로 놀란 시선 나누는 사이)
장현　　　(왈칵, 벅차게 양천을 안아주고)
구잠　　　성님!!! (펄펄 울며 다가오면)
장현　　　(역시 구잠을 단단하게 안아주는데)

그제야 믿기 시작한 포로들. 자유, 자유다, 고향에 간다, 어머니... 아버지...!! 부르며 오열하는 포로들. 모든 포로에게 번지는 벅찬 환호의 물결.

이제 장현, 구잠과 포옹을 풀고, 휘이... 포로들을 본다. 정인과 눈 맞추고, 환하게 미소 짓는 량음, 감격하는 얼수와 절수, 얼싸안고 방방 뛰며 기뻐하는 넙석과 사민, 펄펄 감격의 눈물을 흘리는 항이, 저편 조선 땅을 향해 '다짐아... 엄마 왔어, 다짐아!!' 하고 쏟는 들분, 땡땡을 마치 병희처럼 꼬옥 안은 채 후두둑... 숨죽여 우는 인옥 과 그런 인옥을 보며 목이 메는 양천 등등.

이를 보는 장현에게 뭔가 뜨거운 것이 치밀어 오르는가 싶더니, 이 윽고 그것이 눈물이 되어 맺힌다. 그리곤 곧, 아이처럼 순수한, 환한 미소를 짓는 장현에서.

- 18부 끝

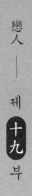

戀人 —— 제 十九 부

戀
人
—

S#1.　들판 일각 낮

정인과 눈 맞추고, 환하게 미소 짓는 량음, 감격하는 얼수와 절수, 얼싸안고 방방 뛰며 기뻐하는 넙석과 사민, 땡땡을 마치 병희처럼 안은 채 후두둑... 숨죽여 우는 인옥과 그런 인옥을 보며 목이 메는 양천, 펄펄 감격의 눈물을 흘리는 항이, 저편 조선 땅을 향해 '다짐 아... 엄마 왔어, 다짐아!!' 하고 모정을 쏟아내는 들분 등등.

이를 벅차게 보던 장현, 이제 저편에 선 각화를 본다. 순간, 복잡해 지는 장현의 마음.

장현	(양천에게) 나 여기서 마무리 지을 일이 있수.
양천	...!!
장현	(구잠 보며) 형님 모시고, 먼저 가 있어.
구잠	성님!!

량음	(당황하여) 하지만...!!
장현	(량음을 다정하게 보며 타이른다) 가서 기다려. 돌아갈 거야, 꼭!

S#2.   동장소 / 낮

장현, 양천과 구잠, 량음이 포로들을 데리고 떠나는 것을 지켜본다.
량음, 연신 뒤를 돌아보는데, 량음의 시선 끝, 이제 각화에게 다가
가는 장현. 량음, 어쩐지 이제 영영 보지 못할지 모른다... 불안한 기
분이 들고, 그리고 일각, 이를 지켜보는 만해와 봉시.

S#3.   들판 일각 / 낮

포로들이 모두 떠나고 고요해진 들판에 마주한 장현과 각화.

장현	속환증서를 만들어 주셔서 고맙습니다.
각화	니가 그간, 아버지 잃은 내 곁에 머물러 준 값이야.
장현	큰 은혜를 받았습니다. 이제 소인 드릴 말씀이...(하는데)
각화	(끊어내며) 배고파. 밥부터 먹자구!
장현	...?!!

S#4.   배단리 동구 / 낮

배단리 동구에 선 길채. 저만치에서 올 장현을 기다리듯 저편을
본다.

배당퇴 길채 초가 마당 / 밤

각화와 마주한 길채.

각화   이제 이장현은 내가 데려가.

길채   나리를 도와준 건 고마워. 그래도 그 사람, 고맙다고 당
신 곁으로 가진 않아.

각화   (보면)

길채   이장현은 사랑하는 사람 곁에 있을 거야. 이장현이 사
랑하는 사람, 이장현을 사랑하는 사람 곁에.

각화   (순간 상처받은 눈빛 되었으나 다시, 각화답게 의연해
진다) 어리석긴. 그래, 니 사랑이... 이장현을 살릴 수 있
어?

길채   ...?!!

길채, 아직도 각화의 물음에 대한 답을 찾지 못한 얼굴로 저편을
보며 섰고.

S#5.   들판 일각 / 밤 (씬 연결)

용골대와 청병들이 모닥불을 피워놓고 고기라도 뜯고 있다. 용골
대, 고기를 뜯다가 궁금해진 얼굴로 저편을 보면, 역시 모닥불을 피
워놓고 마주한 장현과 길채. 용골대, 둘이 무슨 얘기를 하는지 궁금
한 표정인데. 이편에서 맛있게 구운 고기를 뜯는 각화.

장현   (각화 보며 말할 틈 찾다가) 전하...(하는데)

| 각화 | (무심히 술병째로 술 벌컥 마시며) 가자, 이장현. 내가 아직 힘이 있을 때, 너를 조선에서 데리고 갈 거야. |
| 장현 | 전하... 저도 고향에 가야 합니다. |

잠시 흐르는 정적. 이윽고,

각화	너, 니 입으로 뱉은 말도 지키지 않는... 고작 그런 놈이야?(하면)
장현	(바로 각화 앞에 무릎을 꿇는다) 예, 저는 고작 이런 놈입니다.
각화	(순간 안색 굳어지고)
장현	고작 이런 놈이, 살아서... 고향에 가고 싶습니다. 대신 소인, 왜, 몽골과 교역하는 일을 아오니, 전하께서 큰 재물로 반드시 큰 권력을 세우실 수 있게...(하는데)
각화	조선에 가면 넌 죽어! 죽어도 좋아?

S#6.   배단리 동구 / 밤
밤이 새도록 동구에 머무는 길채. 길채에게 다시금 떠오르는 각화의 말.

(Ins.C)   배단리 길채 초가 마당 / 밤
각화의 말에 흔들리는 길채의 눈빛. 각화가 한 걸음 더 가깝게 다가가며,

각화	조선에선 세자빈과 엮인 사람을 모조리 숙청하고 있어. 벌써 심양에서 세자를 모셨던 역관 두 명이 국문을 당하다 맞아 죽었다지.
길채	(...!! 무서워지고)
각화	난 청나라 황녀야. 조선 왕도 함부로 할 수 없지. 하지만... 넌 어떻지?
길채	...?!!
각화	이장현이 니 곁에 있는 게 안전하겠어, 아님... 내 곁에 있어야 무사하겠어? 내가 너라면... 난 이장현, 포기해.

여지없이 흔들리는 길채의 눈빛.

S#7. **들판 일각 / 밤** (씬 연결)

각화	(일어서더니, 장현 내려보며 건조하게) 그 여자 때문인가?
장현	(무릎 꿇은 채) 제겐... 그 여인이 고향입니다. 이제 고향에 가서... 쉬고 싶습니다.

끝내 흔들리는 각화의 눈빛. 결국 각화, 장현을 외면하며 돌아서고, 그렇게 외로워진 각화의 등. 장현 역시 차마 더 보지 못하고 시선을 떨구는데, 다음 순간, 갑자기 화살을 재서 장현을 겨냥하는 각화. 동시에 저편에서 고기를 뜯던 청병들도 일제히 일어서서 각자 무기를 빼어든다. 용골대, 역시 끙... 일어서서 조금 불편해진 표정

으로 이편을 보면,

각화　　　넌 나랑 가든가, 여기서 죽든가... 둘 중 하나야. 어차피
　　　　　　조선에 가면 넌 죽어. 다른 놈 손에 죽는 걸 보느니...(눈
　　　　　　에 핏발이 선다) 내가 죽이겠어.

그 위로 길채의 음성.

길채(N)　　 나리, 이제 저는 압니다.

S#8.　　배당리 길채 초가 안 / 밤
방에 홀로 앉아 장현에게 보낼 서한을 쓰는 길채.

길채(N)　　 저를 생각하는 나리의 마음이 어떤지 알고, 나리를 생
　　　　　　각하는 저의 마음이 어떤 지경인지도 알지요. 나리, 지
　　　　　　극한 연모의 정은 떨어져 있어도 족합니다. 나리를 보
　　　　　　전할 수만 있다면, 먼 곳에 계시더라도 제 마음은 기쁠
　　　　　　것입니다. 조선 역관 둘이 벌써 매질을 당하다 죽었다
　　　　　　합니다. 그러니 나리, 부디 청에 머무시며...(하는데)

툭, 서한 위로 떨어지는 눈물에 번지는 먹물 자국.

길채　　　 싫어. 보고 싶어, 보고 싶어...(하며 후두둑... 눈물을 쏟고)

S#9.　　들판 일각 / 밤 (씬 연결)

쨍 맞붙는 장현과 각화의 눈빛. 다음 순간,

장현　　　허면... 가다 죽을 밖에요. (하고 일어서서 가면)

화살을 날리는 각화. 첫 화살은 장현의 뒤에 박힌다. 장현, 잠시 멈췄다가, 다시 걷기 시작하면, 각화 다시 화살을 날리고. 두 번째 화살은 장현의 옆에, 다음엔 장현 바로 앞에, 그렇게 각화가 쏜 화살이 장현의 뒤를 쫓지만, 장현, 마른침을 삼켜가며 뚜벅뚜벅 걷는데, 이윽고 화살통의 화살을 다 쏜 각화, 허리춤에서 단도를 꺼내 장현에게 다가가 목을 찌른다. 하지만 닿기 직전 멈추는 각화의 단검.

각화에게 빈 목을 내준 채, 각화를 보는 장현. 애원하듯, 타이르듯. 일각에서 지켜보던 용골대도 각화의 살기에 식은땀이 날 지경인데,

각화　　　그럼 하나만 묻지. 그날, 넌... 누구의 사내였지?

(Ins.C)　　*16부 37씬*
각화　　　*(그 혼란을 포착한 각화, 와락, 기습적으로 장현의 입술*
　　　　　을 덮치면)
장현　　　*(순간 당황했으나 어쩐지 이번만큼은 각화를 밀어내지*
　　　　　못한 채, 어정쩡한 손을 하고 섰는가 싶더니, 다음 순
　　　　　간, 각화의 허리를 감싸고)
각화　　　*...!!*

각화   대답을... 잘해야 할 거야. 니 대답이 맘에 들면, 널... 보
         내주지.

격하게 만나는 장현과 각화의 눈빛. 이윽고 장현에게서 떨어지는
단 한마디.

장현   용서하십시오.
각화   ...!!!

곧, 모든 희망이 사라진 얼굴이 되어 스르르... 검 쥔 손을 떨구는
각화.

각화   (한순간, 냉혹해지더니 청병에게) 죽여버려!(하고 단
         호히 돌아서면)
청병1   (도끼를 들고 성큼 다가와 도끼 치켜들면)
용골대   (당황해서) 전하!!
장현   (질끈 눈을 감는데)
각화   그만!

장현, 그제야 천천히 눈을 뜬다. 마른침을 삼키며 이를 아슬아슬하
게 보는 용골대. 다음 순간, 각화의 냉혹했던 눈빛에 핏줄이 서는가
싶더니, 끝내 눈물이 맺힌다.

각화   가!
장현   ...?!!

| 각화 | 맘 바뀌기 전에 가!! |

이제 장현에게 고맙기도, 미안하기도, 이제 갈 수 있어 기쁘기도 한 눈물 맺힌다.

| 장현 | (읍하며 인사하는데 목이 멘다) 전하... 내내 평안하십 시오... |

이윽고 장현, 쓱... 눈물을 간수하고 고개를 들면, 저편, 작게 안도하는 용골대. 잠시 장현과 용골대의 눈빛이 만난다. 장현, 용골대에게도 짧게 눈인사하면, 용골대, 못내 아쉬운 얼굴로 장현을 보낸다.

| 용골대 | (혼잣말) 잘 가라, 쓸모 많은 놈. |

이윽고 돌아서더니, 멀어지는 장현을 보는 각화. 눈물 때문에 멀어지는 장현이 점점 뿌옇게 보인다.

| 각화 | 어리석고, 멍청하고... 그래서 넌 내게...(목이 메어 뒷말이 삼켜지고) |

그렇게 각화에게서 장현이 영영 멀어지는데.

S#10. 들판 일각 / 낮

들판 일각 갈림길에 모인 포로들. 이제 각자 집으로 돌아갈 시간이다. 포로들의 맨 앞에 선 양천, 포로들에게 목청 높인다.

양천   자자, 이제 여기서 갈 길 갑시다. 부모, 형제, 자식들 보러
          가야지!

긴 귀향길, 서로에게 정이 깊어진 포로들, 각기 옆 사람의 손을 꼭
잡아주고, 안아주고, 눈물 훔치며 인사를 나누거나, 고향의 부모 형
제 자식을 부른다. 구잠도 얼수, 절수와 인사하고, 량음은 정인을
비롯한 아이들을 하나하나 안아주며 인사하고. 그때, 얼수가 노래
를 부르기 시작한다. 농사지으며 부르던 노동요다. 얼수를 시작으
로 포로들이 하나, 둘 노래를 따라부르고, 그렇게 번지는 백성들의
노동요. 그러다 문득, 절수가 눈물을 훔치며,

절수   아이고 가엾은 세자 저하!! 아이고 저하!!!

이에 다른 포로들도, 저편 궁을 향해 아이고, 아이고... 세자 저하,
세자빈 마마!! 하며 울고, 절하며 애도하고. 그리고 일각, 이 모습을
불길하게 보는 만해.

S#11. 조선 궁 후원 / 낮

인조가 연못 물고기에게 밥을 주고 있고, 그 옆에 선 조씨와 김자
점, 만해. 만해가 막 인조에게 그간의 일을 보고한 모양새.

김자점   수백 포로가... 육지 길로 당당히 조선에 왔다?(놀라 인

조 보면)

인조	(차분하게 물고기 밥만 주고)
만해	저들이 세자 저하를 부르며 애통해하기를 죽은 부모 부르 듯하여...
조씨	(호들갑 떨며) 틀림없이 세자의 서한을 받고 역모를 도모하는 것이옵니다!!(김자점에게 추궁하듯) 이를 어찌 하실 것입니까!!(하는데)
인조	청병이 넘어온 것은 아니고... 그저 포로들뿐인가?
만해	예, 전하!
인조	(흠... 곰곰 생각하더니) 두어라.
조씨, 김자점	...?!!
인조	속환된 포로들을 험하게 대하면, 민심이 상할 게야.(끙... 돌아서 가며) 저들도 부모, 형제를 그리는 가여운 내 백성들이다.

S#12. 논밭 일각 / 낮

논밭에 이른 한 노인의 지치고 부르튼 발. 보면, 그토록 그리던 자신의 땅에 온 얼수다.

얼수	(털썩 무릎 꿇고 앉아 땅의 흙을 들어 볼에 부비며) 내 땅, 내 땅에... 왔구나. 내 땅에... 왔어!

S#13.   초가집 앞 / 낮

작은 초가집 앞에 선 사민. 사민이 떨리는 마음으로 안으로 들어서면, 아들 잃은 슬픔 때문인지 마루에 멍하니 앉아 기둥에 머릴 기댄 사민의 어머니 보인다.

사민   (어머니를 보자마자 울컥) 엄니...

어머니   (천천히 고개 돌려 보면)

사민   나 왔어라, 엄니...

어머니   (저게 누군가... 믿을 수 없다는 얼굴 되어 보더니) 내 아들, 내 아들... 어어... 어어어어!!(달려와 부둥켜안고 오열하고)

S#14.   넙석집 마당 / 낮

초가 마당으로 들어선 넙석, 마당에서 놀고 있는 아들을 보더니 북받쳐 오른다. 곧 성큼 다가가 번쩍 안더니, 울며 까끌한 얼굴을 부비면,

아이   (발버둥치는데)

아내   (부엌에서 나오며) 누구...(했다가 멈칫)

넙석   님자...!

곧, 왈칵 오열하며 껴안는 넙석과 아내.

S#15.　　들판 일각 / 낮

난감한 양천의 표정. 그 옆, 역시 난감한 구잠과 량음. 보면 일각, 떠나지 않고 남아있는 수십여 포로들. 대부분, 여자와 아이들 그리고 절수 및 포로1, 2, 3 등의 사내들.

인옥	(땡땡을 어르며 부끄럽다는 듯) 저는... 갈 데가 없어요.
절수	난 가족이 다... 죽고 없어...
들분	저는 찾는 사람이...
향이	(구김살 가득)
정인	(량음의 다리를 꽉 붙들어 안으며) 형아랑 헤어지기 싫어!
정희	(난처하고)
량음	(무릎 굽혀 정인을 안은 채, 간청하는 표정으로 양천 올려 보면)
구잠	또, 또... 저 얼굴, 또!!!(하는데)
양천	일단 의주 우심정으로 가자!!

S#16.　　의주 길 일각 / 낮

구양천을 필두로, 의주 우심정 길로 들어서는 포로들. 지나가는 행인들, 거지꼴을 한 포로들 무리를 보며, 뭐지, 웬 거지들이야... 아유, 냄새... 해가며 경계하고, 인옥 등 포로들, 잔뜩 위축되는데, 이를 본 양천, 보란 듯 활개치며 목청 높인다.

양천	(쩌렁쩌렁) 구양천이 왔다. 의주 구양천이 돌아왔다!!!

그때, 마침 저편에서 우락부락한 사내들 십수 명이 성큼성큼 다가
오고, 인옥이며 들분, 절수 등 포로들, 놀라 움츠러드는데,

건달1   (양천 앞에 바싹 부복하며) 형님!!

건달2   큰형님!!!

곧, 건달들, 펄펄 울면서, 큰형님, 형님!! 살아오셨습니까!! 하고
울면,

인옥 등 (의아하게 보는데)

양천   (껄껄... 호탕하게 웃더니) 다들 안 죽고 살아있었
         네!!(포로들 돌아보며) 무서워 마, 다 내 아우들이야!!
         내 말했디? 내래 의주에선 방귀깨나 꼈다고! 자자... 다
         들 당분간 여기 머물다가, 살길 찾아가라!

량음   (정인과 눈 맞추고 다정히 보며) 이제 여기서 지내자!

정인   (기운차게 *끄덕끄덕*)

구잠   (절수부터 안내하며) 자자, 들어가요!

량음이 정인의 손을 잡고 우심정 안으로 들어가면, 포로들, 두리번
거리며 안으로 들어가고.

S#17.   산일각 / 낮

힘차게 걷는 장현. 이제 조금만 더 가면 길채에게 닿을 수 있다.

| 장현 | (기쁨과 희망이 가득한 얼굴 되어) 길채야... 서방 간다. |

장현, 힘차게 발길을 내딛는데, 지나던 옆 행인들의 말소리 들린다.

행인1	의주 우심정에?
행인2	그렇다니까. 포로들이라는데 시꺼멓게 몰려들어서...
장현	(순간 멈칫 서고. 계속해서 들리는 행인들의 소리)
행인1	그 주변을 군병들이 매일같이 순시 돈대. 포로들 중에 세자 저하 복수를 하겠다는 놈들이 있다잖아!
행인2	헌데... 참으로 세자께서 독살당하셨다든가?
행인1	쉿! 입조심해.
행인2	이러다 동네 시끄러워지는 거 아냐...

결국, 갈림길에서 우뚝 멈춰 선 장현. 이편으로 가면 길채에게 갈 수 있지만, 차마, 발걸음이 떨어지지 않는다. 결국 장현, 내쳐 길채에게 가지 못하고, 그저 길채에게 가는 길을 안타깝게 보기만 하는데.

S#18. 의주 우심정 앞 / 낮

량음이 저편 길을 본다. 장현이 오려나... 하지만, 역시 장현은 없고.

| 구잡 | (마침 곁으로 다가와 서며) 장현 성님은 왜 안 와!! 정말 그 황녀랑 살림 차린 거야? |
| 량음 | (잠시 쓸쓸했으나) 그래도 좋지. 그래도 황녀 곁은 안전하잖아. |

구잠	에이...(하며 쿵쿵쿵 들어가면)
량음	(역시 쓸쓸하게 저편을 보다가 자기도 들어가려는데)

누군가 오는 기척! 량음, 혹여 장현일까 반가운 얼굴 되어 보면, 소야다. 량음, 곧 애써 미소 짓는 표정을 만들면, 소야, 량음의 표정에서 이미 실망을 포착했지만, 모르는 척, 미소 짓는다.

S#19.   의주 우심정 마당 / 낮
일각에 나란히 선 량음과 소야.

소야	우리 예전 은산 공노로 있을 때, 갑자기 사라져서 나 혼자서 얼마나 울었는지 모릅니다.
량음	미안해... 인사도 못 하고 갔었지.
소야	다시 만났으니 됐어요. 헌데 어쩌다 량음이 됐어요? 난 원래 이름이 좋은데.
량음	날 구해준 이가, 내 노래 솜씨가 쓸만하다면서 붙여준 이름이지.(소야의 양팔을 잡아 다정하게 눈 맞춘다) 지난 일이야. 난 그 사람 보낼 거야.
소야	(뜻밖의 말. 놀라고 벅차서 왈칵 안기면)
량음	(소야를 꼭... 안아주는데)
장현(E)	벌건 대낮에!

량음, 화들짝 놀라서 보면, 여행길에 초췌해진 장현이 씩씩하게 걸어오고 있다.

랑음	못 오는 줄 알았어. 안 오는 줄...(울컥하는데)
장현	돌아온다고 했잖아.(하며 랑음 안아주려는데)
랑음	(피하며 얼른 눈물 수습하더니) 형님!!(양천 부르며 안으로 들어가고)
장현	(조금 머쓱해졌다가 이제 소야를 본다) 우리 전에... 만난 적 있지요?
소야	(이 사람 누굴까... 하는 눈빛으로 끄덕하면)
장현	우리 랑음이... 많이 아껴 주세요. 귀하고... 또 귀한 아이예요.

마침, 양천과 구잠을 데리고 나왔다가, 장현이 소야에게 자신을 당부하는 말을 들은 랑음. 랑음, 장현의 다정함에 멈칫, 얼어붙은 사이, 양천과 구잠이 랑음 뒤편에서 튀어나오며 장현을 환대한다.

구잠	성님!!
양천	(절룩이며 환하게 반색) 야, 이장현이!!

S#20. 의주 우심정 마당 / 낮

장현이 들어서면, 장현을 알아보고 놀라 맞는 포로들. 절수와 인옥이며 들분, 항이, 정인 등의 꼬맹이들이 환하게 맞으며, 왜 이제 오셨어요, 오셨습니까? 등등. 장현도 마주 환하게 인사하는데, 절수, 반기며 다가오더니,

절수	오셨습니까? 이제 됐네, 됐어!!(하면서 뒤편 포로1, 2, 3

에게 오라는 손짓하면)

장현	(미소로 맞으며) 그간 잘 지내셨습니까?(하는데)
절수	소문에 세자께서 독살을 당하셨다던데... 사실입니까?
장현	(순간 안색 식고)
포로1	후궁 조씨가 독침을 놔서...
포로2	내가 들은 소문은 그게 아니고, 전하께서...(하는데)
절수	거거!!(손 흔들어 말 멈추게 하더니) 아무튼 우리가 세자 저하의 은혜를 입은 몸으로 원수를 갚아야지 않겠습니까? 원수를 갚으실 게지요? 난 이제 늙어서 죽어도 여한 없으니, 뭐든 시켜 주십시오!
포로들	(끄덕끄덕하며 이글이글 보는데)
장현	이제 세자 저하는 잊으십시오.
절수	하지만 우리 은인이신데...
장현	세자께서 독살을 당했든 아니든... 궁금해하지도, 원수를 갚을 생각도 마세요!(간절해진다) 부탁입니다. 그것이 저하가 바라는 일입니다.
절수 등	(멋쩍어 서로 눈치만 살피고)

S#21.　　**의주 우심정 마당 / 밤**

마당이며 마루, 내실에 **빽빽**하게 잠든 포로들. 그리고 마당 일각,
이들을 보며 불안하게 선, 장현과 양천, 구잠, 량음.

구잠	소문 듣고 강 넘어온 포로들까지 계속 몰려들고 있습니다. 하긴, 끌려간 사람이 수천, 수만인데...

량음	여기 사람들이 많아지니... 의주 관아에서 툭하면 사람을 보내서 순시를 돌고 있어. 또 전처럼 사달날까... 그게 걱정이야.
장현	(잔뜩 불안해지는데)
양천	(버럭) 사달? 무슨 사달!! 여기 의주야! 나 의주 구양천이야!!(하는데)
장현	(턱, 양천 잡으며) 분란을 만들면 안 됩니다, 형님. 이 일은... 제가 수습하겠습니다. 맡겨 주세요.
양천	...?!!

S#22. 배단티 길채 초가 / 저녁

솥뚜껑을 열면 포슬하게 지어진 잡곡밥. 길채가 밥을 푸어 주면, 아이들에게 밥 나누는 종종이와 승아. 다짐과 기태 등이 신나게 받아서 먹는데,

구잠(E)	종종아!!

뜻밖의 음성! 길채, 종종이 의아하여 보면, 구잠이다!

종종이	(멍... 해져서) ...구잠... 구잠아!!!

달려가 왈칵, 구잠에게 안기는 종종이. 길채, 역시 얼어붙었다.

구잠	(종종이와 포옹 풀곤 은애, 길채에게 꾸벅... 하며) 마님...!

길채	(주춤… 다가가며 겨우 미소) 나린… 청으로 가신 모양 이지.(결국 눈물 맺혀) 그래서 자네 혼자 왔겠지…(하는 데)
구잠	아녜요. 나리도 곧 오십니다. 저 먼저 가 있으라구 했어 요!
길채	…?!!
구잠	(뒤 보더니) 아, 들어와요!!

주춤거리며 들어오는 정희와 항이 등 포로들. 여기 와도 되나, 믿을
수 있나… 하는 표정인데.

S#23. 배단리 곳곳 / 저녁

- 배단리 초가1 마당

박대와 방두네가 땡땡을 안은 정희, 정인, 넛남, 짱이 등 포로들을
배단리의 한 초가 내실로 안내한다.

방두네	(밥상을 들고 들어오며) 밥부터 드시우!!
박대	(덥썩 넛남을 안아주고)

- 배단리 초가2 내실

승아가 항이 등을 또 다른 초가 내실로 안내하며,

승아	오늘은 나랑 여기서 자요.(하다 잘린 손 보고 놀라면)
항이	괜찮아요. 이 손으로 밥도 잘 먹고 일도 잘해요!

승아   나도 집에서 쫓겨났어요. 죽으려고 했는데, 그래도 사
             니까 좋아요.

서로 마주 보더니 울컥... 하여 껴안고 울고.

S#24.　배당리 길채 초가 안 / 밤

밥상을 놓고 길채와 구잠, 종종이가 마주했다.

구잠   아우, 포로들이 끝도 없어요. 그냥 뒀다간 또 사달날까
             봐 장현 성님이 일단 포로들 나눠 보내고, 량음이랑 포
             로들 지낼만한 마을 찾아본다고 저보고 먼저 가라고
             했습니다.
길채   (연신 끄덕이며) 그래, 그래...(하는데)
구잠   아무튼 은제부터 착한 일 하면서 살았다고... 사람 이상
             해졌다니까!!
길채   (훌쩍 눈물이라도 삼키며) 어여 먹게. 자꾸 말 시키니,
             밥도 못 먹겠어. 종종아, 숭늉...(하는데)
종종이   (눈시울이 뜨끈해져선 구잠 먹는 모습을 보기만 하고)
길채   (미소) 숭늉은 내가 가져와야지...(하면서 자리 피해주
             면)

길채, 나가다 돌아보는데, 종종이가 반찬을 구잠의 밥 위에 올려준
다. 다정한 두 사람 모습에, 길채, 미소 지으며 자리 비켜주려는데,

구잠	아, 성님 서한을 가져왔습니다!
길채	...?!!

S#25. 장현 서한을 읽는 길채와 장현 교차

- 배단리 길채 초가 마당 / 밤

고요한 달빛 아래 홀로 마당에 선 길채, 소중히 서한을 열면.

장현(N)	바로 돌아가지 못해, 먼저 서한을 전합니다.

첫 문장을 읽자마자 눈물이 고여 그대로 서한을 품고 눈을 감는 길채. 그렇게 한참. 잠시 후 길채, 다시 서한을 펼치면,

- 마을 일각 / 낮

량음과 함께 포로들이 머물 마을을 탐색하는 장현과 량음. 길 일각에 서서 마을 어른들에게 인사하고, 뭐라 용건을 전하는 장현과 량음. 마을 어른1, 난감하여 고개를 젓고. 그 옆에 선 이는 삿대질까지 하며 역정을 낸다.

장현(N)	지금 우심정에 든 포로들은 돌아갈 곳도, 받아줄 가족도 없는 사람들입니다. 나마저 외면하면 저들의 앞날이 막막하여, 뒷수습을 하고자 하니, 부디 이해해 주세요.

- 배단리 길채 초가 마당 / 밤

떨며 언문으로 쓰여진 서한을 읽는 길채 위로, 흐르는 장현의 음성.

장현(N) 뒤척이다 잠이 들면... 그대 꿈을 꿨던 것 같아. 꿈이라
         도 기억난다면 좋으련만, 선잠에서 깨면 유길채... 그대
         이름만 둥실... 뜬다오. 그대 생각에 잠겨... 잠든 적도,
         깬 적도 없는 것 같은 기분... 아십니까?

곧, 길채에게 벅찬 눈물이 고이고. 서한을 소중히 품에 안고 가만...
눈을 감는 길채.

S#26. 배단리 길채 초가 내실 / 낮
새날, 일단의 포로들이 또 배단리의 한 초가로 들어선다.

종종이 (마당에서 포로들 맞으며) 마님, 또 왔어요!
길채   (부엌에서 나오며 환하게 맞는다) 들어오세요!(방문을
        열어) 안으로 들어가세요. 깨끗이 치워 뒀어요.
종종이 (활기찬 길채 보며 흐뭇해져서) 마님, 신나시나 봐요.
길채   응! 내가 이 사람들을 잘 간수해야, 나리가 금방 올 거
        아니냐. 그러니 너도 잘해라. 이제 이장현은 완전히 내
        꺼야!! 자, 어서어서!!(하다 누군가를 보고 멈칫. 들분
        이다!) 넌...
들분   (울먹울먹 하다 와락! 껴안고)

껴안은 채 펑펑 우는 길채와 들분. 일각의 종종이도 들분을 알아보
고 반가워 놀란 미소 떴는데.

들분	니 말대로 이역관 나리께 도움을 청했더니... 속환시켜
	주셨어.
길채	잘했어, 정말 잘했어!!
들분	혹시 우리 다짐이...(하면)
길채	(들분 손잡더니) 가자!
들분	(눈 커지며) 그럼...?!!
길채	(끄떡 끄덕)

S#27. 배당리 길채 초가 마당 / 낮

마당에서 놀고 있는 기태와 다짐 등 꼬맹이들. 그때 길채가 들분을
데리고 마당으로 들어서더니 다짐을 가리킨다.

들분	(다짐을 확인하고 숨이 턱 막혀서 얼어붙으면)
다짐	(역시 놀다가 시선 느끼고 올려보고)
들분	(터질 것 같은 심장을 꾹 누르며 주춤 한 걸음...) 우리
	아들... 많이 컸네.(하고 다가가면)
다짐	(얼른 피해서 길채 뒤에 숨고)
들분	(안타까운 눈물이 그렁그렁) 다짐아...
길채	(다짐에게 끄덕... 해 보인다) 엄마야... 말했지? 다짐이
	엄마는 다짐이 잊은 적 없다고.

다짐, 그제야 들분 보면, 들분, 펄펄 울며 다짐에게 두 팔을 펼친다.

| 다짐 | (그제야 알아봤을까. 삐죽삐죽... 하더니) 엄... 마? |

들분   (끄덕... 격하게 *끄덕끄덕하더니*) 그래, 엄마. 엄마
야...(*와락 껴안으며*) 내 아들... <u>으으으으</u>... 내 아들...!!

들분의 벅찬 오열. 이를 보는 길채와 종종이, 덩달아 눈물이 고이고.

S#28.   *서원 사랑채 / 낮*

마을 서원 사랑채에 마주한 장현과 마을 사람들. 상석에 마을 유지
로 보이는 노인1을 비롯, 양옆에 앉은 중년의 선비들 서넛.

노인1   우리 마을 홍시를 자네 덕에 좋은 값에 팔았으니 자네
            는 우리에겐 귀인이지. 허나...(눈치들 보면)
마을 사람들   (모두 불편한 표정)
노인1   정절 잃은 여인과 부모 없는 고아들을 우리 마을에 들
            일 수는 없네.

다들 암, 안 되지. 아무리 해도 그건... 우리 마을이 어떤 마을인데...
등등 표정과 말들을 두런두런 나누고.

장현   (흠... 한숨 내쉬면)
량음   (역시 무거운 표정 되고)

S#29.   *길 일각 / 낮*

량음, 마을 명단을 들고, 석탄으로 줄을 직... 긋는다. 이제 고작 남

은 것은 서너 마을뿐. 위로 스물 남짓한 마을에서 모두 거절했는지 줄이 그어져 있고.

량음	아무래도... 쉽지 않겠어. 배단리도 지금쯤 꽉 찼을 텐데...
장현	찾아야지. 찾을 거야...(하면서도 역시 초조한데)
량음	(문득 장현 보다가 설핏 미소) 그래도 이게 얼마 만이야. 예전엔 너랑 나랑 구잠이랑 팔도 돌아다니며, 사람 구경 많이 했지.
장현	(피식) 그랬지... 오랜만이군.
량음	(끄덕) 오랜만이고, 또... 마지막이겠지.
장현	(의아하게 보면) 무슨 소리야?
량음	이제 지겨워. 언제까지 너랑 붙어 다닐 거야?
장현	...?!!
량음	(애써 쾌활하게) 그나저나 사람들 인심하곤. 예전 능군리에선 송추 할배 회혼례도 치러줬었는데 말이야... 그러고 보면 능군리 어르신들은...(했다가 뭔가 떠오른 표정)
장현	(역시 반짝 불이 들어온다)

(Ins.C) **2부 13씬**

근직	본시... 예는 정(情)에서 나온다 했어.

S#30. 능군리 일각 / 낮

장현과 량음이 능군리로 들어선다. 장현, 만감이 교차하여 능군리를 죽... 둘러 보는데, 마침 저편에서 그사이 머리를 올리고, 수수한 옷을 입고, 나물 바구니 따위를 옆구리에 끼고 담소 나누며 지나가는 유화와 정연, 임춘! 임춘, 장현을 알아보고 우뚝 선다.

임춘	저 사람은...
유화	비혼... 나부랭이? 너는... 만고절창 량음!
정연	장현... 도련님?
장현	(왠지 반갑고 벅차서) 그간... 잘들 지내셨습니까?(하는데)
준절(E)	장현... 도령?
장현	(돌아보면)

전쟁 중에 손이 잘렸던 준절과 태성이 역시 놀란 얼굴이 되어 서 있다.

S#31. 여희서원 / 밤

여희서원 내실에 마주한 현겸, 그 옆으로 만재와 금당. 그리고 준절, 태성, 그리고 유화, 임춘, 정연 등 마을 사람들. 장현, 이들을 새삼 고향 친구들 보듯 울컥해서 보는데,

현겸	해서...(조금 준엄한 표정으로) 청에서 욕을 당해 오갈 데 없는 여인들이며 고아들이 머물 곳이 필요하단 말인가?

잠시 두런두런 들썩이는 만재 등 마을 사람들. 장현, 용기 내어 입을 연다.

장현	참으로 염치없습니다만...(하는데)
현겸	데리고 오게!
장현	(놀라 보면)
만재	길채도 오는가?(쓸쓸해진 얼굴 위로 눈물이 고였다) 우리 순약이도 의병에 나가 죽었어. 고아들이 온다면... 내 자식처럼 키워보지.
금당	(덩달아 눈물 닦아내며 끄덕끄덕)

보면 유화며, 정연, 임춘, 준절, 태성 등등 능군리 사람들 모두 따뜻한 눈빛으로 끄덕이고. 이를 본 장현, 울컥, 괜히 울 것 같은 기분이 되고. 뒤편에 무릎 꿇고 앉은 량음, 장현의 미소에 덩달아 애틋한 미소가 뜬다.

S#32. 한양 길채집 별채 마당 / 낮

마루에 앉아 깊은 생각에 잠긴 은애. 마침, 연준이 들어오는 기척.

은애	(퍼뜩 깨어나며 조심스럽지만 여전히 다정한 미소) 고단하시지요...
연준	(잠시 보다가 얼른 시선 떨구며) 예...(하고 섬돌 오르려는데)
은애	서방님!

연준	(멈칫 서면)
은애	저는, 피난길에 오랑캐를 만나 겁간을 당할 뻔하였으나,
연준	(듣기도 괴롭다는 듯 눈을 질끈 감고)
은애	길채가 오랑캐를 찔러 죽여, 화를 면했습니다. 그런데도 서방님께선 이미 오랑캐에게 어깨를 잡혔으니 정절이 상한 것이라 여기십니까?
연준	(돌아보면)
은애	하지만 오랑캐에게 욕을 당했다 한들, 어쩔 수 없이 당한 것인데, 그것이 어찌 서방님을 배신한 것입니까? 또한, 이후로 전, 단 한 번도 서방님에 대한 마음이 변하지 않았는데, 어찌 정절이 상했다 할 수 있습니까?

그제야 몸을 돌려 은애를 보는 연준. 잠시 은애와 연준의 눈빛이 만나고. 은애, 연준에게 다가가 연준의 손을 끌어 자신의 얼굴에 댄다.

연준	...!!
은애	(눈시울이 붉어져서) 접니다, 서방님. 은애예요...
연준	(덩달아 눈시울이 붉어지더니, 다시금 예전의 다정한 연준이 되어 애틋하게 은애의 볼을 어루만지더니 와락 껴안으며 눈물 쏟고)
은애	(벅차서) 예, 예... 접니다! 서방님을 연모하고, 오직 서방님만 그리는...(하는데)
연준	(한순간, 감정을 끊어내며 포옹을 푸는 연준) 아니, 부인은 변했어.

은애	(찬물이 끼얹어진 듯 당황하고)
연준	부인은 한 번도 나를 속인 적 없는 사람입니다. 헌데... 오랑캐에 잡힌 일을 오랫동안 숨겨왔어요. 이것이 오랑캐가 이 조선 땅에 남긴 참혹한 티끌입니다. 아니라고 하시겠소?(하고 눈물을 삼키며 나가버리고)
은애	(멍... 망연해진 채 남는데)

S#33. 조선 궁 후원 / 낮

연못에서 물고기 밥을 주는 인조와 그 곁의 조씨, 김자점.

김자점	(눈치 살피며) 정명수가 칙사의 말을 전하길... 소현의 큰아이를 잘 기르라며, 훗날에 묻는 날이 응당 있을 것이라 하였다 합니다.
인조	(물고기 밥 주던 손이 멈칫)
조씨	(역시 놀란 표정. 불안하게 인조 눈치 살피고)
김자점	또한...(더욱 조심스레) 강적의 둘째와 셋째가 마마로 죽었다는 것은 자기가 아는 소식과 다르다며 꼬투리를 잡았나이다. 저들이... 강적의 세 아이 모두 유배 보낸 것을 아는 듯하였사옵니다.
인조	(결국 질끈, 눈을 감는다. 툭, 끊어지는 인내심. 이윽고 눈을 뜨더니) 강적의 아이들에 관한 일은... 누가 누설하였는가?
김자점	(절레...) 그것은...
인조	이 일을 누설할 자는... 역관들뿐이다.

김자점	...!!
인조	일단... 정명수에게 뇌물을 주어 입막음을 해. 정명수가 달라는 관직도 주고, 그 조카에게도 벼슬을 줘.
김자점	예, 전하.
인조	필시...(차분하지만 어금니를 꾹... 물었다) 동궁의 서한이 저들에게 흘러 들어간 게지. 내 저들을 가여히 여겨, 그저 두려 했건만...

S#34.　배단리 동구 / 낮

길채가 다시 배단리 동구를 서성인다. 하지만 인적 하나 없고.

길채	오늘도 아니 오시려나...(하면서 몸 돌리려다 문득 멈칫한다)

보면, 저편에서부터 가까워지는 누군가. 점점, 다가오는 모습. 이번에는 틀림없는 장현이다!

심장이 쿵... 멎는 길채. 처음엔 주춤주춤, 한 걸음... 씩 다가가다가, 이윽고 뛰듯이 가는 길채. 장현 역시 길채를 알아보곤 환하게 미소지으며 서면, 이윽고 내쳐 달려 장현에게 와락 안기는 길채.

길채	서방님...!
장현	(피식... 눈물 고인 웃음 끝에) 방금 나보고 서방님이라고 했소?

길채	(역시 울컥... 더욱 꼭 안기며) 예... 예 서방님!
장현	그래! 이제 우리, 서방 각시 됩시다!

S#35.   배단리 길채 초가 마당 / 낮

활옷 입은 여인이 방두네의 부축을 받아 가고 있다. 혹, 이제 길채
와 장현이? 하는 의심이 들뻔한 순간, 이윽고 보이는 신부의 얼굴.
종종이다! 그리고 맞은편, 신랑 옷을 입고 배실실... 웃는 구잠.

CUT TO

구잠과 종종이가 술을 나누는 장면을 보며, 행복한 시선을 나누는
방두네와 박대, 들분, 항이 등... 그리고 조금 떨어진 곳에서, 예전
능군리 회혼례 시절처럼 다정하고 애틋한 눈빛을 오래 나누는 장
현과 길채.

S#36.   배단리 길채 초가 안 / 밤

소박한 주안상을 놓고 앉은 구잠과 종종이. 종종이, 잔뜩 긴장한 얼
굴인데, 보면, 더 긴장해서 땀을 삐질거리는 구잠.

구잠	더워, 아 더워...(하며 소매춤으로 땀 닦다가) 아, 족두리!

구잠이 족두리를 벗겨주려다 끝단이 비녀에 끼어 엉거주춤, 식은
땀이 뻘뻘 나고,

종종이	(점점 불편해지다가) 이 바보야!!
구잠	(흠칫, 쪼그라들면)

S#37.　배당리 길채 초가 마당 / 밤

방두네, 박대, 들분, 승아, 절수 등이 잔치 음식을 나르고, 먹고 마시는 사이, 다짐과 정인 등 아이들이 뛰어노는데, 조금 떨어진 일각에 나란히 서서 이 모습을 흐뭇하게 보는 장현과 길채.

장현	종종이랑 구잠이 보기 좋지?(조금 긴장했다) 해서 말인데 우리도...
길채	글쎄요... 전 혼인은 이미 해 봐서...(괜히 옷소매라도 탈탈 털며 딴청) 전에 말씀하셨지 않습니까? 굳이 혼인이라는 형식에 묶일 필요가 뭐 있느냐... 그저 뜨겁게 운우지정이나 나누며 살면 되지 하셨지 않습니까. 우리야 뭐 이미 뜨거우니 굳이...
장현	아... 그랬지. 음... 맞아. 그래...
길채	그땐 어이가 없었지만, 참으로 맞는 말씀이셔요. 이젠 저도 뻔한 건 싫습니다.
장현	뻐, 뻔해? 암, 그건 나도 싫어. 나 뻔한 사내 아니야!! 아니고말고...(의기소침해지는데)
길채	반지 좀 줘 보세요!
장현	반지를? 아니 왜 줬다 뺏으려고...(서운한 표정 되어 반지를 주면)
길채	(받더니 제 품에서 꺼낸 반지랑 비교해 보며) 여기다

좋은 글귀를 새겨야겠습니다. 해서... 뻔하지 않게 제가
할 것입니다, 청혼!

장현 (멍... 해서 보면)

길채 저와 혼인해 주셔요.

장현 (멍... 해서 보면)

길채 (이제 제대로 눈 맞추며) 세상에서 제일...(눈시울이 붉
어진다) 행복한 사내로 만들어 드리겠습니다.

장현 (결국 와락, 길채를 껴안는다. 질끈... 눈을 감는 장현)

길채 (더욱 깊게 장현 품에 파고들고)

S#38.   배단리 길채 초가 마당 / 밤

장현과 절수, 항이, 들분, 승아 등 포로들이 있는데, 놀란, 얼굴로 장
현을 보는 포로들.

들분 (장현 보더니) 능군리... 요?

승아 그곳에선... 우리를 받아준답니까?

절수 나같이 쓸모없는 늙은이도 갈 수 있는가?

장현 (절수 보며 미소) 예전 능군리엔 송추 할배란 분이 사
셨는데, 마을 스승님들 앞에서도 참으로 당당하셨지요.
능군리엔 쓸모없는 사람 같은 건 없습니다.

절수 ...?!!

길채 (송추 얘기에 울컥)

장현 (승아며, 넛남, 짱이 등 보며) 부모 잃은 고아들도 자식
처럼 키워보고 싶다 하셨습니다. 모두들... 반겨주실 겁

니다.

들분 등, 서로 놀란 표정 나누면, 길채, 벅찬 얼굴로 장현 본다. 그런 길채에게 끄덕... 해 보이는 장현.

| 장현(N) | 능군리로 갑시다. 이제 우리 거기서... 돌덩어리, 풀때기처럼 삽시다. 하찮게, 시시하게. |
| 길채 | (눈물진 미소 지으며 끄덕... 끄덕끄덕) |

벅차는 장현과 길채. 그 위로,

| 인조(E) | 뭐? 세자가 독살을 당해? |

S#39.　　인조 침전 / 밤
깊은 밤, 인조와 김자점 그리고 조씨가 마주했다.

조씨	(벌게져서) 누가 그런 소문을 떠들고 다닌단 말입니까?
인조	(내리깐 눈빛으로 무슨 생각을 하는지 가늠할 수 없고)
조씨	전하를 제대로 뫼셔야지요! 그런 소문이 돌도록 뭘하고 계셨소!! 저하, 필시... 강적의 죽음을 애통해하던 자들입니다.(자점 보며) 그자들을 모조리 잡아들이지 않고 뭐하십니까?
김자점	(짜증 난다는 듯 조씨 보며) 증좌도 없이 누굴 잡아들

이란 말입니까?(잠시 인조 눈치 보며) 전하, 진생의 고
변만으로 세자빈이 역적이 된 일로 유생들의 민심이
만만치 않은지라...(잔뜩 눈치 살피며)

인조　　소문이 눈덩이처럼 불어나게 둘 수는 없다. 그러니... 유
생들이 따르는 자들이 저들의 흉악함을 알려야겠지. 김
집이나 김상헌, 장철 같은...(곰곰 생각하다가) 장철...
장철을 들여.

김자점　　... 장철은 포로들을 퍽이나 불쌍히 여기는 자인데...

인조　　하게 해야지. 내가 그리 만들 것이다.

김자점　　...?!!

S#40.　조선 편전 / 밤

깊은 밤, 편전에서 독대한 인조와 장철.

인조　　흉도들을 잡아들여라. 강적과 사통한 흉도들이 역모를
꾀하고 있어. 해서 그대가 순무사를 맡아 그자들을 적
발해 주었으면 해.

장철　　전하, 가여운 포로를 어찌 흉도라 하시옵니까?

인조　　나는 확신한다. 역적 강씨가 비축해 놓은 재물이 모두
흩어지고 남아있는 것은 쓸모없는 필단들뿐이었다. 그
재산이 다 어디로 갔단 말인가? 필시... 포로들에게로
간 것이다.

장철　　증좌가 있사온지요...(하는데)

인조　　증좌라? 허면 이건 어떠하냐? 해마다, 기축년에 몰락한

친정을 신원시켜달라는 상소문이 올라와.

장철　　　...?!!

인조　　　친정 사내가 모두 죽고, 시집간 딸이 겨우 살아남았는
　　　　　데, 그 딸이 해마다 상소문을 올리고 있지. 지금껏 무시
　　　　　해 왔으나 이제 그 상소문을 펼쳐...

장철　　　(무슨 말을 하려는지 보면)

인조　　　네 아비 영무공이 고변한 역모의 진위를... 다시 조사해
　　　　　볼 수도 있겠지.

장철　　　...?!!

창백해진 장철과 인조의 눈빛이 쩽!! 맞붙고. 그 위로,

학동(E)　　초나라의 대부 섭공이 공자에게 말하기를, '우리 마을
　　　　　에 궁이라는 정직한 사람이 있는데 자기 아버지가 양
　　　　　을 훔친 것을 증언했습니다'라고 하자...

S#41.　(과거) 장철집 내실 / 낮

어린 학동들이 낭랑하게 글을 읽고 있으면, 그 곁을 지나며 흐뭇하
게 보는 젊은 시절의 장철.

학동　　　공자는 '우리 마을의 정직한 사람은 그와 다릅니다. 아
　　　　　버지는 자식의 잘못을 덮어주고 자식은 아버지의 잘못
　　　　　을 덮어줍니다. 정직은 이 가운데 있습니다'

그때, 이단이 뛰쳐온다.

이단   아버지, 할아버지께서 위독하십니다!

장철   ...!!

S#42.   **(과거) 장철집 사랑채 / 밤**

임종 직전의 장철의 아버지 장서인. 그 옆을 지키는 장철.

장서인   (점점 얼굴에서 생의 기운이 빠져나가려는데)

장철   아버지, 한 번도 여쭙지 못했으나... 이젠 알려주십시오.
　　　　아버지께서 역도들이 역모를 꾀한 사실을... 직접 들으
　　　　신 게지요? 그 고변이... 사실인 게지요?

장서인   (순간 두려움으로 번쩍 빛이 들어온 눈)

잠시간, 장철과 장서인의 눈빛이 팽팽하게 맞선다. 죽음 앞에서 남
은 모든 힘을 끌어 장철을 보는 장서인. 그 격렬한 갈등의 눈빛. 이
윽고 서인, 입을 움찔... 한다.

장철   (얼른 귀를 대면)

장서인   (마지막 힘을 끌어 귀엣말을 하고)

장철   (순간 안색 변하는데)

다음 순간, 툭, 손을 떨구는 장서인. 장철, 죽은 아버지를 보는데, 표
정은 아버지의 죽음이 아닌 다른 것에 충격을 받은 듯한 표정.

S#43. (다시 현재) 조선 편전 / 밤

잠시 지난날을 떠올리며 얼음장처럼 굳은 장철. 부복한 손이 떨고 있다.

인조   (그런 장철을 기민하게 관찰하다가) 몇 해 전 광해가 유배지에서 쓸쓸히 죽었다. 내가 그리 만들었지. 나는 너도 그리 만들 수 있다.

장철   ...?!!

S#44. 장철집 사랑채 / 밤

백지장처럼 하얗게 질린 얼굴로 앉은 장철. 그 위로,

인조(N)   나는 무고죄로 너의 죽은 아비를 다시 죽이고, 너를 다시 천하디천한 노비가 되게 할 수 있어.

S#45. 장철집 마당 / 밤

장철집 마당에 연준과 도전을 비롯한 제자들이 섰고, 연준, 장철의 심중이 궁금한 표정인데. 이윽고 드륵... 문이 열리더니 헬쑥해진 장철이 나온다. 연준을 비롯한 제자들이 장철을 올려보면, 제자들의 눈빛이 장철에게 거대한 압박으로 다가온다.

인조(N)   너의 제자들 앞에서... 다시 노비가 된 니 모습을 보여 줄 셈인가?

S#46.　토벌단 집무실 / 낮

토벌단 집무실이 마련되었다. 집무실에 자리한 김자점과 만해, 그
외 양옆으로 선 몇 젊은 군관들. 곧, 문이 열리더니 들어오는 장철.
장철, 속을 알 수 없는 굳은 얼굴로 들어와 상석에 서면, 그 뒤로 들
어온 연준도 옆에 서는데, 탁상 위, 구양천과 이장현의 화상 놓여
있다.

장철	(구양천의 화상을 봤다가 이장현의 화상을 보는데)
만해	역도들의 수괴는 구양천이고, 역관 이장현이 그와 긴밀 하게 손발을 맞추고 있습니다. 이번에 청에서 이장현 을 불러 변경까지 동행했으며, 구양천도 조선으로 들 어왔습니다. 이제 구양천과 이장현이 만났으니, 조선의 앞날이 풍전등화입니다. 하루빨리 역도들을 토벌하시 어...(하는데)
연준	저들을 잡아들이기 전에, 민심을 살펴야 하지 않겠습니 까? 저들은 포로들입니다. 포로들을 역도 취급하여 토 벌했다가 민심이 떠나면 그때는 어찌할 것입니까?
김자점	저들 중에 강적의 무리가 있어!
연준	민심이 아직도 강적의 편임을 모르십니까?
김자점	말조심하게!!(하는데)
장철	남수찬의 말이 맞습니다. 우리 전하께서 반정에 성공하 신 것은 군병의 힘이 아닙니다. 민심이 전하의 편이었 기 때문이오. 민심을 타면 역모도 반정이 되는 것이고, 민심을 타지 못하면 역당 토벌이 아니라 폭정이 되는 것이지. 우리 전하를 폭군으로 만들 셈이십니까!

김자점   ...!!

S#47.   동장소 / 밤

모두 물러나고 장철과 연준뿐. 이제 이장현의 화상을 손에 들고 깊
게 보는 장철. 알 듯도 모를 듯도... 어쩐지 눈이 가는 얼굴.

연준   스승님, 잘 모르겠습니다. 일전 전하의 구언도 굳게 거
          절하신 스승님께서, 돌아온 포로 중에 역도를 적발해
          내는 일을 맡으시다니요?

장철   (말 끊으며) 니가 역관 이장현과 전부터 알고 지낸 사
          이라지? 남한산성에도 함께 들었다 들었다. 맞느냐?

연준   ...예. 인연이 있는 것은 사실이나, 저도 그자에 대해선
          잘 모르옵니다. 공명첩을 사서 사족이 되었다는 소문을
          들었고, 팔도를 돌며 홍시와 백면지 따위를 거래하여
          큰돈을 벌었다 했습니다.

장철   공명첩을 사서 양반이 되었다? 허면, 본시 천예란 말이
          냐?

연준   이장현의 과거사는 알지 못하옵니다. 다만...(조심스
          레...) 이장현 그자가 재물에 눈이 멀었을지언정... 역모
          를 꾀할 자는 아니옵니다. 일전 청의 칙사를 끌어들인
          일도 그저 정명수 같은 권세를 바라는 것이라 여겼사
          온데... 이역관과 속환되어 온 포로들을 흉도라 의심하
          는 것이 과연 스승님이 말씀하신 예와 의리를 지키는
          길이온지요?

장철	(그제야 화상에서 시선을 거두어 연준 보며) 나는 몽둥 이를 든 마름의 심정으로 이 자리에 섰다.
연준	...?!!
장철	나를 믿어다오. 순무사를 나 아닌 김자점 같은 이가 맡 으면 필시 더 많은 포로들이 상할 것이다. 나는... 억울 한 포로가 생기지 않도록 정성을 다할 것이다.
연준	(그제야 환해지며) 스승님!!!
장철	일단 이장현, 이자에 대해 조사해 봐. 역관들은 청인들 과 사사로이 교류하니 의심을 거둘 수는 없다. 만일 이 자가 참으로 청과 내통하여 사직을 위협하고자 한다 면, 반드시 처결해야 할 것이나, 그저 장사치라면... 역 적의 율로 처리할 수 없게 막을 것이다.
연준	예, 예, 스승님!

S#48. 조선 이조 / 낮 ~ 밤 ~ 아침

이조의 내실로 들어선 연준. 안에서 관리가 읍하여 연준 맞으면,

연준	공명첩에 대한 기록을 찾고 있습니다.

CUT TO

탁상 위에, 공명첩에 대한 기록이 수북이 쌓였고, 밤늦도록 한 장 한 장 살펴보는 연준.

CUT TO

아침이 밝았다. 연준, 피로도 잊은 채 찾고 있다가, 곧 뭔가를 발견한다. 은산 관아, 공노, 현.

연준   은산 관아 공노... 현?

연준, 뭔가 묘한 느낌을 받는데.

S#49. *장철집 내실 / 낮*

위패를 보고 앉은 장철. 다시금 뜨는 복잡한 감정의 소용돌이. 그때, 뒤편 연준의 기척. 장철, 흠칫, 상념에서 깨어나면, 장철 뒤편에 앉는 연준.

장철   이장현에 대해 알아보았느냐?

연준   예, 이장현이 본시 은산 관아 공노였다 합니다.

장철   부모는?

연준   떠돌이 유랑인을 거두어 공노로 삼은 것이라 부모에 대한 기록은 찾지 못했사옵니다.

장철   그래... 알았다.(하고 다시 위패 보는데)

연준   (조심스레) 스승님, 주제 넘사오나, 아드님이 어쩌다 돌아가게 되었는지... 여쭈어도 될는지요.

장철   (잠시 망설이다) ...화적들에게 당했다. 찾았을 땐, 시신이 불에 타 알아볼 수도 없었지.

연준   ...!!

장철   내 아들은 없으나, 이젠... 너희들이 내 아들이야. 특히 자네...(자애롭게 보며) 나에게 묻고 따지고, 또 나를 근심하는 너를 보자면, 꼭... 내 아들을 보는 것 같거든.(다음 순간 떠오르는 인조의 음성)

인조(E)   제자들에게 노비가 된 모습을 보여줄 셈인가?

장철   난 자네들마저 잃을 순 없어. 암... 절대 잃을 순 없지...

인조의 겁박을 되새기며 조금 두려운 표정으로 다시 위패를 보는 장철. 연준, 그런 장철을 보며 머릿속이 복잡해지고.

S#50.   **장철집 사랑채 / 낮**

장철이 홀로 사랑채에 앉았다가 문득 서안에서 낡은 공책을 꺼내 든다. 장을 펼치면, 한쪽엔 시제가, 한쪽엔 그 시제에 맞는 그림이 그려진 그림 일기장. 그중 한 장, 큰 나무 아래, 자신과 손을 잡은 어린 현의 뒷모습을 그린 그림.

장철   (가만... 손가락으로 현을 쓰다듬다 눈물이 고인다) 현아, 내 아들...

그리고 마침, 이를 지켜보는 연준. 연준의 얼굴에 의구심이 스미고.

CUT TO

장철이 자리를 비운 사이, 연준이 장철 사랑채로 들어선다. 주변을 살피더니, 서안 위에 놓인, 장철이 보며 눈물짓던 공책을 든다. 공책을 펼쳐 넘기다가 곧 멈칫하는 연준. 보면, '봄날의 기쁨'이라는 시제 옆에 어린 현이 그린 그림. 큰 나무 아래 노래 부르는 삼도, 그리고 듣는 이단과 현. 그리고 각자의 그림 옆에 언문으로 쓰여진 이름. '량음', '이단'... 그리고 '현'

장현이 장철의 아들임을 자각한 연준의 충격. 연준, 하얗게 질리고.

S#51. 인조 침전 / 밤

차분한, 하지만 살기를 품은 채 곰곰 생각에 잠긴 인조의 눈빛. 그런 인조 곁에서 차를 따르며 안색을 살피는 조씨. 부복한 김자점.

김자점	장철이 사사건건 시비를 걸며 확실한 증좌 없이는 흥도들을 잡아들일 수 없다 미루고 있나이다.
인조	(음... 날 선 눈빛으로 감정을 누르면)
조씨	(차를 건네며) 전하, 제가 작은 선물을 드리오면 어떨는지요?
인조	...!!

S#52. 배단리 길채 초가 / 아침

길채가 면경을 보며 머리를 만지고 있는데, 저편 침의 위에 엎드린 채, 손으로 얼굴을 받치고 길채를 보는 장현. 장현의 얼굴에 스르르... 미소가 뜨고. 이윽고 길채, 비녀를 머리에 꽂으려는데, 장현,

다가가 길채에게서 비녀 가져와 대신 꽂아준다.

길채	(미소 지으며 장현이 하는 대로 두면)
장현	(비녀를 꽂곤, 이제 가만... 길채를 뒤에서 안는다. 그리곤 음률을 붙여 마치 작게 춤이라도 추듯 한들... 하며) 어디서 왔을꼬, 내 사람...
길채	(자신 앞에 깍지 끼워진 장현의 손에 제 손을 겹치며 미소 지으면)
장현	하늘에서 떨어졌나, 땅에서 솟았나, 달디 단... 내 사랑...(하고 목덜미에 얼굴 묻고)
길채	아이, 간지럽습니다!
장현	(번쩍 길채를 안아 들며) 간질거린 김에 다시 누울까?(하는데)
길채	내려주세요! 아침 채비해야 합니다.
장현	아침? 내가 하지! 먹고 싶은 건 다 말해 봐!!
길채	흠... 콩시루떡!
장현	옳거니!(길채 내려놓더니) 기다려! 내, 저자 콩시루떡을 다 쓸어올 테니!!(하고 나가며) 구잠아!!!

S#53.   배단리 길채 초가 / 낮

길채가 들분, 승아, 종종이 등과 함께 짐을 싸면서 웃고 있는데, 그때, 저편에서 기척.

보면, 척척척 걸어 다가오는 십수 명의 내수사 노비들. 길채와 여인들, 의아한 표정 되는데.

S#54.　　내사옥 / 밤

두려움 가득한 거친 숨소리. 길채가 내사옥에 갇혔다. 길채, 고개를
들면, 그 앞에 선 이, 만해다!

만해	니가 강빈을 내전으로 추켜세우는 장도를 궁 바닥에 묻었지?
길채	(창백해지며...) 그, 그것은 후궁 조씨가 시켜서...(하는데)
만해	(찰싹 손에 든 채찍을 바닥에 내리치며) 어디서 헛소리 야!!
길채	...(덜덜 떨면서 보면)
만해	니가 이장현의 계집이라지? 니 덕분에 이장현이 죽겠 구나.
길채	(숨이 턱 막히고)
만해	이장현을 살리고 싶으냐? 방도가 있다. 포로들이 강적 의 원수를 갚겠다... 말하는 걸 들은 적 있지?
길채	난 그런 말을 들은 적 없소!!
만해	있어야 할 텐데. 그래야 이장현이 산다.
길채	(두려움에 온몸이 떨려오고)

S#55.　　배단리 길채 초가 마당 / 밤

양손에 시루떡이며 식혜 따위 먹거리를 잔뜩 사 들고 들어오는 장

현과 구잠.

장현   콩시루떡이랑 식혜가 왔소이다...!!!
구잠   나는 인절미!!!

했다가 멍... 해진 장현의 표정. 보면, 아수라장이 된 배단리 길채집.
곧, 마루에 넋 놓고 있던 종종이가 뛰어온다.

종종이   (울먹울먹) 마님이...!!
장현   ...?!!

S#56.   배단리 길채 초가 마당 / 낮

길채를 잃을지도 모른다는 두려움에 질린 장현의 얼굴이 화면 가
득. 장현이 굳은 얼굴로 마루에 앉았고, 구잠과 종종이 역시 초조하
게 서성이는데, 곧, 영랑이 쓰개치마를 벗으며 화급히 들어온다.

영랑   오라버니!
구잠   영랑아!
장현   (거친 날숨을 애써 잠재우며 영랑 보면)
영랑   (장현에게 다가가) 전하께서 포로들을 역도로 의심해
        서, 장철이란 사람을 순무사로 세우고 토벌단을 꾸리셨
        는데...
장현   (순간 안색 식는다) 장... 철?
영랑   예, 유생들이 무척 따르는 사람이라, 전하께서 무조건

장철이 순무사를 해야 한다 했답니다. 헌데 순무사가
증좌를 찾느라고...(하는데)

장현 (으으... 낮은 신음과 함께 잠시 현기증이 인다)

구잠 당장 궁 문이라도 부수고 이놈들을!!(하는데)

장현 (턱 잡으며) 그러면 정말로 역도가 된다. 일단 내가...
누굴 만나봐야겠어.

구잠 만나다니요? 누굴?!!

장현 (눈에 한기가 스민다) 죽더라도 두 번 다시 만나고 싶
지 않았던 사람.

S#57. 장철집 사랑채 / 밤

장철, 잠이 들었는데, 부스럭 기척에 눈을 뜨면, 저편, 누군가의 실
루엣. 화들짝 일어나는 장철. 잠시 후, 어둠 속에서 조금 뚜렷해지
는 실루엣. 장현이다.

장철 누구냐?

장현 ...역관 이장현입니다.

장철 (...!) 역도들의 수괴 이장현?

장현 역도가 아닙니다. 포로입니다.

장철 참으로 역도가 아니라면 전하 앞에 나와 무릎을 꿇어
라. 죄가 없다면 금부에서 당당하게 조사를 받고 풀려
나면 될 일이야.

장현 금부를 믿지 못하겠습니다. 역도와 백성도 구분 못 하
는 우리 전하도 믿지 않겠습니다.

장철	(피실... 실소) 허면, 나를 겁박하려 왔는가? 죽이러 왔는가?
장현	겁박하는 것이 아니라... 부탁을 드리러 왔습니다. 어르신을... 다치게 하고 싶지 않습니다.
장철	(뭐라는 건가... 하고 보면)
장현	제가 전하께 갈 테니, 대신 그 여인을 풀어주십시오. 그리 해주시면, 전하께 세자 저하의 서한을 바치겠습니다. 허나 여인의 몸 한 곳이라도 상하면, 전하께선 절대 세자 저하의 서한을 손에 넣으실 수 없습니다.
장철	...!!
장현	어르신께서... 현명하게 판단하실 줄 믿겠습니다.(하고 가려는데)
장철	우리 혹... 만난 적 있던가?

잠시 두 사람 사이의 정적. 하지만 장현, 끊어내며 나가면, 장철, 뭔가 묘한 기분이 되어 남고.

S#58.   길 일각 / 밤

사방이 어두운 밤. 인적 하나 없는 고요한 길 일각에 선 미행 차림의 인조, 그리고 그 옆의 만해. 그리고 조금 떨어진 곳에서 무장을 하고 지켜보는 십수 명 금군들.

이윽고 다박다박 발소리. 장현이다. 장현, 인조를 보더니 바닥에 코가 닿을 듯 납작 부복한다.

장현   전하!

긴장하는 장현. 잠시간, 두 사람 사이의 팽팽한 긴장감.

인조   니가 세자의 서한을 가졌는가?(손 내민다. 침착하려 하
        나 몹시 다급하다) 달라!

장현   (두 손으로 받쳐 서한을 올리면)

인조   (서한을 펼쳐 읽는데, 곧 당황스러운 표정) 세자가 말
        한 것은... 이뿐... 이냐? 정녕 이뿐인가?

장현   예, 전하. 세자 저하께오선 전하를 사모하셨나이다. 심
        양에서 뇌시는 내내 전하를 근심하셨사옵니다!

인조   (충격받은 표정)

장현   전하의 칭찬 한마디에 웃고, 전하의 노여움 한 자락에
        밤잠을 설치며 앓으셨나이다. 세자 저하께는 전하만이
        하늘이었나이다. 헌데 어찌 세자가 서한을 보내 청인을
        끌어들였을 것이라 여기시옵니까?

인조   (다시 부들부들 떨며 서한을 보고)

장현   전하... 세자 저하를 불쌍히 여겨주소서. 저하의 마지막
        소원을 들어주소서!! 저 포로들은 돈이 없어 속환되지
        못한 가난한 백성이요, 여인의 몸으로 오랑캐와 엮였다
        하여 갈 곳이 없어진 자들이온데, 무슨 힘이 있어 흉악
        한 일을 벌이겠나이까? 이제 저들이 정식 속환증서를
        지녔으니, 청에서도 저들을 문제 삼지 못할 것이옵니
        다. 하오니 전하, 저들이 그저 조용히 살 수 있도록 은
        혜를 베풀어 주소서.

인조	(한순간 인조의 눈에 핏줄이 서는가 싶더니 결국 서한 위로 후두둑... 눈물 떨구며) 동궁...(오열 터지며) 내 아들!!
만해	(이 모습에 놀라 바싹 부복하며) 전하!!!
장현	(그 모습을 벅차게 보는데)

S#59. 궁문 앞 / 새벽

새벽 어스름, 궁에서 나오는 길채. 다친 곳은 없으나 초췌해진 몰골로 휘이... 둘러보다가, 저편에 오롯이 선 장현을 발견한다. 길채를 보는 장현의 눈에 금세 눈물이 고이면, 길채, 애써 미소 지어 보이는데, 장현, 흠... 눈물 삼키더니 성큼 다가와 길채에게 등을 낸다.

장현	업혀요.
길채	(피실...) 아닙니다.
장현	어서!!
길채	(결국 등에 업히면)
장현	(훌쩍 업고는 일어서서 걷고)
길채	(가만 머리를 기대는데)
장현	우리 길채 낭자, 고생이 많아. 다 나 때문이야. 에이, 어쩌다 포로들하구 엮여서.
길채	왜 나리 때문입니까? 망할 조씨한테 장도를 갖다 팔면서 호구하다 이 사달이 났지 뭐예요. 그래두, 덕분에 나리 등에 업혀도 보구... 좋습니다.
장현	(목이 메지만 애써 웃으며) 업고 팔도 유람이나 할까?

길채	피... 다리 아파서 어찌 업고 유랑할꼬.
장현	왜 못 해? 우리 길채 발에 흙 안 닿게 평생 업고 다녀야지.
길채	우리 길채는 서방님 다리 아픈 거 못 보겠으니 이젠 내려주세요.
장현	전혀 힘들지 않대두. 자, 이것 봐!!

하면서 장현, 풀쩍 뛰기도, 빙그르... 돌기도 하면, 길채, 꺄르르... 웃음 터지고. 그렇게 서로 웃으며, 새벽, 인적 없는 길을 오래오래 걷는 장현과 길채에서.

S#60.　배단리 길채 초가 마당 / 낮

이주할 준비로 한창인 배단리 사람들. 길채와 여인들이 짐을 싸고, 아이들은 뛰어놀고, 장현이며, 구잠 등은 수레에 짐을 싣는 등, 다들 희망에 차서 이주를 준비하는데, 먼발치에서 이를 보는 시선, 연준이다.

연준, 잠시 환하게 웃는 길채를 보다가, 이윽고 시선을 돌려 장현을 본다. 그러다 장현과 연준의 눈빛이 만나고.

| 장현 | (의아해서 연준 보면) |
| 연준 | (복잡한 눈빛으로 장현 보는데) |

S#61. 배단리 길 일각 / 낮

배단리 외진 길 일각에 장현과 마주한 연준.

장현	어쩐 일이오?
연준	떠난다고?
장현	(보면)
연준	...나는 아버지가 없어. 그래서... 스승님을 아비처럼 따랐지. 능군리에서도... 지금도.
장현	(찔린다. 하지만 흐음... 감추며) 그 장철인가... 하는 어르신 말이오?
연준	(깊게 본다. 정말 모르는가... 하듯)
장현	(천연스레) 하긴, 군사부일체라든가... 그대가 목숨 걸고 임금님 뫼시러 남한산성에 든 것처럼, 그 스승님이란 사람도...(조금 의미심장해져서) 아비 삼아 잘 뫼셔 보든가.
연준	(복잡한 표정으로 보다가) 궁금한 게 있어. 소문에 공명첩을 사서 양반이 되었다던데...
장현	사실이외다. 원래는 노비였어.(씩... 미소) 왜? 노비 따위에게 그간 대접해 준 게 속상하신가?
연준	허면, 본래 이름은 뭐였소?
장현	(왜 저러지? 하는 얼굴로 보면)
연준	아니 그럼 다시 묻지. 노비였다면 성이 없었을 터인데, 공명첩을 샀을 때 왜 성을 '이'가로 했소?
장현	(씩... 미소) 왜 이가로 했느냐? 이 나라 이씨 조선에서... 이씨 성을 가진 잡놈으로 한번 살아보려고.

연준	(와락 멱살을 잡으면)
장현	(실실 웃다가 뿌리치며) 나도 니가 싫지만은 않았어. 재미없긴 해도... 나쁜 놈이 아닌 건 알아.
연준	...?
장현	이젠 이, 닳고 닳은 잡놈은 영영 멀어질 테니 걱정 말라구.

하고 씩... 웃으면서 가면, 연준, 그런 장현을 혼란스럽게 보고.

S#62.   인조 침전 / 낮

서안 위에 놓인 소현의 서한을 가만... 보던 인조. 다시금 열어보는데, 이번엔 어쩐지 새록 의심이 드는 표정. 일전, 울먹였던 것과는 또 달리, 이번엔 의구심 가득한 표정으로 서한을 읽는데. 그때, 김자점이 들어온다.

김자점	전하!
인조	(서한에 시선 둔 채) 이것이 서한의 전부인가? 혹 숨겨둔 다른 서한이 있는 것은 아니겠지...(하는데)
김자점	전하, 의주에서 강적의 제사를 드리던 자들에 대한 고변이 들어왔나이다!
인조	...?!!

S#63. 궁 추국장 / 낮

불안하고 난감한 표정의 연준이 저편을 보면, 상민 차림의 사내1이
바싹 부복하여 고변하고 있고, 뒤로 묶인 인옥과 다른 포로1, 2, 3
그리고 구양천!

궁 안에 추국장이 열렸다. 인조가 상석에, 그 아래로 장철과 김자
점, 김류, 연준 등이 섰고.

사내1	소인은 그간 우심정에 술을 대왔는데, 어느 날 우심정에 맑은 술을 대러 갔더니, 저들이 방에 모여 수군대길... 강적을 세자빈 마마라 칭하며 모월 모일 결의하여 복수하자...
양천	허튼소리 말라! 죽고 싶네!!!!(하는데)
사내1	강적의 제사상에 올리려고 맑은 술을 시키지 않았소!
양천	세자 저하가 불쌍해서 제를 올린 것뿐이야!!
인조	허면... 강적의 제도 올렸는가?
양천	(순간 당황하고)
포로들	(어리둥절하여 서로 보면)
인조	올렸느냐?
포로1	그저 세자빈께도 술 한 잔 올렸을 뿐인데...
장철	(돌이킬 수 없게 되었음을 알고, 질끈... 눈을 감고)
인조	(흠... 하더니 장철 보면) 순무사가 말해 보라. 이제 저들을 어찌 처리해야 하겠는가?
장철	(이윽고 눈을 뜬다) 강적은 감히 전하를 시해하려 한 자로, 강적을 추모하는 자들 또한 역적이오니, 이들을

능지하여 본을 보이소서. 또한... 그 전에 이들을 추국
하여, 함께 모의한 자들을 모두 잡아들이셔야 하옵니
다.(읍하며) 역도들을 처벌하여 천하를 밝히소서!

김자점 등　천하를 밝히소서!!

연준　(질끈. 이제 어쩔 수 없는 지경이 됐구나... 하는 표정)

S#64.　**의주 우심정 / 낮**

의주 우심정으로 들이닥치는 군병들. 하지만 이미 텅 빈, 의주 우
심정.

S#65.　**배단리 길 일각 + 길채 초가 / 낮**

배단리로 들이닥치는 관군들. 하지만 길에도, 길채의 집에도 아무
도 없다.

S#66.　**토벌단 집무실 / 낮**

장철이 연준 등과 있는데, 마침 도전이 들어와 소식을 전한다.

도전　의주 우심정과 배단리 사람들은 이미 자취를 감췄습니
다, 헌데...

(Ins.C)　의주 우심정 내실 / 낮

우심정 안으로 들이닥친 군병들. 서안 위, 오롯이 놓인 서한 한 통.

도전, 서한을 장철에게 올린다.

도전　　　역도의 수괴가 스승님을 은밀히 뵙고자 합니다.

장철　　　…?!!

S#67.　　산일각 / 밤

깊은 밤. 장철이 연준과 도전, 군병들 서넛을 대동하고 일각에 이르렀다.

장철　　　넌 여기서 기다려라.

연준　　　하지만 스승님!

장철　　　내가 믿지 못하면, 그자도 날 믿지 못한다. 그러니 기다려!

결국 연준 등은 남고, 장철만 밤 산길을 올라가고.

S#68.　　산일각 / 밤

일각에 이른 장철이 서성이는데, 바스락 소리. 이윽고 다가오는 실루엣. 장현이다.

장철　　　또 보는구만.

장현　　　(잠시 보고)

그리고 저편에서 지켜보던 연준, 장현이 나타나자 저 뒤편 도전과
군병들에게 오라, 손짓하려는데, 누군가 서늘하게 검을 겨누었다.
량음이다. 그리고 도전 등 제자들에게도 각기 무기를 겨눈 구잠과
포로 사내들.

연준　　　...!!

량음　　　(차갑게 보고)

S#69.　　산일각 / 밤

마주한 장현과 장철. 잠시 두 사람 사이 흐르는 적막을 깨고,

장현　　　전하께서 세자 저하의 서한을 보시고 의심을 푸신 줄
　　　　　알았는데, 어찌 된 일입니까?

장철　　　강적의 제사를 지낸 자들이 적발되었다.

장현　　　(입술을 깨물고) 그자들은 그저 은혜를 갚기 위해 술
　　　　　한 잔을 올린 것뿐...(하는데)

장철　　　강적은!! 감히 부모에게 불만을 품고, 부모를 죽이려
　　　　　했어!

장현　　　진생의 고변이 사실입니까?

장철　　　(흔들리는 눈빛. 하지만) 역모에 관한 한, 그 어떤 고변
　　　　　도 귀하다. 그래야, 사직을 구할 수 있어.

장현　　　(장철의 말이 장현을 건든다) 기축년, 어르신의 아버님
　　　　　처럼 말입니까?

장철　　　(...!!) 니놈이 어찌... 니놈의 정체가 무엇이냐!! 공명첩을

사서 사족이 되었다지. 필시 니놈 이름도 거짓일 테지.

장현   (이윽고 한 발 더 장철에게 다가가면, 더욱 또렷이 드
러나는 장현의 얼굴) 제 원래 이름이 궁금하십니까? 제
본 이름은... 현이고, 성은 장입니다.

장철   (무슨 소릴 하는 건가... 하며 장현의 얼굴을 보다가 갑
자기 묘한 기분. 이후 수 초가 흐른 후, 장철, 서서히 얼
기 시작하는데)

장현   아버지, 현입니다.

장철   ...!!

얼어붙은 장철과, 차분한 눈빛의 장현. 두 사람에서.

- 19부 끝

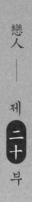

戀人 —— 제 二十 부

戀
人
—
|

S#1. 혜민서 광인 사옥 / 낮 (1부 4씬 확장)
침묵 속에 선 광인의 뒤태. 그리고 이를 보는 이립.

이립   내 말을 다 알아듣는군. 자네... 미친 게 아니야, 그렇지?
이장현에 대한 얘기를... 해줄 수 있겠는가?

이윽고 천천히 돌아보는 광인, 드러나는 정체. 그사이 머리가 하얗
게 새어 버린 량음이다.

량음   난 미친 적 없어. 너희들이... 내 말을 미친 소리라 믿고
싶어 했을 뿐이야.

이립   ...!!

량음   예, 이장현에 대한 얘기를 해드리지요. 허면,(눈시울 붉
어진다) 이장현이 어찌 되었는지... 알려주시겠습니까?

이립   ...?!!

S#2.   배닫리 길채 초가 길채방 / 낮

량음의 말에 대답하듯, 근심 가득한 장현의 얼굴이 한가득. 보면 장현, 길채에게 팔베개를 해준 채, 시선은 허공에 뒀다. 장현에겐 어떤 근심이 스몄지만, 길채는 그저 장현의 품에서 행복한데,

장현   내 인생은 못난 일투성이야.

길채   (의아하여 보면)

장현   내가 세자 저하를 위해 한 일이... 정말 세자 저하를 돕는 길이었는지 모르겠어. 만약에 말이지... 세자께서 오랑캐들에게 고초를 겪게 두었다면, 조선의 전하에게 미움을 사진 않았을 거고 그랬다면...

길채   (품으로 파고들며) 나리는 세자 저하를 지켜주셨어요.

장현   과연... 그럴까?

길채   그러니 이제 우리 재미나게 살 생각만 해요, 예?

장현   (흐음 표정 고치며 길채를 안으며) 그럴까... 그래, 우리 길채는 어찌 살고 싶누?(묻는 얼굴이 되는데)

길채   (방싯 미소를 짓더니) 음... 전 말이지요...

하며 길채, 장현을 올려보면, 다정하게 내려보는 장현, 그 위로 타이틀 오른다.

S#3.   산일각 / 밤 (씬 연결)

연준에게 검을 겨눈 량음. 그리고 조금 떨어진 곳에서 구잠과 건달들이 마찬가지로 군병 서넛을 지키고 있는데,

연준	량음, 넌 나라니 대의니... 이런 거에 관심 없는 거 알아.
량음	(보면)
연준	그런데 이장현은 말이야, 곁에 있는 사람을 다치게 해. 세자께서 오랑캐와 친밀히 지내다 전하의 미움을 산 것도, 강빈이 아녀자의 몸으로 재산을 모아 전하의 의심을 받게 된 것도... 어쩌면 이장현 탓이지. 량음, 너도 언젠간 그 꼴이 나고 말 거야.
량음	...?!!

잠시 연준과 량음의 눈빛이 쨍! 만나고.

S#4.   산일각 / 밤 (19부 69씬 연결)

장현	아버지, 현입니다.

처음 듣고도 무슨 말인지 모르겠단 얼굴로 보던 장철. 이윽고 느리게 고개 젓는다.

장철	(절레절레...) 그럴 리가... 없어. 내 아들은 오래전에...
장현	화적들이 지른 불에 타 죽은 줄 아셨습니까?(한 걸음 더 다가간다) 보십시오, 아버지.
장철	(그 눈을 보더니 점점 사시나무 떨리듯 떨려오는 몸) 아니야, 그럴 리가... 아니...(동공에 몰아치는 충격. 결국 주춤 다가가더니 장현의 어깨에서 팔을, 얼굴을 쓸어보다가) 으으... 으으으으...!!

S#5. 산 일각 / 밤 (씬 연결)

저편에서 들리는 장철의 고통스러운 탄성 혹은 신음 소리. 놀라 보는 연준과 량음, 구잠 등. 연준의 눈빛엔 의구심이 솟고.

S#6. 산 일각 / 밤 (씬 연결)

장철	으으..(하다가 와락 장현을 안는다) 현아... 내 아들!!!(얼이 빠진 얼굴로 이제야 장현임을 믿는데) 어찌... 어찌!!!
장현	(역시 어찌할 수 없는 눈물이 고이고)
장철	으으... 으으으으...!!(하다 문득 포옹을 풀고 장현을 의아하다는 듯 본다) 헌데 니가 어찌 여기 있느냐? 어찌 역도들과 어울려!!
장현	역도가 아닙니다.
장철	현아!!!
장현	포로들을 살려주십시오. 죽은 듯이 살겠습니다.(하는데)

장철	(안색 굳히더니) 강적에게 제사를 올린 자들이다. 죽은 듯이 살겠다는 말을 어찌 믿겠느냐?(하는데)
장현	해서... 삼도도 죽이셨습니까? 삼도 역시 죽은 듯 살겠다 했었지요.
장철	(순간 안색이 식으며, 툭, 장현에게서 떨어지면)
장현	누이는 삼도를 사랑했습니다. 아버지도... 아셨지요?

(Ins.C)   **산 일각 / 낮**

꽃신을 신겨주는 삼도를 내려보는 이단의 환한 미소.

(Ins.C)   **고방 앞 / 아침**

피투성이가 된 삼도가 거적에 말아지고 있고. 떨어진 곳에서 핏기 하나 없는 얼굴로 거적 밖으로 삐져나온 삼도의 발을 보는 이단.

장현	헌데, 아버지가 삼도를 주인을 겁간한 종놈 취급하여 때려죽이고, 누이에게 얼음강을 건너 심부름을 다녀오라 시키셨습니다. 누이는... 아버지의 말뜻을 알아들었지요.
장철	...!! 누이가 그리 한 것은... 너를 위해서다! 너의 앞날에 오점을 만들지 않기 위해서...(하는데)
장현	아닙니다!! 누이는 아버지를 거역하고 살 자신이... 없었을 뿐입니다.
장철	...!!
장현	아버지가... 원망스러웠습니다. 해서 결심했지요. 아버지에게 가장 소중한 것을 뺏겠다구요.

장철   (순간 뭔가 깨달은 얼굴이 되더니 하얗게 질린다)
너... !!!

순간, 새삼스러워지는 장현의 표정, 조금 복수의 쾌감을 느끼는 듯
도 한 옅은 미소.

장현   예, 아버지! 전, 실종된 게 아닙니다. 아버지에게서 절...
뺏은 겁니다.

장철   ...!!

S#7.   산 일각 / 밤

장현과 무슨 대화를 더 나누었을까? 백지장처럼 창백해진 얼굴로
산을 내려가는 장철. 그 뒤로 궁금한 얼굴이 되어 따르는 연준과
도전, 군병들 서넛. 연준, 걱정스레 장철을 보다가 문득 돌아본다.

저편에 선 량음과 구잠 등. 잠시 량음과 연준의 눈빛이 만나면, 뭔
가 의미심장한 표정으로 량음 보는 연준. 량음, 어쩐지 조금 혼란스
러운 표정이 되었는데.

S#8.   동굴 안 / 밤

동굴에서 불편하게 잠든 길채와 들분, 승아 등 여인들과 여인들의
품에 각자 끼어 잠든 아이들이며, 포로들. 장현이 동굴 안으로 들어
서면, 마침, 걱정 때문인지 뒤척이다 장현을 보는 길채. 길채, 근심

을 지우고 미소 지어 보이면, 장현도 길채에게 미소 지어 보이곤,
조심히 길채 옆에 가서 눕는다.

길채	(옷소매를 당겨 장현 얼굴을 닦아주며) 어딜 다녀오셨어요?
장현	(미소 지으며 대답을 아끼곤 팔을 내주고)
길채	(장현의 품에 드는데)

문득, 근심 깊어지는 장현. 떠오르는 장철과의 대화.

(Ins.C)   20부 6씬 연결

장현	*포로들을 살려주십시오.*
장철	*허면... 저들과 연을 끊고, 내 아들로 돌아올 것이냐?*
장현	*....?!!*

S#9.   길 일각 + 처형장 / 낮

처형되기 위해 끌려가는 양천과 인옥 그리고 펄펄 울며 끌려가는
다른 포로1, 2, 3. 양천의 시선 끝, 가까워지는 처형장. 두런거리며
구경하는 행인들. 그리고 행인들 중, 양천의 건달 수하들. 짧게 만
나는 양천과 건달1의 눈빛.

S#10.   토벌단 집무실 / 낮

장철이 무겁게 침잠해 있는데, 도전이 뛰쳐 들어온다.

도전	스승님, 역도들이... 형장을 탈출했다 합니다!
장철	...?!!

S#11. 산 일각 / 낮

도망가는 양천과 건달들, 그 뒤로 인옥과 여인들. 그리고 그 뒤를 쫓는 임오와 닝구친, 특재 등 내수사 노비들. 이윽고 양천, 갈림길에 이르자 건달1에게 당부한다.

양천	에미나이들 데리고 가라.
건달1	안 됩니다, 형님!(하는데)
양천	(왈칵 멱살 잡더니) 에미나이들 상하면 너 죽고 나 죽는 거야!!

결국, 어쩔 수 없이 끄덕... 하는 건달1. 땡땡을 품에 안은 인옥, 다급하게 양천 잡으며,

인옥	같이... 가요!!(하는데)
양천	우리 땡땡이... 밥 챙겨 줄 거디? 땡땡이 봐서라도... 살아야디!

이윽고 양천이 저편으로 뛰면, 건달1 등, 발길이 떨어지지 않는 인옥 등을 데리고 이편으로 가는데, 양천, 뛰면서 외친다.

양천	(뛰며) 이놈들아! 구양천이 여기 있다!!!

임오와 닝구친, 특재 등을 포함한 내수사 노비 십여 명, 양천의 소리에 반응한다.

S#12.   산 일각 / 낮

쫓기던 양천, 결국 일각에서 내수사 노비들에게 포위당한다.

임오   (닝구친을 압박하며) 쳐!

닝구친, 어쩔 수 없이 주춤... 나서지만, 순간 양천이 자신을 구해줬던 순간을 떠올린다.

(Ins.C)   **11부 16씬**

그때, 막 닝구친을 내리찍는 청병의 도끼. 닝구친, 이제 죽는구나! 했던 찰나, 챙! 뭔가에 도끼가 막혔다. 양천의 장창이다. 그 와중에 양천의 어깨에 도끼날이 박혔으나, 양천, 다른 손으로 도끼를 뽑더니, 장창으로 청병을 찔러 벽에 꽂아 버리고.

양천   (실실... 웃으며) 니... 어쩌다 종놈이 됐어?
닝구친   ...먹고 살라고 그랬다, 왜!!
양천   헤헤... 니놈은 나 못 죽여...(하는데)
닝구친   (푹, 양천의 허벅지를 찌르면 풀썩, 꺾이는 양천. 닝구친
         바싹 붙어서) 순순히 잡힙시다. 그럼 목숨은...(하는데)

파박, 화살이 날라와 양천의 몸통에 박힌다. 화들짝, 뒤로 넘어가는

닝구친. 다음 순간 다시 파바박... 화살 세례.

닝구친 (온몸이 떨려오고)

양천 (입만 뻐끔... 하다가 닝구친에게 손을 뻗더니 왈칵 멱
살을 잡아끌며) 이장현이는... 살려줘.(그대로 풀썩... 고
개를 떨구면)

닝구친 (눈앞에서 절명한 양천을 보며 얼어붙는데)

S#13. **동굴 / 낮**

장현이 얼빠진 얼굴로 건달1을 보고 있다. 그리고 뒤편, 역시 망연
자실해진 채, 땡땡을 꼭... 안고 있는 인옥. 그리고 장현 뒤편에 선
구잠과 량음.

장현 큰형님은!(왈칵 멱살 잡으며) 큰형님은!!!

건달1 (작게 고개 절레)

장현, 얼어붙고, 역시 망연해진 구잠과 량음. 특히 량음, 하얗게 질
렸다.

연준(E) 이장현은 옆에 있는 사람들을 다치게 해. 너도 그 꼴이
나고 말 거야.

S#14.   조선 편전 / 밤

인조와 장철의 독대. 장철, 낮게 부복하여 아뢴다.

장철   전하, 역도의 수괴 구양천을 사살했으니, 역도들은 진압되었나이다. 이제 소인, 순무사를 내려놓고자 하나이다.(하는데)

인조   모르겠는가? 너와 나는... 같다.

장철   (두려운 얼굴을 들어 보면)

인조   너는... 너의 치부를... 절개라는 명분 뒤에 숨겼어. 아니, 부끄러워할 것 없다. 정치는 그리하는 게야. 진짜 속내를... 명분 뒤로 숨기는 것, 그게 정치다. 나도 그리해서 광해를 몰아냈어. 너도 그렇게 너의 집안을 지켜냈지. 그러니... 이제 니가 또 한 번 그리 해다오.

장철   ...!!

인조   역도의 뿌리를 뽑아라. 여인과 아이들, 늙은이와 젊은이를 막론하고, 강적의 돈으로 속환된 자들을 모두 쓸어버려. 저들이 지금은 불쌍한 백성의 꼴을 하고 있지만 언젠간 내게 창검을 겨눌 자들이다. 허나... 어리석은 백성들이 포로라 하면 덮어놓고 불쌍해하니... 그자들은 내수사 노비들로 하여 토벌케 해. 저들의 머리털 하나도 남지 않게 섬멸할 것이나, 저들에 대한 기록은 어디에도 남지 않을 것이다.

장철   (질끈... 눈을 감는다. 이제 과연 돌이킬 수 없는 것인가...)

S#15.   산일각 / 낮

외진 곳에 양천을 위한 작은 목비석을 세우고 그 앞에 무릎을 꿇고 앉은 장현. 눈에는 핏발이 섰고, 심장은 터질 듯 고통스럽다. 이윽고 다음 순간 장현, 살기가 섞인 냉혹한 표정이 되는데.

S#16.   산일각 / 밤

홀로 다급히 산길을 오르는 장철. 연신, 뒤에 따라오는 사람이 없는지 살피다 우뚝 선다. 저편에 선 장현의 뒷모습. 장현을 본 순간, 담뿍 애틋한 표정이 되는 장철. 이윽고 메마른 안색의 장현이 기척을 느끼곤 돌아보면, 성큼 장현에게 다가가는 장철.

장철   현아, 가자! 조만간 내수사 노비들로 너희를 칠 것이다.
        그러니 저들을 넘겨라, 그래야 니가 산다!! 내가 어찌
        또 너를 잃겠느냐, 현아...!!(하는데)
장현   제발... 저들을 놓아주십시오. 죽은 듯 살겠습니다. 티끌
        처럼 살겠습니다. 그러니...
장철   (순간 노여운 표정 되어) 끝내... 아비를 거역할 것이냐!!

잠시 만나는 장현과 장철의 눈빛. 이윽고 장현도 차가워진다.

장현   전... 아버지를 좋아했습니다. 아버지는 누이가 삼도를
        진심으로 연모하는 것을 아시곤, 삼도를 면천시켜 짝
        지워줄 생각까지 하셨던 분입니다. 그런 아버지가... 참
        으로 근사했어요. 해서 이해할 수 없었지요. 왜 갑자기

아버지가 삼도를 죽였는지.

장철 ...!!

장현 아버지, 저는 삼도가 누군지 압니다.

장철 (서서히 안색이 식어가고)

장현 삼도는... 조부가 거짓 고변으로 몰락시킨 집안의... 마
    지막 사내였습니다. 아버지는 죽은 듯 살겠단 삼도의
    말을 믿지 못했습니다. 해서 삼도를 죽인 것입니다.

장철 ...!!

장현 포로들을 보내주십시오. 만약 아버지께서 제 사람들을
    치신다면, 이번에야말로, 아버지가 소중히 여기는 것을
    산산조각낼 것입니다.

장철 ...!!

장현 전 이제 압니다. 아버지가 가장 아끼는 것은 제가 아닙
    니다.

S#17. 동굴 안 / 낮

동굴 일각에 마주한 장현과 구잠, 량음과 양천의 건달들, 한석, 넙
석, 동찬을 비롯한 포로들. 모두 비장한 표정이다.

장현 곧, 토벌단이 우릴 칠 겁니다. 모두 살 수 있을 거란 약
    속은 못 해. 무서운 자들은... 떠나도 좋습니다.

하고 주욱... 보면, 한석, 넙석, 동찬과 건달들 등등에게 두려워하는
표정이 떴는가 싶더니,

한석	죽으면 또 어때요? 내 처자식이 사는데!
동찬	전 끝까지 남습니다.
넙석	저도 남습니다, 형님.
장현	정말 같이 해주시겠습니까?
건달1	해주다니! 양천 성님은...(울먹) 내 형님이야!!

하고 서로들 보며 *끄덕, 암, 당연하지... 등등의 눈빛*. 장현, 이들을 보며 울컥, 감동하는 눈빛 되어 목이 멘다.

장현	고맙습니다... 고마워요.

사내들, 서로를 응원하고 결의를 다지는 단단한 눈빛들을 교환하고, 장현, 이를 보며 벅차는데, 그때,

길채(E)	안 돼요!

장현, 돌아보면, 겁에 질린 얼굴로 선 길채.

S#18.   산 일각 / 낮

외진 산 일각에 마주한 장현과 길채. 길채, 혼이 쏙 나간 얼굴로 절박하게 도리질한다.

길채	안 돼요, 안 됩니다!!
장현	(길채의 양팔을 잡고 눈을 들여다본다) 나 믿지? 내 저

들을 따돌리고 곧 뒤따를 테니 먼저 능군리에 가 있어
요.(하는데)

길채 그럼 저도 같이 가겠어요. 나도 사람 죽여본 적 있어요!

장현 (안타깝게 보며 고개 저으면)

길채 안 돼요.(터진다) 이번엔 못 보내요!!

장현 (와락 길채를 안고 속이 타는데)

S#19. 동굴 일각 / 밤

포로들이 빽빽하게 잠든 밤. 장현, 일각에 근심 가득한 얼굴로 섰는
데, 길채가 곁에 다가와 선다.

길채 능군리로 먼저 떠날게요.

장현 ...!!

길채 서방님이 목숨 걸고 살린 사람들이니, 제가 모두 데리
고 능군리로 가겠어요. 잘 지켜낼게요. 그러니...(목이
메어 말끝이 뭉개진다) 약속 지키세요.

장현 지키다마다.(길채의 눈물을 손으로 쓸어주며) 내 주인
이 여기 있는데, 종놈이 어찌 멋대로 죽겠습니까.

S#20. 산 일각 / 낮

구잠이 인솔하여 길채와 종종이, 승아, 들분 등 여인들이며 아이들
과 포로들이 떠난다. 저편 정인에게서 시선을 떼지 못하는 량음. 정
인, 정희에게 잡혀가면서도 발버둥치며 형아... 형아!! 부르고. 가던

길채, 문득 돌아보면,

장현 (품에서 댕기를 꺼내 흔들어 보인다)

길채 (웃음 끝에 눈물 고이는데)

S#21. **장철집 마당 / 낮**

장철이 섰고, 그 앞에 일별한 연준과 도전 그리고 제자들. 문득, 장현과의 마지막 대화를 떠올리는 장철.

(Ins.C) **20부 16씬**

장현 포로들을 보내주십시오. 만약 아버지께서 제 사람들을 치신다면, 이번에야말로, 아버지가 소중히 여기는 것을 산산조각낼 것입니다. 전 이제 압니다. 아버지가 가장 아끼는 것은... 제가 아닙니다.

장현의 말에 대한 답이 장철의 눈앞에 서 있다. 저마다 우러르는 눈빛으로 장철을 보는 제자들. 이윽고 입을 여는 장철.

장철 흉도들이 나라를 위협하고 있다. 저들은 한때 불쌍한 백성이었으나 뜻이 변하여 흉도가 되었다. 마음은 아프나 인정에 메어서는 의리를 이룰 수 없다. 자네들이 나를 따른다면...(주욱... 도전 등 제자들 보다가 연준에게 멈추는 시선) 내 뜻을 받아 이 땅에서 오랑캐의 흔적을 지우는 일에... 성심을 다해야 할 것이다.

연준	...!!

S#22.　장철집 사랑채 / 낮

굳은 낯으로 들어선 장철, 연준이 다급히 장철 앞으로 서며,

연준	스승님, 참으로 포로 토벌을 주청하는 상소문을 쓰실 것입니까?
장철	내가 이미 저들이 마음에 역심을 품었음을 확증했거늘...(순간 냉혹해진 표정 되어) 너는 나보다... 저들을 믿는가?
연준	(말문이 턱 막히고)
장철	나는 오래전... 딸과 아들을 모두 잃었다. 내 딸 이단은...(고통이 튀어나오려 하지만 꾹... 누른다) 종과 사통했다는 소문에 스스로 목숨을 끊었다. 나는... 딸의 선택을 미리 알았으나, 말리지 않았다.
연준	...!!! (충격받은 얼굴 되어 보면)
장철	골수를 긁어내는 고통이었으나, 그렇게 나와 내 딸이 합심하여... 가문을 지키고 아름다운 의리를 지켜냈다.
연준	...
장철	오랑캐에 유린당한 이 땅 조선에서 선비가 할 수 있는 희생은 무엇인가? 나를 미워하는 자, 내가 미워하는 자를 치는 것은 희생이 아니다, 용기도 아니다. 진정한 희생은 큰 의리를 위해 내 목숨처럼 아끼는 이도 잘라내는 것, 그것이 희생이다.

연준   ...!!

S#23.   장철집 사랑채 / 낮
이윽고 장철, 창백해진 얼굴로 붓을 움직인다.

장철(N)   돌아온 포로들은 한때 가여운 백성이었으나, 이제 마음
           이 변하여 흉도가 되었다. 이제 그들은...

(Ins.C)   **산 일각 / 낮**
멀어지는 길채를 안타까이 보는 장현.

장철(N)   오랑캐와 친하게 지내며 나라의 이익을 팔아먹던 매국
           노요,

(Ins.C)   **길 일각 / 낮**
서로를 부축하고, 이끌며 이동하는 길채와 종종이, 들분, 승아 등
여인들과 아이들.

장철(N)   오랑캐에게 정절을 잃고도 부끄러운 것을 모르는 여인
           들이요,

(Ins.C)   **산 일각 / 낮**
량음, 정인이 코를 훌쩍이자 무릎 굽히고 앉아 소매춤으로 코를 닦
아주고.

문란하게 남색하는 더러운 색정들이다. 그런 자들이 뭉쳐, 이 나라를 전복하고자 하니, 충의로운 선비는 무엇을 해야 하겠는가?

S#24. 인조 침전 / 밤
만족스러운 표정으로 출정문을 읽는 인조.

인조 역시 장철이구나. 암, 반정에 명분이 필요하듯, 토벌에도 명분이 있어야지!

김자점 (동조하는 미소. 제법이군... 하듯) 자기도 포로들을 토벌하자면 낯을 세워야 하니 저리 구구절절한 것이 아니옵니까?

S#25. 들판 일각 / 낮
임오 등 내수사 노비들이 이동하고 있다. 그리고 그 선두에 선 연준, 여전히 갈등하는 표정인데.

S#26. 동굴 안 / 낮
장현, 량음 그리고 포로, 건달들이 모여 대책 회의를 하고 있다.

장현 토벌꾼들이 올 길은 두 군데밖에 없어. 내가 량음이랑 벼랑 쪽 길로 가서 유인하지.

건달1	괜찮겠소? 량음이도...(하는데)
장현	(씩... 미소, 량음 보더니) 우린 노진에서도 살아나온 사람들이야.
량음	(애매한 미소 짓고)

S#27. 산 일각 / 낮

장현과 량음, 산 일각에 몸을 낮추고 저편 아래를 보면, 이동하는 내수사 노비들. 량음, 장현에게 수통의 물을 건네면,

장현	(시선은 아래에 둔 채 받아 마시는데)
량음	(잠시 장현 보다가) 있잖아, 나는... 그동안, 니 옆이라서 좋았어. 후회 없어.
장현	(피식) 무슨 소리야, 새삼스레.(수통 건네며) 이제 가자!(하는데 일어나다 풀썩 무릎이 풀린다. 놀라 수통의 물 봤다 량음 보며) 너...(하다 가물해지면)
량음	(안타깝게 보며) 잠시면 돼.

S#28. 동굴 안 / 낮

장현을 끌고 온 량음. 일각에 장현을 두고, 저편에 둔 옷 보자기를 푼다. 안엔 장현의 감색 옷.

(Ins.C)	**산 일각 / 밤** *(20부 3씬 확장)*
연준	몽둥이를 든 마름 이야기... 알아?

량음	무슨 헛소리야?
연준	이장현을 넘겨. 그럼 다른 포로들은 살릴 수 있도록 노력해보지. 이게 내가 해줄 수 있는 최선이야.

CUT TO

량음이 장현의 감색 옷으로 갈아입고 옷매무새를 여미고 나가려는데,

장현	무슨 짓이야?(약 기운이 남아 휘청... 머리를 털며 량음 보면)
량음	...!!
장현	(량음 잡으며) 나 대신 죽기라도 하겠다고?
량음	이장현만 잡으면 끝난다고 했어. 그 말이 무슨 뜻이야? 무슨 수를 써서든 널 죽이겠단 거잖아. 난 그 꼴 못 봐, 봐, 이거 봐!(하는데)
장현	(여전히 약 기운이 남아 머리 털며 단단하게 량음 잡으면)
량음	(이제 간절하게 울며 애원한다) 제발 가... 제발 나 좀 살려줘... 난... 너 죽는 거 못 봐...(하는데)
장현	(퍽, 검집으로 량음을 쳐서 쓰러트리고)

S#29. 동장소 / 낮

동굴 일각에 정신을 잃은 채, 기대어진 량음. 가물가물 정신을 차리지 못하는데,

장현	너 뭘 한참 잘못 생각한 모양인데, 나는 너 대신 죽어도, 너는 그러면 안 돼. 기다려, 데리러 올 테니.

장현, 주변을 살핀 후, 동굴을 나서고. 가물해진 량음의 눈에 멀어지는 장현이 보인다. 피눈물을 흘리다 그대로 정신을 놓는 량음.

S#30. 들판 일각 / 낮

내수사 노비들을 이끌고 들판 일각에 이른 연준. 보면 저 앞, 장현과 건달 사내들 십수 명. 장현과 연준의 눈빛이 쨍! 만나는데, 다음 순간, 씩... 웃는 장현.

장현	어이, 여긴 무슨 일로 온 게야?

어째 느긋해 보이는 장현과 여전히 무감한 낯의 연준. 그리고 연준 뒤편, 내수사 노비들. 잠시 정적. 둘 사이 스스스... 수풀이 바람에 부대끼는 소리만 가득한데.

연준	투항하라! 순순히 투항하면... 금부에 넘겨 시시비비를 가려 억울한 자가 없게 하겠다. 그러니...(하는데)
장현	(피실...) 여전히 순진하군. 니 주인이 금군이 아니라 내수사 노비를 보낸 걸 보면 모르겠어? 아니... 모르는 척 하는 건가?
연준	...?!!

연준이 당황한 사이, 척척척... 무기를 꺼내는 내수사 노비들. 연준, 더욱 당황스러운데, 이제 장현의 눈빛이 뼛속까지 냉혹해지고, 장현, 스르릉... 검을 빼어 드는데.

S#31. 능군리 동구 / 낮

길채가 종종이, 여인들과 고아들, 늙고 상한 포로들을 데리고 능군리 동구에 당도했다. 이윽고 몸을 돌려 포로들을 보는 길채.

길채   여기예요. 능군리예요!

포로들   (다들 시선 교환한다. 설렘, 두려움, 근심, 기쁨 등등)

길채   이제 우리 여기서 뿌리내리고 살아요. 심양에서처럼 농
          사지어서 곡식 자라는 것도 보고, 애들 크는 것도 봐요!

그때, 저편에서 나와 길채를 맞는 현겸과 만재, 금당, 유화, 준절, 태성 등. 이들을 보자마자 울컥, 눈물이 고인 길채.

현겸   (다가와 길채를 안아준다) 애썼다. 욕봤어.

길채   (눈물 그렁해져서 꼭... 껴안고)

이제 유화 등도 다른 여인들을 다정하게 맞아주고, 아이들을 잡아끌어주면, 길채, 이를 보며 흐뭇해지는데,

현겸   니 서방될 이는?

길채   (미소) 곧 옵니다. 꼭 온다고 했어요.

그 위로, 얼수의 음성과 쏴아... 파도 소리.

얼수(E)   삼 일 밤, 삼 일 낮 동안 싸웠다 들었습니다.

S#32.   **바닷가 / 해질녘**

붉은 바다가 일렁인다. 이글거리며 떨어지는 해, 고요히 밀려왔다 물러가는 파도, 반짝이는 윤슬. 그리고 붉은 해와 마주 선 한 사내, 장현이다.

천천히 카메라 멀어지면, 장현, 바닥에 꽂아 세운 검 손잡이에 의지하고 있다. 박힌 검 끝에서 흘러내린 피가 모래를 적시고. 이제 카메라 천천히 뒤로 물러나며, 장현 뒤편 공간이 열린다. 장현에게 창검을 겨눈 수십 명 내수사 노비들. 노비들, 오직 장현 한 사람을 경계하며 천천히 다가오고 있다. 하지만 장현, 등 뒤를 느끼면서도 여전히 바다를 응시할 뿐. 그러다 한순간, 먼 곳을 더듬던 장현에게 설핏 미소가 뜬다.

장현   들리는가? 이 소리... 꽃 소리...

장현의 혼잣말은 파도 소리에 삼켜지고, 노비들은 점점 더 가까워지는데, 이윽고 검을 짚고 끙... 몸을 일으켜 세우는 장현. 장현의 작은 몸짓 하나에 노비들이 움찔하며 한 걸음 주춤하고. 그렇게 지는 해가 이글거리는 바닷가에서 내수사 노비들과 대치한 장현.

이제 장현에게 무기를 겨눈 내수사 노비들의 모습 면면이 보인다. 홀로 맞선 장현을 대하면서도 겁에 질린 내수사 종들. 그리고 그중, 닝구친, 특재 그리고 닝구친의 수하들! 닝구친, 무기를 겨눈 채, 복잡한 표정인데,

장현 다치게 하고 싶지 않아. 당신들도 기다리는 사람들이 있겠지? 나도... 기다리는 사람이 있다. 그러니... 보내 줘. 날...(목이 메어) 고향에... 보내줘.

임오 이놈을 죽이는 자는, 금 백 냥이다!

이윽고 닝구친, 천천히 무기를 겨눈 채 다가오면, 장현, 잠시 원망하는 눈빛으로 보다가 닝구친 맞을 채비를 하는데, 다음 순간, 닝구친이 무기 끝을 돌려 내수사 노비들을 겨눈다.

임오 미쳤어?(하고 닝구친을 치려는데)

특재 (챙, 임오의 검을 막더니 닝구친 옆에 선다) 우리는... 형님 말만 듣는다!

특재를 시작으로 십수 명 닝구친의 수하들이 일제히 장현과 닝구친 앞에 서고. 울컥, 감격한 얼굴로 닝구친을 보는 장현. 닝구친, 잠시 그런 장현과 잠시 눈빛이 만나고.

임오 (이를 보고 부들부들하더니) 쳐라!!!

이윽고 와!!! 양쪽의 함성이 격돌하고, 그리고 저편 해안 일각 수풀

뒤에 숨어 이를 지켜보는 마을 사람들, 그중 얼수! 얼수, 두려움 가
득한 얼굴인데. (싸움 장면은 보이지 않아도 좋습니다)

CUT TO

맑고 까만 밤, 총총 박힌 별들. 그 위로, 챙챙... 검 날이 격돌하는 소
리들. 일각, 수풀에 숨은 채, 지켜보던 얼수 등. 여전히 두려움과 근
심으로 장현의 싸움을 지켜본다.

보면, 바닥에 널브러진 수십 여명의 내수사 종들과 특재 등 닝구친
의 수하들. 이제 장현과 닝구친이 마지막으로 임오 등을 상대하고
있다. 장현이 임오를 해치우고, 돌아보면 역시 마지막으로 격돌한
후 쓰러진 닝구친. 절룩이며 닝구친에게 다가가는 장현.

닝구친   (하늘을 보면, 총총 맑은 밤하늘에 뜬 별들) 구양천이...
           이제 됐지...(하더니 눈을 뜬 채 숨을 거두고)

장현, 닝구친의 눈을 감겨주고, 겨우 일어서서 저편을 본다. 그리고
먼 곳에서 이런 장현을 보는 시선, 연준이 대동한 화살을 든 내수
사 살수들이다.

S#33.   (연준 회상) 장철집 사랑채 / 낮

장철과 연준이 있는데, 조금 긴장된 얼굴로 묻는 연준.

연준   허면... 역도의 수괴 이장현은... 어찌하올까요?(망설였으

나 진실을 말하기로 결심한다) 스승님, 이장현의 뒷조사를 해보았는데, 본 이름은 현이고, 성은 장으로... 본 이름은 장현이었습니다. 이장현은 스승님의...(하는데)

장철   ... 죽여라!

(Ins.C)   **15부 29씬**
장철   *아느냐? 겁에 질린 자는... 잔인해진다.*

(Ins.C)   **18부 15씬**
인조   *(쾅!! 서안을 내리친다. 주먹 쥔 손마저 부들부들 떨며)
             개새끼 같은 것을 억지로 임금의 자식이라 부르다니!!*

연준   (순간 섬뜩하게 강타하는 깨달음)

S#34.   (다시 현재) 바닷가 / 저녁
뚝뚝 피를 흘려가며 걷는 장현. 그때, 저편에서 날아오는 수십 발의 화살들. 그 화살들을 피할 생각도 하지 못하고 멍... 보는 장현에서, 화이트 아웃.

S#35.   동굴 안 / 낮
겨우 눈을 뜬 량음. 보면, 량음을 향해 창검을 겨눈 군병들.

량음   ...!!

S#36.　인옥집 내실 / 낮

땡땡을 안은 채, 담담하게 말하는 인옥.

인옥　　서방님의 아이를 낳았으나, 죽었습니다. 이 아이는 서
　　　　방님의 아이는 아니지만, 제가 키우고 싶습니다. 아이
　　　　이름은 병희입니다. 친정도 시댁도 갈 수 없으나...

인옥, 고개 들어 보면, 앞에 놀란 얼굴로 앉은 이, 임헌영이다.

인옥　　(눈시울이 붉어져) 오라버니가 받아주시면 잘 키우겠
　　　　습니다.

S#37.　인조 침전 / 낮

인조, 다시금 소현의 서한을 보고 있고, 그 앞에서 보고하는 연준.
그리고 역시 일각에 부복한 장철.

연준　　이장현을 비롯한 역도의 수괴들을 모두 섬멸하여 그
　　　　시신은 바다에 던져 흔적을 지웠나이다.

장철　　(속을 알 수 없는 표정이고)

인조　　(끄덕끄덕하며 서한을 보더니 손짓한다. 그만 나가보
　　　　라는 듯)

S#38.　장철집 사랑채 / 낮

연준이 핼쑥해진 얼굴로 안으로 들어섰다가 얼어붙는다. 보면, 매달린 장철의 시신.

장철(N)　　현아... 너와 내가 합심하여, 가문을 지키고 아름다운 의리를 지킨 것이다.

연준　　　스승님...(폭발한다) 스승님!!!

S#39.　인조 침전 / 낮

인조, 소현의 서한을 또 보고 있다. 그러다 문득 복통을 느끼는 인조. 보면, 복수가 찼는지, 불룩해진 인조의 배. 문득 인조에게 떠오르는 한 순간.

(Ins.C)　조선 편전 / 낮 *(10부 16씬)*

인조, 핼쑥해진 소현의 손을 왈칵 잡으며,

인조　　　동궁, 내 아들...!!

인조, 잠시 죄책감에 휩싸이더니 다시금 찌르는 고통. 결국 으으으... 으으으.... 하다, 고통을 이기지 못해 바닥을 기다가 드러눕고 만다. 죽음이 턱밑으로 왔다.

인조　　　(죄책감을 치워버리겠다는 듯 작게 고개 절레...) 틀림

420　　　　　연인 3

없어. 다른 서한이 분명 있었어...

하다가 그대로 숨을 거두고. 마침 들어온 조씨. 인조의 죽음을 목격하고 굳는다.

조씨   (낮고 짧게 뱉어지는) 전하...

S#40.   능군리 길채집 마당 / 낮

길채의 손에 들린 은가락지. 은가락지를 가만... 들여다보는 길채. 가락지 안, 언문으로 새겨진 글귀 '신랑 장현', '각시 길채' 여전히 길채는 장현의 죽음을 받아들이지 못한 듯, 넋이 나간 표정.

연준(N)   그해 겨울, 웃음과 눈물이 흔하던 이들이 많이 죽었다.
           나는 예와 의리가 살아있는 세상을 만들겠노라 핏대를
           세웠으나, 내가 지킨 것은 무엇인가... 내가 지킨 조선은
           어떠한가? 긴 세월이 지나, 이제 내게 남은 것은...

S#41.   연준집 사랑채 / 낮

은애마저 떠난, 텅 빈 방에 우뚝 선 연준. 몰아치는 고독.

연준(N)   다시는 듣지 못할 그네들의 웃음 소리뿐.

S#42.   능군리 길채집 / 밤

잠자리에 든 길채. 미간을 찌푸리는 것이 꿈을 꾸는 것 같다.

(Ins.C)

저벅저벅 걷는 사내의 발. 점점 가까워지는 발소리.

번쩍 눈을 뜨는 길채. 일어나 앉아 숨을 고른다. 어쩐지 흥분이 가라앉지 않는다. 곧, 눈시울이 붉어진 길채.

자막   **십 년 후**

S#43.   혜민서 광인 처소 / 낮

화면 가득 눈시울이 붉어진 량음. 그리고 그 앞, 량음으로부터 무슨 말을 들었는지 당황스러운 이립의 얼굴.

이립   그 말을 믿으라는 건가? 그 포로들 하며... 이장현이란
          자가 선세자 저하며 강적과 함께 벌인 일을 어찌...
량음   모두 사실입니다. 그러니, 이제 말씀해 주세요. 이장현
          은... 살았습니까?

S#44.   사헌부 내실 / 낮

마주한 헌영과 이립. 이립은 량음을 만나고 온 후, 조금 흥분되어 보인다.

이립	광인을 만나보았습니다.
헌영	헛소리가 많지?
이립	예. 허무맹랑한 말들뿐이었습니다. 다만... 만에 하나 그자 말이 사실이라면... 선대왕 시절 포로들에 대해 불충한 말을 지껄이는 자를... 어찌 살려두신 것입니까? 혜민서 의원 말이 까마득한 웃전에서 그자를 살려두라 들었사온데, 그 웃전이 누구인지...

(Ins.C)   조선궁 후원 / 낮

후원 연못에 선 효종과 옆에 선 김자점. *(효종의 뒷모습만 보이면 더 좋습니다)*

효종	살려두라.
자점	하오나 전하, 그자의 입에서 차마 들을 수 없는 말이 나오는지라...
효종	살려둬. 내 형님의 사람 중에... 살아남은 유일한 자다. 다만... 다시는 빛을 볼 수 없게 해.

| 헌영 | (알면서 모르는 척) 그 웃전에 대해선 궁금해하지 말게. |
| 이립 | ... 하오면, 이 사초를 쓴 자는 누구이옵니까? |

(Ins.C)   연준집 사랑채 / 낮

사초를 쓰는 누군가의 손. 이윽고 드러나는 얼굴, 연준이다!

| 연준(N) | 세자가 졸하였다. 세자가 심양에 있은 지 이미 오래되 |

어서는 모든 행동을 일체 청나라 사람이 하는 대로만 따라서 하고... 그때의 궁관 무리 중에 혹 궁관답지 못한 자가 있어 보도하는 도리를 잃어서 그렇게 된 것이다...

연준의 붓끝에서 떨어진 먹물이 툭, 번지고. 그리고 다음 순간, 연준, 마음을 먹은 듯 뭔가를 적기 시작하는데. (새로이 적는 내용은 화면에 보이지 않습니다. 연준의 집중하는 표정만)

이립　　도대체 누가 이리 불충한 사초를... 무엇보다, 세자의 졸서(자막: 왕족이나 사대부의 죽음에 대한 표현) 뒤에 뜬금없이 이장현의 졸기(자막: 죽은 사람에 대한 마지막 평가)를 쓴 이유가 무엇인지...

헌영　　(반짝 눈에 들어오는 빛) 연산 시절에 김일손이 사초에 조의제문을 넣었다가 큰 난리가 난 적 있었지.

이립　　예, 그 일로 무오년 사화(자막: 연산군 때 사초의 조의제문이 빌미가 되어 일어난 사화)가 일어나...(하다가 눈 커진다) 하오면...!!

헌영　　... (시선을 내린다. 속을 보이지 않겠다는 듯)

이립　　허면 이 사초는 선세자 저하의 죽음을, 이장현의 죽음으로 빗대었다는 말씀이십니까? 이 사초에 따르면 이장현을 죽인 것은 그 아비인 장철...(하다가 흡! 충격으로 얼어붙은 채 덜덜... 떨며) 그렇다면... 선세자 저하를 죽인 것이...?

헌영　　(쓱... 시선 내리며) 그저... 모자란 말이다. 그러니 실록에

실리지 못하고 버려진 것이 아닌가?(무심히 말하지만)

이립　　(충격을 멈출 수 없고)

헌영　　(쓱... 자리를 정리하고 나가려 하면)

이립　　(턱, 잡는다) 왜 제게 이 일을 시키셨습니까?

헌영　　(잠시 보다가) 알고 믿든, 믿지 않든... 누군가는 알아야
　　　　지. 그게 자네였으면 했네.

이립　　...?

헌영　　자네... 오랑캐에 끌려간 후, 가문에서 지워진... 자네의
　　　　친어미를 아는가?

S#45.　　인옥집 내실 / 낮

헌영의 말에 대한 답인 듯, 미소 짓고 있는 인옥의 얼굴이 한가득.
보면, 인옥의 시선 끝, 서안 위에 책을 놓고 읽는, 이제 병희가 된
땡땡 보인다. 병희를 흐뭇하게 보다가, 서한을 쓰는 인옥.

인옥(N)　　유씨 부인께 안부 여쭙니다. 얼마 전, 오라버니께 들
　　　　은 일을 꼭 알려드려야 할 것 같아서 글 드립니다. 사라
　　　　진... 이장현 나리의 아우 일입니다.

S#46.　　혜민서 광인 처소 / 밤

넋을 놓은 얼굴로 이립의 말을 떠올리는 랑음.

(Ins.C)　　**광인 처소 / 밤**

이립　　　몰랐단 말인가? 이장현은... 죽었어. 오래전에.

량음, 이제 모든 희망이 사라져, 시체같이 창백해졌는데, 그때, 끼익... 열리는 문.

S#47.　　길 일각 / 밤

혜민서 앞으로 나오는 량음. 저 앞, 누군가의 실루엣. 량음을 기다리고 있었던 듯, 량음을 보는 느낌. 이윽고 실루엣이 다가온다, 장현일까? 량음의 심장이 뛰는데, 뜻밖에 다가온 이, 길채다.

길채　　　(량음 앞으로 다가오면)

량음　　　(격하게 흔들리는 눈빛)

S#48.　　능군리 길채집 사랑채 / 밤

방으로 들어서는 량음. 보면, 반닫이 위에 장현의 부채, 서랍을 열면, 장현의 갓과 도포 따위, 장현의 물건으로 채워진 방. 량음, 눈물이 그렁... 해서 부채를 쓰다듬으면, 마침 들어오는 길채. 길채, 장현을 그리는 량음을 보며 동질감을 느끼는 듯 눈시울 붉어지고.

CUT TO

두 사람 사이, 소박한 주안상. 취기가 돈 길채, 량음에게 회한을 풀어놓는다.

길채	너에게 이장현은 어떤 사람이었지?
량음	(입을 굳게 다물고 있으면)
길채	니가 부러워. 니가 그 사람을 위해 준 시간들... 그게 부러워. 있잖아, 나는... 너랑 살면서 나도 모르는 그 사람 얘기 듣고 싶어. 그러니 나랑 살자. 나랑 같이 그 사람 그리워하면서...(하다 스러져 잠들면)
량음	(잠시 잠든 길채 보다가) 내게 형님이고, 부모고...(목울대가 울린다) 정인이었습니다, 그 사람은.

CUT TO

날이 밝았다. 길채, 눈을 뜨면 곁에 량음은 이미 사라지고 없다.
그리고 반닫이 위에 놓였던 부채도 사라졌다.

S#49.   능군리 길 일각 / 낮

길채가 길 떠날 차림을 하고 섰다. 그사이 중후한 멋이 깃든 길채.
들분이 배웅을 하고, 장성한 다짐이 길채 옆에 짐꾼으로 섰다.

들분	(다짐 보며) 다짐아, 마님 잘 뫼셔.
다짐	걱정 마세요!
길채	그럼 다녀올 테니, 여기 일 잘 부탁하네. 대장간에 새로 주문 들어온 건 받더라도, 내가 와서 직접 확인하기 전까진 물건 내지 말고.
들분	예, 마님. 걱정 말고 다녀오세요

마침 저편에서 그사이, 머리 올린 승아가 분주히 다가와 작은 보자기에 싼 음식을 넘긴다.

승아   먼 길 간다면서? 가는 길에 먹으라고 음식 좀 쌌어.(하는데)

저편에서 들리는 음성.

넛남   다짐아, 어디 가냐!
다짐   응! 마님 뫼시고 한양 구경간다!!

보면, 능군리에 정착한, 이제 장성한 넛남, 쨩이, 정인 등등의 아이들과 정희 등 여인들이 밭일을 하다가, 혹은 새참을 이고 지고 가다가 길채에게 '마님, 다녀오십시오', '조심히 다녀오세요!!' 인사를 하며 배웅하고. 이를 보며 마주 눈인사하는 길채, 흐뭇하면서도 한편으론 어떤 회한이 스미는데.

S#50.   **한양 우심정 마당 / 낮**

배가 불룩한 종종이와 나란히 앉은 길채. 그 앞에서 신난 구잠.

구잠   마님, 오신 김에 오래오래 머무셔야 합니다! 남원 우심정이며, 한양 우심정, 의주 우심정까지 다 관리하려니까 몸이 열 개라도 부족하고... 량음이 있던 시절이 좋았는데...

길채	(조금 안색 식으면)
구잠	(얼른 말 돌린다) 마님, 뭘 좋아하시나...
종종이	그걸 몰라? 콩시루떡 젤 좋아하셔!!
구잠	아차차, 그랬지. 마님, 딱 기다리세요!!(하고 씩씩하게 나가면)
길채	이제 보니 구잠이가 젤 야무져. 담 생엔 나도 종종이로 태어나야겠다.
종종이	이제 아셨어요? 그래서 제가 구잠이 꼭 잡았잖아요. 마님도 새 남자 만나요. 함 두 번 받았는데, 세 번은 왜 못 받아요?
길채	(피식)
종종이	(울컥)
길채	(꼭... 껴안아 주며) 우리 종종이, 잘 살아야 한다.
종종이	(울컥해서 안기는데, 잠시 후 포옹 풀더니) 근데, 이번에 청나라에서 사신들이 오면서 청나라 상단도 같이 왔는데, 누가 꼭 마님을 만나고 싶어 했답니다.
길채	...?!!

S#51. 길 일각 + 정자 / 낮

길채가 의아한 얼굴로 일각으로 들어서면, 뛰어노는 세 명의 사내아이들. 그리고 일각, 이를 흐뭇하게 보는 한 여인의 뒷모습. 길채, 의아한데, 이윽고 돌아보는 여인, 각화다!

| 길채 | ...!! |

각화   (잠시 감개무량한 표정으로 길채 보고)

CUT TO

각화와 길채가 정자에 앉아 주안상 따위를 놓고 마주했다. 저편에
선 아이들이 화살 쏘는 훈련을 하고 있고.

각화   (길채의 잔에 술 따라주며) 오랜만이야. 용케 안 죽고
            살아있군.

길채   (저편 아이들을 보며) 다복하십니다. 사내아이를 셋이
            나...

각화   응. 내 남편이 기운이 아주 좋거든.(하고 잔 들며 씩...
            미소) 넌... 다른 사내 안 만났어?

길채   (피식)

각화   하긴, 이장현을 알았는데, 다른 사내에게 맘을 주는 일
            도 쉽진 않겠지.(이제 곧 진지한 표정 되어) 이장현...
            어떻게 죽었지?

길채   포로들을 토벌하고 (입으로 뱉기도 고통스럽다) 시신
            을 바다에 버렸다더군. 혹시나 해서 수 년동안 근처를
            수소문했지만 시신도 찾지 못했어.

각화   (역시 고통스러워진다. 벌컥 술을 들이켜면)

잠시 두 사람 사이에 흐르는 슬픈 적막. 저편 아이들 노는 소리만
경쾌하고. 이윽고 각화가 입을 연다.

각화   너무 슬퍼하지 마. 이장현은... 시신 따위, 땅에 묻히든,

바다에 잠기든, 신경 쓰지 않았을 테니. 알잖아, 어떤
인간인지.

길채   (피식... 웃으면)

각화   청으로 데려가려 했어. 조선에 가면 죽을 게 뻔했거든.
하지만 고향에 가야 한다며 떠났지. 그이가 말한 고향
이 어딘지 알아?

길채   (의아하여 보면)

각화   너야.

길채   ...?!!

각화   난 말이지. 이장현 같은 인간이 있다는 사실이... 좋았
어. 이 비정하고, 무정한 세상에... 그런 인간도 있다는
게... 위안이 된달까... 안심이 된달까...

길채   (끝내 눈시울이 붉어지고)

각화   (역시 잠시 목이 메었으나, 흠... 털어낸다) 난 이장현이
아니라, 그렇게 사는 법은 몰라. 하지만 최대한 몸집을
키워서 살아남을 거야. 그러니... 유길채, 너도 잘 살아.
넌, 이장현이 누구보다 사랑했던 여인이니까. 니가 오
래오래 행복하게 살면... (눈시울 붉어지며) 이장현이
덜 불쌍할 것 같아.

S#52.   길 일각 / 낮

각화와 헤어진 길채가 쓸쓸히 걷는데, 다가오는 구잠.

구잠   마님, 찾았습니다!

길채   ...!!

그 위로, 량음의 노랫소리.

S#53. *길 일각 / 낮*

길 일각 저편에서, 장현의 부채를 들고 노래 부르는 량음. 동네 꼬
마들이며 여인들, 사내들이 모여서 행복해하며 듣고, 량음도 기쁘
게 노래 부른다. 그리고 일각, 사람들 틈에 숨어, 쓰개치마를 쓰고
량음을 보는 이, 소야다. 소야, 눈시울이 그렁... 해져서 노래하는 량
음을 보고.

조금 떨어진 곳에서 량음을 보는 길채와 구잠. 눈시울이 붉어진 구
잠. 쓱쓱 손등으로 눈물을 닦으며 량음 보는데,

길채(N)   이상하지, 그 사람과 가장 가까웠던 사람이 너라는 사
            실이... 그래서 너를 보면, 그이를 보듯 기쁘다는 사실
            이. 그러니 량음, 잘 살아야 한다. 이장현이 보고 싶으
            면 이장현이 무척 아꼈던 널... 보고 싶거든.

길채, 돌아서면, 노래 부르다가 멀어지는 길채의 뒷모습을 발견하
는 량음. 량음, 길채의 뒷모습을 보며 눈시울이 붉어지고.

S#54. 연준집 마당 / 밤

은애가 방두네, 박대를 대동하고 마당으로 들어섰다.

방두네 에구... 집 안 꼴이 이게 뭐야...

박대 마님 떠나시고 아주 폐인이 다 됐다니까.

은애 (잠시 착잡한 표정 되었다가) 서방님...(하는데 기척이 없고)

S#55. 연준집 사랑채 / 밤

들어섰던 은애, 곧 놀란 얼굴 된다. 보면, 천장에 목을 매고 발버둥을 치는 연준.

은애 서방님!!!

은애, 달려들어 연준을 잡고, 결국 바닥으로 떨어지는 연준.

은애 (울컥) 서방님...!!

S#56. 동장소 / 낮

연준을 병문안 온 길채. 은애가 면목 수건으로 누운 연준의 이마 식은땀을 닦아주며 간호하고, 길채, 연준 목의 붉은 자국을 보며 마음이 아파지는데, 문득, 눈을 뜨는 연준.

은애	정신이 드십니까?(하는데)
연준	(문득 옆의 길채를 복잡한 표정 되어 보다가...) 그 사람, 내 눈으로 죽은 걸 보진 못했습니다.
길채	...!!

S#57.   (과거) 바닷가 / 저녁

저편, 휘적휘적 걸어가는 장현을 주시하는 살수들.

살수들	(화살을 재고 쏘려다가 연준에게 지시를 내리라는 듯 보면)
연준	(극심하게 갈등하고)
살수1	나리!!

그사이, 장현은 계속 멀어지고 있고.

살수들	(당황스레 시선 교환하다 다시 쏘려 하자)
연준	기다려라! 명을 어길 셈이냐!!
살수들	(더는 참지 못하고) 에이!!(하며 손짓하면)

일제히 날아가는 화살들. 그중, 하나가 픽, 장현의 허벅지 따위에 박힌다. 풀썩, 무릎이 꿇려졌으나 장현, 다시금 끙... 일어나 걸어간다. 장현의 가는 길마다 뚝뚝... 흐르는 핏물.

S#58.　(다시 현재) 연준집 사랑채 / 낮 (씬 연결)

얼얼해진 길채. 역시 놀라 말문이 막힌 은애.

연준　죽었을 겁니다. 이미... 피를 너무 많이 흘렸어요.

길채　(여전히 이해할 수 없다는 표정) 시신들은 모두 바닷물에 던졌다고...

연준　그랬지요. 헌데... 이역관 시신은 찾을 수가 없었습니다. 시신이라도 수습할까 해서 수년간 수색해왔었는데, 얼마 전에 인근 마을에서 이장현을 마지막으로 본 노인이 있다는 소식을 전해왔어요. 그 노인에게 물으면 시신이 묻힌 곳은 알아낼 수 있을 겁니다. 혹여 묻힌 곳을 찾거든, 저도 불러주십시오.(울컥) 술이라도 한잔... 올리고 싶습니다.

S#59.　한양 연준집 앞 / 낮

서로 꼭... 껴안은 길채와 은애. 길채, 은애 품에서 얼얼해진 채,

길채　산천을 다 뒤져서 뼈라도 찾아서 모셔올 거야.

은애　(길채를 꼭 안아주며 끄덕... 끄덕끄덕) 그래, 그래...

CUT TO

저만치 총총 멀어지는 길채. 은애, 눈물 맺힌 얼굴로 길채를 보내고 돌아서려는데, 은애 앞에 선 연준. 은애, 잠시 망설이다,

은애	저도 이제... 능군리로 갈까 합니다.(하고 들어가려 하면)
연준	(턱 잡으며) 나도 가도 될까? 능군리.
은애	(놀라보며) 서방님...!
연준	(눈시울이 뜨거워져서 은애 본다) 나 아직도.. 부인의 서방인가?
은애	(끄덕... 하면)
연준	(은애를 안고 뜨거운 눈물을 흘리는데)

S#60. 얼수 초가집 안 / 낮

간절한 표정으로 누군가를 보는 길채. 보면 길채의 시선 끝, 이제 더욱 나이가 들어 죽을 날을 받아둔 노인, 얼수다!!

길채	어르신이 이역관 나리를 마지막으로 보았다지요?
얼수	(가쁘게 숨을 쉬며 보면)
길채	(돈주머니라도 쥐여 주며) 시신 묻힌 곳이라도...(하는데)
얼수	(밀어내며 눈물 맺힌다) 내 생명의 은인입니다! 무덤까지 가져가려고 했습니다. 살아있는 것이 들통나면 또 죽일까... 해서 꽁꽁... 숨겼습니다. 헌데 수년간 시신이라도 수습하겠다며 찾아오는 그 사람을 보니... 이제는 말해도 될 듯하여...
길채	(순간 안색 식고)
얼수	그분은... 죽지 않았습니다. 헌데...

S#61. (과거) 바닷가 / 밤

바닷가에서 기억을 잃고 멍... 해진 장현이 풀썩 쓰러지면, 일각 숨어서 지켜보던 어부들 중, 얼수!

얼수(E)   ...아무것도 기억하지 못했습니다.

S#62. (과거) 얼수 초가집 마당 / 밤

얼수의 초가집 마루에 앉은 장현, 물끄러미 달을 올려보고 있다.

장현   (멍... 달을 보다 한순간 또르르... 눈물 한 방울)
얼수   왜 우십니까?
장현   그냥, 나도 모르게 저 달을 보니 마음이 아리고 슬퍼서...

얼수(E)   달만 보면 그렇게 울다 웃다... 하더니...

S#63. (과거) 얼수 초가집 마당 / 밤

어느 날 길을 떠나는 장현. 얼수가 잡는데, 장현, 잡힌 채로 저편만 보며,

얼수   아이고, 이 몸으로 어딜 가십니까? 못 가십니다.(하며 잡는데)
장현   (안타까운 표정으로 저편을 보더니) 소리가 들려서...

얼수(N)　　　무슨 꽃 소리를 따라간다며 가버렸어요.

S#64.　(다시 현재) 얼수 초가집 안 / 낮 (씬 연결)
흡, 손으로 입을 막는 길채, 온몸이 떨려오고, 얼수 역시 펄펄 눈물
흘리는데,

길채　　　　어... 어디로 갔습니까!!

S#65.　(과거) 산 일각 / 낮
어딘가를 향해 걷는 장현, 문득 다시 이명과 두통에 허리가 굽어진
다. 마침 나물 광주리를 들고 가던 여인1, 고통스러워하는 장현을
발견하고.

S#66.　(현재) 여인1 초가 앞 / 낮
작은 초가에 들어가려는 여인1, 일각의 길채를 보더니 의아해한다.

CUT TO
여인1과 길채가 마주했고,

여인1　　　(의아하다는 듯) 그 사람을... 아십니까?
길채　　　　...!

S#67. **(과거) 여인1 초가 마당 / 낮**

부산히, 짐을 챙기는 장현. 답답하다는 듯 말리는 여인1.

장현   가야 합니다.

여인1   그 몸으로 어딜요?

장현   강화도가 제일 안전하다고 가라고 했어.(울먹울먹) 내
       가 가라고 했어, 내가!!

S#68. **(다시 현재) 여인1 초가 마당 / 낮** (씬 연결)

여인1   자기 때문에 위험해졌으니 구하러 가야 한다고 가버렸
       어요.

길채   ...!!

S#69. **기방 앞 / 낮**

기방 앞에 이른 길채, 기녀1과 마주했다.

기녀1   묻는 말에 대답을 못 해줬다면서 빨리 말해줘야 한대요.

길채   ...!!

(Ins.C) **7부 45씬 확장**

장현   음... 낭자는 말이지... 처음 봤을 때부터 좀 그랬어.

길채   좀 그렇다니, 그게 무슨 말이에요?

장현	흠... 다들 기다리겠군, 들어가지.(몸 돌려 계단 오르면)
길채	(발끈하여 쫓아가며 묻는다) 이봐요! 말을 끝까지 해야지요? 뭐가 그런데요? 우리가 처음 만난 게 그래, 그네터! 그네가 왜? 뭐가 좀 그랬는데, 좀 그런 게 뭐냐구요!!(하다가 장현 뒤통수에 대고)...야!!

기생1	좀 그런 게 뭔지, 무척 궁금해했는데 말을 못 해줬다나. 그 말인즉슨...
길채	...?

S#70.   (과거) 기방 마당 / 밤

마당 일각에 서서 애틋한 표정이 된 장현.

장현	한순간 온통 마음을 뺏겨버렸다는 뜻이었어. 해서 내 마음이... 이젠 되돌릴 수 없게 되었단 말을... 해줬어야 했는데.

S#71.   (다시 현재) 나루터 일각 / 낮

나루터 일각에 이른 길채.

S#72.   (과거) 나루터 / 낮

뱃사공을 붙잡아놓고 종종 발을 구르는 장현. 뱃사공, 장현을 위아

래로 보더니, 장현의 낡은 의관을 보며, 무시하는 투로,

| 뱃사공 | 이제 더는 못 기다려! |
| 장현 | 잠시만, 잠시만 기다려 주시오. 아버지께 인사만 올리고 꼭 오겠다고 했습니다.(하곤 애타게 저편을 보고) |

S#73. (다시 현재) **나루터 일각 / 낮**

질끈... 눈을 감는 길채. 후두둑 떨구어지는 눈물. 심장이 터질 것만 같다.

| 길채(N) | 그제야 알았지요. 서방님은 나를 처음 만난 날부터 거슬러, 내게... 오고 계셨습니다. |

길채, 간절해진 마음으로 혼잣말 뱉는다.

| 길채 | 허면, 이제 어디 계십니까? 어딜 가야...(하는데 퍼뜩 떠오른 기억) |

(Ins.C)	**배단리 길채 초가 길채방** (20부 2씬 확장)
장현	그래, 우리 길채는 어찌 살고 싶누?
길채	음... 전 말이지요... 예전엔 북적거리고 사람들 많은 곳에서 살고 싶었어요. 헌데 나리랑은, 조용한 곳에서, 단 둘만 살고 싶습니다.
장현	(피식)

길채	능군리 옆 산에 개울물도 흐르고, 꽃나무 오솔길이 이어진 곳이 있는데요, 거기에 두 칸짜리 작은 집을 짓고, 개나리 나뭇가지로 울타리를 하고, 닭 세 마리를 키워서 아침마다 알을 꺼낼 거예요. 봄에는 꽃구경하고, 여름엔 냇물에 발 담그고...

S#74. 산 일각 / 낮

산길을 오르는 길채, 그때 열 살쯤 되어 보이는 사내아이 셋 정도가 나뭇짐을 지고 내려오다 길채와 만난다.

길채	얘, 말 좀 묻자. 이 근처에 혹시... 작은 초가 있니?
꼬마1	저 위에 있는데...
꼬마2	거기 바보 살아요.
길채	바...보?
꼬마1	예, 바보예요. 지 이름도 모르고, 암것도 모른대요. 바보, 바보.

꼬마들, 바보, 바보... 바보, 바보.. 해가며 웃고.

길채	...!!

S#75. 산 일각 + 장현 초가 / 낮

길채, 바삐 산길을 오르다 문득 멈춰 선다. 보면, 길 양쪽 작은 꽃나무들이 핀 오솔길.

길채(E)　　봄에는 꽃구경하고...

조금 더 걸으면, 졸졸... 냇물 소리. 보면, 산길 아래 흐르는 맑은 냇물.

길채(E)　　여름엔 냇물에 발 담그고..

길채, 점점 심장이 터질 것만 같은데, 이윽고 길채의 눈앞에 나타난 작은 초가. 안으로 들어가면, 소담하고 정갈하게 가꾸어진 마당. 그리고 마당 구석에 단정하게 놓인 항아리 두어 개. 열어보면,

길채(E)　　가을에 담근 머루주를 겨울에 꺼내 마시면서...

끝내, 울음을 견디지 못하고 터지는 길채. 그때, 뒤에서 들리는 바스락... 소리. 길채, 멈칫 얼어붙는다. 이윽고 길채, 천천히 돌아보면... 마침 잡일을 하던 중이었는지, 손에 작은 연장을 든 채, 의아하단 얼굴이 되어 선 사내, 장현이다.

장현　　(갸웃... 이 여인은 누군가?)

길채, 온몸이 떨려오지만, 장현의 얼굴엔 그저 의아한 기색뿐.

S#76. 장현 초가 / 낮

마루에 앉은 길채가 저편을 보고 있다. 보면, 울타리를 손보는 장현.

장현	길을 잃었습니까?
길채	사람을 찾고 있었습니다.
장현	사람? 누구?
길채	제... 서방님이요.
장현	(의아하여 보다가 끄덕...) 서방님이 어찌 생겼습니까?
길채	...잘생겼어요.
장현	(어이없다는 듯 보다가 피식) 그리 말하면 도와줄 수 있나...(하며 울타리만 손보는데)
길채	왜 울타리를 손보십니까?
장현	울타리를 아이 키 높이 만큼 낮게 만들어달라 했거든.
길채	...누가요?
장현	(끔벅끔벅... 그러게 누가 그랬지... 하는 표정이 떴으나, 다시금 울타리만 손보고)
길채	(눈물이 그렁... 해지는데)

S#77. 동장소 / 저녁

날이 저물었다. 여전히 마루에 앉은 길채. 곧, 안에서 작은 상에 밥이며 국이 든 소반을 가지고 나오는 장현. 장현, 소반을 마루 평상에 놓고 먹으려다, 길채의 시선을 느끼며 불편해진다.

장현	안 가시오?

길채	(물끄러미 보면)
장현	난 이 근처에서 잘생긴 사내를 본 적이 없대두.
길채	(장현 보다가 소반의 밥을 보는데 배에서 꼬르륵....)
장현	(난감하단 표정 되더니) 밥 좀 드리리까?

CUT TO

이제 마주 앉아 밥을 먹는 장현과 길채. 길채, 수저 가득 밥을 떠서 야무지게 먹으면, 장현, 길채가 먹는 모습을 보며 무슨 탐구 대상을 보듯, 눈 가늘어지더니,

장현	음... 많이 먹는군.
길채	맛있습니다! 어쩜 밥도 이리 잘 지으십니까?(하고 환하게 웃으면)
장현	(짧게 스치는 당황스런 표정) 왜 그렇게 웃지? 이상하게 웃는군.
길채	...?
장현	...쫌 그래.
길채	(순간 울컥, 목이 메고)
장현	(흠... 하더니 다시 밥술을 뜨고)

S#78.   **장현 초가 방 안 + 마루 / 밤**
- 방 안

방 안으로 들어선 길채.

장현	오늘은 날이 늦었으니 방을 내주지만... 날이 밝거든 꼭 서방 찾으러 떠나시오.(흠흠... 하고 나가면)

길채, 방 안을 둘러본다. 별다른 장식도 없이 정갈하고 단정한 방 안. 그런데 뭔가를 보고 멈칫, 굳더니 후두둑... 눈물을 쏟고 만다. 보면, 벽에 단정히 걸어둔 붉은 댕기. 길채, 댕기를 품에 안고 끝내 눈물을 쏟고.

- 마루

마루에 잠잘 채비를 하던 장현에게 길채의 우는 소리 들린다.

장현	어쩌다 서방을 놓치고...(하면서 눕는데 어쩐지 장현도 길채의 우는 소리에 심란해져 쉽게 잠이 들지 못하고)

S#79.　　장현 초가 마루 / 밤 ~ 아침

길채, 마루로 나와본다. 어느새 잠든 장현. 방을 내주고 추운지 옹송그리고 자는데, 길채, 가만... 장현의 머리를 쓰다듬다가, 그사이 장현의 머리카락이 희끗해진 것을 보곤 목이 멘다. 그 흰머리도 소중하게 쓰다듬던 길채, 이제 가만... 장현의 곁에 눕는다. 벅차면서도 행복하고, 또 슬픈 미소가 뜨고.

CUT TO

자다가 문득 눈을 뜨는 장현. 제 옆에서 잠든 길채를 보고 화들짝 일어난다. 길채는 장현 곁에서 단잠이 들었고.

장현   (뛰는 심장을 느끼며 가쁘게 숨을 쉬다가) 이상한 여자
                야...

장현, 이 여자 대체 뭔가... 하는 표정으로 보지만, 길채, 새록새록...
잠이 들었는데 낮게 코까지 곤다.

장현   가지가지 하는군.(절레절레... 하는데)

CUT TO

아침이 밝았다. 길채, 숙면을 취한 듯 행복하게 눈을 뜨는데, 곁에
장현이 없다. 벌떡 일어나는 길채. 길채, 바삐 주변을 둘러보며 장
현을 찾는데, 장현은 없고, 마당 평상 위에 놓여진, 길채를 위한 아
침 죽과 간장 종지.

S#80.   *바닷가 일각 / 저녁*

길채가 뛰어 도착한 해변 일각. 저편에 장현이 서 있다. 보면 장현,
해변가 길을 걷고 있다. 그제야 안도하고 숨을 고르는 길채. 길채가
장현 곁에 가 서면, 장현, 처음엔 조금 당황했으나 그냥 걷는다. 그
렇게 몇 걸음 나란히 걷는 장현과 길채.

장현   (잠시 의아하게 보는데)

길채   여기서 뭘 하십니까? 왜 혼자 이런 곳에서 사셔요?

장현   기다리고 있어.

길채   뭘요?

| 장현 | (순간 멍... 뭘 기다리는지는 모르겠다) 그냥... 기다리고 있어. |

목이 메는 길채. 장현, 이제 뚜벅뚜벅 걷기 시작한다. 길채, 눈물 기운 지우고 같이 곁에 서서 같이 걸으면,

장현	서방 찾으러 안 가시오?
길채	찾아야지요. 그러니 도와주세요.
장현	(의아하여) 내가 무슨 수로...
길채	제 서방님에 대해 설명해 드릴 테니... 비슷한 사람을 본 적 있는지 한번 생각해주세요. 제 서방님은 일단 잘생겼습니다.
장현	또 그 소리...(절레)
길채	서방님은 약속은 꼭 지키는 분이었습니다. 서방님이 제게 어찌 살고 싶은지 물으시기에 아래로 냇물이 흐르는 꽃나무 오솔길 끝자락에 초가집을 지어...
장현	(뭔가 이상하다)
길채	가을에 담근 머루주를 겨울에 꺼내 마시면서, 그렇게 함께 늙어가고 싶다고 했습니다.

뭔가 묘한 기분을 느끼며 고개를 갸웃... 하는 장현. 조금 두통을 느끼는가 싶은데, 이제 그 자리에 멈춰선 길채.

| 길채 | 헌데, 서방님께 해드리지 못한 말이 있습니다. 해서 꼭 해드리고 싶어요. 그리고 서방님 대답도 들어야 합니다. |

(Ins.C)　　**배다리 길채집 / 아침**

어느 볕 좋은 날, 길채를 뒤에서 다정하게 안은 장현이 길채에게
묻는다.

장현　　그날, 날 첨 만난 날 말이야, 그네를 구르며 무슨 생각
　　　　을 했소?

길채　　(잠시 생각했으나 새침 멘다) 기억이 나질 않습니다.

장현　　흠... 그래?

길채　　그러는 나리는 그날 무슨 생각을 하셨을까요?

장현　　그날, 아주 진기한 소릴 들었지.

길채　　무슨 소리요?

장현　　(피식... 웃으며 길채를 다정히 안기만 하고)

이윽고 길채, 품에서 반지를 꺼내더니, 장현에게 주려는데, 반지를
놓치고 만다. 떼구르르... 굴러 장현의 발치에 이르더니 몇 바퀴 돌
며 멈추는 반지. 장현, 반지가 도는 모양을 가만... 보다가 반지를 주
위들면, 길채, 그 모습을 간절히 보다가,

길채　　어쩐지 그날, 꿈속 낭군님이 내게 오실 것만 같았지요.
　　　　해서 내 앞의 모든 것이... 초록으로, 분홍으로 반짝이고
　　　　있었습니다.

순간, 미간을 좁히며 두통이라도 느끼는 장현의 표정. 반지를 봤다
가 다시 길채를 보더니, 장현, 뭔가를 확인해야겠다는 듯 길채에게
다가간다. 그리곤 가만... 길채의 머리카락에서 볼, 그리곤 이마의

흙을 만지는 장현. 점점 혼란스러워지는 장현. 서서히 장현에게 뜨는 놀라움과 당황스러움.

길채	(끝내 터지는 눈물) 서방님... 길채가 왔어요.
장현	(하지만 이 감정을 감당할 수 없다는 듯, 혹은 믿어지지 않는다는 얼굴로 몸을 돌린다. 혼란스러운 표정으로 성큼 몇 걸음 걸으면)
길채	이제 말씀해 주셔요! 그날, 무슨 소리를 들으셨소!
장현	(우뚝 선다. 그리곤 자기도 모르게 혼잣말) 꽃 소리... 분꽃 소리...

이윽고 터지는 벼락같은 깨달음. 이제 장현, 다시 돌아선다. 그제야 제대로 보이는 여인. 오랫동안 기다렸던, 길채다.

온전히 길채를 알아본 장현의 몸이 떨려온다. 터질듯한 심정으로 그런 장현을 보던 길채, 이윽고 와락, 장현의 품에 안기면, 장현, 온몸을 떨며... 길채를 마주 안더니,

장현	(끝내 터지는 이름) 길채... 유길채...

그 위로,

장현(N)	기다렸어, 그대를. 여기서... 아주 오래...

오랜 시간을 돌고 돌아 결국 마주한 장현과 길채,

서로 몹시 그리워하고 사랑했던 두 연인에서.

－ 20부 끝

1. 드라마 〈몹시 그리워하고 사랑한, 연인〉(이하 〈연인〉)을 기획하게 된 계기가 궁금합니다.

처음엔 무조건 재미있는 이야기를 하고 싶다는 욕망에서 시작했습니다. 이야기꾼으로서 한 번은 '전쟁과 사랑'이라는 거대하지만 매혹적인 테마에 도전해 보고 싶었고, 병자호란을 배경으로 한 사랑 이야기가 굉장히 재미있을 것이라 여겼습니다. 여러 우여곡절이 있었으나, 최종적으로 MBC 홍석우 EP님이 공중파에서만 할 수 있는 사극을 만들어보자 제안해 주셔서 지금의 제작진과 함께하게 되었습니다. 처음 끄적거렸던 일곱 장짜리 기획안을 서른일곱 페이지로 다듬어 2019년 초반에 관계자분들께 내놓았습니다. 초반 기획안의 소제목은,

- 분꽃 피는 소리를 들어본 적 있습니까?

- 1636 병자년, 오랑캐들의 난

- 간뇌도지肝腦塗地, 백성의 간과 뇌가 흙에 범벅이 되어 내널리니

- 당신은 나와의 약속을 어겼어. 이제 당신은 절대 날 가지지 못해.

- 환향녀

- 이 여자를 어쩌지? 가질 수도, 차마 버릴 수도 없는 이 여인을.

- 그대는 조선에 돌아가 꽃처럼 사시오. 내가 바라는 것은
  그뿐입니다.

- 소현세자의 귀환, 비극의 서막

입니다. 초반 기획과 비교해 큰 틀은 크게 달라지지 않은 듯합니다. 하지만 디테일들은 이후 여러 번의 퇴고를 거쳤습니다.

2. 〈역적: 백성을 훔친 도둑〉(이하 〈역적〉)부터, 작가님의 작품에는 소시민의 다양한 사연과 서사가 친절하고 따뜻하게 등장합니다. 비록 짧게 등장할 지언정 소시민을 중요하게 다루는 부분에서 시청자들께서 많은 위로와 감동을 받았는데요. 이번 〈연인〉에서도 다양한 소시민이 등장했고, 특히 송추 할배와 이랑 할멈의 이야기가 초반부터 큰 울림을 주었습니다. 인간과 인간사를 바라보는 작가님의 시각이 돋보이는 부분이었습니다. 캐릭터를 만들 때 어떤 마음(혹은 철학)을 가지고 인물을 구축하며, 특히 놓치지 말아야 겠다고 생각하시는 부분이 있을까요?

캐릭터를 구축할 때 가장 중요하게 생각하는 것은, 매력입니다. 주인공은 당연하고, 주변인들까지도 각자가 가진 매력을 생생하게 살리고 싶다는 욕망이 있습니다. 그리고 제 기준에서 이것은 지극

한 현실 반영입니다. 누구든, 설사 돈도 지위도 없는 사람이라도 다 자기만의 멋과 맛이 있습니다. 저 역시 제가 할 수 있는 선에서 최대한 깨끗하게 세탁한 옷을 입고, 맛있게 먹고, 웃을 일엔 크게 웃어가면서 오늘 하루를 예쁘게 잘 살아보려 노력합니다. 그리고 '잘 살고 싶다'라는 소망을 품는 사람은 누구든 존중받아야 한다 생각하고, 제가 만드는 이야기에서도 소중하게 다루고 싶습니다.

그래서 우리 〈연인〉에는 주인공은 아니지만 영웅스러운 행보를 보이는 송추나 양천이 있고, 길채만큼이나 도발적인 각화가 있고, 주인공을 능가하는 순애보 량음이 있고, 명철한 지성을 지녔으나 불의해진 인조가 있고, 오랑캐라는 날것의 이미지보다 전략가로서의 이미지가 강조된 홍타이지가 있고, 발칙한 종종이가 있고, 사랑에 있어서 만큼은 누구보다 상남자인 구잠이 있고, 입체적으로 변심하는 닝구친이 있고, 이중적인 면모의 정명수가 있고, 방두네의 이름 수지를 부르며 아내 사랑을 외치는 박대가 있고, 무시무시한 무장인 줄 알았더니 정치도 알고 돈도 밝히는 인간 용골대가 있습니다.

3. 작가님 작품의 특징 중 하나가 완전한 악인이 없다는 것인데요, 저마다의 사정을 탄탄한 서사로 보여주기에 보는 이로 하여금 인물에 대한 이해를 더 깊어지게 하기 때문이 아닐까 합니다. 인조의 사정, 용골대의 사정, 각화의 사정, 하다못해 정명수도 "원래 조선 사람들은… 농사로 치면 천하제일입지요"라는 대사를 통해 그를 완전히 미워할 수 없게 만듭니다. 작품을 집필할 때 악이란 무엇이며, 악이라는 장치를 어떤 의도로 사용하고자 하는지 궁금합니다. 또한 작가님의 작품 세계에서 '악인' 혹은 '악'의 역할은 무엇일까요?

질문이 매우 흥미롭습니다. 저에게 '악'이란 뭘까요? 저에게 '악인'
은 불쌍한 사람들입니다. 그렇게라도 살고 싶은 거니... 라고 묻고
싶은 가여운 존재들입니다. 악인에게도 자신의 논리가 있습니다.
오른쪽에서 보면 악마지만 왼쪽에서 보면 영웅일 수 있습니다. 히
틀러 역시 자신이 도탄에 빠진 독일인을 구원하는 구원자라고 생
각했을 테니까요. 그래서 악행, 악인을 묘사하는 데 신중해집니다.
내 생존이 중요하듯 그들의 생존도 중요하기에 그들의 살기 위한
몸부림을 함부로 재단하고 싶지 않습니다. 다만, 내가 살기 위해 남
을 모함하고, 때리고, 죽일 수 있는가... 를 생각해 보면, 역시 그들
은 응당 자신의 행동에 책임을 져야 하는 사람들입니다.

흔히 죄지은 사람들이 떵떵거리며 잘사는 세상이라고 한탄하곤 하
는데, 저는 남을 해코지하며 높은 자리, 부유함을 누리는 사람이 진
정으로 행복할까 의문이 듭니다. 마치 모래성 위에 집을 지은 것처
럼 그들은 부유해도 마음이 춥고, 힘이 세도 외롭습니다. 이것이 아
직까지 제 믿음이고 실제로 살면서 제가 보고 느낀 것들입니다. 사
랑이 선순환하는 삶의 비밀을 알지 못하는 사람들은 뇌의 어떤 기
능이 발달되지 못한 가여운 사람들이 아닌가... 생각하며, 이런 생
각이 바뀌지 않는 한, 앞으로도 제가 만드는 드라마 속의 악인은
힘이 세지만 그만큼 외로운 사람들로 그려질 것 같습니다.

4. 〈연인〉이라는 제목이 정해지기 전 제목이 있을까요?

이 질문을 받고 다시 기획안 폴더를 열어보니, 다른 제목이 있었습
니다. 〈깊은 밤...〉, 〈어른님...〉 등등. 하지만 첫 기획안을 쓴 지 삼 개
월 후, 〈연인〉으로 제목을 바꾸었고, 연인의 사전적 의미인 '몹시

그리워하고 사랑한...'이란 말이 제가 생각한 연인들의 마음과 너무 닮아 있어 부제로 붙인 후로, 주욱 〈몹시 그리워하고 사랑한, 연인〉이었습니다.

5. 다양한 역사적 배경이 있습니다만, 병자호란이라는 사건을 배경으로 선택하신 이유가 있을까요?

병자호란과 관련한 정치적 인물들이 매우 호기심을 불러일으켰고, 더불어 끌려간 포로들 얘기를 무척 하고 싶었습니다. 특히 끌려갔다 다시 돌아온 여인들을 놓고 조정에서 이혼시켜야 한다 말아야 한다를 몇 날 며칠 논의했다는 사실이 몹시 흥미로웠습니다. 이혼시켜야 한다는 쪽의 주장이 어찌나 당당한지, 아무리 시대의 차이를 감안하더라도 안타까웠습니다. 우리 드라마에선 연준의 대사를 통해 그들의 논리를 보여주었지만, 실제 기록에는 돌아온 포로 여인들이 왜 조선의 맑은 물을 흐리는 검은 것 한 방울인지가 더욱 과격한 어조로 구구절절 나옵니다.

여건이 되었다면 돌아온 포로 여인을 놓고 벌어진 조정 대신들 간의 갑론을박, 끝까지 이혼은 안 된다고 주장하던 최명길, 뜻밖에도 이혼에 대해선 온건한 입장이었던 인조, 그럼에도 끝없이 이어지던 이혼을 주청한 상소들 등등의 얘기도 할 수 있지 않았을까... 그리고 그 와중에 구원무의 서사도 조금 더 설득력 있게 풀 수 있지 않았을까... 하는 아쉬움이 남습니다.

더불어 끌려갔다 다시 만나는 부모 자식의 이야기가 얼마나 눈물겨울까, 자기도 포로이면서 다른 포로를 도와주고 살려주는 이야기는 얼마나 감동적일까, 포로들이 목숨을 걸고 돌아온 것이 얼마나 대단한 투쟁이고 의지인가... 등등을 생각하며, 병자호란을 배경으로 드라마를 만들어야 한다는 확신이 더욱 강해졌습니다.

6. 작품이 큰 사랑을 받았습니다. 근래 흔치 않은 21부작 작품으로, 역시 '사극은 황진영'이라는 평을 받았는데요. 전례 없는 파트 분할로 방송되었지만, 시청률은 더 올랐고 '파트2'를 기다리는 시청자들의 성원이 대단했습니다. 이렇게 큰 사랑을 예상하셨는지 궁금합니다.

반응을 예상했다기보단, 처음 저에게 〈연인〉을 MBC에서 만들어보자 제안해 주신 홍석우 EP와 김성용 감독에게 이런 말을 한 적은 있습니다. "〈연인〉은 이제껏 내가 쓴 대본 중에서 가장 완성도가 있다. 우리 〈연인〉은 기본은 할 것이다." 하지만 방송 이후, 제 짐작보다 더욱 뜨거운 반응을 느끼고 놀랐습니다. 제작진과 감독님, 배우분들, 스태프분들의 역량으로 제 예상을 뛰어넘는 결과가 나온 것 같습니다.

7. 작품이 큰 화제를 모은 만큼, 시청자분들의 다양한 의견도 있었습니다. 모니터를 하면서 전혀 예상하지 못했던 시청자 피드백이나, 혹은 가장 황당했던, 좋았던 피드백이 있다면 무엇일까요? 그리고 시청자들에게 전하고 싶은, 이것은 꼭 바로잡아 주고 싶다는 부분이 있다면요?

예상치 못했던 부분은 길채의 결혼에 대한 극렬한 반감이었습니다. 결혼을 예정하고 파트가 나뉘어 더욱 뜨거워진 감도 있지만, 장현을 사랑하면서도 다른 이와 결혼한다는 게 말이 되지 않는다, 길채의 감정선을 이해할 수 없다는 의견이 많았습니다. 길채와 아버지의 관계, 길채와 원무의 관계, 길채의 책임감 등등을 1~2회에 걸쳐 묘사했기에 시청자 여러분의 격한 반응에 조금 의아했습니다. 그러나 〈연인〉이 시대의 관습과 인식을 초월하는 큰 사랑을 그리고 있기에 반응을 미리 짐작했다고 해도 내용이 달라질 수는 없었을 것 같습니다.

저는 장현이 길채를 진심으로 사랑했지만, 길채가 다른 사내를 선택한 이후엔 장현 역시 다른 매력에 동요할 수 있다 여겼고, 길채 역시 장현을 진심으로 사랑하면서도 사랑 아닌 다른 삶을 선택할 수 있다고 생각했습니다. 그렇게 돌고 돌다 끝내는 서로를 껴안는 것이 오히려 진정한 사랑을 증명하는 것이라 생각했는데, '순정한 사랑'에 대해 작가와 시청자의 생각이 달랐던 게 아닐까 생각합니다.

이와 연결해서 각화에 대한 반응은 조금은 예상했지만 예상보다 거센 느낌이었습니다. 그만큼 시청자들이 장현과 길채의 사랑을 응원한다는 방증이기도 했습니다. 특이한 것은 각화에 대해선 시청층에 따라 무척 다른 반응을 보였는데, 한편에선 사랑의 방해자로 보고 미워했지만, 다른 편에선 나도 저런 여성이라면 인생에 한 번쯤 만나보고 싶다며 목을 빼며 각화를 기다려주셨습니다. 배우의 강렬하고 우아한 연기에 힘입은 바가 크기에 감사한 마음입니다.

그리고 기분 좋았던 피드백은, '연인의 티키타카, 심쿵 멜로가 좋아 빠져들었는데, 나중에는 포로들과 환향녀들 얘기에 너무 마음이 아팠다', '드라마 보면서 공부해 보긴 처음이다. 병자호란과 인조, 소현에 대해 공부를 시작했다', '멜로 역사를 다 잡았다'는 등의 평가였습니다. 그중 특히나 저를 울렸던 것은 '깊이 위로 받았다'는 감상이었습니다. 많이 놀랐고, 우리 〈연인〉이 뭔가 좋은 일을 해낸 것처럼 뿌듯하며 감사했습니다.

8. 당초 30부작 작품이었다는 얘기가 있습니다. 그런 이유에서 '파트3'에 대한 시청자의 기대가 있는데요, 완료된 작품에서 더 들어갔으면 하는 부분이 있거나 더 하고 싶은 이야기가 있다면 말씀해 주시면 좋겠습니다.

30부 기획설은 〈연인〉이 여러 번 편성되었다 번복되는 과정에서 와전된 정보인 듯합니다. 애초 24부작 정도를 염두에 뒀었습니다. 22부든, 23부든... 융통성 있게 운용할 수 있고, 회사에서도 회차가 늘어나는 것을 반긴다고 알고 작업하고 있었습니다. 그러나 촬영이 시작된 이후, 제작 환경이 변하여 결국 24부까지 진행시키지 못하고 21부로 마치게 되었습니다. 만약 2~3회차 정도 더 여유가 있었다면, 장현과 길채의 마지막 여정을 조금 더 아름답게 묘사할 수 있지 않았을까... 하는 아쉬움이 남습니다. 더불어 연준과 은애의 갈등과 해소, 연준과 장철의 유사 부자 관계, 장현과 량음, 장현과 각화의 이후 이야기, 돌아온 포로 여인을 놓고 벌어진 조선 조정의 갑론을박 상황과 구원무의 심리 그리고 포로들이 조선에 돌아온 후 어떻게 살아갔는지를 조금 더 구체적으로 묘사할 수 있었을 것 같습니다.

9. 량음은 언젠가 알게 되었을까요? 장현이 살아 있다는 것을요.

물론입니다. 최종고에 싣지는 않았지만, 제가 보관한 량음의 씬이 있습니다. 장현과 량음이 헤어지며 장현이, "기다려, 데리러 올 테니"라고 량음에게 말했던 마지막 장소에서, 량음은 장현을 기다립니다. 량음은 장현이 데리러 올 것이라 믿고 혼잣말을 뱉습니다.

"기다릴게, 여기서."

그리고 결국 두 사람은 만납니다.

10. 대본을 보면서 느낀 점은 소품의 명칭 하나, 어투 등 쉽게 탄생한 한 줄이 없다는 점입니다. 굉장히 공을 많이 들였다는 느낌을 받았습니다. 집필하시면서 가장 어려웠던 점은 무엇이며, 사극이라는 장르를 작업하면서 가장 신경 쓰는 부분은 무엇인가요?

멜로 스토리와 대사를 꾸리는 작업은 사실 크게 어렵진 않았습니다. 자료조사와 공부를 가장 많이 하며 조심스럽게 접근한 내용은 병자호란 당시 청과 조선의 역학관계를 다룬 지점입니다. 애초에 나는 다르게 접근하겠다라는 목적이 있었다기보다, 자료조사를 하면서 기존 병자호란 관련 콘텐츠가 조망하지 않은 부분을 알게 됐고, 어쩌면 그것이 진짜 병자호란의 모습이지 않을까... 생각해서 용기를 냈습니다. 성실하게 공부했고, 《병자호란, 홍타이지의 전쟁》을 비롯한 치열한 고민을 담은 저작들의 도움을 크게 받았습니다. 조경란 박사님의 자문도 받았습니다. 할 수 있는 한 모든 논문과 실록, 서적을 검토했고, 제 입장에서 가장 역사적 사실에 근접하다 생각되는 부분을 선택하고, 그 관점에서 이야기를 풀었습니다. 그 과정을 거쳐, 〈연인〉 속, 병자호란은 조선 조정이 정치 암투를 벌이다 제대로 대응하지 못해서 벌어진 전쟁이 아니라, 강력하게 몰아치는 국제 정세 속에서 어쩌면 필연적으로 벌어졌을 전쟁으로 방향을 잡았고, 홍타이지는 지적인 전략가로, 인조는 애초에 무능했다기보단 서서히 파괴되어 가는 인물로, 소현은 "내 집이 다 망하게 되었네" 혹은 "저 여인들은 어찌하여 죽지 않고 살아...!" 등 그 시대 남성이자 권력가라면 당연했을 말들을 뱉던 캐릭터에서 장현과의 우정을 경험하고, 포로들을 목격한 이후로 점점 변화되는 존재로 구성했습니다.

그리고 병자호란을 배경으로 했지만, 전쟁 자체보다는 전쟁 이후 조정의 대처와 민초의 삶에 더욱 포커스를 맞추었습니다. 전쟁은 일어날 수 있다, 전쟁에 질 수도 있다. 하지만 그 이후에 어떻게 대응하는가... 가 〈연인〉이 다루고 싶은 이야기였습니다. "병자년에 우리는... 오랑캐와 끝까지 싸웠어야 했어. 허면, 우리 전하가 저리 망가지지 않았을 테고, 그랬다면..."이라는 김상헌의 대사에는 저의 의구심도 담겨있습니다. 현시대에서는 화의를 주장한 최명길의 선택이 선견지명으로 받아들여지고 있지만, 인조가 척화파의 논리에 따라 끝까지 싸웠다면 어쩌면 인조는 파괴되지 않았을지도 모른다, 그럼 인조와 소현 부자간의 비극은 일어나지 않았을지도 모른다... 라는 생각을 했습니다. 어쨌든 자신을 파괴하는 것은 자기 자신입니다. 더불어 후반부에 가장 공을 들이며 고민을 많이 한 부분은 역시 장철과 장현, 장철과 연준, 인조와 소현의 관계입니다. 유사 부자 관계를 맺는 장철과 연준의 관계를 통해, 그 시절 유자들이 전쟁에 진 후의 죄책감을 어떻게 소화하는지 보여드리고 싶었고, 인조와 소현을 장철과 장현 부자를 통해 은유하고, 그 비밀을 아는 유일한 목격자와 기록자로서의 연준을 설득력 있게 그리고 싶었습니다. 후반부에 예정된 내용을 모두 풀지 못해 아쉬운 마음입니다.

사극을 쓸 때 가장 중점을 두는 부분은 '날리면 안 된다'입니다. 저 혼자 속으로 생각하던 말이라 거칠긴 하지만, '날리면 안 된다'는 말의 뜻, 사극은 땅에 발을 붙인 이야기와 인물로 만들어야 설득력을 얻을 수 있다는 것입니다. 물론 사극뿐 아니라 모든 드라마의 스토리와 캐릭터가 땅에 발을 붙여야 하지만, 지루하지 않은 사극을 만들겠다며 지나치게 현대적인 관점에서 캐릭터와 스토리를 설정하여 붕... 띄우는 경우를 많이 봤습니다. 현대극에선 그것이 재미로 여겨지기도 하지만, 적어도 사극에서만큼은 시청자들이 그렇게 붕 띄워진 드라마를 '가짜'로 여기고 보고 싶어하지 않는다고 느꼈습니다. 저 역시 그 부분을 조심하며 지금 현시대의 관점에서도 이해할 수 있는, 그 시대 사람의 이야기를 쓰자고 다짐합니다.

11. '사랑' 이야기를 다루는 작품 특성상 메인 커플에 집중하게 마련인데, 〈연인〉은 다양한 형태의 연인을 보여줍니다. 장현과 길채, 장현과 량음, 장현과 각화 등 다양한 연심의 형태를 보여주어 신선했습니다. 의도하신 바가 있을까요?

저는 장현과 길채의 사랑에 량음과 각화가 같이 어울려 휘말리는 이야기를 쓰면서 무척 재미있었습니다. 시청자분들도 그 격정을 함께 즐기길 바랐습니다. 누군가는 즐기고, 누군가는 조마조마했겠지만, 저는 그 네 사람이 함께 사랑한 이야기를 사랑합니다. 마지막 촬영 분량이 넘쳐 최종고에 싣지는 못했지만, 대본에 썼던 량음의 대사가 있습니다.

> "너무 불쌍해 마세요. 돌아오지 않아도,
> 제가 보낸 마음은 제 것입니다. 전 제 사랑을 가졌어요."

그리고 대본에는 있지만, 촬영하지 못해 방송되지 않은 각화의 대사가 있습니다.

> "난 말이지. 이장현 같은 인간이 있다는 사실이... 좋았어.
> 이 비정하고, 무정한 세상에... 그런 인간도 있다는 게...
> 위안이 된달까... 안심이 된달까..."

각화와 량음은 고통스런 짝사랑을 거쳐 나름의 통찰에 다다르는데, 자신을 받아주지 않은 정인을 미워하거나 원망하는 것이 아니라, 자신의 진심을 내어줄 수 있는 상대를 만날 수 있었다는 사실에 감사하고, 그 사랑을 소중히 간직하며 그 사랑의 힘으로 인생의 다음 걸음을 건넙니다. 받아들여지지 않는 사랑을 이렇게 승화시키는 사람은 얼마나 강하고 매력적일까... 생각했고, 우리 각화와 량음이 그런 존재가 되길 바랐습니다.

12. 사극에서 좀처럼 볼 수 없었던 여성 캐릭터의 성장사가 신선했습니다. 아무것도 모르는 길채가 좁은 알을 깨고 나와 자신과 자신의 주변 사람들을 보듬고 위로하는 과정을 통해 어엿한 유길채라는 사람으로 단단하게서, 고난과 역경을 헤쳐나가는 모습이 때로는 조마조마하고 기특하고, 고마웠습니다. 길채라는 캐릭터를 구축하면서 가장 신경 쓴 부분은 무엇이며, 길채의 성장사를 통해 전하고자 한 메시지가 있다면 무엇일까요?

길채를 그리며 가장 고심하고 신경 썼던 부분은, 길채는 '험난한 여정을 걷지만, 끝까지 멋진 폼을 유지할 것!'이었습니다. 해서 오랑캐 묻은 여자라 오줌 세례를 받고서도, "씻자"라고 말하고, 숙덕대는 사람에게 따귀를 날리며, 각화에게 저주하겠다며 독설을 뱉고,

스스로 이마에 상처를 내고서도 "내가 호락호락할 줄 알고..." 하며 살짝 미소를 짓습니다. 양반 여인임에도 역관 최도리에게 자신의 품에 손을 넣어 노리개를 가져가게 한 후, 종종이를 수레에 태우는 우정도 보여줍니다. 저의 전작 〈역적〉에 나오는 아모개의 대사 중에 이런 대사가 있습니다.

"어렵게 생각할 것 읎어. 태어났으니께 사는 것이고,
싸울 일 있음 싸우는 것이고, 때 되믄 죽는 것이고..."

길채도 그 비슷한 태도를 지닌 사람입니다.

"나는 살아서 좋았어!
밥이라도 먹고 죽을래?"

태어났으니까 사는 건데, 이왕 사는 거 잘 살자! 그렇기 때문에 길채는 장현이 죽은 줄 알고 슬퍼했지만 씩씩하게 차선책인 원무와의 결혼을 선택했고, 장현 대신 원무를 선택했지만 사는 동안 그 선택에 책임을 지고 원무에게 충실합니다. 이후, 돌아와 환향녀의 삶을 살 때도, '요 장도를 어떻게 하면 비싼 값을 받을꼬...' 하며 귀엽게 잔머리를 굴려봅니다. 길채는 사랑을 알지만 사랑 아닌 삶을 선택했다면, 그 삶도 온몸으로 끌어안는 여인입니다. 저는 이 세상에 던져진 모든 인간에게 이 외에 다른 선택은 없다고 생각합니다. 어쨌든 죽기 전까진 살아야 하는 거고, 사는 동안은 웃으며 사는 게 좋습니다. 그리고 이렇게 생각하면 오늘 내게 주어진 하루가 외려 소중하게 느껴지기도 합니다. 길채를 통해 우리 〈연인〉의 시청자분들도 같은 희망을 본다면 좋겠습니다.

13. 〈연인〉이 큰 사랑을 받은 이유 중, 모든 것이 빠른 요즘, 죽음까지 불사하며 한 사람을 사랑하고 지키고자 한 한 남자의 지독한 순정이 큰 위로와 감동을 주었다는 평이 있었고, 또한 "근래 이렇게 설렌 적이 있었던가", "저게 진짜 사랑이지", "누군가를 저렇게 사랑할 수 있을까?", "쿨하고, 빠른 것이 미덕인 시대에 어쩌면 지쳤던 것 같다. 이 드라마를 통해 마음이란 이렇게 쓰는 것이다, 라는 것을 배웠다"라는 평도 있었습니다. 〈연인〉을 본 시청자분들이 꼭 느끼셨으면 했던 부분이나 작품이 세상에 어떤 영향력을 주었으면 했다는 부분이 있을까요?

드라마 한 편으로 감히 무슨 영향력을 의도하진 못했지만, 장현의 캐릭터를 구축하면서 염두에 두었던 지점은 있습니다. 길채가 '멋진 폼을 유지할 것'이었다면, 장현은 '아름다운 잡놈일 것!'입니다. 장현은 스스로를 '잡놈'이라고 부릅니다. 장현은 누나의 죽음에 대한 죄책감을 지닌 채 아버지를 버린 사람입니다. 조선 사회에서 부모를 버린 사람은 외부자입니다. 때문에 장현은 자신이 이곳에도 저곳에도 속하지 못한 인간이라 스스로를 규정하곤, 내키는 대로 사는 것으로 스스로 벌을 줍니다. 하지만 머리로 그리 규정했을 뿐, 실제 장현의 마음에는 인간에 대한 뜨거운 사랑이 있습니다.
고통받는 량음을 위해 모시던 주인의 머리를 내리치곤, "난 도망쳐야겠다. 같이 갈래?" 하고 무심하게 내뱉더니, 송추가 죽은 것을 보곤 오랑캐를 잡겠다고 다짐합니다. 비극적인 결말이 예정된 소현도 보아 넘기지 못하고, 량음의 그렁그렁한 눈물 때문이라 핑계 대면서 실은 본인 스스로 포로의 고통을 견디지 못합니다. 구잠이

"우리 성님은 남 일엔 관심도 없어요."라고 말할 정도로 겉으론 아닌 척했으나, 기실 장현은 무척이나 공감 능력이 뛰어난, 그래서 타인의 고통을 그저 보아 넘기지 못하는 그런 인간입니다. 그런 인간이 무려 사랑하는 여인을 만났으니, 사랑을 위해 무엇을 내던질지는 뻔한 일입니다. 그저 길채의 행복만을 바랄 뿐, 길채가 다른 사내의 아내가 되었다거나, 오랑캐에게 욕을 당했다는 사실은 장현의 사랑을 티끌만큼도 훼손시키지 못합니다.

다행히도 제가 그리려고 했던, 숨겨진 아픔까지 공감해 주는 장현의 사랑을 시청자들께서 너무 많이 사랑해 주셨습니다. 어쩌면 우리 모두는 누군가 나를 이렇게 사랑해 주기를 바라왔던 것이 아닐까... 생각합니다. 장현의 사랑을 이해해 주시고, 각자의 삶으로 초대해 준 시청자분들께 오히려 감사하다는 말을 전하고 싶습니다.

14. 매회 장현의 대사가 화제가 되었습니다. "정말 밉군", "이제 여기는 아무도 못 지나간다" 등 주옥같은 명대사가 가득했는데요, 이 대사들의 탄생 배경이 궁금합니다. 어떤 마음으로 쓰셨으며, 장현의 대사 중 가장 잘 썼다 혹은 맘에 드는 대사가 있다면 무엇일까요?

〈역적〉 때 가장 맘에 들었던 대사가 아모개의 "내 맴이여"입니다. 마찬가지로 〈연인〉에서도 "정말 밉군"이 참 맘에 들었습니다. 연인을 향한 밉다는 말은, 너무 사랑한다, 미치도록 사랑한다의 다른 표현 같아서 좋았습니다. 그리고 "내 마음이 달라", "나도 다른 사람한텐 관심 없소", "이제 여기는 아무도 못 지나간다" 같은 대사들도 쓰고선 썩 맘에 들었습니다. 길채에 대한 장현의 마음을 표현하는 대사들은 솔직히 말씀드리면 대부분 별다른 수정이나 퇴고 없이 술

술 나온 편입니다. 아마 저는 순정적으로 직진하는 인간의 마음을 꽤나 잘 이해하는 편인가 봅니다. ^^;;

다만, 제 나름 오랜 사색의 결과물로 나온 대사라면, 많은 분들이 감동해 주셨던 "안아줘야지. 괴로웠을 테니"입니다. 저는 오래전부터 성폭력과 관련한 이슈들을 접하며 의아한 기분이 들곤 했습니다. 피해자 편에 선 논조의 기사에서조차 '수치심을 느껴... 수치심이 들도록...'이란 말이 등장할 때, 왜 수치심을 느끼지? 지나가는 폭력배에게 한 대 맞았다고 수치심을 느끼진 않을 텐데...란 생각을 해왔고, 한편 수치심이 당연하다고 여기는 듯해서 불편함을 느꼈습니다. 해서 장현의 말은 간명해야 했습니다. 몸과 마음은 괴로워서 힘들었겠지만, 그저 힘든 일을 겪었을 뿐, 니가 수치심을 느끼거나 부끄러워할 일이 아니라는 뜻과 너의 괴로움을 이해하며, 너를 위로하고 싶은 진심이 느껴지기를 바란다는, 그 마음이 전해지길 바랐습니다.

15. 〈연인〉은 여타 사극에서 보지 못한 장면이 많아 더욱 보는 재미가 있었는데요, 예를 들면 장현이 죽은 줄 알고 살아 돌아오기를 바라는 마음으로 길채가 울부짖는 장면, 각화와 사냥 내기를 한 장현이 길채를 구하기 위해 전력을 다해 소리치며 달리는 장면은 역대급 장면이 아닌가 싶습니다. 작가님이 꼽는 명장면이 궁금합니다.

대본을 쓰면서도 얼른 영상으로 보고 싶은 장면이 너무 많았습니다.

　　원손을 안고 뛰는 길채,

뒤늦게 자신의 사랑을 깨닫고 장현 도령을 애타게 부르는 길채,

떠나는 장현을 각기 다른 방향에서 보며 눈물짓는 길채와 량음,

길채가 포로시장에 잡힌 것을 알고 절규하는 장현,

길채를 구하기 위해 맨몸으로 질주하는 장현,

장현을 지키기 위해 몸에 피를 묻히고 껴안는 길채,

길채를 겉으론 무심히, 하지만 뜨겁게 위로하며 안아줘야지,

했던 장현,

길채에게 넌 저주야...라며 핏발을 세우는 량음,

장현에게 목숨 건 내기를 제안하는 각화,

다른 사람 손에 죽느니 내가 죽이겠어... 라고 말하며

장현을 겨누는 각화,

내 기다림은 실패한 적이 없다고 말하는 홍타이지,

흉포하고 광폭해진 인조의 시시각각 변주되는 모습,

개새끼 같은 것을...!!이라고 말하며 폭발하는 인조,

장철에게 너는 나와 같다... 라고 말하는 인조,

조선인들이 일군 심양의 들판에서 노동요를 부르는 모습,

포로들이 국경을 넘어와서 다시 해후하는 모습.

⋮

최종적으로 재회하는 장현과 길채... 등을 설레는 마음으로 기대했습니다. 중요한 씬들은 우리 감독님과 배우, 스태프분들이 모두 총력을 다해 촬영해 주셨기에 제게는 모두 명장면입니다. 그럼에도 굳이 몇 장면을 꼽자면, 먼저, 길채가 원손을 안고 뛰는 장면과 배에 탄 후 오랑캐에게 짓이겨지던 포로들을 보던 길채와 은애, 방두네와 종종이의 씬을 꼽고 싶습니다. 그 박력 있고 유려한 연출과

영상, 연기에 감탄했는데요, 그 씬이 없었다면 지금의 〈연인〉도 없었을 것입니다.

그리고, "길채야!!!"라고 부르며 질주하는 장현 씬을 꼽고 싶습니다. 각화가 두 사람 다 사는 길도 제안했지만, 장현에겐 자신의 목숨을 구하는 것은 선택지에 없었기에 길채를 향해 뛰며 절규합니다. 그리고 '부인'이라고 부르다 '길채야'로 바뀌면서 두 사람이 한순간, 오래전 애틋했던 과거로 회귀하는 느낌, 실제 두 사람은 서로를 '길채야'로 부르고 답한 적은 없지만, 이미 마음속에서 두 사람은 그렇게 가까웠다는 것이 증명되던 순간에, 장현이 각화의 화살을 맞고 쓰러집니다. 그렇게 애절한 순간이 아름다운 영상과 음악, 배우분들의 연기로 완성되어 감동적이었습니다.

더불어, 포로들이 노동요를 부르는 씬이 벅차도록 좋았습니다. 조금 더 오래 보고 싶어 아쉬운 기분이 들 정도였습니다. 그래서 마지막 포로들이 넘어와 감격적으로 해후하는 장면이 제대로 찍히지 못해 너무도 아쉬웠습니다. 그 부분이 구현되었다면, 아마 가장 좋아하는 장면으로 꼽혔을 것 같습니다.

16. 〈역적〉에서도, 〈연인〉에서도 결국 우리를 지키는 것은 평범한 '우리'였습니다. 대단한 임금님도, 지엄한 아비도 아니었는데요. 약자를 지키는 '강한' 약자들의 이야기가 감사하고, 감동적이었습니다. 작가님의 작품이 공통적으로 남기는 큰 메시지 중 하나가 아닌가 싶습니다. 길동이 그러했듯, 장현이라는 인물을 통해 작가님이 해소하고자 한 것과 전하고자 한 메시지가 있다면 말씀해 주세요.

장현이 현대에 존재한다면, 길거리에서 검은 봉지 위에 나물거리들을 펼쳐 놓고 파는 할머니들을, 하고 시간 땀냄새를 폴폴거리며 누렇게 뜬 얼굴로 핫바 따위를 씹으며 가는 고딩들을, 출퇴근길 대중교통을 이용하는 사람들의 피곤한 표정을 귀엽게 보면서도 존경했을 것입니다. 장현은 작고 소소하게 제 삶을 일구는 사람을 알아보는 사람이고, 저는 그런 것을 지키기 위해 몸을 던지는 사람이 진정한 강자라고 생각합니다. 반복되는 얘기지만, 저는 대단한 권력이나 부를 지닌 사람보다, 제 사람들과 친하게 지내며 진심을 나누는 사람의 가치를 말하고 싶었습니다.

17. 드디어 행복한 삶을 시작하게 된 장현과 길채에게 마지막으로 한 말씀 해 주신다면요?

장현과 길채는 머리가 희끗해지고, 이제는 중후한 멋이 깃든 긴 세월이 흐른 후에 재회합니다. 너무 오래 서로를 그리워하게 해서 미안한 마음입니다. 이제 장현의 바람대로 '하찮게, 시시하게', 길채의 소망대로 가을에 담근 머루주를 겨울에 꺼내 마시며 살기를 바랍니다. 그렇게 아무도 모르는 곳에서 가장 위대하고 아름다운 삶을 일구기를 소망합니다.

18. 〈연인〉이 팬분들에게 이런 작품으로 영원히 남았으면 하는 당부가 있을까요?

'영원히…'란 말이 참 묵직합니다. 저는 '영원'이란 단어를 참 좋아해서, 아이디며 비번에 영원을 영어로, 한글로 이렇게 저렇게 변용해 심은 적도 있습니다. 그렇지만 현실 세계에선 영원한 것은 없다며 거의 체념 상태로 살고 있는데요, 그럼에도 우리 〈연인〉이 팬분들에게 영원 비스무리하게 남을 수 있다면... 그건 너무 행복한 상상입니다. 그런 의미에서 〈연인〉 속 인물들이 실제 살았던 사람처럼 느껴진다면 그보다 더 좋은 일이 없을 듯합니다. 제게도 마치 실제 내가 알았던 사람처럼 느껴지는 영화나 드라마 속 캐릭터들이 있습니다. 그리고 요즘은 가끔 이렇게 내게 영향을 준 캐릭터라면, 실제 알았던 것과 다를 것 없단 생각도 듭니다. 왜냐하면 저는 그 캐릭터들이 제게 준 영감의 자장 안에 살고 있거든요. 우리 〈연인〉의 장현과 길채, 연준과 은애, 각화와 량음, 인조와 홍타이지, 장철, 소현과 강빈, 양천과 용골대, 구잠과 종종이, 수지와 박대, 인옥, 들분, 얼수, 절수가 여러분들과 오래오래 동행했으면 좋겠습니다.

19. 대본집을 읽게 될 팬분들께 인사 부탁드립니다.

대본집을 읽어주시는 분들을 업어드리고 싶습니다. ^^ 고맙다, 감사하다는 말보다 더 진한 말이 필요합니다. 이를테면, '충성하고 싶다... 평생' 정도? 은근하게 이어지는 팬분들의 사랑에 감사드립니다. 수년간 공을 들인 만큼 이제 또 〈연인〉 같은 대본을 쓸 수 있을까... 자신 없다는 생각도 듭니다. 하지만 앞으로도 저는 재미도 있고, 감동도 있는 이야기를 찾아 헤매겠습니다. 좋은 이야기로 또 만날 날을 고대합니다.

극본 황진영

연출 김성용, 이한준, 천수진

출연 남궁민, 안은진, 이학주, 이다인,
김윤우, 이청아, 최무성, 김종태,
최영우, 김무준, 전혜원, 양현민,
박강섭, 박정연, 지승현, 문성근,
김준원, 김태훈, 최종환, 소유진,
정한용, 남기애, 권소현, 박진우,
오만석, 조승연, 김서안, 이호철,
김준배, 성낙경, 권태원, 배현경,
김은우, 서범식, 신유람, 지성환,
김길동, 김정호, 전진오, 리우진,
손태양, 박종욱, 박은우, 진건우,
김은수, 남태훈, 하규림, 김가희,
최수견, 강길우, 민지아, 황정민,
이수민, 이영석, 윤금선아, 진가
은, 방주환, 천혜지, 장격수, 하경,

이남희, 정병철, 정재진, 홍지인,
백승도

아역 박재준, 문성현

특별출연 유지연, 이미도

책임프로듀서 홍석우

프로듀서 김재복, 윤권수, 김지하

제작총괄 김명

제작PD 한세일, 이룩, 박정태, 최길수

라인PD 배창연, 김미향, 안재홍, 이준형

촬영 김화영, 김대현, 강경호, 전호승

포커스 박유빈, 윤재욱, 정주봉, 김형욱

촬영팀 김민석, 이미래, 박찬우, 임호현,
차민경, 이재국, 천경환, 이제영,
이세용, 조성래, 김지은, 김세윤,
이강욱, 안경민

조명감독 권민구, 김재근

472 연인 3

조명1st 임창종, 홍석봉

조명팀 김하진, 고영재, 차천익, 도한빈,
　　　　장은성, 손정원, 방종배, 김영찬,
　　　　이창희

발전차 최동삼, 이인교

조명크레인 박영일

동시녹음 [D.O sound] 조정수, 엄재니,
　　　　이현도

동시녹음팀 이상학, 양관열, 원근수,
　　　　지명헌, 김민섭

Key Grip 김영천, 선지윤

Grip 서사용, 고진명, 이건희, 김기현,
　　　　손지환, 이승환, 이재현, 권용환

무술감독 [서울액션스쿨]
　　　　김민수, 장한별

특수효과 [데몰리션] 정도안, 이희경,
　　　　최정욱, 김우진, 이종진
　　　　[아프로플러스] 하승남,
　　　　이재승, 한도희, 문경훈,
　　　　김형욱, 최광호 [FX21]
　　　　김홍진, 김홍석, 김영신

캐스팅디렉터 김량현, 손승범, 백철

아역캐스팅 [배우마당] 임나윤, 엄이슬

보조출연 [나우캐스팅] 위욱태, 천재형,
　　　　이지웅, 김상희, 김병조

미술 [제이브로] 대표 김종석,
　　　　상무 양지원

미술감독 최현우, 김혜진

미술팀 장민수, 주현지, 최혜린

소품팀장 심문우

소품팀 윤재승, 서유현, 정진채, 진세이,
　　　　성록현, 이성영

장식소품세팅 노철우, 박성환, 정철회

세트부장 서홍길

세트진행 이창환

세트팀 백상목, 박금성, 김태문, 정의석,
　　　　김성호, 정갑균, 이찬환

작화 정연기

특수소품 정승돈

미술행정 김소영, 이지은, 노경하

의상감독 [HAMU] 이진희

의상현장총괄 이두영

의상실장 배철영

의상팀장 이윤지, 박소영

의상팀 김주호, 설혜원, 박해인, 황규덕,
　　　　임윤진, 박서진, 나성길, 하유미,
　　　　김재민, 이연제, 신채원, 김태연,
　　　　공성은

분장/미용 [타마스튜디오] 대표 김성우

분장 고재성, 오영환, 한철완, 박대현,
　　　　이해인, 정희, 이혜연, 신소연,
　　　　이가현, 이승윤, 이슬

미용 이유순, 송다영, 김결, 임예나,
　　　　유예랑

UHD 종편감독 김현진

UHD 종편보 송소희

내부FD 김은서

Digital Colorist　[MEDIACAN] 이찬원

Assistant Colorist　이온유, 서민경

Color Assistant　이현정, 정다운, 제하영

DIT센터장　김광환

데이터관리　노지웅, 김민수, 임소현,
　　　　　조은비, 김혜미, 이세라

편집　황금봉

서브편집　고은기

편집보　황유정, 김은영, 오진영

VFX감독　박현종

프로젝트매니저　안선영

2D디렉터　김수겸, 이기웅

2D시니어아티스트　진혜진

2D아티스트　강가영, 배소현, 이민규

3D슈퍼바이저　김지환

3D아티스트　박요셉

FX/R&D슈퍼바이저　강병철

매트페인터　안선영, 정호연

컨셉아티스트　최헌영

VFX　[MILK image-works] 타이틀&
　　　모션그래픽 허석연, 양지수

타이포그래피　박창우

음악감독　김수한

OST제작　[도너츠컬처] 고영조, 유경현

작곡　[studio MOJI]

믹싱　[레인메이커] 유석원

Diaiogue&ADR　[리드사운드] 정민주,
　　　　　김필수

홍보총괄　여유구

MBC홍보　박원경

MBC브랜디드콘텐츠　최다슬

MBC디지털콘텐츠편집　정예은

외주홍보　[쉘위토크] 심영, 이나래

제작기메이킹　[드림스테이션] 권기수,
　　　　　김영국, 장서형

제작기포스트프로덕션　조영수

포스터 스틸　[마인드루트] 임용훈,
　　　　　최성원

iMBC 웹디자인　이경림

iMBC SNS　김하은, 진소희

iMBC 메이킹　양소원, 류동하

iMBC 실시간 클립　최아영, 유이수,
　　　　　이주연, 박경민

MBC 제작운영　이민지

MBC콘텐츠솔루션　장혜미, 최지원

포스터디자인　[스푸트닉] 이관용,
　　　　　김다슬, 배은별, 박채영

스토리보드　황혜라

타이틀캘리　전은선

봉고배차　김민성

스탭버스　안학성, 백승현

연출봉고　김경회, 유원준

카메라봉고　강한희, 고재홍

진행봉고　강외찬, 박정숙

카메라탑차　신태성

소품탑차　강호길, 이주열

소품봉고　이래행

의상탑차　박춘식, 서정암, 김원묵,

김완수, 이홍주

분장차 [크레비즈] 김철호

분장봉고 장태영, 정해승

데이터봉고 윤승렬

대본 명성인쇄

역사자문 조경란

만주어자문 김경나

은장도자문 박종군

서예 송미견

국궁 박성완

승마 [킴스승마클럽] 김교호, 김평길,
　　　안민재, Julie Cresson

특수차량 [인아트웍] 심대섭, 박민철,
　　　허성두, 최견섭
　　　[픽스온] 이정우

수레업체 [수레길] 이민우

섭외 임진관, 김종아

구성 최현진

보조작가 윤애

SCR 주예린, 신나라

FD 김기태, 김승아, 한은성, 조명광,
　　　여광현, 강두석, 조소현, 양수연,
　　　이진호, 김연수, 이영훈, 이영광,
　　　홍석진

야외조연출 임명근

조연출 박유신, 권지수, 정동건, 윤영채,
　　　권유운

콘텐츠 사업 최윤희, 윤현혜

콘텐츠 기획 오태훈, 문홍기, 김정혜

기획 MBC

제작 MBC, 9아토

제작투자 wavve

戀
人